GOLDMANN KLASSIKER

Oliver Goldsmith

Der Pfarrer von Wakefield

Roman

Mit einem Nachwort,
einer Zeittafel zu Goldsmith,
Erläuterungen und bibliographischen
Hinweisen von Theo Stemmler

GOLDMANN VERLAG

Vollständige Ausgabe
Aus dem Englischen von Ernst Susemihl (1841)
Durchsicht dieser Übersetzung: Theo Stemmler
Titel des Originals: The Vicar of Wakefield. A Tale.
Supposed to Be Written by Himself

Made in Germany · 8/84 · 1. Auflage · 115

Umschlagentwurf: Design Team, München,
unter Verwendung eines Holzschnittes
von Ludwig Richter zu Seite 172
Satz: IBV Lichtsatz KG, Berlin
Druck: Presse-Druck Augsburg
Verlagsnummer: 7642
Lektorat: Martin Vosseler
Herstellung: Sebastian Strohmaier
ISBN 3-442-07642-0

Inhalt

An den Leser

Gewiß sind hundert Fehler in diesem Buche, und hundert Dinge ließen sich sagen, zu beweisen, daß es Schönheiten sind. Doch das ist unnötig. Auch bei vielen Mängeln kann ein Buch unterhaltend, dagegen ohne eine einzige Abgeschmacktheit sehr langweilig sein. Der Held dieser Erzählung vereinigt die drei größten Charaktere auf Erden in sich: Er ist Geistlicher, Landwirt und Familienvater. Er ist geschildert: ebenso bereit zu lehren als zu gehorchen, ebenso demütig im Glück als groß im Mißgeschick. Wem kann aber in diesem Zeitalter des Überflusses und der Verfeinerung ein solcher Charakter gefallen? Wer ein vornehmes Leben liebt, wird sich mit Verachtung von seinem einfachen ländlichen Herde hinwegwenden. Wer Zoten für Humor hält, wird keinen Witz in seinem harmlosen Gespräch finden; und wer gelernt hat, über Religion zu spotten, wird den Mann verlachen, der seine vorzüglichsten Trostgründe aus dem künftigen Leben schöpft.

Oliver Goldsmith

Erstes Kapitel

Schilderung der Pfarrfamilie von Wakefield, in der eine Ähnlichkeit in betreff der Gemüter und Personen herrscht

Ich war stets der Ansicht, daß der rechtschaffene Mann, wenn er sich verheiratet und eine zahlreiche Familie auferzieht, mehr Nutzen stiftet, als wenn er unverheiratet bleibt und nur von Bevölkerung redet. Kaum war ich ein Jahr im Amte, als ich auch schon, von diesem Beweggrunde bestimmt, ernstlich an meine Verheiratung zu denken begann und meine Frau wählte, gerade wie sie ihr Brautkleid, nicht nach einem glänzenden Äußeren, sondern nach dauernden Eigenschaften. Um ihr Gerechtigkeit widerfahren zu lassen, muß ich sagen, daß sie eine gutmütige, betriebsame Frau war; und hinsichtlich der Bildung gab es auf dem Lande nur wenige Damen, die ihr gleichkamen. Sie konnte jedes englische Buch lesen, ohne viel zu buchstabieren; aber im Einpökeln, im Einmachen und in der Kochkunst wurde sie von keiner übertroffen. Sie rühmte sich auch einer trefflichen Erfindungsgabe im Haushalt, obgleich ich nicht bemerkte, daß wir bei all ihren Erfindungen reicher wurden.

Doch liebten wir einander innig, und unsere Zärtlichkeit nahm mit den Jahren zu. Nichts konnte uns mit der Welt oder einander entzweien. Wir hatten ein hübsches Haus, in einer anmutigen Gegend gelegen, und gute Nachbarn. Das Jahr verging bei geistigen und ländlichen Freuden, indem wir unsere reichen Nachbarn besuchten und die armen unterstützten. Wir hatten keine Glückswechsel zu fürchten, keine Beschwerden zu erdulden. Alle unsere Abenteuer geschahen an unserem Kamin, und alle unsere Auswanderungen gingen nur von dem blauen Bette zu dem braunen.

Da wir nahe an der Landstraße wohnten, hatten wir oft Besuche von Reisenden, die unseren Stachelbeerwein kosten wollten, dessen

Trefflichkeit allgemein bekannt war, und ich versichere mit der Wahrhaftigkeit eines Geschichtsschreibers, daß ihn, so viel ich weiß, niemand jemals tadelte. Alle unsere Vettern, selbst bis zum vierzigsten Grade, erinnerten sich ihrer Verwandtschaft, ohne den Stammbaum zu Hilfe zu nehmen, und besuchten uns häufig. Einige von ihnen erwiesen uns freilich keine große Ehre durch ihren Anspruch auf Verwandtschaft. Blinde, Lahme und Bucklige befanden sich unter ihnen. Dessenungeachtet bestand meine Frau darauf, daß sie als unser eigenes Fleisch und Blut mit uns an demselben Tische sitzen sollten. So hatten wir zwar keine reichen, aber gewöhnlich sehr glückliche Freunde um uns; denn diese Bemerkung bestätigt sich im Leben: Je ärmer der Gast, desto eher ist er stets mit seiner Aufnahme zufrieden – und wie manche Menschen die Farben einer Tulpe oder einen Schmetterlingsflügel mit Bewunderung betrachten, so war ich von Natur ein Bewunderer fröhlicher Menschengesichter. Doch wenn sich unter unseren Verwandten eine Person von schlechtem Charakter oder ein zänkischer Gast fand, den wir gerne los sein wollten, unterließ ich es nie, ihm beim Abschied einen Oberrock oder ein Paar Stiefel, zuweilen auch wohl ein Pferd von geringem Werte zu leihen, und beständig hatte ich das Vergnügen, daß er nie wiederkam und das Geliehene zurückbrachte. Auf diese Weise wurde das Haus von denen befreit, die uns nicht gefielen; doch konnte man nicht sagen, daß die Pfarrfamilie von Wakefield je einem Reisenden oder Hilfsbedürftigen die Tür gewiesen hätte.

So lebten wir mehrere Jahre in sehr glücklichem Zustande. Freilich fehlte es nicht an jenen kleinen Widerwärtigkeiten, welche die Vorsehung sendet, um den Wert ihrer Gaben zu erhöhen. Mein Obstgarten ward oft von Schulknaben geplündert, und die Eierkreme meiner Frau wurde von Katzen benascht oder von den Kindern. Der Gutsherr schlief zuweilen bei den erhabensten Stellen meiner Predigt ein, oder seine Gemahlin erwiderte die tiefe Verbeugung meiner Frau nur mit der Andeutung einer solchen. Doch verschmerzten wir bald den Kummer über dergleichen Vorfälle, und nach drei oder vier Tagen wunderten wir uns meistens, wie dergleichen uns nur habe beunruhigen können.

Meine Kinder, die Sprößlinge der Mäßigung, wurden nicht

weichlich erzogen und waren daher wohlgebildet und gesund: meine Söhne rüstig und lebhaft, meine Töchter schön und blühend. Wenn ich so da stand in der Mitte des kleinen Kreises, der mir in meinem Alter eine Stütze zu werden verhieß, fiel mir beständig die bekannte Geschichte des Grafen von Abensberg ein, der bei Heinrichs II. Reise durch Deutschland, als andere Höflinge mit ihren Schätzen ankamen, seine zweiunddreißig Kinder brachte und sie seinem Monarchen darbot, als das kostbarste Geschenk, welches er ihm gewähren könne. Obgleich ich nur sechs hatte, so betrachtete ich sie doch als die wertvollste Gabe, die ich meinem Vaterlande dargebracht, und hielt dasselbe demnach für meinen Schuldner. Unser ältester Sohn hieß George, nach seinem Onkel, der uns zehntausend Pfund hinterließ. Unser zweites Kind, ein Mädchen, beabsichtigte ich nach ihrer Tante Grissel zu nennen; doch meine Frau, die während ihrer Schwangerschaft Romane gelesen hatte, bestand darauf, daß sie Olivia genannt werden solle. In weniger als einem Jahr hatten wir eine zweite Tochter, und nun war ich fest entschlossen, daß sie Grissel genannt werden solle; doch eine reiche Verwandte bekam den Einfall, Patenstelle zu vertreten, und so ward das Mädchen nach ihrem Wunsche Sophia genannt. So hatten wir denn zwei romanhafte Namen in der Familie, doch beteuere ich feierlichst, daß ich dabei nicht die Hand im Spiele hatte. Moses war unser nächster Sohn, und zwölf Jahre später hatten wir noch zwei Söhne.

Es würde vergebens sein, meinen Stolz zu leugnen, wenn ich mich von meinen Kindern umgeben sah; doch die Eitelkeit und Zufriedenheit meiner Frau übertraf noch die meinige. Wenn unsere Gäste sagten: »Auf mein Wort, Frau Primrose, Sie haben die schönsten Kinder im ganzen Lande«, so pflegte sie zu antworten: »Ja, Nachbar, sie sind, wie der Himmel sie geschaffen hat – hübsch genug, wenn sie nur gut genug sind; denn schön ist, wer schön handelt.« Und dann gebot sie den Mädchen, den Kopf hübsch aufrecht zu tragen. Um aber nichts zu verschweigen, muß ich gestehen, daß sie wirklich sehr schön waren. Das Äußere allein ist für mich ein so unbedeutender Gegenstand, daß ich es kaum würde erwähnt haben, wäre nicht in der Gegend allgemein davon die Rede gewesen. Olivia, jetzt etwa achtzehn Jahre alt, besaß jene glänzende Schönheit, in welcher die Maler gewöhnlich Hebe darzustellen pflegen, heiter, lebhaft und gebietend. Sophias Schönheit fiel nicht sogleich ins Auge; doch war ihre Wirkung oft um so sicherer, denn sie war sanft, bescheiden und anziehend. Die eine siegte beim ersten Anblick, die andere durch wiederholte Eindrücke.

Der weibliche Charakter spricht sich meistens in den Gesichtszügen aus; wenigstens war dies bei meinen Töchtern der Fall. Olivia wünschte sich viele Verehrer, Sophia wollte nur einen einzigen fesseln. Olivia zeigte sich oft aus zu großer Gefallsucht affektiert, Sophia verbarg selbst ihre Vorzüge, aus Furcht, andere damit zu kränken. Die eine ergötzte mich durch ihre Munterkeit, wenn ich heiter, die andere durch ihr tiefes Gefühl, wenn ich ernst gestimmt war. Diese Eigenheiten wurden aber von beiden nicht übertrieben, und ich habe oft gesehen, wie sie einen ganzen Tag ihre Charaktere gegeneinander vertauschten. Ein Trauerkleid vermochte eine Kokette in eine Spröde umzuwandeln und ein neuer Bandbesatz ihrer jüngeren Schwester mehr als gewöhnliche Lebhaftigkeit zu verleihen. Mein ältester Sohn George wurde zu Oxford ausgebildet, da ich ihn für ein gelehrtes Fach bestimmte. Mein zweiter Knabe, Moses, der Geschäftsmann werden sollte, erhielt zu Hause eine Art von gemischter Erziehung. Doch würde es zwecklos sein, eine Schilderung der besonderen Charaktere junger Leute zu entwerfen, die noch sehr wenig von der Welt gesehen hatten. Kurz, eine Familienähnlichkeit herrschte in allen; oder eigentlicher gesagt, sie hatten alle nur einen Charakter, nämlich den, daß sie gleich edel, leichtgläubig, unerfahren und harmlos waren.

Zweites Kapitel

Familienunglück. – Der Verlust des Vermögens dient nur dazu, den Stolz des Rechtschaffenen zu vermehren

Die irdische Sorge für unsere Familie war hauptsächlich der Leitung meiner Frau übertragen; die geistigen Angelegenheiten hatte ich gänzlich unter meiner Aufsicht. Die Einkünfte meiner Stelle, die jährlich nur fünfunddreißig Pfund Sterling betrugen, hatte ich den Waisen und Witwen der Geistlichkeit unseres Kirchensprengels überlassen; denn da ich ein hinlängliches Vermögen besaß, kümmerte ich mich wenig um das Zeitliche und fand ein geheimes Vergnügen daran, ohne Belohnung meine Pflicht zu tun. Ich faßte auch den Entschluß, keinen Gehilfen zu halten, mit allen Gemeindemitgliedern bekannt zu werden, die verheirateten Männer zur Mäßigung und die Junggesellen zum Ehestande zu ermuntern. So wurde es in wenigen Jahren zum allgemeinen Sprichwort: Es wären drei seltsame Mängel in Wakefield – dem Pfarrer fehle es an Hochmut, den Junggesellen an Frauen und den Bierhäusern an Gästen.

Der Ehestand war stets mein Lieblingsthema gewesen, und ich verfaßte mehrere Predigten, um das Glück desselben zu beweisen. Doch gab es einen besonderen Satz, den ich zu verteidigen suchte. Ich behauptete mit Whiston, es sei dem Priester der englischen Kirche nicht erlaubt, nach dem Tode seiner ersten Frau eine zweite zu nehmen; oder um es in einem Worte auszudrücken, ich war stolz darauf, ein strenger Monogamist zu sein.

Schon früh ließ ich mich auf diesen wichtigen Streit ein, über den schon so viele mühsam ausgearbeitete Werke geschrieben worden sind. Ich ließ einige Abhandlungen über diesen Gegenstand drukken, und da sie keinen Absatz fanden, tröstete ich mich damit, daß sie nur von wenigen Glücklichen gelesen worden waren. Einige von meinen Freunden nannten dies meine schwache Seite; doch leider hatten sie die Sache nicht wie ich zum Gegenstande langen Nachdenkens gemacht. Je mehr ich darüber nachsann, desto wichtiger erschien sie mir. Ich ging in der Entwicklung meiner Grundsätze sogar noch einen Schritt weiter als Whiston, der in der Grabschrift seiner Frau bemerkte, daß sie William Whistons einzige Gattin gewesen sei. Ich schrieb eine ähnliche Grabschrift für meine noch lebende Frau und rühmte darin ihre Klugheit, ihre Sparsamkeit und ihren Gehorsam bis zum Tode. Diese Grabschrift wurde zierlich abgeschrieben und in einem schönen Rahmen über dem Kaminsims angebracht, wo sie manche nützliche Zwecke beförderte. Sie erinnerte meine Frau an ihre Pflicht gegen mich und mich an meine Treue gegen sie, begeisterte sie für den Nachruhm und stellte ihr stets ihr Lebensende vor Augen.

Vielleicht kam es von dem häufigen Anhören der Lobreden auf den Ehestand, daß mein ältester Sohn kurz nach seinem Abgange von der Universität seine Neigung auf die Tochter eines benachbarten Geistlichen richtete, der eine hohe Würde in der Kirche bekleidete und imstande war, ihr eine bedeutende Mitgift zu geben. Vermögen war jedoch ihr geringster Vorzug. Fräulein Arabella Wilmot wurde von allen, meine beiden Töchter ausgenommen, für eine vollendete Schönheit gehalten. Ihre Jugend, Gesundheit und Unschuld wurden noch durch einen so zarten Teint und einen so seelenvollen Blick erhöht, daß selbst ältere Personen sie nicht mit Gleichgültigkeit ansehen konnten. Da Herr Wilmot wußte, daß ich meinen Sohn anständig ausstatten könne, war er der Verbindung nicht entgegen, und beide Familien lebten in all der Eintracht, die meistens einer erwarteten Verbindung voranzugehen pflegt. Da ich aus eigener Erfahrung wußte, daß die Tage des Brautstandes die glücklichsten unseres Lebens sind, war ich sehr geneigt, diese Periode zu verlängern, und die mannigfachen Freuden, die das junge Paar täglich miteinander genoß, schienen ihre Liebe nur noch zu vermehren. Morgens wurden wir gewöhnlich durch Musik geweckt, und an heiteren Tagen ritten wir auf die Jagd. Die Stunden zwischen dem Frühstück und der Hauptmahlzeit widmeten die Damen den Kleidern und der Lektüre. Sie lasen gewöhnlich eine Seite und betrachteten sich dann im Spiegel, dessen Fläche, was selbst Philosophen zugeben müssen, oft höhere Schönheit zeigt als die, welche im Buche enthalten ist. Beim Mittagsmahl übernahm meine Frau die Leitung, und da sie stets darauf bestand, alles selber vorzulegen, weil ihre Mutter es auch getan habe, so teilte sie uns bei solchen Gelegenheiten zugleich die Geschichte jedes Gerichts mit. Wenn das Mittagessen beendet war, ließ ich gewöhnlich den Tisch wegnehmen, damit uns die Damen nicht verlassen möchten, und zuweilen gaben uns die Mädchen mit Hilfe des Musiklehrers ein angenehmes Konzert. Spazierengehen, Teetrinken, ländliche Tänze und Pfänderspiele verkürzten den übrigen Teil des Tages, ohne Hilfe der Karten, denn ich haßte jedes Glücksspiel, Trictrac ausgenommen, in welchem mein alter Freund und ich zuweilen eine Zweipennypartie wagten. Einen Umstand übler Vorbedeutung darf ich hier nicht übergehen, der sich ereignete, als wir das letzte Mal miteinander spielten. Mir fehlte nämlich nur noch ein Wurf von Vieren, und doch warf ich fünfmal nacheinander zwei Asse.

Einige Monate waren auf diese Weise vergangen, als wir es endlich für passend hielten, den Hochzeitstag des jungen Paares zu bestimmen, das ihn mit Sehnsucht zu erwarten schien. Weder die wichtige Geschäftigkeit meiner Frau während der Vorbereitungen zur Hochzeit noch die schlauen Blicke meiner Töchter brauche ich zu schildern. Meine Aufmerksamkeit war auf einen ganz anderen Gegenstand gerichtet, nämlich auf die Vollendung einer Abhandlung über mein Lieblingsthema, die ich baldigst herauszugeben gedachte. Da ich dieselbe hinsichtlich des Inhalts und Stils als ein Meisterstück betrachtete, konnte ich mich in dem Stolze meines Herzens nicht enthalten, sie meinem alten Freunde Herrn Wilmot zu zeigen, da ich nicht zweifelte, daß er mir seine Billigung würde zuteil werden lassen. Doch erst als es schon zu spät war, entdeckte ich, daß er ein leidenschaftlicher Anhänger der entgegengesetzten Meinung sei, und zwar aus gutem Grunde, weil er eben um die vierte Frau warb. Wie sich erwarten läßt, entstand ein Streit daraus, der mit einiger Heftigkeit geführt wurde und unsere beabsichtigte Familienverbindung zunichte zu machen drohte. Doch kamen wir am Tage vor der Hochzeit überein, über jenen Gegenstand ausführlicher zu verhandeln.

Der Kampf begann mit gehörigem Ernst von beiden Seiten. Er behauptete, ich sei heterodox; ich gab ihm die Beschuldigung zurück. Er entgegnete, und ich erwiderte. Als der Streit am heftigsten war, ward ich von einem meiner Verwandten aus dem Zimmer gerufen, der mir mit besorgter Miene riet, den Streit wenigstens so lange einzustellen, bis die Trauung meines Sohnes geschehen sei. »Wie«, rief ich, »ich sollte die Sache der Wahrheit verlassen und zugeben, daß er ein Ehemann sei, nachdem ich ihn bereits vollständig ad absurdum geführt habe? Ebenso gut könnten Sie mir sagen, ich solle mein Vermögen aufgeben als diesen Streit.« – »Ihr Vermögen«, entgegnete mein Freund, »es tut mir leid, es sagen zu müssen, ist so gut wie verloren. Der Kaufmann in London, dessen Händen Sie Ihr Geld übergaben, hat sich davongemacht, um dem Bankerottgesetze zu entgehen, und man glaubt, daß kaum ein Schilling vom Pfunde übrig bleiben wird. Diese unangenehme Nachricht wollte ich Ihnen und der Familie erst nach der Hochzeit mitteilen. Jetzt aber möge sie dazu dienen, Ihre Hitze in dem Streite zu mäßigen; denn gewiß wird Ihre eigene Klugheit Ihnen die Notwendigkeit der Verstellung wenigstens so lange empfehlen, bis Ihr Sohn das Vermögen der jungen Dame in Händen hat.« – »Gut«, erwiderte ich, »wenn es wahr ist, was Sie sagen, und ich ein Bettler bin, so soll mich das doch nicht zu einem Schurken machen oder mich nötigen, meine Grundsätze zu verleugnen. Ich gehe sogleich, die ganze Gesellschaft mit meiner Lage bekannt zu machen. Was aber den Streitpunkt betrifft, so nehme ich jetzt sogar zurück, was ich früher dem alten Herrn zugestanden habe, und er soll jetzt durchaus kein Ehemann sein in irgendeinem Sinne des Wortes.«

Es würde endlos sein, wollte ich die verschiedenen Empfindungen beider Familien bei dieser unglücklichen Nachricht schildern. Doch was die anderen fühlten, war unbedeutend gegen das, was die Liebenden zu erdulden schienen. Herr Wilmot, der schon früher geneigt geschienen, die Verbindung abzubrechen, faßte bei diesem Schlage bald seinen Entschluß. Eine Tugend besaß er im vollkommensten Grade, nämlich die Klugheit – leider oft die einzige, die uns im zweiundsiebzigsten Jahre noch übrig ist.

Drittes Kapitel

Eine Auswanderung. – Im allgemeinen findet man, daß unser Lebensglück zuletzt von uns selber abhängt

Die einzige Hoffnung unserer Familie bestand darin, daß das Gerücht von unserem Unglück der Bosheit oder einem Mißverständnisse zuzuschreiben sei. Doch erhielt ich bald einen Brief von meinem Agenten in London, der jeden einzelnen Umstand bestätigte. Für mich selber war der Verlust meines Vermögens von geringer Bedeutung. Die einzige Sorge, die ich empfand, galt meiner Familie, die nun in ärmlichen Verhältnissen leben sollte, ohne daß ihre Erziehung sie gegen Verachtung unempfindlich gemacht hätte.

Fast vierzehn Tage waren vergangen, ehe ich versuchte, ihren Gram zu mildern; denn voreiliger Trost erinnert nur an den Kummer. Während dieser Zeit hatte ich auf Mittel gesonnen, uns unseren künftigen Lebensunterhalt zu verschaffen, und endlich wurde mir eine kleine Pfarre mit fünfzehn Pfund jährlicher Einkünfte in einer entfernten Gegend angeboten, wo ich wenigstens meinen Grundsätzen ungestört leben konnte. Diesen Vorschlag nahm ich freudig an und war entschlossen, mein Einkommen durch die Bewirtschaftung eines kleinen Pachtgutes zu vermehren.

Nach diesem Entschlusse war es meine nächste Sorge, die Trümmer meines Vermögens zu sammeln, und als ich alle Schulden zusammengerechnet und bezahlt hatte, blieben mir von vierzehntausend Pfund nur noch vierhundert übrig. Mein vorzüglichstes Bestreben bestand nun darin, den Stolz meiner Familie ihrer Lage entsprechend herabzustimmen; denn ich wußte sehr wohl, daß Bettelstolz ein großes Elend ist. »Ihr wißt sehr wohl, meine Kinder«, rief ich, »daß unser jüngst erlebtes Mißgeschick sich nicht durch unsere Klugheit vermeiden ließ; doch kann die Klugheit viel tun, die Wirkungen desselben zu mildern. Wir sind jetzt arm, meine Lieben, und die Weisheit gebietet, uns nach unserer dürftigen Lage zu richten. Laßt uns daher ohne Bedauern jenen Glanz aufgeben, bei welchem viele elend sind, und unter bescheideneren Umständen jenen Frieden suchen, durch den alle glücklich sein können. Die Armen leben glücklich ohne unsere Hilfe; warum sollten wir nicht lernen, ohne ihre Hilfe zu leben? Nein, meine Kinder, laßt uns von diesem Augenblicke an alle Ansprüche auf vornehmes Leben aufgeben. Zum Glück besitzen wir noch genug, wenn wir weise sind, und darum wollen wir uns beim Mangel des Vermögens der Zufriedenheit zuwenden.«

Da mein ältester Sohn studiert hatte, beschloß ich, ihn nach London zu schicken, wo seine Fähigkeiten ihm und uns nützlich sein konnten. Die Trennung von Freunden und Familien ist vielleicht einer der widerwärtigsten Umstände, von denen die Armut begleitet ist. Bald kam der Tag, wo wir uns trennen sollten. Nachdem mein Sohn von seiner Mutter und den übrigen unter Tränen und Küssen Abschied genommen hatte, bat er mich um meinen Segen. Ich erteilte ihm denselben von ganzem Herzen, und dieser, nebst fünf Guineen, war das ganze Erbteil, welches ich ihm mitgeben konnte. »Du gehst zu Fuß nach London, mein Sohn«, rief ich, »auf dieselbe Weise, wie Hooker, dein großer Vorfahr, einst dorthin wanderte. Empfange von mir dasselbe Pferd, welches ihm einst der gute Bischof Jewel gab, diesen Stab und dazu dieses Buch. Es wird dich trösten auf deinem Wege. Diese zwei Zeilen allein sind eine Million wert: ›Ich bin jung gewesen und alt geworden; doch habe ich nie den Gerechten verlassen oder seine Kinder nach Brot gehen sehen.‹ Dies möge dein Trost sein auf dem Wege. Geh, mein Sohn! Welches auch dein Los sein möge, laß dich jedes Jahr einmal bei mir sehen; behalte ein gutes Herz und lebe wohl.« Da er Redlichkeit und Ehrgefühl besaß, war ich nicht besorgt, ihn nackend in die Arena des Lebens hinauszustoßen, denn ich wußte, daß er, siegend oder besiegt, eine gute Rolle spielen werde.

Seine Abreise war nur die Vorbereitung zu der unsrigen, welche einige Tage später erfolgte. Der Abschied von einer Gegend, wo wir so manche Stunden der Ruhe genossen hatten, war nicht ohne Tränen, die auch die größte Standhaftigkeit nicht hätte unterdrücken können. Eine Reise von siebzig Meilen erfüllte überdies eine Familie mit banger Besorgnis, die nie über zehn von der Heimat entfernt gewesen war, und das Wehklagen der Armen, die uns mehrere Meilen begleiteten, trug nur dazu bei, dieselbe zu erhöhen. Die erste Tagereise brachte uns glücklich unserem künftigen Aufenthaltsorte um dreißig Meilen näher, und wir brachten die Nacht in einem einfachen Gasthause an der Landstraße zu. Als man uns ein Zimmer angewiesen hatte, bat ich den Wirt, meiner Gewohnheit nach, uns Gesellschaft zu leisten, was er gerne tat, da das, was er trank, am nächsten Morgen mit auf meine Rechnung kam. Er kannte die ganze Gegend, wohin ich reiste, besonders Herrn Thornhill, meinen künftigen Gutsherrn, der einige Meilen von dem Orte wohnte. Diesen Herrn schilderte er als einen Mann, der wenig mehr von der Welt wissen wollte als ihre Freuden und der besonders wegen seiner Verehrung des schönen Geschlechts berüchtigt sei. Er bemerkte, noch habe keine Tugend seinen Künsten und seiner Beharrlichkeit widerstehen können, und schwerlich sei im Umkreise von zehn Meilen eine Pächterstochter zu finden, bei der er nicht glücklich und zugleich treulos gewesen sei. Dieser Bericht, der mich einigermaßen beunruhigte, brachte eine durchaus verschiedene Wirkung auf meine Töchter hervor, deren Gesichter sich in Erwartung eines nahen Triumphes zu erheitern schienen; auch meine Frau war nicht weniger erfreut und vertraute fest auf die Reize und Tugenden ihrer Töchter. Während unsere Gedanken auf diese Weise beschäftigt waren, trat die Wirtin ins Zimmer, um ihrem Manne zu sagen, daß der fremde Herr, welcher zwei Tage im Hause gewohnt, kein Geld habe, um die Rechnung zu bezahlen. »Kein Geld«, versetzte der Wirt, »das kann nicht möglich sein, denn noch gestern bezahlte er dem Büttel drei Guineen, um den alten Soldaten zu schonen, der wegen Hundediebstahls durch das Dorf gepeitscht werden sollte.« Doch die Wirtin blieb bei ihrer Behauptung, und der Wirt wollte das Zimmer verlassen, indem er schwur, er wolle auf die eine oder die andere Weise zu seinem Gelde kommen, als ich ihn bat, mich mit dem Fremden bekannt zu machen, der so viel Nächstenliebe gezeigt habe. Er willigte ein und führte einen Herrn ins Zimmer, der etwa dreißig Jahre alt zu sein schien und dessen Rock ehemals mit Tressen besetzt gewesen war. Er war wohlgebaut, und seine Züge gaben zu erkennen, daß er viel nachgedacht habe. Er war etwas kurz und trocken in seiner Anrede, und die gewöhnlichen Höflichkeitsformeln schien er entweder nicht zu kennen oder zu verachten. Als der

Wirt das Zimmer verlassen hatte, konnte ich nicht umhin, dem Fremden mein Bedauern auszusprechen, einen Mann von Stande in solcher Lage zu sehen, und bot ihm meine Börse an, um die augenblickliche Forderung zu befriedigen. »Ich nehme sie von ganzem Herzen an«, erwiderte er, »und freue mich, daß die Unbesonnenheit, womit ich kürzlich alles Geld weggab, welches ich bei mir hatte, mich jetzt überzeugt, daß es noch Menschen wie Sie gibt. Ich muß jedoch vorher bitten, mir den Namen und Wohnort meines Wohltäters zu nennen, um ihm so bald als möglich das Geld zurückzahlen zu können.« Ich erteilte ihm vollständige Auskunft darüber, nannte ihm nicht nur meinen Namen und erzählte ihm mein jüngst erlebtes Mißgeschick, sondern deutete ihm auch den Ort an, wohin ich mich begeben wollte. »Das trifft sich ja glücklicher, als ich hätte hoffen können«, rief er. »Auch ich gehe jenen Weg, nachdem ich hier zwei Tage durch das Hochwasser des Flusses aufgehalten worden bin. Morgen wird er hoffentlich zu passieren sein.« Ich versicherte ihm, daß es mir großes Vergnügen machen werde, in seiner Gesellschaft zu reisen, und auf das vereinte Bitten meiner Frau und Töchter ließ er sich bewegen, an unserem Abendessen teilzunehmen. Die Unterhaltung des Fremden war so angenehm und belehrend, daß ich wünschte, sie länger zu genießen. Doch es war hohe Zeit, sich zur Ruhe zu begeben und sich für die Beschwerlichkeiten des folgenden Tages zu stärken.

Am nächsten Morgen machten wir uns alle zusammen auf den Weg. Meine Familie war zu Pferde, während Herr Burchell, unser neuer Reisegefährte, auf dem Fußpfade neben der Landstraße einherging. Er bemerkte lächelnd, da wir so schlecht beritten wären, würde es nicht großmütig von ihm sein, wollte er uns hinter sich lassen. Da das Wasser sich noch nicht ganz verlaufen hatte, waren wir genötigt, einen Führer zu nehmen, welcher voraustrabte, während Herr Burchell und ich die Nachhut bildeten. Wir verkürzten uns die Zeit unterwegs durch philosophische Erörterungen, worin er sehr erfahren zu sein schien. Was mich aber am meisten in Erstaunen setzte, war, daß er, obgleich ein Geldborger, seine Ansichten mit solcher Hartnäckigkeit verteidigte, als wäre er mein Gönner gewesen. Hin und wieder teilte er mir auch mit, wem die verschiedenen

Landsitze gehörten, an denen uns der Weg vorüberführte. »Jenes«, rief er, indem er auf ein prächtiges Haus zeigte, welches in einiger Entfernung lag, »gehört einem Herrn Thornhill, der ein großes Vermögen besitzt, doch gänzlich von dem Willen seines Onkels, des Sir William Thornhill, abhängig ist, der sich mit wenigem begnügt, seinem Neffen das Übrige läßt und meistens in London wohnt.« – »Was!« rief ich. »Ist mein junger Gutsherr der Neffe eines Mannes, dessen Tugenden, Edelmut und Sonderbarkeiten so allgemein bekannt sind? Ich habe diesen Sir William Thornhill oft als einen der edelsten, aber zu gleicher Zeit sonderbarsten Männer im ganzen Königreiche schildern hören – als einen Mann von unbegrenzter Wohltätigkeit.« – »Vielleicht übertreibt er sie zu sehr«, versetzte Herr Burchell, »wenigstens tat er es in seiner Jugend; denn seine Leidenschaften waren damals mächtig, und da alle sich zur Tugend hinneigten, so führten sie ihn oft zu romantischen Extremen. Schon früh strebte er nach den Verdiensten des Kriegers und des Gelehrten, zeichnete sich bald in der Armee aus und erwarb sich einigen Ruf unter den Gebildeten. Schmeichelei folgt stets den Ehrgeizigen, denn die allein finden das höchste Vergnügen an der Schmeichelei. Er war von einer Menge umgeben, die ihm bloß eine Seite ihres Charakters zeigte, so daß die Rücksicht auf sein eigenes Interesse sich in eine unbegrenzte Teilnahme für andere verlor. Er liebte das ganze Menschengeschlecht; denn der Reichtum hinderte ihn, die Erfahrung zu machen, daß es auch Schurken gibt. Ärzte erzählen uns von einer Krankheit, die den ganzen Körper so äußerst reizbar macht, daß er bei der leisesten Berührung Schmerz empfindet. Was einige körperlich erlitten, fühlte dieser Mann in seiner Seele. Das geringste Ungemach, entweder wirklich oder erdichtet, berührte ihn schmerzlich, und seine Seele litt unter einer krankhaften Empfindlichkeit den Leiden anderer gegenüber. Da er so sehr geneigt war zu helfen, ist nicht zu verwundern, daß viele seine Hilfe suchten. Seine Verschwendung begann seinen Reichtum zu vermindern, aber nicht seine Gutmütigkeit, welche im Gegenteil zunahm, so wie jener dahinschwand. Er wurde sorgloser, je ärmer er wurde, und obgleich er wie ein verständiger Mann redete, handelte er doch wie ein Tor. Noch immer von Zudringlichen umgeben und nicht mehr imstande, jeden an ihn gerichteten Wunsch zu befriedigen, gab er Versprechungen statt baren Geldes; denn dies war alles, was er noch zu geben hatte, und ihm fehlte der Mut, jemand durch eine abschlägige Antwort zu kränken. So zog er sich eine Menge von Hilfsbedürftigen auf den Hals; zwar wußte er, daß er sie enttäuschen mußte, aber doch wünschte er ihnen zu helfen. Eine Zeit lang hingen sie ihm an und verließen ihn dann mit verdienten Vorwürfen und Verachtung. Aber auch sich selbst wurde er ebenso verächtlich, wie er den andern geworden war. Sein Gemüt bedurfte ihrer Schmeicheleien, und als diese Stütze hinweggenommen war, konnte er an dem Beifall seines Herzens kein Vergnügen finden, welches er nicht zu achten gelernt hatte. Die Welt erschien ihm jetzt in einem ganz anderen Lichte. Die Schmeicheleien seiner Freunde begannen zu einfachem Beifall zusammenzuschrumpfen. Der Beifall nahm bald die freundschaftlichere Gestalt des Rates an, und wenn der Rat verworfen wurde, so gab es Vorwürfe. Jetzt sah er ein, daß Freunde, die nur seine Freigebigkeit um ihn versammelt, geringen Wert hätten; er überzeugte sich, daß der Mensch sein Herz hingeben muß, um das eines andern zu gewinnen. Ich fand jetzt, daß – Ich vergesse, was ich sagen wollte: Kurz, mein Herr, er beschloß, sich selbst zu achten, und entwarf einen Plan, sein zerrüttetes Vermögen wiederherzustellen. Zu diesem Zweck durchwanderte er nach seiner Weise als Sonderling ganz Europa zu Fuß, und jetzt, ehe er noch sein dreißigstes Jahr erreicht, sind seine Vermögensumstände besser als je. Gegenwärtig verteilt er seine Wohltaten verständiger und gemäßigter als früher; doch ist er in bezug auf seinen Charakter noch immer ein Sonderling, der an überspannter Tugend das höchste Vergnügen findet.«

Meine Aufmerksamkeit war durch Herrn Burchells Erzählung so gefesselt worden, daß ich kaum auf den Weg vor mich hinblickte, bis wir plötzlich durch einen Hilferuf meiner Familie aufgeschreckt wurden. Als ich mich umsah, erblickte ich meine jüngste Tochter mitten in dem reißenden Strome. Sie war vom Pferde geschleudert worden und rang mit den Wellen. Schon zweimal war sie untergesunken, und ich konnte mich nicht schnell genug besinnen, um ihr zu Hilfe zu eilen. Meine Bestürzung war zu groß, um auf Mittel zu ihrer Rettung denken zu können. Gewiß wäre sie umgekommen, hätte sich nicht mein Reisegefährte beim Anblick ihrer Gefahr in die Flut gestürzt und sie mit einiger Schwierigkeit glücklich an das entgegengesetzte Ufer getragen. Der übrige Teil der Familie, der den Fluß etwas weiter hinaufgeritten war, kam wohlbehalten hinüber, wo wir jetzt unseren Dank mit dem der Geretteten vereinigten. Ihre Erkenntlichkeit läßt sich mehr fühlen als beschreiben. Sie dankte ihrem Retter mehr durch Blicke als Worte und hielt sich noch immer an seinem Arm, als habe sie noch ferneren Beistand von ihm zu erwarten. Auch meine Frau hoffte einst das Vergnügen zu haben, eine solche Güte in ihrem Hause zu vergelten.

Nachdem wir im nächsten Wirtshaus ausgeruht und ein Mittagessen eingenommen hatten, nahm Herr Burchell von uns Abschied, da sein Weg ihn nach einer anderen Richtung führte. Unterwegs äußerte meine Frau, der Fremde habe ihr außerordentlich gefallen, und versicherte, wenn Geburt und Vermögen ihn berechtigten, sich mit einer Familie wie der unseren zu verbinden, so wüßte sie niemand, der ihr geeigneter dazu erscheine. Ich konnte nicht umhin zu lächeln, als sie in so vornehmem Tone sprach; doch mißfielen mir niemals dergleichen harmlose Täuschungen, die nur dazu beitrugen, uns für den Augenblick glücklicher zu machen.

Viertes Kapitel

Ein Beweis, daß selbst die dürftigste Lage ein Glück gewähren kann, welches nicht von den äußeren Umständen, sondern von der Gemütsbeschaffenheit abhängt

Unser Zufluchtsort lag in einer von Pächtern bewohnten Gegend, die ihre Felder selbst pflügten und von Überfluß und Armut gleich weit entfernt waren. Da sie sich fast alle Annehmlichkeiten des Lebens selbst erwarben, so besuchten sie selten die benachbarten Marktflecken und Städte, um überflüssige Dinge zu holen. Fern von der verfeinerten Welt bewahrten sie noch die ursprüngliche Einfachheit der Sitten, und mäßig von Natur, wußten sie kaum, daß

Enthaltsamkeit eine Tugend sei. Sie arbeiteten mit fröhlichem Mute an Werktagen; doch die Feiertage waren der Ruhe und dem Vergnügen geweiht. Sie sangen noch ihre alten Weihnachtslieder, schickten einander Liebesbänder am Valentinstage, aßen Pfannkuchen um Fastnacht, zeigten ihren Witz am ersten April und knackten am Michaelisabend gewissenhaft Nüsse auf. Von unserer Ankunft benachrichtigt, zogen sämtliche Bewohner des Ortes in ihrem Sonntagsstaate ihrem neuen Pfarrer entgegen. Pfeifer und Trommelschläger gingen voran. Auch hatten sie zu unserm Empfange ein Festmahl bereitet, zu dem wir uns fröhlich niedersetzten; und wenn es der Unterhaltung an Witz fehlte, so wurde desto mehr gelacht.

Unsere kleine Wohnung lag am Abhange eines Hügels und war an der hinteren Seite durch ein schönes Gebüsch geschützt. Vor dem Hause plätscherte ein Bach, und auf der einen Seite befand sich eine Wiese, auf der andern ein Rasenplatz. Mein Pachtland bestand aus zwanzig Morgen vortrefflichen Bodens, welche mein Vorgänger mir für hundert Pfund abgetreten hatte. Nichts übertraf die Zierlichkeit meiner kleinen Gehege mit ihren Ulmen und Hecken, die einen unbeschreiblich schönen Anblick gewährten. Mein Haus bestand aus einem Stockwerk und war mit Stroh gedeckt, welches ihm ein sehr behagliches Ansehen gab. Von innen waren die Wände weiß abgesetzt, und meine Töchter übernahmen es, sie mit selbstgezeichneten Bildern zu schmücken. Da uns dasselbe Zimmer als Küche und Wohnstube dienen mußte, war es nur um so wärmer darin. Da es sehr sauber gehalten wurde und die Schüsseln, die Teller und das Kupfergerät wohlgescheuert in glänzenden Reihen auf dem Gesimse aufgestellt waren, so fiel das Ganze sehr gut ins Auge, und man vergaß darüber den Mangel einer reichen Ausschmückung. Außerdem hatten wir noch drei andere Gemächer – eins für meine Frau und mich, ein anderes dicht neben uns für unsere beiden Töchter und ein drittes mit zwei Betten für die übrigen Kinder.

Die kleine Republik, der ich ihre Gesetze gab, war auf folgende Weise eingerichtet. Mit Sonnenaufgang versammelten wir uns alle in dem gemeinschaftlichen Zimmer, wo die Magd vorher das Feuer angezündet hatte. Nachdem wir uns mit anständiger Feierlichkeit begrüßt hatten – denn ich hielt es für zweckmäßig, einige feste Formen der guten Erziehung aufrecht zu erhalten, ohne welche die Freiheit beständig die Freundschaft zerstört –, knieten wir in Dankbarkeit vor dem Wesen, welches uns einen neuen Tag geschenkt hatte. Nach Erfüllung dieser Pflicht ging ich mit meinem Sohn an unsere gewöhnliche Arbeit außer dem Hause, während meine Frau und Töchter mit der Bereitung des Frühstücks beschäftigt waren, welches stets zur bestimmten Zeit in Bereitschaft stand. Zu diesem Mahle bestimmte ich eine halbe Stunde, zum Mittagessen jedoch eine ganze, die unter harmlosen Scherzen zwischen meiner Frau und meinen Töchtern und in philosophischen Gesprächen zwischen mir und meinem Sohne vergingen.

Da wir mit der Sonne aufstanden, arbeiteten wir niemals bis nach dem Untergang derselben, sondern kehrten zu der Familie zurück, die uns zu Hause erwartete, wo lächelnde Blicke, ein sauberer Herd und ein behagliches Feuer zu unserem Empfange bereit waren. Auch fehlte es uns nicht an Gästen. Zuweilen machte uns der Pächter Flamborough, unser redseliger Nachbar, oft auch der blinde Pfeifer einen Besuch, um unseren Stachelbeerwein zu kosten, dessen Rezept und guter Ruf nicht verloren gegangen waren. Diese harmlosen Leute waren in mehrfacher Hinsicht angenehme Gesellschafter. Denn während der eine spielte, sang der andere irgendeine hübsche Ballade, wie »Johnny Armstrongs Abschied« oder »Barbara Allens Grausamkeit«. Der Abend ward beschlossen, wie wir den Morgen begonnen hatten. Meine jüngsten Knaben mußten den Abendsegen lesen, und wer am lautesten, deutlichsten und besten las, erhielt einen halben Penny, um ihn am Sonntag in die Armenbüchse zu werfen.

Wenn der Sonntag kam, ging es an ein Putzen, dem alle meine Edikte gegen den Aufwand nicht Einhalt tun konnten. So fest ich auch glaubte, durch meine Predigten gegen den Hochmut die Eitelkeit meiner Töchter besiegt zu haben, so fand ich doch, daß sie insgeheim noch immer ihrer alten Putzsucht ergeben waren. Noch immer liebten sie Spitzen, Bänder und Glasperlen; selbst meine Frau behielt eine Vorliebe für ihren karmesinroten seidenen Mantel, weil ich einst geäußert hatte, daß er sie gut kleide.

Besonders am ersten Sonntag ärgerte mich ihr Benehmen. Am Abend zuvor hatte ich zu meinen Töchtern gesagt, sie möchten sich am nächsten Morgen bei guter Zeit ankleiden, denn ich mochte immer gern früher als die Gemeinde in der Kirche sein. Sie gehorchten pünktlich meinem Befehl; doch als wir uns zum Frühstück einfanden, kamen meine Frau und Töchter, völlig in ihren früheren Glanz gekleidet, das Haar mit Pomade bedeckt, die Gesichter mit Schönpflästerchen beklebt, die langen Schleppen hinten in einen Wulst zusammengebunden, der bei jeder Bewegung rauschte. Ich mußte über ihre Eitelkeit lächeln, besonders über die meiner Frau, der ich doch mehr Klugheit zugetraut hatte. In dieser Verlegenheit wußte ich keinen anderen Ausweg, als meinem Sohn mit wichtiger Miene zu befehlen, er möge die Kutsche vorfahren lassen. Die Mädchen erstaunten über diesen Befehl, ich aber wiederholte ihn mit noch mehr Nachdruck. »Das ist offenbar ein Scherz, lieber Mann!« rief meine Frau. »Wir können sehr gut zu Fuße gehen und bedürfen keiner Kutsche.« – »Du irrst, mein Kind«, erwiderte ich, »wir bedürfen einer Kutsche; denn wenn wir in diesem Aufzuge in die Kirche gehen, so werden die Gassenjungen hinter uns her schreien.« – »Ich habe wirklich immer geglaubt«, versetzte meine Frau, »mein Charles sähe seine Kinder gern nett und sauber vor ihm erscheinen.« – »Ihr mögt so nett sein, wie ihr wollt«, unterbrach ich sie, »und ihr werdet mir nur um so mehr gefallen. Das aber ist nicht nett, sondern Flitterstaat. Diese Krausen, Spitzen und Schönpflästerchen werden uns nur bei den Frauen unserer Nachbarn verhaßt machen. Nein, meine Kinder«, setzte ich ernsthaft hinzu, »diese Kleider könnten etwas einfacher geschnitten sein; denn solcher Putz ist für uns höchst unpassend, da wir kaum Mittel haben, uns anständig zu kleiden. Auch weiß ich nicht, ob ein solcher Prunk und Flitterstaat sich selbst für reiche Leute schickt, wenn wir nach einer mäßigen Berechnung erwägen, wie viel Arme mit dem Überflusse dieses eitlen Tandes gekleidet werden könnten.«

Diese Vorhaltung brachte eine geeignete Wirkung hervor. Mit großer Fassung entfernten sie sich sogleich und kleideten sich um, und am nächsten Tage sah ich mit Vergnügen, wie meine Töchter aus eigenem Antriebe beschäftigt waren, aus ihren Schleppen Sonntagswestchen für Dick und Bill, meine beiden Kleinsten, zu machen; und was noch erfreulicher war, die Kleider schienen durch diese Verkürzung sogar gewonnen zu haben.

Fünftes Kapitel

Die Einführung einer neuen und vornehmen Bekanntschaft. Worauf wir die größte Hoffnung setzen, das schlägt meistens fehl

In geringer Entfernung vom Hause hatte mein Vorgänger eine Rasenbank angelegt, von Hagedorn und Geißblatthecken beschattet. Wenn das Wetter schön und unsere Arbeit früh beendet war, saßen wir hier gewöhnlich beieinander und freuten uns der weiten Aussicht in der Abendstille. Hier tranken wir zuweilen Tee, der jetzt zu einer Festlichkeit geworden war und uns neue Freuden gewährte, da wir ihn nur selten genossen; auch geschahen die Vorbereitungen dazu mit großer Feierlichkeit und Geschäftigkeit. Bei diesen Gelegenheiten mußten unsere beiden Jüngsten immer etwas vorlesen, und nachdem wir getrunken hatten, bekamen auch sie ihren Anteil. Um unseren Ergötzlichkeiten Abwechslung zu geben, sangen die Mädchen zuweilen zur Gitarre, und während sie so ein kleines Konzert aufführten, ging ich mit meiner Frau am Rande des Feldes dahin, der mit blauen Glockenblumen und Tausendschön geschmückt war, redeten dabei mit Entzücken von unseren Kindern und sogen den erquickenden Hauch ein, der uns Gesundheit und liebliche Töne zuwehte.

Auf diese Weise fingen wir an zu begreifen, daß jede Lebenslage ihre eigenen Freuden zu gewähren vermag. Jeder Morgen weckte uns zu neuer Arbeit, doch belohnte uns der Abend durch heitere Erholung.

Zu Anfang des Herbstes an einem Feiertage, wo wir stets jede Arbeit einstellten, führte ich meine Familie zu unserem gewöhnlichen Vergnügungsplatze hinaus. Unsere jungen Damen begannen ihr Konzert. So beschäftigt, sahen wir plötzlich etwa zwanzig Schritte vor uns einen Hirsch in großen Sätzen vorüberspringen. Sein Keuchen schien zu verraten, daß er von Jägern verfolgt wurde. Wir hatten nicht lange Zeit, über die Not des armen Tieres Betrachtungen anzustellen, denn in einiger Entfernung bemerkten wir Hunde und Reiter, die denselben Weg einschlugen, den der Hirsch genommen hatte. Ich wollte sogleich mit meiner Familie ins Haus zurückkehren, doch Neugierde, Überraschung oder irgendein anderer mir unbekannter Beweggrund hielten meine Frau und Töchter auf ihren Sitzen festgebannt. Der voranreitende Jäger sprengte pfeilschnell an uns vorüber. Ihm folgten vier oder fünf andere, die ebenso große Eile zu haben schienen. Zuletzt kam ein junger Herr von vornehmerem Ansehen als die übrigen. Er betrachtete uns eine Weile, und statt der Jagd zu folgen, hielt er plötzlich still, gab sein Pferd an einen Diener ab und näherte sich uns mit nachlässig-vornehmer Miene. Er schien keiner Einführung zu bedürfen, sondern begrüßte meine Töchter wie einer, der sich im voraus eines freundlichen Empfangs versichert hält. Doch sie hatten früh die Kunst gelernt, jede Anmaßung durch einen stolzen Blick zurückzuweisen. Hierauf ließ er uns wissen, er heiße Thornhill und sei der Besitzer des Landgutes, welches in geringer Entfernung von uns lag. Er machte einen nochmaligen Versuch, die weiblichen Mitglieder der Familie zu umarmen, und so groß war die Macht des Reichtums und der schönen Kleider, daß er nicht zum zweiten Mal eine Zurückweisung erhielt. Da sein Benehmen zwar selbstgefällig, aber doch ungezwungen war, wurden wir bald vertrauter miteinander, und als er Musikinstrumente bemerkte, bat er, ihn mit einem Liede zu erfreuen. Da ich so ungleiche Bekanntschaften nicht billigte, winkte ich meinen Töchtern zu, nicht ihre Zustimmung zu geben. Doch durch einen Wink ihrer Mutter wurde der meinige aufgehoben, und sie sangen nun mit heiterer Miene ein Lieblingslied von Dryden. Herr Thornhill schien sehr erfreut über die Wahl und Ausführung und nahm dann selber die Gitarre zur Hand. Er spielte nur mittelmäßig, doch meine älteste Tochter gab ihm seinen früheren Beifall mit Zinsen zurück, indem sie versicherte, seine Töne wären lauter als selbst die ihres Musiklehrers. Bei diesem Komplimente verbeugte er sich, und sie verneigte sich darauf ebenfalls. Er rühmte ihren Geschmack und sie seine Fertigkeit; ein Menschenalter hätte sie nicht vertrauter machen können. Die zärtliche Mutter, gleichfalls überglücklich, bestand darauf, daß der Gutsherr eintrete und ein Glas von ihrem Stachelbeerwein koste. Die ganze Familie schien es darauf anzulegen, ihm zu gefallen. Meine Töchter waren bemüht, ihn mit Gegenständen zu unterhalten, die sie für modern hielten, während Moses einige Fragen über die alten Klassiker an ihn richtete und das Vergnügen hatte, ausgelacht zu werden. Meine beiden jüngsten Knaben waren nicht weniger geschäftig und schmiegten sich dicht an den Fremden. Nur mit vieler Mühe konnte ich sie abhalten, mit ihren schmutzigen Fingern seine Rocktressen zu betasten oder seine Taschen aufzuknöpfen, um zu sehen, was darin sei. Gegen Abend nahm er Abschied, nachdem er zuvor um die Erlaubnis gebeten hatte, seinen Besuch wiederholen zu dürfen, was ihm als unserm Gutsherrn gern bewilligt wurde.

Sobald er fort war, berief meine Frau eine Ratsversammlung, um über die Erlebnisse des Tages zu verhandeln. Sie war der Meinung, dies sei ein glückliches Ereignis, denn sie habe schon viel seltsamere Dinge erlebt, die endlich eingetroffen wären. Sie hoffte noch den Tag zu erleben, wo wir wieder den Kopf hoch tragen würden, gleich den vornehmsten Leuten, und beteuerte zum Schluß, sie sehe doch wahrlich nicht ein, warum die beiden Fräulein Wrinkler so reiche Partien machen sollten und ihre Kinder nicht. Da der letzte Ausspruch gegen mich gerichtet war, so erklärte ich, daß ich weder dafür den Grund einsähe, noch warum Frau Simpkins zehntausend Pfund in der Lotterie gewonnen habe, während uns eine Niete zugefallen sei. »Wahrhaftig, Charles«, rief meine Frau, »das ist deine alte Art, mich und die Mädchen zu tadeln, wenn wir einmal guter Laune sind. Sag mir, liebe Sophia, was denkst du von unserem neuen Gast? Hältst du ihn nicht für sehr gutmütig?« – »O gewiß, liebe Mutter«, erwiderte sie, »mich dünkt auch, er weiß über alles zu sprechen und ist nie in Verlegenheit. Je unbedeutender der Gegenstand ist, desto mehr weiß er darüber zu sagen.« – »Ja«, rief Olivia, »für einen Mann mag er gut genug sein, wenn er mir auch nicht gerade besonders gefällt. Er ist zu unverschämt und zudringlich, und die Gitarre spielt er ganz abscheulich.« Die beiden letzten Aussprüche deutete ich umgekehrt. Ich sah, daß Sophia ihn innerlich ebenso verachtete, wie Olivia ihn im stillen bewunderte. »Was für eine Meinung ihr auch von ihm haben mögt, meine Kinder«, rief ich, »so muß ich euch doch aufrichtig gestehen, daß er mich nicht sehr für sich eingenommen hat. Ungleiche Freundschaft endet immer mit Abneigung; auch schien er bei aller seiner Höflichkeit sich des Abstandes zwischen ihm und uns deutlich bewußt zu sein. Laßt uns lieber Gesellschaft wählen, die unserem Stande angemessen ist. Es gibt keinen verächtlicheren Mann als einen Glücksjäger, und ich sehe nicht ein, warum Mädchen, die nach einer reichen Heirat streben, nicht ebenso verächtlich sein sollten. Auch wenn es nach Wunsch geht, müssen wir alle verächtlich werden, mögen nun seine Absichten ehrenvoll sein oder nicht. Mich schaudert bei dem Gedanken an das Letztere. Freilich habe ich wegen des Benehmens meiner Kinder nichts zu befürchten, wohl aber wegen seines Charakters.« Ich würde noch weiter geredet haben, doch wurde ich durch einen Diener des Gutsherrn unterbrochen, der uns nebst seiner Empfehlung ein Stück Wildbret schickte und uns sagen ließ, daß er an einem der nächsten Tage mit uns zu speisen wünsche. Dieses willkommene Geschenk sprach mächtiger zu seinen Gunsten als irgend etwas, was ich gegen ihn hätte sagen können. Ich schwieg daher und begnügte mich damit, sie auf die Gefahr aufmerksam gemacht zu haben, indem ich es ihrer eigenen Klugheit überließ, sie zu vermeiden. Die Tugend, die stets bewacht werden muß, ist der Schildwache kaum wert.

Sechstes Kapitel

Das Glück am ländlichen Herde

Da der Streit mit einiger Wärme geführt worden war, wurde, um alles wieder ins Lot zu bringen, einstimmig beschlossen, daß wir einen Teil des Wildbrets zum Abendessen haben sollten, und meine Töchter übernahmen die Zubereitung desselben mit großem Eifer. »Es tut mir leid«, rief ich, »daß wir keinen Nachbarn oder Freund haben, der an diesem guten Mahle teilnehmen könnte. Bei Festen dieser Art gewährt die Gastfreundschaft einen doppelten Genuß.« – »Meiner Treu«, rief meine Frau, »hier kommt unser guter Freund Herr Burchell, der unsere Sophia errettete und dich beim Disputieren überwand.« – »Mich beim Disputieren überwand, mein Kind?« rief ich. »Da irrst du, meine Liebe. Ich glaube, es gibt nur wenige, die dazu imstande sind. Ich bestreite dir niemals deine Geschicklichkeit, eine gute Gänsepastete zu bereiten, darum bitte ich dich, mir das Disputieren zu überlassen.« Während ich sprach, trat der arme Herr Burchell ins Haus und wurde von allen mit herzlichem Händedrücken begrüßt, während der kleine Dick ihm dienstfertig einen Stuhl darbot.

Aus zwei Gründen war mir die Freundschaft des armen Mannes angenehm: weil ich wußte, daß er der meinigen bedurfte, und mich zugleich überzeugt hielt, daß er nach Kräften gefällig sei. Er war in der Gegend als ein armer Herr bekannt, der in seiner Jugend nicht habe gut tun wollen, obgleich er noch nicht dreißig Jahre alt war. Zuweilen sprach er sehr verständig, doch am meisten liebte er den Umgang mit Kindern, welche er harmlose kleine Menschen zu nennen pflegte. Er machte sich dadurch bei ihnen beliebt, daß er ihnen Balladen vorsang und Geschichten erzählte, und selten ging er aus, ohne etwas für sie mitzubringen, entweder ein Stück Pfefferkuchen oder eine Pfennigspfeife. Meistens kam er einmal im Jahr auf einige Tage in unsere Gegend und lebte von der Gastfreundschaft der Nachbarn. Er setzte sich mit uns zum Abendessen, und meine Frau war nicht karg mit ihrem Stachelbeerwein. Jeder trug etwas zur Unterhaltung bei; er sang uns alte Volkslieder und gab den Kindern die Geschichte vom Bocke von Beverland, von der geduldigen Griseldis, den Abenteuern Catskins und die Geschichte von dem Zimmer der schönen Rosamunde zum Besten. Unser Haushahn, der stets um elf Uhr krähte, sagte uns, daß es jetzt Zeit sei, sich zur Ruhe zu begeben; doch zeigte sich eine unvorhergesehene Schwierigkeit, wie wir unseren Gast unterbringen sollten. Alle unsere Betten waren schon besetzt, und es war zu spät, ihn ins nächste Gasthaus zu senden. In dieser Verlegenheit bot ihm der kleine Dick seinen Teil des Bettes an, wenn sein Bruder Moses ihn in das seinige nehmen wollte. »Und ich«, rief Bill, »will Herrn Burchell meinen Teil des Bettes überlassen, wenn meine Schwestern mir einen Platz in dem ihrigen einräumen wollen.« – »Wohl getan, meine Kinder«, rief ich, »Gastfreundschaft ist eine der ersten Christenpflichten. Das Tier sucht seine Höhle, und der Vogel fliegt in sein Nest; doch der hilflose Mensch kann nur bei seinen Mitmenschen einen Zufluchtsort finden. Der größte Fremdling auf dieser Welt war der, welcher gekommen war, sie zu erlösen. Er hatte nie ein Obdach, gleichsam als wollte er sehen, wie viel Gastfreundschaft noch unter den Menschen vorhanden sei. Liebe Deborah«, sagte ich zu meiner Frau, »gib diesen Knaben ein Stück Zucker, und Dick das größte, weil er zuerst gesprochen hat.«

Früh am nächsten Morgen forderte ich meine Familie auf, mir beim Einbringen des Grummets behilflich zu sein, und da unser Gast seinen Beistand anbot, wurde er in unsere Zahl aufgenommen. Unsere Arbeit ging leicht vonstatten; wir breiteten die Schwaden zum Trocknen aus; ich ging voran, und die übrigen folgten in gehöriger Ordnung. Dabei entging es mir nicht, daß Herr Burchell lebhaft bemüht war, meiner Tochter Sophia bei ihrer Arbeit zu helfen. Wenn er mit seiner eigenen fertig war, beteiligte er sich an der ihrigen und begann ein vertrauliches Gespräch. Doch ich hatte eine zu gute Meinung von Sophias Verstande und war zu sehr von ihrem Ehrgefühl überzeugt, um wegen eines Mannes von zerrütteten Vermögensumständen Unruhe zu empfinden. Als wir unser Tagewerk vollendet hatten, luden wir Herrn Burchell wieder ein, die Nacht bei uns zu bleiben; doch diesmal lehnte er es ab, weil er den Abend noch einen Nachbarn besuchen wollte, dessen Knaben er eine Pfeife mitzubringen versprochen hatte.

Als er fort war, kam das Gespräch beim Abendessen auf unseren unglücklichen Gast. »Welch ein auffallendes Beispiel«, sagte ich, »liefert dieser arme Mann von dem Elende, welches einem leichtsinnigen und ausschweifenden Jünglinge folgt! Es fehlt ihm keineswegs am Verstand, doch um so unbegreiflicher ist seine frühere Torheit. Der arme verlassene Mann! Wo sind jetzt die lustigen Brüder, die Schmeichler, die er sonst begeisterte und beherrschte! Vielleicht gegangen, um dem verborgenen Kuppler aufzuwarten, der durch seine Verschwendung reich geworden ist. Einst rühmten sie ihn, und jetzt preisen sie den Kuppler; ihr früheres Entzücken über seinen Witz ist jetzt in bitteren Spott über seine Torheit verwandelt. Er ist arm, und vielleicht verdient er seine Armut, denn er besitzt weder den Ehrgeiz, sich unabhängig zu machen, noch die Geschicklichkeit, nützlich zu sein.« Von geheimen Beweggründen bestimmt, sprach ich diese Bemerkung mit zu großer Härte aus, und Sophia erklärte sich mit Milde dagegen. »Welches auch sein früheres Betragen gewesen sein mag, Papa, jetzt wenigstens sollte ihn seine Lage vor Tadel schützen. Seine gegenwärtige Armut ist eine hinlängliche Strafe für seine frühere Torheit, und ich habe meinen lieben Vater selber sagen hören, wir sollten niemals einem Opfer einen unnötigen Schlag versetzen, über dem die Vorsehung ihre Geißel schwingt.« – »Du hast recht, Sophia«, rief mein Sohn Moses, »und ein alter Dichter stellt uns sehr schön ein so boshaftes Betragen in dem Versuche des Bauern dar, der den Marsyas schinden will, nachdem ihm schon ein anderer die Haut völlig abgezogen hat. Übrigens weiß ich nicht, ob die Lage dieses armen Mannes so übel ist, wie der Vater sie darstellt. Wir sollten die Gefühle anderer nicht nach dem beurteilen, was wir empfinden würden, wenn wir an ihrer Stelle wären. So dunkel auch die Wohnung des Maulwurfs unseren Augen erscheint, so findet doch das Tier selber seinen Aufenthaltsort hell genug. In Wahrheit scheint mir des Mannes Gemüt zu seiner Lage zu passen, denn ich habe selten jemand vergnügter gesehen, als er heute war, da er sich mit dir unterhielt.« Dies war ohne alle Absicht gesagt, doch errötete Sophia darüber und war bemüht, es unter einem erzwungenen Lächeln zu verbergen, indem sie versicherte, wenig auf das geachtet zu haben, was er gesagt hatte; indes meinte sie, er möge ehemals wohl ein recht feiner Herr gewesen sein. Die Bereitwilligkeit, womit sie sich zu verteidigen suchte, und ihr Erröten waren Symptome, die mir nicht sonderlich gefielen, ich ließ aber meinen Verdacht nicht laut werden.

Da wir am nächsten Tage unseren Gutsherrn erwarteten, beschäftigte sich meine Frau mit der Zubereitung einer Wildbretpastete. Moses las, während ich die Kleinen unterrichtete, und meine Töchter schienen ebenso beschäftigt wie die übrigen, und ich bemerkte, daß sie eine ziemlich lange Zeit etwas am Feuer kochten. Anfangs glaubte ich, sie wären ihrer Mutter behilflich; doch der kleine Dick flüsterte mir zu, sie kochten Schönheitswasser für ihre Gesichter. Gegen Schönheitswasser aller Art hatte ich von jeher eine natürliche Abneigung, denn ich wußte, daß es den Teint verdirbt, statt ihn zu verschönern. Ich rückte daher mit meinem Sessel langsam zum Feuer hin, ergriff das Schüreisen, tat, als wollte ich das Feuer anschüren, und stieß plötzlich wie durch Zufall das ganze Gebräu um, und es war zu spät, ein neues zu kochen.

Siebentes Kapitel

Beschreibung eines Londoner Schöngeistes. Die albernsten Burschen können einen Abend lang belustigen

Als der Morgen kam, an dem wir unseren jungen Gutsherrn bewirten sollten, läßt sich leicht denken, daß alle Vorräte erschöpft wurden, um uns ein Ansehen zu geben. Auch kann man sich vorstellen, daß meine Frau und Töchter bei dieser Gelegenheit ihr buntestes Gefieder ausbreiteten. Herr Thornhill kam mit ein paar Freunden und seinem Kaplan, der zugleich das Geschäft hatte, seine Jagdhunde zu füttern. Seine zahlreiche Dienerschaft wollte er aus Höflichkeit in das nächste Gasthaus schicken; doch meine Frau bestand in der Freude ihres Herzens darauf, sie alle zu bewirten, in Folge dessen, beiläufig gesagt, sich die Familie drei Wochen nachher mit schmalen Bissen behelfen mußte. Da Herr Burchell uns am Tage vorher einen Wink gegeben hatte, Thornhill werde dem Fräulein Arabella Wilmot, der früheren Geliebten meines George, einen Heiratsantrag machen, tat dies der Herzlichkeit seines Empfangs großen Abbruch. Doch ein Zufall half uns aus der Verlegenheit; denn als einer aus der Gesellschaft zufällig ihren Namen nannte, beteuerte Herr Thornhill mit einem Eide, er kenne nichts Abgeschmackteres, als diese Vogelscheuche eine Schönheit zu nennen. »Man soll mich braun und blau schlagen«, fuhr er fort, »wenn ich mir nicht ebenso gerne beim Schein einer Lampe ein Dämchen unter St. Dunstans Uhr wähle.« Hierbei lachte er, und wir lachten mit. Die Scherze reicher Leute finden ja immer Beifall. Olivia konnte nicht umhin, mir leise, doch hörbar genug, zuzuflüstern, daß er einen reichen Schatz von Humor besitze.

Nach Tische brachte ich meinen gewöhnlichen Toast auf die Kirche aus, worauf mir der Kaplan erwiderte, die Kirche sei die einzige Geliebte seines Herzens. »Hören Sie, Frank«, sagte der Gutsherr mit seiner gewöhnlichen Leichtfertigkeit, »seien Sie einmal ehrlich! Gesetzt, Ihre gegenwärtige Geliebte, die Kirche, stände im bischöflichen Gewande auf der einen Seite von Ihnen und Fräulein Sophia ohne Gewand auf der anderen, für welche würden Sie sich entscheiden?« – »Gewiß für beide«, rief der Kaplan. – »Recht so, Frank!« rief der Gutsherr. »Möge ich an diesem Glase ersticken, wenn ein hübsches Mädchen nicht mehr wert ist als die ganze Priesterschaft auf der Welt! Was sind ihre Zehnten, ihre Ränke und Kniffe anders als Betrug, als schändlicher Betrug? Ich kann es beweisen!« – »Ich wollte, Sie täten es«, rief mein Sohn Moses, »und ich glaube imstande zu sein, Sie zu widerlegen.« – »Sehr gern!« erwiderte der Gutsherr, der seinen Scherz mit ihm treiben wollte und den anderen zublinzelte, daß es einen Spaß geben werde. »Wollen Sie den Gegenstand kaltblütig erörtern, so bin ich bereit, die Forderung anzunehmen. Vorher aber erklären Sie sich: Sind Sie für die analogische oder dialogische Beweisführung?« – »Ich bin für die vernunftmäßige Beweisführung«, rief Moses, überglücklich, daß er Gelegenheit habe zu disputieren. »Gut«, sagte der Gutsherr. »Fürs erste werden Sie hoffentlich nicht leugnen, daß alles, was ist, ist. Wenn Sie mir das nicht zugeben, kann ich nicht weitergehen.« – »Ei nun«, entgegnete Moses, »das kann ich wohl zugeben und es für mich anwenden.« – »So hoffe ich auch«, versetzte der andere, »Sie werden mir zugeben, daß ein Teil kleiner ist als das Ganze.« – »Auch zugegeben«, antwortete Moses. »Es ist nicht mehr als recht und billig.« – »Hoffentlich werden Sie nicht leugnen«, sagte der Gutsherr, »daß die Winkel eines Dreiecks zwei rechten gleich sind?« – »Nichts kann klarer sein«, erwiderte der andere, mit wichtiger Miene um sich blickend. »Vortrefflich!« rief der Gutsherr, indem er sehr rasch sprach. »Die Prämissen wären also festgestellt, und ich gehe zu der Bemerkung über, daß die Verkettung von Selbstexistenzen, fortschreitend in gegenseitigem Doppelverhältnisse, notwendig einen problematischen Dialogismus hervorbringt, der gewissermaßen beweist, daß die Essenz der Spiritualität auf das zweite Prädikat bezogen werden muß.« – »Halt, halt«, rief der andere, »das leugne ich. Glauben Sie, ich werde mich solchen heterodoxen Lehrsätzen bereitwillig fügen?« – »Was«, rief der Gutsherr scheinbar heftig aus, »nicht fügen? Beantworten Sie mir eine einzige einfache Frage. Glauben Sie, daß Aristoteles recht hat, wenn er sagt, relative Sätze seien relativ?« – »Ohne Zweifel«, versetzte der andere. »Wenn das ist«, rief der Gutsherr, »so antworten Sie mir bestimmt auf meine Frage: Halten Sie die analytische Untersuchung des ersten Teils meines Enthymems für unzulänglich secundum quoad oder quoad minus? Geben Sie Ihre Gründe an – geben Sie ohne Umschweife Ihre Gründe an!« – »Ich muß gestehen«, erwiderte Moses, »ich verstehe die Bedeutung Ihres Räsonnements nicht recht. Wenn es auf eine einfache Proposition zurückgeführt würde, glaube ich darauf antworten zu können.« – »O mein Herr«, versetzte der Gutsherr, »ich bin Ihr gehorsamster Diener. Ich sehe schon, ich soll Sie nicht bloß mit Argumenten, sondern auch noch mit Verstand versehen. Nein, mein Herr, dagegen muß ich protestieren; Sie sind mir zu hartköpfig.« Jetzt brach ein Gelächter aus auf Kosten des armen Moses, der in der Gruppe von fröhlichen Gesichtern eine traurige Figur spielte und während der ganzen Unterhaltung kein Wort mehr sprach.

Die ganze Sache erregte mein Mißfallen, doch brachte sie auf Olivia eine ganz verschiedene Wirkung hervor. Sie hielt das für Humor, was bloßer Gedächtniskram war. Thornhill erschien ihr als ein Mann von feiner Bildung, und wer den mächtigen Reiz kennt, den eine hübsche Gestalt, schöne Kleider und Vermögen solchen Menschen verleihen, der wird es ihr leicht verzeihen. Ungeachtet seiner wirklichen Unwissenheit sprach Herr Thornhill mit großer Leichtigkeit und konnte sich über gewöhnliche Gegenstände der Unterhaltung sehr geläufig ausdrücken. Man darf sich daher nicht wundern, wenn er durch diese Eigenschaften die Zuneigung eines Mädchens gewann, das sich vermöge ihrer Erziehung selber nach dem äußeren Scheine beurteilte und folglich auch den Wert anderer darnach schätzte.

Als unser junger Gutsherr sich entfernt hatte, stritten wir nochmals über seine Verdienste. Da seine Blicke und seine Unterhaltung beständig an Olivia gerichtet waren, konnte es nicht länger zweifelhaft sein, daß sie es war, die ihn veranlaßte, uns zu besuchen. Auch schien sie die unschuldige Neckerei ihres Bruders und ihrer Schwester nicht übelzunehmen. Selbst Deborah schien den Ruhm des Tages zu teilen und frohlockte über den Sieg ihrer Tochter, als wäre es ihr eigener. »Und nun, mein Lieber«, rief sie mir zu, »will ich offen bekennen, daß ich meinen Töchtern geraten habe, unseren Gutsherrn in seinen Bewerbungen zu ermuntern. Ich habe von jeher einen gewissen Ehrgeiz gehabt, und nun siehst du wohl, daß ich recht hatte; denn wer weiß, wie das endet?« – »Ach ja, wer kann das wissen!« antwortete ich mit einem tiefen Seufzer. »Mir gefällt diese Sache nicht. Weit lieber wäre mir ein armer und redlicher Mann als dieser feine Herr mit seinem Reichtum und Unglauben; denn wenn er, wie ich argwöhne, ein Freidenker ist, soll er nimmer eins von meinen Kindern bekommen.«

»Darin bist du gewiß zu streng, lieber Vater«, rief Moses. »Der Himmel wird ihn nicht nach dem richten, was er denkt, sondern nach dem, was er tut. Jeder Mensch hat tausend lasterhafte Gedanken, die in ihm aufsteigen, ohne daß er die Macht hat, sie zu unterdrücken. Vielleicht ist es diesem Herrn unwillkürlich, frei über Religion zu denken. Gesetzt, seine Meinungen sind irrig, so verhält er sich doch völlig passiv. Für seine Irrtümer ist er nicht mehr zu tadeln als der Kommandant einer Stadt ohne Mauern, der sie dem eindringenden Feinde zu überlassen genötigt ist.«

»Sehr wahr, mein Sohn«, rief ich. »Doch wenn der Kommandant den Feind dorthin einladet, so ist er mit Recht strafbar, und dies ist stets der Fall bei denen, die sich dem Irrtum ergeben. Das Vergehen liegt nicht in der Billigung der Beweise, die sie sehen, sondern darin, daß sie blind sind für so viele Beweise, die sich ihnen darbieten. Wenn unsere irrigen Meinungen auch in ihrem Ursprunge unwillkürlich sind, so verdienen wir doch, wenn wir sie mit Vorsatz oder aus Leichtsinn angenommen haben, Strafe für unsere Vergehen oder Verachtung wegen unserer Torheit.«

Nun mischte sich meine Frau in das Gespräch, doch ohne sich auf Gründe einzulassen. Sie bemerkte, daß mehrere sehr verständige Leute unter unseren Bekannten Freidenker und doch sehr gute Ehemänner wären; auch kenne sie einige verständige Mädchen, die Geschick genug hätten, ihre Männer zu bekehren. »Und wer weiß, mein Lieber«, setzte sie hinzu, »was unsere Olivia vermag? Das Mädchen weiß über jeden Gegenstand zu reden, und meiner Ansicht nach ist sie nicht unerfahren in Glaubensstreitigkeiten.«

»Aber meine Liebe«, rief ich, »von welchen Glaubensstreitigkeiten kann sie denn etwas gelesen haben? Ich besinne mich nicht, daß ich ihr dergleichen Bücher in die Hand gegeben hätte. Du schlägst ihr Verdienst in der Tat zu hoch an.« – »Nein, Papa«, versetzte Olivia, »das ist nicht der Fall. Ich habe viel über Glaubensstreitigkeiten gelesen: die Disputation zwischen Thwackum und Square, auch die zwischen Robinson Crusoe und Freitag dem Wilden, und gegenwärtig lese ich die Kontroverse im ›Seelenbräutigam‹.« – »Ei«, rief ich, »das ist ja ein wackeres Mädchen! Ich sehe wohl, du bist trefflich geeignet, Freigeister zu bekehren; so geh denn nun und hilf deiner Mutter den Stachelbeerkuchen backen.«

Achtes Kapitel

Eine Liebschaft, die wenig Glück verheißt, aber doch ein großes herbeiführen kann

Am nächsten Morgen besuchte uns Herr Burchell wieder, obgleich es mir aus gewissen Gründen mißfiel, daß er sich so häufig einstellte; doch konnte ich ihm meine Gesellschaft und mein Kaminfeuer nicht versagen. Seine Arbeit brachte freilich mehr ein, als seine Bewirtung kostete, denn er arbeitete nach besten Kräften mit uns und war auf der Wiese oder beim Heuschober stets der erste. Außerdem hatte er immer etwas Unterhaltendes zu erzählen, wodurch uns die Arbeit erleichtert wurde. Er war zugleich so sonderbar und doch wieder so verständig, daß ich ihn lieben, über ihn lachen und ihn bemitleiden mußte. Das einzige, was mir mißfiel, war, daß er Neigung zu meiner Tochter verriet. Er pflegte sie im Scherze seine kleine Braut zu nennen, und wenn er den beiden Mädchen Bänder kaufte, so war Sophias Band gewiß immer das schönste. Ich wußte nicht, wie es geschah, doch schien er jeden Tag liebenswürdiger, sein Witz feiner zu werden und sein einfaches Wesen einen Anflug von höherer Weisheit zu gewinnen.

Unsere Familie nahm das Mittagessen auf dem Felde ein, und wir saßen oder lagerten uns vielmehr um ein einfaches Mahl. Unser Tischtuch war über einen Heuhaufen gebreitet, und Burchells Heiterkeit würzte den Schmaus. Unsere Freude zu erhöhen, antworteten zwei Amseln einander von den gegenüberstehenden Hecken aus. Das zutrauliche Rotkehlchen kam und pickte die Brotkrumen aus unseren Händen, und jeder Ton erschien nur als das Echo der Ruhe und Zufriedenheit. »Immer wenn ich so dasitze«, sagte Sophia, »muß ich an die beiden Liebenden denken, die einander umarmend vom Blitze getroffen wurden, wie es uns Herr Gay so zart geschildert hat. Es liegt etwas so Rührendes in der Beschreibung, daß ich sie hundertmal mit stets neuem Entzücken gelesen habe.« – »Meiner Ansicht nach«, versetzte mein Sohn, »stehen die feinsten Züge dieser Schilderung tief unter Ovids Gedicht ›Acis und Galatea‹. Der römische Dichter versteht die Anwendung des Kontrastes besser, und auf der kunstvollen Anwendung dieser Redefigur beruht alle Wirkung des Pathetischen.« – »Es ist merkwürdig«, bemerkte Herr Burchell, »daß die beiden erwähnten Dichter dazu beigetragen haben, einen falschen Geschmack in ihrem Vaterlande einzuführen, indem sie ihre Verse mit Beiwörtern überluden. Männer von geringeren Talenten fanden es bequem, ihre Fehler nachzuahmen, und die englische Poesie, gleich der in der letzten Periode des Römischen Reiches, ist nichts weiter als ein Zusammenstellen üppiger Bilder ohne Plan und Zusammenhang, eine Reihe von Beiwörtern, die gut klingen, aber den Gedanken nicht weiterführen. Doch, indem ich andere tadle, halten Sie es vielleicht für billig, mein Fräulein, jenen eine Gelegenheit zur Vergeltung zu gewähren, und in der Tat machte ich nur diese Bemerkung, um Gelegenheit zu haben, der Gesellschaft eine Ballade vorzutragen, die, welches auch sonst ihre Fehler sein mögen, doch, wie ich glaube, von den eben erwähnten frei ist.

Ballade

›Hervor, du guter Eremit,
Führ mich durchs öde Tal,
Dorthin, wo jene Kerze glüht
Mit gastfreundlichem Strahl.

Verirrt und einsam wandr' ich hier
Mit matten Schritten fort,
Die Wildnis breitet aus vor mir
Sich endlos hier und dort.‹

›Zurück!‹ ruft da der Eremit.
›Folg nicht dem Schein, mein Sohn;
Denn jenes Irrlicht treulos flieht
Und spricht dem Wandrer Hohn.

Des Mangels heimatlosem Kind
Ist offen meine Tür;

Und wenn auch schmal die Bissen sind,
Teil' ich sie gern mit dir.

So tritt denn aus dem finstern Tal
In meine Klause ein;
Mein Binsenbett und nüchtern Mahl,
Segen und Ruh' sind dein.

Kein Lamm, das frei das Tal durchstreift,
Führ' ich zur Schlachtbank hin;
Der mich mit Wohltat überhäuft,
Lehrt Mitleid meinen Sinn.

Von jenes Hügels Abhang her
Hol' ich, was mir gebricht;
Die Tasche ist von Früchten schwer,
Dem Quell fehlt Wasser nicht.

Komm, Pilger, schlage in den Wind
Die Sorgen schwer und bang;
Nur wenig braucht ein Menschenkind
Und, was es braucht, nicht lang.‹

Mild, wie vom Himmel Tau sich senkt,
Erklingt des Klausners Wort;
Der scheue Pilger schweigend lenkt
Den Schritt zum sichern Ort.

Tief in verborgner Wildnis lag
Das kleine Häuschen dort,
War Armen Schutz in Not und Plag,
Wandrern ein Zufluchtsort.

Nicht reiche Schätze bietet hier
Das niedre Hüttchen dar;
Die Klinke schließt die schmale Tür,
Empfängt ein harmlos Paar.

Jetzt, wo der Städter bunte Schar
  Zum Schmause eilt in Hast,
Beut einen Sitz der Klausner dar
  Am Herd dem stillen Gast.

Der Früchte kargen Vorrat er
  Ihm heiter lächelnd beut,
Und bei der Sagen froher Lehr'
  Entfliehet rasch die Zeit.

Die Katze auch ihr Teil begehrt
  Und schmiegt sich an ihn dicht,
Das Heimchen zirpet unterm Herd,
  Die Motte schwirrt ums Licht.

Doch weder Munterkeit noch Scherz
  Stimmt heiter seinen Sinn;
Der Kummer drücket schwer sein Herz,
  In Tränen fließt er hin.

Der Eremit bemerkt sein Weh,
  Sich gleichen Wehs bewußt:
›Woher, Unglücklicher, gesteh,
  Die Sorgen deiner Brust?

Weil man dich, in die Welt verbannt,
  Aus beßrer Wohnung trieb?
Weil deine Freundschaft man verkannt,
  Verachtet deine Lieb'?

Die Freuden, ach, die's Glück verleiht,
  Vergänglich, eitel sind;
Und die sie schätzen, sind noch weit,
  Weit eiteler, mein Kind.

Und Freundschaft ist ein leerer Schall,
  Der in den Schlaf dich singt,

Dem Reichen folget überall,
  Dem Armen Tränen bringt.

Und noch viel leerer ist die Lieb',
  Der heut'gen Schönen Scherz;
Nur in der Taube Nest sie blieb,
  Sonst floh sie jedes Herz.

Drum trotze, lieber Sohn, der Not,
  Veracht das Weib‹, er spricht;
Doch plötzlich steigt ein hohes Rot
  In seines Gasts Gesicht.

Dem hocherstaunten Blicke bot
  Manch neuer Reiz sich dar,
Die Wange glüht wie Morgenrot,
  Gleich wechselnd und gleich klar.

In holder Scham senkt sich der Blick,
  Die Brust sich bebend hebt,
Und vor dem Klausner flieht zurück
  Ein Mädchen, reizbelebt.

›Verzeiht der Fremden‹, flehend bat
  Die Trostlose, ›verzeiht,
Daß diese Schwell' mein Fuß betrat,
  Der Heiligkeit geweiht.

Habt Mitleid mit dem armen Kind,
  Das Lieb' zum Wandern trieb,
Dem Ruh' und Glück entschwunden sind
  Und nur Verzweiflung blieb.

Mein Vater wohnte an der Tyne,
  Ein mächt'ger Lord war er,
Und all sein Land und Gut war mein,
  Nicht Kinder hatt' er mehr.

Mich seinen Armen zu entziehn
Kam eine Freierschar;
Gar manchen Reiz sie mir verliehn,
Erdichtet oder wahr.

Ein feiler Haufe immerdar
Mit Gaben Handel trieb!
Auch unter ihnen Edwin war,
Doch sprach er nie von Lieb'.

Er war nicht reich und hochgeehrt
Und kam in schlichtem Kleid;
Hat Weisheit nur und innren Wert,
Die er nur mir geweiht.

Die Knosp', erblüht im Morgenlicht,
Des Taues heller Schein,
Sie waren doch bei weitem nicht
Wie seine Seel' so rein.

Der Tau, die Blüte an dem Baum
Sind schön, doch dauernd nie;
So schön war er, ich aber kaum
Beständiger als sie.

Mit leichtem Herzen übte ich
Die Kunst der Eitelkeit,
Und rührt' auch seine Liebe mich,
Ergötzt' mich doch sein Leid.

Von Spott verletzet, ließ er mich
Mit meinem Stolz allein;
In Einsamkeit begab er sich,
Soll dort gestorben sein.

Mein ist der Schmerz und mein die Schuld,
Mein Leben zahlt dafür;

Ich such' den Ort, wo in Geduld
Sein Herz gebrochen hier.

Verzweiflungsvoll berg' ich mich dann,
Leg' mich zum Sterben hin;
So hat für mich Edwin getan,
Und so tu' ich für ihn.‹

›Bei Gott nicht!‹ ruft der Eremit,
Der an die Brust sie drückt.
Die Schöne bebt zurück und sieht
Edwin vor sich, beglückt.

›Komm, Angelina, holdes Lieb',
Geliebte, siehe hier,
Dein lang verlorner Edwin blieb
Der Liebe treu und dir!

So halt' ich fest dich an mein Herz
Gedrückt und bleib' bei dir!
Uns niemals trennen – ist's kein Scherz –
Mein Leben bleibet mir?

Von jetzt an trennen wir uns nicht,
Wir teilen Freud' und Schmerz;
Der Seufzer, der dein Herz einst bricht,
Der bricht auch Edwins Herz.‹«

Während er diese Ballade vortrug, schien sich in Sophias Beifall eine gewisse Zärtlichkeit zu mischen. Unsere Ruhe wurde aber plötzlich durch den Knall einer Flinte gestört, die dicht neben uns abgefeuert wurde, und sogleich sahen wir einen Mann durch die Hecke springen, um die Jagdbeute aufzuheben. Dieser Jäger war der Kaplan des Gutsherrn, der eine der Amseln geschossen hatte, die uns eben noch so sehr ergötzten. Ein so lauter und naher Schuß erschreckte meine Töchter, und ich bemerkte, daß Sophia sich furchtsam in Herrn Burchells Arme geworfen hatte. Der Kaplan kam näher, bat um Verzeihung, uns beunruhigt zu haben, indem er versicherte, er habe nicht gewußt, daß wir so nahe wären. Er setzte sich sodann zu meiner jüngsten Tochter und bot ihr nach Jägersitte an, was er an dem Morgen geschossen hatte. Sie war im Begriff, es zurückzuweisen; doch ein geheimer Blick ihrer Mutter bestimmte sie, ihren Mißgriff zu verbessern, und sie nahm das Geschenk an, obgleich es mit einigem Widerwillen geschah. Wie gewöhnlich äußerte meine Frau ihren Triumph in einem Flüstern, indem sie bemerkte, Sophia habe an dem Kaplan ebenso gut eine Eroberung gemacht wie ihre Schwester an dem Gutsherrn. Ich vermutete indes mit größerer Wahrscheinlichkeit, daß ihre Neigung auf einen ganz anderen Gegenstand gerichtet sei. Der Kaplan hatte den Auftrag, uns zu melden, daß Herr Thornhill für Musik und Erfrischungen gesorgt habe und willens sei, den jungen Damen an dem Abend auf dem Rasenplatze vor unserer Tür einen Ball bei Mondschein zu geben. »Auch kann ich nicht leugnen«, setzte er hinzu, »daß ich ein Interesse dabei habe, der erste Überbringer dieser Botschaft zu sein, da ich erwarte, daß Fräulein Sophia mir als Belohnung dafür die Ehre erzeigen wird, mit mir zu tanzen.« Meine Tochter antwortete, sie werde nichts dagegen einzuwenden haben, wenn es mit Ehren geschehen könne. »Aber hier ist ein Herr«, fuhr sie fort, indem sie Burchell anblickte, »der mein Gehilfe bei unserer Tagesarbeit war, und es ist wohl recht und billig, daß er auch an dem Vergnügen teilhabe.« Herr Burchell dankte für ihre Freundlichkeit, trat aber dem Kaplan sein Recht ab und äußerte, er müsse den Abend noch fünf Meilen wandern, da er in der Gegend zum Erntefeste eingeladen sei. Seine Weigerung schien mir etwas seltsam; auch konnte ich nicht begreifen, wie ein so verständiges Mädchen wie meine jüngste Tochter einen Mann von zerrütteten Vermögensumständen einem anderen vorziehen könne, der weit bessere Aussichten hatte. Doch so wie die Männer das Verdienst der Frauen am richtigsten zu beurteilen vermögen, so sind oft auch die Damen die geeignetsten Richterinnen über uns. Beide Geschlechter scheinen bestimmt zu sein, einander auszukundschaften, und sind daher mit den verschiedenen Fähigkeiten zur gegenseitigen Beobachtung ausgestattet.

Neuntes Kapitel

Zwei sehr vornehme Damen treten auf. Vornehme Kleidung scheint auch stets vornehme Bildung anzudeuten

Herr Burchell hatte uns kaum verlassen und Sophia eingewilligt, mit dem Kaplan zu tanzen, als meine Kleinen gelaufen kamen, uns zu sagen, daß der Gutsherr mit einer großen Gesellschaft angekommen sei. Bei seiner Rückkehr fanden wir unseren Gutsherrn mit einigen Herren seines Hausstandes und zwei reichgekleideten jungen Frauenzimmern, die er uns als sehr vornehme und modische Damen aus London vorstellte. Wir hatten nicht Stühle genug für die ganze Gesellschaft, und Herr Thornhill machte sogleich den Vorschlag, jeder Herr solle sich auf den Schoß einer Dame setzen. Dagegen äußerte ich mich aber bestimmt, ungeachtet der mißbilligenden Blicke meiner Frau. Moses wurde daher abgeschickt, ein paar Stühle zu borgen, und da es auch an Damen fehlte, um die Paare zum Contretanz vollzählig zu machen, begleiteten ihn die beiden Herren, um noch einige Tänzerinnen anzuwerben. Bald war für Stühle und Tänzerinnen gesorgt. Die Herren kehrten mit den rotwangigen Töchtern meines Nachbars Flamborough zurück, welche mit großen roten Bandschleifen im Haare prunkten. Obgleich die beiden Fräulein Flamborough für die besten Tänzerinnen im ganzen Kirchspiel galten und sich trefflich beim Schleifer und Kehraus herumzuschwenken wußten, so war ihnen der Contretanz doch völlig unbekannt. Dies setzte uns anfangs in einige Verlegenheit, doch nach einigem Hin- und Herschieben ging es mit ihnen ganz lustig vorwärts. Unsere Musik bestand aus zwei Geigen, einer Pfeife und einer Handtrommel. Der Mond schien hell; Herr Thornhill und meine älteste Tochter eröffneten den Ball zum großen Ergötzen der Zuschauer, denn als die Nachbarn hörten, was vorging, versammelten sie sich scharenweise um uns. Meine Tochter bewegte sich mit so vieler Anmut und Leichtigkeit, daß meine Frau den Stolz ihres Herzens nicht bergen konnte. Sie versicherte, die Kleine tanze zwar recht artig, doch jeder Schritt sei ihrer Mutter abgestohlen. Die Damen aus der Stadt bemühten sich vergebens, mit gleicher Leichtigkeit zu tanzen.

Sie schwebten, zappelten, schmachteten und trippelten, doch ohne vorwärts zu kommen. Die Zuschauer meinten zwar, dies sei jetzt Mode, doch Nachbar Flamborough bemerkte, die Bewegung von Fräulein Olivias Füßen stimme so genau mit der Musik überein wie das Echo. Als der Tanz etwa eine Stunde gewährt hatte, gaben die beiden vornehmen Damen aus Furcht, sich zu erkälten, das Zeichen zum Aufhören. Die eine drückte ihre Empfindungen, wie mir es schien, auf sehr rohe Weise aus, indem sie bemerkte: »Verdammt, ich bin saumäßig durchgeschwitzt!« Als wir ins Haus zurückkehrten, fanden wir ein treffliches Abendessen von kalter Küche, welches Herr Thornhill hatte anrichten lassen. Die Unterhaltung war jetzt noch gezwungener als vorhin. Die beiden Damen stellten meine Töchter gänzlich in den Schatten, denn sie redeten nur von vornehmem Leben und vornehmer Gesellschaft, nebst anderen modischen Gegenständen, wie Gemälden, gutem Geschmack, Shakespeare und der Harmonika. Freilich verletzten sie uns mehr als einmal dadurch, daß sie einen Fluch ausstießen; doch das erschien mir als das sicherste Kennzeichen ihres hohen Standes, obgleich man mir später gesagt hat, daß das Fluchen durchaus nicht in Mode ist. Ihr Staat warf jedoch einen Schleier über alle Roheiten ihrer Unterhaltung. Meine Töchter schienen ihre Vornehmheit mit Neid zu betrachten, und alles, was unschicklich erschien, wurde der höheren Lebensart zugeschrieben. Die Herablassung der Damen übertraf indes noch ihre übrigen Vorzüge. Die eine äußerte, Fräulein Olivia würde unendlich gewinnen, wenn sie etwas mehr von der großen Welt sähe. Die andere fügte hinzu: »Ein einziger Winter in London würde aus Ihrer kleinen Sophia ein ganz anderes Wesen machen.« Meine Frau gab beiden ihren wärmsten Beifall zu erkennen und fügte hinzu, sie habe keinen sehnlicheren Wunsch, als ihren Töchtern den Schliff eines einzigen Winters zu verschaffen. Ich aber konnte nicht umhin, darauf zu erwidern, daß ihre Bildung bereits über ihre Vermögensumstände hinausgehe; eine größere Verfeinerung würde aber nur dazu dienen, ihre Armut lächerlich zu machen und ihnen Geschmack an Vergnügungen beizubringen, auf die sie keine Ansprüche hätten. »Welches Vergnügen«, rief Herr Thornhill, »sollten nicht die verdienen, in deren Macht es steht, so Großes zu gewähren? – Was mich betrifft«, fuhr er fort, »mein Vermögen ist sehr beträchtlich. Liebe, Freiheit und Genuß sind die Grundsätze meines Lebens; doch will ich verdammt sein, wenn ich meiner reizenden Olivia nicht sogleich mein halbes Vermögen abtrete, im Fall es ihr Freude macht! Die einzige Gunst, um die ich bitten würde, wäre, mich selbst dem Geschenk beifügen zu dürfen.« Ich war nicht so unbekannt mit der Welt, um nicht einzusehen, daß dies Modegeschwätz die Frechheit eines höchst schändlichen Antrags umhüllen sollte, war aber bemüht, meinen Zorn zu unterdrücken. »Mein Herr«, rief ich, »der Familie, die Sie jetzt mit Ihrer Gegenwart zu beehren sich herablassen, ist ein ebenso feines Ehrgefühl eingeflößt, wie Sie es selber besitzen. Jeder Versuch, dasselbe zu verletzen, dürfte von gefährlichen Folgen sein. Ehre, mein Herr, ist jetzt unser einziger Besitz, und dieses letzte Kleinod müssen wir deshalb um so sorgfältiger bewahren.« Bald reute mich die Hitze, womit ich gesprochen; denn der junge Herr ergriff meine Hand und beteuerte, er lobe meinen Mut, wenn er auch meinen Verdacht mißbilligen müsse. »In betreff Ihrer jetzigen Anspielung«, fuhr er fort, »muß ich erklären, daß nichts meinem Herzen fremder ist als ein solcher Gedanke. Nein, bei allem, was verführen kann, die Tugend, die eine regelmäßige Belagerung erfordert, war niemals nach meinem Geschmack, denn alle meine Eroberungen mache ich durch einen einzigen kühnen Handstreich.«

Die beiden Damen, die sich bisher gestellt hatten, als beachteten sie unser Gespräch nicht, schienen äußerst entrüstet über diesen letzten Zug von Ausgelassenheit und begannen ein sehr verständiges und ernsthaftes Gespräch über den Wert der Tugend, woran meine Frau, der Kaplan und ich nach und nach teilnahmen. Auch Thornhill wurde zu dem Geständnis gebracht, daß er Reue über seine früheren Ausschweifungen empfinde. Wir redeten von den Freuden der Mäßigkeit und von der heiteren Ruhe einer Seele, die von keiner Schuld befleckt ist. Diese Unterhaltung war mir so angenehm, daß meine Kleinen länger als gewöhnlich aufbleiben durften, um sich an diesem moralischen Gespräche zu erbauen. Herr Thornhill ging sogar noch weiter als ich und fragte, ob ich etwas dagegen habe, das Abendgebet zu sprechen. Ich nahm diesen Vorschlag freudig an, und so wurde der Abend angenehm hingebracht, bis die Gesellschaft aufzubrechen begann. Die Damen schienen sich sehr ungern von meinen Töchtern zu trennen, die sie liebgewonnen hatten, und baten, daß sie sie nach Hause begleiten möchten. Der Gutsherr unterstützte diesen Vorschlag, meine Frau ebenfalls, und die Mädchen sahen mich bittend an. In dieser Verlegenheit brachte ich einige Entschuldigungen vor, die meine Töchter schnell beseitigten. Endlich sah ich mich genötigt, ein entschiedenes Nein auszusprechen, und dafür hatte ich am folgenden Tage nichts als finstere Gesichter und einsilbige Antworten.

Zehntes Kapitel

Die Familie will sich vornehmen Personen gleichstellen. Das Elend der Armen, wenn sie mehr scheinen wollen, als ihre Umstände erlauben

Jetzt fing ich an einzusehen, daß meine langen und mühsamen Ermahnungen hinsichtlich der Mäßigkeit, Einfachheit und Zufriedenheit durchaus unbeachtet blieben. Die Aufmerksamkeit, die uns vor kurzem von vornehmen Personen gezollt worden war, weckte den Stolz, welchen ich eingeschläfert, aber nicht gänzlich beseitigt hatte. Unsere Fenster waren wie früher mit Schönheitswassern für Gesicht und Hals besetzt. Außer dem Hause fürchtete man die Sonne als Feindin des schönen Teints und in der Wohnung selbst das Feuer als Verderber desselben. Meine Frau behauptete, das frühe Aufstehen schade den Augen ihrer Töchter und von der Arbeit nach dem Mittagessen bekämen sie rote Nasen. Sie wollte mich auch überreden, daß ihre Hände niemals weißer wären, als wenn sie nichts täten. Statt Georges Hemden fertig zu nähen, waren sie nun beschäftigt, ihren alten Florkleidern einen neuen Schnitt zu geben oder auf Seidenzeug zu sticken. Die armen Fräulein Flamborough, ihre ehemaligen munteren Gespielinnen, wurden als gewöhnliche Bekanntschaften vernachlässigt, und das ganze Gespräch drehte sich nur um den Ton der großen Welt und vornehme Gesellschaften, um Malerei und feinen Geschmack, um Shakespeare und die Harmonika.

Alles dies wäre indessen noch zu ertragen gewesen, wäre nicht eine wahrsagende Zigeunerin gekommen, um uns auf den Gipfel des Hochmutes zu erheben. Sobald sich die dunkle Sibylle zeigte, kamen meine Töchter zu mir gelaufen und baten jede um einen Schilling, um ihr Silber in die Hand geben zu können. In Wahrheit war ich dessen müde, immer verständig zu handeln, und konnte nicht umhin, ihre Bitte zu erfüllen, weil ich sie gern froh sehen wollte. Ich gab also jeder einen Schilling, obgleich ich zur Ehre der Familie bemerken muß, daß sie niemals ohne Geld waren; denn meine Frau sorgte auf großmütige Weise dafür, daß sie stets eine Guinee in der Tasche hatten, doch mit dem strengen Befehl, sie nie zu wechseln. Nachdem sie sich eine Zeitlang mit der Wahrsagerin eingeschlossen hatten, verkündeten mir ihre Blicke, als sie wieder sichtbar wurden, daß sie ihnen etwas Großes prophezeit habe. »Nun, Mädchen«, sagte ich, »wie ist es euch ergangen? Sage mir, Livy, hat dir die Wahrsagerin etwas prophezeit, das einen Penny wert ist?« – »Gewiß, Papa«, sagte das Mädchen, »ich glaube, sie hat es mit dem Bösen zu tun, denn sie behauptet bestimmt, ehe noch ein Jahr verginge, würde ich einen Gutsbesitzer heiraten.« – »Und nun, Sophia, was für ein Ehemann ist dir bestimmt?« – »Ich soll einen Lord bekommen, bald nachdem meine Schwester den Gutsbesitzer geheiratet hat.« – »Wie«, rief ich, »ist das alles, was ihr für eure zwei Schillinge haben sollt? Nur einen Lord und einen Gutsbesitzer für zwei Schillinge? Ihr Närrchen, ich hätte euch einen Prinzen und einen Nabob für das halbe Geld versprochen.«

Ihre Neugierde hatte aber sehr ernstliche Folgen. Jetzt begannen wir zu glauben, wir wären von den Sternen zu etwas Höherem bestimmt, und schwelgten schon in dem Vorgefühl unserer künftigen Größe.

Es ist tausendmal gesagt worden, und ich wiederhole es noch einmal, daß die Stunden, die wir unter frohen Aussichten hinbringen, glücklicher sind als die, welche vom Genuß gekrönt werden. Im ersten Fall bereiten wir das Gericht nach unserem eigenen Geschmack, im zweiten bereitet es die Natur für uns. Es ist unmöglich, die ganze Reihe lieblicher Träume zu wiederholen, an denen wir uns erfreuten. Wir sahen unsere Vermögensumstände sich wieder günstiger gestalten, und da das ganze Kirchspiel behauptete, der Gutsherr sei in meine Tochter verliebt, so wurde sie es wirklich in ihn, indem man sie gleichsam in diese Liebe hineinschwatzte. Während dieser angenehmen Zeit hatte meine Frau die glücklichsten Träume von der Welt, die sie uns jeden Morgen gewissenhaft mit großer Feierlichkeit und Genauigkeit erzählte. In einer Nacht hatte sie einen Sarg und übers Kreuz gelegte Gebeine gesehen, welches eine nahe Hochzeit andeuten sollte; ein andermal hatte sie die Taschen ihrer Töchter mit Kupfergeld angefüllt gesehen: ein sicheres Zeichen, daß sie bald voll Gold sein würden. Auch die Mädchen selber hatten Vorbedeutungen: Sie fühlten seltsame Küsse auf den Lippen, sie sahen Ringe in den Lichtern, Geldbörsen sprangen aus dem Feuer, und Liebesbänder zeigten sich auf dem Boden jeder Teetasse.

Am Ende der Woche erhielten wir eine Karte von den Londoner Damen, auf welcher sie nebst vielen Empfehlungen die Hoffnung aussprachen, unsere ganze Familie nächsten Sonntag in der Kirche zu sehen. Den ganzen Samstagmorgen bemerkte ich, wie meine Frau und Töchter heimlich miteinander zu Rate gingen und mich zuweilen anblickten, als wären sie mit einem geheimen Komplott beschäftigt. Aufrichtig gesagt, hegte ich großen Verdacht, daß irgendein törichter Plan im Werk sei, am nächsten Tage mit Glanz zu erscheinen. Am Abend begannen sie ihre Operationen auf sehr regelmäßige Weise, und meine Frau übernahm es, die Belagerung zu leiten. Nach dem Tee, als ich guter Laune zu sein schien, begann sie folgendermaßen: »Ich glaube, lieber Charles, wir werden morgen eine stattliche Versammlung in unserer Kirche haben.« – »Das mag wohl sein, meine Liebe«, entgegnete ich, »doch mache dir darum keine Sorgen, du sollst eine Predigt hören, die Versammlung mag nun sein, von welcher Art sie will.« – »Das weiß ich wohl«, erwiderte sie. »Ich dachte aber, mein Lieber, wir müßten dort so anständig als möglich erscheinen, denn wer weiß, was sich ereignen kann.« – »Deine Vorsicht ist sehr lobenswert. Anstand und schickliches Betragen in der Kirche macht mir immer Freude. Man muß dort anständig und demütig, heiter und ruhigen Herzens sein.« – »Ja, das weiß ich wohl«, rief sie, »doch ich meine, wir müssen auf die anständigste Weise dorthin gehen und nicht wie der Pöbel um uns her.« – »Du hast ganz recht, meine Liebe«, erwiderte ich, »und ich wollte dir eben dasselbe anempfehlen. Die anständigste Weise, in die Kirche zu gehen, ist die, daß man sich dort so früh als möglich einfindet, damit man Zeit hat, sich zu sammeln, ehe der Gottesdienst beginnt.« – »Ei ja, lieber Charles«, fiel sie ein, »das ist alles sehr wahr, doch nicht das, was ich sagen wollte. Ich meine, wir sollten auf eine schickliche Weise hingehen. Du weißt, die Kirche ist zwei Meilen entfernt, und ich versichere dich, es würde mir höchst unangenehm sein, wenn ich sehen müßte, wie meine Töchter ganz rot und erhitzt sich zum Kirchenstuhle schleppten, als hätten sie beim Sackhüpfen einen Preis gewonnen. Mein Vorschlag wäre also dieser: Da sind unsere beiden Ackergäule, das Hengstfüllen, welches schon seit neun Jahren in unserer Familie ist, und sein Genosse, Brombeere. Beide haben den ganzen Monat nichts getan als dagestanden und gefressen, beide sind fett und faul geworden. Warum sollten sie nicht ebenso gut wie wir etwas tun? Und wenn Moses sie ein wenig aufgestutzt und gestriegelt hat, so werden sie eine ganz erträgliche Figur machen.«

Gegen diesen Vorschlag erhob ich die Einwendung, daß es zwanzigmal schicklicher sein würde, zu Fuß zu gehen als zu einer so armseligen Reiterei seine Zuflucht zu nehmen, da Brombeere auf dem einen Auge blind sei und dem Hengstfüllen der Schweif fehle; überdies wären sie nicht zugeritten, hätten allerlei böse Mucken, und es sei nur ein Sattel und ein Reitkissen im ganzen Hause vorhanden. Indessen, alle diese Einwürfe wurden beseitigt, so daß ich nachzugeben genötigt war. Am nächsten Morgen waren sie sehr geschäftig, alle nötigen Materialien zu dieser Expedition zusammenzubringen; doch als ich fand, daß lange Zeit dazu erforderlich sein würde, ging ich in die Kirche voran, und sie versprachen, mir bald zu folgen. Ich wartete beinahe eine Stunde am Kanzelpulte auf ihre Ankunft; als sie aber nicht kamen, sah ich mich genötigt, den Gottesdienst zu beginnen, und war während desselben in nicht geringer Unruhe wegen ihrer Abwesenheit. Meine Unruhe wurde nicht vermindert, als am Ende der Predigt meine Familie noch immer nicht kam. Ich ging auf dem Fahrwege wieder zurück, der fünf Meilen betrug, während der Fußweg nur zwei ausmachte. Als ich etwa die Hälfte des Weges zurückgelegt hatte, sah ich die Prozession langsam auf die Kirche zukommen: mein Sohn, meine Frau und die beiden Kleinen auf einem Pferde und meine beiden Töchter auf dem anderen. Ich fragte nach der Ursache ihrer Verspätung, bemerkte aber schon in ihren Blikken, daß ihnen unterwegs tausend Mißgeschicke begegnet seien. Die Pferde hatten sich anfangs nicht von der Tür entfernen wollen, bis Herr Burchell so gütig gewesen war, sie mit seinem Stocke etwa zweihundert Schritt fortzutreiben. Dann war der Gurt an dem Sattelkissen meiner Frau gerissen, und man hatte Halt machen müssen, um ihn wiederherzustellen, ehe man die Reise fortsetzen konnte. Darauf war es einem von den Pferden eingefallen stillzustehen, und weder Schläge noch Liebkosungen hatten es zum Weitergehen bewegen können. Eben hatte es diesen Einfall aufgegeben, als sie mir begegneten. Da ich aber sah, daß sich alle wohl befanden, muß ich gestehen, daß ihre gegenwärtige Demütigung mir nicht sehr zu Herzen ging, denn dieser Vorfall sollte mir zahlreiche Gelegenheiten für spätere Triumphe geben und meine Töchter mehr Bescheidenheit lehren.

Elftes Kapitel

Die Familie ist noch immer entschlossen, den Kopf hoch zu tragen

Da am nächsten Tage Michaelis war, wurden wir zu Flamboroughs eingeladen, um Nüsse zu brennen und Pfänder zu spielen. Unser jüngster Verdruß hatte uns ein wenig gedemütigt, sonst hätten wir eine solche Einladung vielleicht mit Verachtung zurückgewiesen; indes erlaubten wir es uns diesmal, vergnügt zu sein. Der Gänsebraten und die Klöße unseres ehrlichen Nachbarn waren sehr gut und das Apfelbier selbst nach dem Urteile meiner Frau, die eine Kennerin war, ganz vortrefflich. Seine Art, Anekdoten zu erzählen, war freilich nicht ganz so gut; sie waren sehr lang und sehr langweilig, betrafen fast immer ihn selber, und wir hatten schon zehnmal vorher darüber gelacht; doch waren wir gefällig genug, noch einmal darüber zu lachen.

Herr Burchell, der auch von der Gesellschaft war, liebte unschuldige Vergnügungen sehr und ermunterte die jungen Burschen und Mädchen zum Blindekuhspiele. Auch meine Frau ließ sich überreden, an dem Spiel teilzunehmen, und es gewährte mir Vergnügen zu denken, daß sie noch nicht zu alt dazu sei. Mittlerweile sahen mein Nachbar und ich dem Spiele zu, lachten über jeden geschickten Streich und rühmten unsere eigene Gewandtheit in unseren jungen Tagen. Dann folgte das Plumpsackspiel, dann Fragen und Antworten, und endlich setzten sich alle auf den Boden, um den Pantoffel zu haschen. Für jeden, der nicht mit diesem altertümlichen Zeitvertreibe bekannt ist, mag die Bemerkung nötig sein, daß sich die Gesellschaft bei diesem Spiele im Kreise auf den Boden setzt, mit Ausnahme einer Person, die in der Mitte stehen bleibt und einen Pantoffel haschen muß, den die Gesellschaft einander unter den Knien wie ein Weberschiff zuschiebt. Da die Dame, welche in der Mitte steht, unmöglich die ganze Gesellschaft auf einmal übersehen kann, liegt der Hauptreiz des Spiels darin, ihr mit dem Absatze des Pantoffels einen Schlag auf den Teil des Körpers zu versetzen, der am wenigsten zur Verteidigung geeignet ist. Auf diese Weise war meine älteste Tochter eingeschlossen und erhielt Püffe von allen Seiten. Sehr aufgeregt und erhitzt rief sie, man solle ehrlich spielen, mit einer Stimme, die einen Bänkelsänger hätte betäuben können. Da – o Scham über Scham! – trat niemand anders ins Zimmer als unsre beiden vornehmen Bekannten aus der Stadt, Lady Blarney und Fräulein Carolina Wilhelmina Amelia Skeggs! Jede Beschreibung würde dürftig ausfallen, darum ist es unnötig, diese neue Peinlichkeit zu schildern. Tod und Hölle, von so vornehmen Damen in so vulgärer Haltung überrascht zu werden! Was konnte auch ein so derbes Spiel, welches Herr Flamborough vorgeschlagen, Besseres zur Folge haben! Einen Augenblick schienen wir wie in den Boden gewurzelt, oder als wären wir vor Schreck in Stein verwandelt.

Die beiden Damen hatten uns in unserem Hause besuchen wollen; da sie uns nicht fanden, kamen sie hierher, sehr begierig zu erfahren, weshalb wir gestern nicht in die Kirche gekommen waren. Olivia nahm das Wort und sprach den ganzen Bericht in diesen kurzen Worten aus: »Unsere Pferde warfen uns ab!« Die Damen zeigten sich bei dieser Nachricht »sehr betroffen«; doch als sie hörten, daß niemand beschädigt worden war, zeigten sie sich »außerordentlich erfreut«. Als sie hierauf hörten, daß wir beinahe vor Schrecken gestorben waren, zeigten sie sich »unendlich bekümmert«; doch als ihnen gesagt ward, wir hätten eine sehr gute Nacht gehabt, waren sie wieder »außerordentlich erfreut«. Nichts übertraf ihre Artigkeit gegen meine Töchter. Ihre Freundschaftsversicherungen am letzten Abend waren warm gewesen, doch jetzt waren sie glühend. Sie äußerten den lebhaften Wunsch, diese Bekanntschaft fortsetzen zu können. Lady Blarney schloß sich besonders an Olivia an; Fräulein Carolina Wilhelmina Amelia Skeggs – ich setze gern den ganzen Namen her – zeigte eine größere Zuneigung zu ihrer Schwester. Sie teilten sich in die Unterhaltung, während meine Töchter stumm da saßen und ihre erhabene Bildung bewunderten. Da aber der Leser, wie bettelhaft er auch selber sein mag, dennoch auf Gespräche aus der großen Welt versessen ist, mit ihren Anekdoten von Lords und Ladies und Rittern des Hosenbandordens, muß ich mir die Erlaubnis nehmen, den Schluß des gegenwärtigen Gesprächs mitzuteilen.

»Alles, was ich von der Sache weiß«, rief Fräulein Skeggs, »ist, daß sie wahr oder auch nicht wahr sein mag. So viel aber kann ich Ihrer Herrlichkeit versichern, daß die ganze Assemblée erstaunte. Mylord wechselte die Farbe, und Mylady wurde ohnmächtig; Sir Tomkyn aber zog den Degen und schwur, er wolle ihr bis auf den letzten Blutstropfen angehören.«

»Nun«, versetzte die Lady, »so viel kann ich versichern, daß die Herzogin mir keine Silbe von der Sache sagte, und ich glaube, Ihre Hoheit hat kein Geheimnis vor mir. Darauf können Sie sich gewiß verlassen, daß Mylord am nächsten Morgen seinem Kammerdiener dreimal zurief: ›Jernigan! Jernigan! Jernigan! Bring mir meine Strumpfbänder!‹«

Vorher aber hätte ich das unhöfliche Benehmen des Herrn Burchell erwähnen sollen, der während dieser Unterhaltung mit dem Gesichte nach dem Feuer gewendet da saß und am Schluß jedes Satzes »Unsinn!« ausrief, ein Ausdruck, der uns allen sehr mißfiel und den Aufschwung der Unterhaltung etwas dämpfte.

»Überdies, meine liebe Skeggs«, fuhr die Lady fort, »steht davon nichts in der Abschrift des Gedichts, welches Doktor Burdock bei dieser Gelegenheit machte.« – »Unsinn!«

»Dies setzt mich in Erstaunen«, rief Fräulein Skeggs, »denn er läßt selten etwas aus, da er nur zu seinem Vergnügen schreibt. Würden Ihre Herrlichkeit nicht die Güte haben, mir das Gedicht zu zeigen?« – »Unsinn!«

»Mein liebes Kind«, versetzte die Lady, »glauben Sie, ich führe dergleichen Dinge bei mir? Obgleich sie gewiß sehr schön sind und ich darüber urteilen zu können glaube; wenigstens weiß ich, was mir gefällt und was nicht. In der Tat bewunderte ich stets die sämtlichen kleinen Gedichte des Doktor Burdock; denn außer dem, was er und unsere liebe Gräfin am Hanover Square schreiben, erscheint jetzt nur das gemeinste Zeug. Keine Spur von feinem Ton ist darin zu finden.« – »Unsinn!«

»Ihre Herrlichkeit sollten Ihre eigenen Sachen im ›Damenmagazin‹ ausnehmen«, sagte die andere. »Sie werden mir hoffentlich zugeben, daß kein schlechter Ton darin herrscht, nur vermute ich, daß wir in diesem Vierteljahre keine mehr bekommen werden.« – »Unsinn!«

»Ach, meine Liebe«, sagte die Lady, »Sie wissen ja, meine Vorleserin und Gesellschafterin hat mich verlassen, um sich mit dem Kapitän Roach zu verheiraten, und meine armen Augen erlauben es mir nicht, selber zu schreiben, so daß ich mich schon seit einiger Zeit nach einer anderen umsehe. Eine geeignete Person ist nicht leicht zu finden, und freilich ist dreißig Pfund aufs Jahr nur ein kleines Gehalt für ein wohlerzogenes Mädchen von gutem Ruf, welches lesen und schreiben kann und sich in Gesellschaft zu benehmen weiß, denn die jungen Dinger kann ich durchaus nicht leiden.« – »Unsinn!«

»Das weiß ich aus Erfahrung«, rief Fräulein Skeggs, »denn von den drei Gesellschafterinnen, die ich in diesem letzten halben Jahre hatte, weigerte sich die eine, den Tag nur eine Stunde weiße Wäsche zu nähen; die andere hielt fünfundzwanzig Guineen jährlich für ein zu kleines Gehalt, und die dritte mußte ich fortschicken, weil ich den Verdacht hegte, sie habe eine Liebschaft mit dem Kaplan. Tugend, meine teure Lady Blarney, Tugend ist jeden Preis wert, aber wo ist sie zu finden?« – »Unsinn!«

Schon lange hatte meine Frau alle Aufmerksamkeit auf dieses Gespräch gerichtet; der letzte Teil desselben hatte sie aber besonders interessiert. Dreißig Pfund und fünfundzwanzig Guineen aufs Jahr betrugen nach englischem Gelde sechsundfünfzig Pfund und fünf Schillinge. Das ließ sich gewissermaßen spielend verdienen und konnte unserer Familie leicht zugute kommen. Sie beobachtete mich einen Augenblick, um zu sehen, ob ich damit übereinstimme, und ehrlich gestanden, die beiden Stellen schienen mir für unsere Töchter sehr geeignet. Hatte überdies der Gutsherr redliche Absichten auf meine älteste Tochter, so war dies der Weg, sie auf jede Weise für ihren künftigen Stand zu bilden. Meine Frau war daher entschlossen, sich diesen Vorteil nicht durch Schüchternheit rauben zu lassen, und übernahm es, für die Familie das Wort zu führen. »Ich hoffe«, rief sie, »Ihre Herrlichkeit werden meine Dreistigkeit verzeihen. Freilich haben wir kein Recht, auf solche Gunst Anspruch zu machen, aber doch ist es ein natürlicher Wunsch von mir, meine Kinder in der Welt vorwärts zu bringen. Ich darf wohl behaupten, daß meine beiden Töchter eine ganz hübsche Bildung und manche Fähigkeit besitzen; wenigstens findet man sie auf dem Lande nicht besser. Sie können lesen, schreiben und rechnen, verstehen alle Handarbeit, sind im Seidesticken, im Säumen, im Kreuzstich und in allen Arten des Weißnähens erfahren, können Spitzen klöppeln und Krausen verfertigen. Sie verstehen etwas von Musik, können Kinderkleider zuschneiden und stricken auf Marly. Auch kann meine Älteste Silhouetten ausschneiden, und die Jüngste besitzt ein sehr hübsches Talent, aus der Karte wahrzusagen.« – »Unsinn!«

Als sie dieses Meisterstück der Beredsamkeit geendet hatte, sahen sich die beiden Damen eine Weile mit zweifelnden und bedenklichen Mienen an. Endlich ließ sich Fräulein Carolina Wilhelmina Amelia Skeggs zu der Bemerkung herab, so viel sie nach einer so flüchtigen Bekanntschaft urteilen könne, schienen ihr die jungen Damen zu einer solchen Stelle sehr geeignet. »Aber dergleichen, Madame«, sagte sie zu meiner Frau, »erfordert eine genaue Prüfung der Charaktere und eine längere gegenseitige Bekanntschaft. Nicht daß ich im geringsten die Tugend, Klugheit und Besonnenheit der jungen Damen bezweifelte; doch man muß bei dergleichen Dingen die Form beachten, Madame, die Form!« – »Unsinn!«

Meine Frau billigte diese Vorsichtsmaßregel sehr und äußerte, daß sie selber gern vorsichtig zu Werke gehe. Hinsichtlich des Rufs ihrer Kinder berief sie sich auf das Urteil der ganzen Nachbarschaft. Die Lady hielt dies für unnötig und bemerkte, daß die Empfehlung ihres Vetters Thornhill ihr schon genüge. Und darauf stützten wir denn unser Gesuch.

Zwölftes Kapitel

Das Schicksal scheint entschlossen, die Familie zu demütigen. Kränkungen sind oft schmerzlicher als wirkliches Unglück

Als wir nach Hause zurückkamen, verging der Abend mit Entwürfen zu künftigen Eroberungen. Deborah wendete ihren Scharfsinn an, um zu erraten, welche von den beiden Mädchen die beste Stelle erhalten und die meiste Gelegenheit haben werde, in vornehme Gesellschaft zu kommen. Die einzige Schwierigkeit, die sich unserer Erhöhung entgegenstellte, war, die Empfehlung des Gutsherrn zu erhalten; doch er hatte uns bereits so viele Proben seiner Freundschaft gegeben, daß wir nicht mehr daran zweifeln konnten. Noch im Bette setzte meine Frau die Unterredung über diesen Gegenstand fort: »Wahrhaftig, lieber Charles, unter uns gesagt, glaube ich, wir haben heute sehr gute Geschäfte gemacht.« – »Ziemlich gut«, rief ich, weil ich nicht wußte, was ich sagen sollte. »Was, nur ziemlich gut?« erwiderte sie. »Ich glaube, es ist sehr gut. Gewiß werden die Mädchen in der Stadt vornehme Bekanntschaften machen. Ich bin überzeugt, daß London der einzige Ort der Welt ist, wo alle Arten von Ehemännern zu finden sind. Und außerdem, mein Lieber, ereignen sich oft noch weit seltsamere Dinge. Wenn schon Damen von Stande so für meine Töchter eingenommen sind, wie werden es erst Herren von Stande sein! Entre nous, ich muß gestehen, daß mir Lady Blarney außerordentlich gefällt; sie ist äußerst höflich und verbindlich. Gleichwohl besitzt Fräulein Carolina Wilhelmina Amelia Skeggs mein ganzes Herz. Als von Stellen in London die Rede war, hast du da wohl bemerkt, wie ich sie festnagelte? Sage mir, mein Lieber, habe ich da nicht gut für meine Kinder gesorgt?« – »Ja«, erwiderte ich, da ich nicht wußte, was ich von der Sache denken sollte, »möge der Himmel nur geben, daß sich beide heute über drei Monate besser dabei befinden!« Dies war eine der Bemerkungen, die ich zu machen pflegte, um meiner Frau einen hohen Begriff von meiner Klugheit beizubringen. Ging es den Mädchen gut, so war ein frommer Wunsch erfüllt; begegnete ihnen dagegen etwas Unheilvolles, so konnten meine Worte für eine Prophezeiung gelten. Diese ganze Unterhaltung war indes nur Vorbereitung auf einen anderen Plan, was ich gleich anfangs befürchtet hatte. Es war von nichts Geringerem die Rede – da wir nun doch einmal den Kopf in der Welt etwas höher tragen zu können glaubten –, als unser Hengstfüllen, das schon gar zu alt war, auf dem benachbarten Pferdemarkte zu verkaufen und uns ein Pferd anzuschaffen, welches nach Umständen ein paar Personen tragen könne und sich auf dem Wege nach der Kirche oder bei Besuchen einigermaßen gut ausnehme. Dem widersetzte ich mich anfangs standhaft, doch es half mir nichts; je mehr ich nachgab, desto festeren Fuß faßte meine Gegnerin, bis endlich beschlossen ward, uns von dem Hengstfüllen zu trennen.

Da der Jahrmarkt gerade am folgenden Tage stattfand, war es meine Absicht, mich selber dorthin zu begeben; doch meine Frau überredete mich, ich hätte mich erkältet, und sie war nicht zu bewegen, mich fortzulassen. »Nein, mein Lieber«, sagte sie, »unser Moses ist ein gescheiter Bursche und kann mit vielem Vorteil kaufen und verkaufen. Er hat ja immer alle unsere großen Einkäufe besorgt. Er steht immer da und feilscht so lange, bis er einen guten Handel abgeschlossen hat.«

Da ich selber eine gute Meinung von der Klugheit meines Sohnes hatte, war ich nicht abgeneigt, ihm dieses Geschäft zu übertragen. Am nächsten Morgen sah ich seine Schwestern sehr geschäftig, Moses zum Jahrmarkt auszustaffieren. Sie kräuselten sein Haar, bürsteten seine Schnallen und stutzten seinen Hut mit Nadeln auf. Als die Toilette beendet war, hatten wir endlich das Vergnügen, ihn das Hengstfüllen besteigen zu sehen. Er hielt eine große Schachtel vor sich, worin er Kolonialwaren mitbringen sollte. Sein Rock, aus dem Stoff gemacht, welchen man »Donner und Blitz« nennt, war ihm zwar etwas zu kurz geworden, aber doch noch zu gut, um ihn ganz abzulegen. Seine Weste war grasgrün, und seine Schwestern hatten ihm das Haar mit einem breiten schwarzen Bande zusammengebunden. Wir folgten ihm alle einige Schritte und riefen ihm nach: »Viel Glück!«, bis wir ihn nicht mehr sehen konnten.

Kaum war er fort, als Herr Thornhills Haushofmeister kam, um uns seinen Glückwunsch auszusprechen. Er habe gehört, sagte er, wie sein Herr in sehr lobenden Ausdrücken von uns gesprochen. Das Glück kam nicht allein. Ein anderer Bedienter aus demselben Hause brachte meinen Töchtern eine Karte, worauf die beiden Damen geschrieben hatten, Herr Thornhill habe ihnen so befriedigende Nachrichten über uns alle mitgeteilt, daß sie nach einigen anderweitigen Erkundigungen gänzlich zufriedengestellt zu sein hofften. »Ja«, rief meine Frau, »ich sehe jetzt ein, daß es keine leichte Sache ist, in vornehmen Familien Zutritt zu erhalten. Hat man aber einmal Zutritt, so kann man sich, wie Moses sagt, ruhig schlafen legen.« Dieses Witzwort, denn dafür hielt sie es, wurde von meinen Töchtern durch munteres und lautes Lachen bekräftigt. Kurz, ihre Freude über diese Nachricht war so groß, daß sie in die Tasche griff und dem Boten sieben und einen halben Penny gab.

Der heutige Tag sollte zu Besuchen bestimmt sein. Bald darauf kam Herr Burchell, der auf dem Jahrmarkte gewesen war. Er brachte meinen Kleinen Russischbrot mit, welches meine Frau aufbewahrte, um es ihnen nach und nach buchstabenweise zu geben. Auch meinen Töchtern hatte er ein paar Büchschen mitgebracht, damit sie darin Oblaten, Schnupftabak, Schönpflästerchen oder auch Geld aufbewahren könnten, wenn sie welches bekamen. Meine Frau hielt von jeher viel auf einen Geldbeutel von Wieselfell, der, wie sie meinte, Glück bringe; doch das nur beiläufig. Noch immer hegten wir eine gewisse Achtung für Herrn Burchell, obgleich uns vor kurzem sein rohes Benehmen sehr mißfallen hatte. Auch konnten wir jetzt nicht umhin, ihm unser Glück mitzuteilen und ihn um seinen Rat zu bitten; denn so selten wir auch fremden Rat befolgten, so waren wir doch stets bereit, darnach zu fragen. Als er das Billett der beiden Damen gelesen hatte, schüttelte er den Kopf und äußerte, eine Sache der Art verlange die größte Vorsicht. Dieses Mißtrauen schien meine Frau sehr zu verdrießen. »Ich habe noch nie daran gezweifelt, mein Herr«, sagte sie, »daß Sie stets bereit sind, mir und meinen Töchtern entgegenzusein. Sie raten größere Vorsicht an, als nötig ist, und wenn wir wieder eines guten Rates bedürfen, so werden wir uns schon an Leute wenden, die selber davon Gebrauch gemacht haben.« – »Von welcher Art auch mein Benehmen gewesen sein mag, Madame«, versetzte er, »so ist davon doch jetzt nicht die

Rede. Habe ich auch selber nicht guten Rat befolgt, so kann ich ihn doch mit gutem Gewissen denen geben, die ihn verlangen.« Da ich befürchtete, diese Antwort möchte auf eine Weise erwidert werden, die das durch Beleidigung ersetzte, was ihr an Witz mangelte, gab ich dem Gespräch eine andere Wendung, indem ich meine Verwunderung aussprach, daß Moses noch nicht vom Jahrmarkt zurück sei, da doch die Nacht fast schon angebrochen war. »Sei unbesorgt um unseren Sohn«, rief meine Frau, »er weiß schon, was er tut, darauf kannst du dich verlassen. Er wird seine Henne nicht an einem Regentage verkaufen, dafür stehe ich dir. Ich bin erstaunt über die Einkäufe, die er schon gemacht hat. Davon will ich dir eine hübsche Geschichte erzählen, daß du vor Lachen bersten sollst. Aber – So wahr ich lebe, da kommt Moses ohne Pferd und die Schachtel auf dem Rücken.«

Während sie redete, kam Moses langsam dahergegangen, unter der Last der Schachtel schwitzend, die er wie ein Hausierer über die Schulter gehängt hatte. – »Willkommen, willkommen, Moses! Nun, mein Junge, was hast du uns vom Jahrmarkt mitgebracht?« – »Ich habe mich selber mitgebracht!« rief Moses, indem er mit schlauem Blicke die Schachtel auf den Tisch setzte. »Ei, Moses«, rief meine Frau, »das wissen wir; aber wo ist das Pferd?« – »Hab's verkauft«, sagte Moses, »für drei Pfund, fünf Schillinge und zwei Pence.« – »Bravo, mein guter Sohn!« erwiderte sie. »Ich wußte schon, daß du sie überlisten würdest. Unter uns gesagt, drei Pfund, fünf Schillinge und zwei Pence ist kein übler Tagelohn. Nun so gib es her.« – »Ich habe kein Geld mitgebracht«, rief Moses. »Ich habe alles für einen Gelegenheitskauf ausgegeben, und hier ist er.« Mit diesen Worten zog er ein Paket aus dem Busen. »Hier ist er! Zwölf Dutzend grüne Brillen mit silbernen Einfassungen und in Chagrinfutteralen.« – »Zwölf Dutzend grüne Brillen!« wiederholte meine Frau mit matter Stimme. »Und du hast das Hengstfüllen hingegeben und bringst uns nichts weiter zurück als zwölf Dutzend lumpige grüne Brillen!« – »Liebe Mutter«, erwiderte der Jüngling, »so höre doch nur vernünftig zu. Ich erhielt sie um einen Spottpreis, sonst hätte ich sie nicht gekauft. Die silbernen Einfassungen allein sind doppelt so viel wert.« – »Zum Henker mit deinen silbernen Einfassungen!« rief meine Frau leidenschaftlich aus. »Ich möchte darauf schwören, nicht das halbe Geld bekommen wir wieder, wenn wir sie nach dem Werte des alten Silbers, fünf Schillinge die Unze, verkaufen.« – »Mache dir keine Sorge wegen des Verkaufs der silbernen Einfassungen«, rief ich, »denn es ist nichts weiter als Kupfer, nur ein wenig übersilbert.« – »Was?« rief meine Frau. »Kein Silber? Die Einfassung kein Silber?« – »So wenig Silber«, versetzte ich, »wie deine Bratpfanne.« – »So haben wir also unser Hengstfüllen hingegeben«, rief sie, »und nichts dafür erhalten als zwölf Dutzend grüne Brillen mit kupfernen Einfassungen in Chagrinfutteralen! Der Henker hole solchen Ramsch! Der Dummkopf hat sich anführen lassen! Er hätte seine Leute besser kennen sollen!« – »Da hast du unrecht, meine Liebe«, erwiderte ich, »er hätte sie gar nicht kennen sollen.« – »Zum Henker mit dem Einfaltspinsel!« erwiderte sie. »Mir solches Zeug zu bringen! Wenn ich sie hätte, wollte ich sie gleich ins Feuer werfen!« – »Darin hast du wieder unrecht, meine Liebe«, rief ich. »Wenn sie auch nur in Kupfer gefaßt sind, so wollen wir sie doch aufbewahren; denn kupferne Brillen sind doch besser als gar nichts.«

Jetzt war auch dem unglücklichen Moses ein Licht aufgegangen. Er sah ein, daß er von einem herumziehenden Gauner betrogen worden war, der ihn, seinem Äußeren nach, für leichte Beute gehalten haben mußte. Ich fragte ihn nun nach den näheren Umständen bei dem Betruge. Er hatte das Pferd verkauft und war auf dem Markt umhergegangen, ein anderes zu suchen. Ein Mann von ehrwürdigem Aussehen hatte ihn unter dem Vorwande, daß er eins zu verkaufen habe, in ein Zelt geführt. »Hier trafen wir einen anderen sehr gut gekleideten Mann«, fuhr Moses fort, »der zwanzig Pfund auf die Brillen geborgt haben wollte. Er brauche notwendig Geld, sagte er, und wolle sie um ein Drittel des Wertes losschlagen. Der erste Herr, der sich sehr freundlich gegen mich stellte, flüsterte mir zu, ich solle sie kaufen und ein so gutes Anerbieten nicht von mir weisen. Ich schickte zu Herrn Flamborough, den sie ebenso listig wie mich beschwatzten, und so ließen wir uns endlich bewegen, die vierundzwanzig Dutzend gemeinschaftlich zu kaufen.«

Dreizehntes Kapitel

Herr Burchell zeigt sich als Feind, indem er es wagt, uns unangenehme Ratschläge zu erteilen

Unsere Familie hatte jetzt verschiedene Versuche gemacht, vornehm zu erscheinen, doch mancher unvorhergesehene Zwischenfall vereitelte die kaum entworfenen Pläne. Aus jeder Enttäuschung suchte ich Vorteil zu ziehen, indem ich bemüht war, in dem Maße ihren Verstand aufzuklären, wie ihr Ehrgeiz gekränkt wurde. »Ihr seht, meine Kinder«, sagte ich, »wie wenig man durch den Versuch gewinnt, die Welt zu täuschen, indem man sich Vornehmeren gleichzustellen sucht. Wer arm ist und nur mit den Reichen umgehen will, wird von denen gehaßt, die er meidet, und von denen verachtet, welchen er sich aufdrängt. Ungleiche Verbindungen gereichen immer den Schwächeren zum Nachteil. Die Reichen haben das Vergnügen und die Armen nur die daraus entspringenden Beschwerden. Komm, Dick, mein Junge, und erzähle einmal zu Nutz und Frommen der Gesellschaft die Fabel, die du heute gelesen hast.«

»Es war einmal ein Riese und ein Zwerg«, erzählte der Knabe, »die waren gute Freunde und hielten sich zueinander. Sie machten aus, sie wollten einander nie verlassen und zusammen auf Abenteuer ausziehen. Das erste Gefecht bestanden sie mit zwei Sarazenen, und der Zwerg, welcher sehr mutig war, versetzte dem einen Kämpfer einen heftigen Schlag. Der tat aber dem Sarazenen wenig Schaden, er schwang vielmehr sein Schwert und hieb dem armen Zwerge einen Arm ab. Dieser war jetzt in trauriger Lage, doch der Riese kam ihm zu Hilfe. Im Augenblick lagen die beiden Sarazenen tot am Boden, und in seiner Wut schnitt der Zwerg den Toten die Köpfe ab. Dann zogen sie auf ein anderes Abenteuer aus, und zwar gegen drei blutdürstige Satyrn, welche ein klagendes Mädchen entführten. Der Zwerg war diesmal nicht so wütend wie früher; doch tat er den ersten Hieb, den sein Gegner so heftig erwiderte, daß er ihm ein Auge ausschlug. Aber der Riese kam gleich herzu, und wären sie nicht entflohen, so hätte er sie gewiß alle getötet. Alle waren erfreut über diesen Sieg, und das gerettete Mädchen verliebte sich in den Riesen und heiratete ihn. Dann zogen sie in weite Ferne, ich weiß nicht wie weit, bis sie eine Räuberbande trafen. Diesmal war der Riese voran, doch der Zwerg blieb nicht weit hinter ihm zurück. Der Kampf war hitzig und währte lange. Wohin der Riese kam, da stürzte alles vor ihm nieder, doch der Zwerg war mehrmals nahe daran, getötet zu werden. Endlich jedoch entschied sich der Sieg für die beiden Abenteurer, aber der Zwerg hatte ein Bein verloren. Nun fehlte dem Zwerge ein Arm, ein Bein und ein Auge, während der Riese gar nicht verwundet worden war. Darauf rief er seinem kleinen Begleiter zu: ›Mein kleiner Held, dies ist ein glorreiches Spiel! Nur noch einen Sieg, und wir haben uns ewigen Ruhm erkauft.‹ – ›Nein‹, rief der Zwerg, der indessen klüger geworden war, ›nein! Ich sage mich los und will nicht weiter kämpfen, denn ich sehe wohl, daß du bei jedem Gefechte Ehre und Lohn davonträgst, während alle Schläge mich treffen.‹«

Ich war im Begriff, einige moralische Betrachtungen über die Fabel anzustellen, als meine Aufmerksamkeit davon abgezogen wurde durch einen lebhaften Streit zwischen meiner Frau und Herrn Burchell über die beabsichtigte Reise unserer Töchter nach London. Meine Frau verteidigte hartnäckig die Vorteile, die daraus entspringen würden. Herr Burchell riet ihr dagegen mit großem Eifer davon ab; ich aber hielt mich neutral. Sein gegenwärtiges Abraten schien nur eine Fortsetzung von dem zu sein, welches am Morgen so übel aufgenommen worden war. Der Streit wurde heftig, weil die arme Deborah, statt Gründe anzugeben, nur lauter sprach und sich endlich genötigt sah, ihre Niederlage hinter Geschrei zu verbergen. Der Schluß ihrer Rede mißfiel uns allen jedoch sehr. Sie kenne Leute, sagte sie, welche geheime Gründe zu dem hätten, was sie anrieten; sie aber wünsche, daß solche Leute inskünftig ihr Haus meiden möchten. »Madame«, rief Burchell mit großer Ruhe, die sie nur noch mehr aufbrachte, »hinsichtlich der geheimen Gründe haben Sie recht. Ich habe geheime Gründe, die ich nicht erwähne, weil Sie nicht imstande sind, mir auf die zu antworten, aus denen ich kein Geheimnis mache. Doch ich finde, daß meine Besuche hier lästig werden; daher will ich jetzt gehen und komme vielleicht noch einmal wieder, um auf immer Abschied zu nehmen, wenn ich diese Gegend verlasse.« Mit diesen Worten nahm er seinen Hut, und selbst Sophia, deren Blicke ihm seine Übereilung vorzuwerfen schienen, vermochte ihn nicht zurückzuhalten.

Als er fort war, sahen wir einander mehrere Minuten mit Bestürzung an. Da meine Frau wußte, daß sie die Veranlassung sei, war sie bemüht, ihre Verlegenheit hinter einem erzwungenen Lächeln und einer sicheren Miene zu verbergen, worüber ich sie zur Rede stellte. »Wie, Frau«, rief ich, »muß man so Freunde behandeln? Vergilt man so ihr Wohlwollen? Glaube mir, meine Liebe, dies waren die härtesten Worte und für mich die unangenehmsten, die je über deine Lippen gekommen sind.« – »Warum hat er mich auch so gereizt?« versetzte sie. »Doch ich weiß sehr gut, was ihn zu seinen Ratschlägen bewogen hat. Er wollte meine Töchter hindern, in die Stadt zu gehen, damit er hier zu Hause die Gesellschaft meiner jüngsten Tochter haben könne. Was aber auch geschieht, sie soll sich wenigstens besseren Umgang wählen als den mit einem so niedrigen Menschen wie er.« – »Niedrig nennst du ihn, meine Liebe?« erwiderte ich. »Vielleicht irren wir uns in dem Charakter dieses Mannes, denn bei mehreren Gelegenheiten habe ich ihn als einen vollendeten Herrn kennen gelernt. Sage mir, liebe Sophia, gab er dir je heimliche Beweise seiner Zuneigung?« – »Seine Unterhaltung mit mir«, erwiderte meine Tochter, »war stets verständig, bescheiden und angenehm. Sonst ist nichts vorgekommen. Freilich erinnere ich mich, daß er einst sagte, er habe noch kein Frauenzimmer gekannt, das die Verdienste eines Mannes, der arm scheine, zu schätzen wisse.« – »Das ist die gewöhnliche Ausrede aller Unglücklichen oder Müßiggänger, mein Kind«, versetzte ich. »Hoffentlich aber hast du gelernt, wie man solche Männer beurteilen muß, und begreifst wohl, wie töricht es sein würde, von einem Manne, der so schlecht mit dem Seinigen Haus gehalten hat, Glück zu erwarten. Deine Mutter und ich haben jetzt bessere Aussichten für dich. Der nächste Winter, den du wahrscheinlich in London zubringen wirst, wird dir Gelegenheit verschaffen, eine klügere Wahl zu treffen.«

Ich wage nicht zu bestimmen, welche Betrachtungen Sophia bei dieser Gelegenheit anstellte; im Grunde war es mir nicht unlieb, einen Gast los zu werden, der mich zu vielen Besorgnissen veranlaßt hatte. Der jähe Bruch der Gastfreundschaft fiel mir zwar aufs Gewissen, doch beschwichtigte ich diese Mahnung durch einige Scheingründe, die mich beruhigten und mit mir selbst aussöhnten. Die Qual, die das Gewissen einem Menschen verursacht, der bereits unrecht gehandelt hat, ist bald überwunden. Das Gewissen ist feige, und wenn es nicht stark genug ist, Unrecht zu verhindern, ist es selten so gerecht, Anklage zu erheben.

Vierzehntes Kapitel

Neue Kränkungen, oder ein Beweis, daß scheinbares Unglück zum wahren Segen werden kann

Die Reise meiner Töchter nach London war nun beschlossen, nachdem Herr Thornhill uns das freundliche Versprechen gegeben hatte, ihr Verhalten selber zu überwachen und uns schriftlich davon zu benachrichtigen. Durchaus nötig erschien es indes, daß ihre äußere Erscheinung der Größe ihrer Erwartungen entspreche, was nicht ohne Kosten geschehen konnte. Wir verhandelten daher in voller Ratsversammlung über die Mittel, wie man am leichtesten Geld auftreiben könne, oder, deutlicher gesagt, wir überlegten, was wir am füglichsten verkaufen könnten. Diese Beratung war bald beendet. Wir fanden, daß das noch übrige Pferd ohne seinen Genossen zum Pfluge unbrauchbar und ebenso untauglich zum Reiten sei, da es nur ein Auge hatte. Demnach wurde beschlossen, es zu dem oben erwähnten Zwecke auf dem benachbarten Jahrmarkte zu verkaufen. Um einen neuen Betrug zu vermeiden, sollte ich selber damit hinreiten. Es war das erste kaufmännische Geschäft in meinem Leben; dennoch zweifelte ich keineswegs, es rühmlich auszuführen. Die Meinung, die man von seiner eigenen Klugheit hegt, richtet sich meistens nach dem Umgange, und da sich der meinige größtenteils auf meine Familie beschränkte, so hatte ich keinen unvorteilhaften Begriff von meiner Weltklugheit. Doch als ich mich am folgenden Morgen auf die Reise begeben wollte und schon einige Schritte von der Tür entfernt war, flüsterte mir meine Frau noch warnend zu, ich möge ja die Augen recht auftun.

Als ich auf dem Jahrmarkt ankam, ließ ich, wie es üblich ist, mein Pferd bald im Schritt, bald im Trab und Galopp gehen; doch währte es lange, ehe jemand darauf bot. Endlich kam ein Käufer, der das Pferd von allen Seiten prüfte, sich aber nicht auf den Handel einlassen wollte, als er bemerkte, daß es auf einem Auge blind sei. Ein zweiter, der inzwischen gekommen war, behauptete, es habe den Spat, und sagte, er wolle es nicht für den Tagelohn haben, den er ausgeben müsse, um es nach Hause zu treiben. Ein dritter bemerkte eine Fesselgalle und wollte nicht darauf bieten. Ein vierter sah es ihm an den Augen an, daß es Würmer habe, und ein fünfter wunderte sich, was zum Henker ich mit einer blinden, spatigen, galligen Mähre auf dem Markte wolle, die zu nichts tauge als zum Futter für die Hunde. Jetzt begann ich selber mit innerlicher Verachtung auf das arme Tier herabzublicken und schämte mich fast, wenn sich ein Käufer näherte. Denn wenn ich auch nicht alles glaubte, was die Leute mir sagten, so schien mir doch die Zahl der Zeugen einen starken Beweis zu geben, daß sie recht hatten, wie denn auch der heilige Gregor in seinem Buche über die guten Werke dieselbe Ansicht ausspricht.

Als ich in dieser verdrießlichen Lage war, näherte sich mir ein alter Bekannter und Amtsgenosse, der ebenfalls auf dem Markte Geschäfte hatte. Er drückte mir die Hand und machte mir den Vorschlag, in ein Wirtshaus zu gehen, um ein Glas zu trinken. Ich stimmte bereitwillig zu, und wir traten in ein Bierhaus, wo man uns in eine kleine Hinterstube brachte und wo niemand weiter als ein ehrwürdiger alter Mann über einem großen Buche saß, worin er aufmerksam las. Nie in meinem Leben habe ich eine Gestalt gesehen, die mich mehr zu ihrem Vorteil eingenommen hätte. Silbergraue Locken umschatteten seine Schläfen, und sein munteres Greisenalter schien eine Folge der Gesundheit und des Wohlwollens. Seine Gegenwart störte aber keineswegs unsere Unterhaltung. Mein Freund und ich teilten einander unsere beiderseitigen Schicksale mit, redeten von der Whistonschen Kontroverse, von meiner letzten Flugschrift, von der Antwort des Archidiaconus und von dem harten Lose, welches mir zugefallen war. Bald wurde aber unsere Aufmerksamkeit auf einen jungen Mann gelenkt, der ins Zimmer trat und den Greis mit Ehrfurcht, aber leise anredete. »Keine Entschuldigung, mein Sohn!« erwiderte der Alte. »Gutes tun ist eine Pflicht, die wir allen unseren Mitmenschen schuldig sind. Nimm dies! Ich wünschte, es wäre mehr. Doch fünf Pfund werden dich aus deiner Verlegenheit retten, und sie stehen dir zu Diensten.« Der bescheidene junge Mann vergoß Tränen der Dankbarkeit, obgleich sein Dankgefühl kaum dem meinigen glich. Ich hätte den guten alten Mann in die Arme drücken mögen, so sehr gefiel mir sein Wohlwollen. Er fuhr fort zu lesen, und wir begannen wieder unsere Unterhaltung, bis es meinem Freunde nach einiger Zeit einfiel, daß er noch Geschäfte auf dem Markte habe. Er versprach indes, bald zurück zu sein, und setzte hinzu, es sei stets sein Wunsch, die Gesellschaft von Dr. Primrose so lange als möglich zu genießen. Als der alte Herr meinen Namen nennen hörte, schien er mich eine Zeitlang aufmerksam zu betrachten, und als mein Freund sich entfernt hatte, fragte er sehr ehrerbietig, ob ich vielleicht mit dem großen Primrose verwandt sei, dem tapferen Monogamisten, dem starken Bollwerke der Kirche. Nie empfand mein Herz ein höheres Entzücken als in diesem Augenblick. »Mein Herr«, erwiderte ich, »der Beifall eines so wackeren Mannes, wofür ich Sie unbedenklich halte, vermehrt noch die Freude meines Herzens, die Ihre Wohltätigkeit bereits geweckt hat. Ja, mein Herr, Sie sehen hier vor sich Dr. Primrose, den Monogamisten, den Sie groß zu nennen belieben. Sie sehen hier den unglücklichen Geistlichen vor sich, der so lange und – wenn ich es sagen darf – so siegreich die Deuterogamie des Zeitalters bekämpft hat.« – »Mein Herr«, rief der Fremde, wie von Ehrfurcht ergriffen, »ich fürchte, ich bin allzu zudringlich gewesen. Doch verzeihen Sie meine Neugierde; verzeihen Sie –« – »Mein Herr«, unterbrach ich ihn, indem ich seine Hand ergriff, »Sie sind so weit entfernt, mir durch Ihre Zudringlichkeit zu mißfallen, daß ich Sie bitte, meine Freundschaft anzunehmen, da Sie sich bereits meine Achtung erworben haben.« – »Ich nehme dieses Anerbieten dankbar an«, versetzte er, indem er mir die Hand drückte, »du ruhmvoller Pfeiler unerschütterlicher Orthodoxie! Und so sehe ich denn –« Hier unterbrach ich ihn; denn wenn ich als Schriftsteller eine ziemliche Portion Schmeichelei verdauen konnte, so erlaubte mir doch meine Bescheidenheit nicht, noch mehr davon anzunehmen. Vielleicht nie haben Liebende in einem Romane schneller einen Herzensbund geschlossen. Wir redeten über verschiedene Gegenstände. Anfangs hielt ich ihn mehr für fromm als für gelehrt und begann schon zu glauben, daß er alles menschliche Wissen wie Spreu verachte. Doch dadurch sank er nicht in meiner Achtung, denn seit einiger Zeit hatte ich mir selber eine solche Meinung angeeignet. Ich äußerte daher, daß die Welt im allgemeinen anfange, in Glaubenssachen eine tadelnswerte Gleichgültigkeit zu verraten, und sich zu sehr rationalen Spekulationen hingebe. »Gewiß, mein Herr«, erwiderte er, als hätte er sein ganzes Wissen bis zu diesem Augenblick aufgespart, »gewiß, mein Herr, liegt die Welt in kindischem Greisentume, und doch hat die Kosmogonie, oder die Schöpfung der Welt, die Philosophen aller Jahrhunderte in Verwirrung gesetzt. Welches Gemisch von Meinungen haben sie nicht zu Tage gebracht über die Schöpfung der Welt! Sanchuniathon, Manetho, Berosus und Ocellus Lucanus, alle haben sich vergeblich bemüht. Der Letztere hat folgende Worte: ἄναρχον ἄρα καὶ ἀτελεύτητον τὸ πᾶν, das heißt: Alle Dinge haben weder Anfang noch Ende. So sagt auch Manetho, der etwa um die Zeit Nebuchadon-Assers lebte – Asser ist ein syrisches Wort und ein gewöhnlicher Beiname der Könige jenes Landes, wie Teglat-Phael-Asser, Nabon-Asser und so weiter –, dieser Manetho, sage ich, machte ebenso widersinnige Konjekturen; denn wir pflegen gemeinhin zu sagen: ἐκ τοῦ βιβλίου κυβερνήτης, welches bedeutet: Aus Büchern wird die Welt nicht klüger. So wollte er auch untersuchen – Doch ich bitte um Verzeihung, mein Herr, ich bin von meinem eigentlichen Gegenstande abgekommen.« Das war er auch wirklich; denn ich konnte durchaus nicht begreifen, was die Schöpfung der Welt mit dem Gegenstande zu tun habe, über den wir redeten. Doch reichte es hin, mir zu zeigen, daß er ein Gelehrter sei, und ich achtete ihn deshalb nur um so mehr. Ich beschloß, ihn auf die Probe zu stellen; doch war er zu milde und höflich, um nach dem Siege zu ringen. Sobald ich eine Bemerkung machte, die einer Herausforderung zum Streite glich, schüttelte er lächelnd den Kopf und schwieg, woraus ich schloß, daß er gewiß sehr vieles sagen könne, wenn er nur wolle. Das Gespräch lenkte sich nun von Gegenständen des Altertums zu den Geschäften, die uns beide auf den Markt geführt hatten. Ich sagte ihm, das meinige bestehe im Verkaufe eines Pferdes, und glücklicherweise wollte er gerade eines für einen seiner Pächter kaufen. Mein Roß wurde sogleich vorgeführt, und wir schlossen den Handel ab. Es fehlte nichts weiter als die Zahlung. Er zog nun eine Banknote von dreißig Pfund hervor und bat mich, ihm herauszugeben. Da ich nicht dazu imstande war, rief er seinen Diener, der in einer ganz hübschen Livree erschien. »Hier, Abraham«, sagte er, »wechsle mir Gold dafür ein. Geh zum Nachbar Jackson oder zu irgendeinem anderen.« Als der Bediente sich entfernt hatte, hielt er mir eine pathetische Rede über den großen Mangel an Silbergeld. Ich klagte indessen über den großen Mangel an Gold, und als Abraham zurückkehrte, waren wir miteinander darüber einverstanden, daß Geld noch nie so schwer aufzutreiben sei wie jetzt. Abraham sagte, er sei auf dem ganzen Markt umhergelaufen, ohne jemand zu finden, der ihm habe wechseln wollen, obgleich er eine halbe Krone dafür geboten habe. Dies war sehr enttäuschend; doch der alte Herr fragte mich, nachdem er ein wenig nachgedacht, ob ich in meiner Gegend nicht einen gewissen Solomon Flamborough kenne. Ich antwortete, er sei mein nächster Nachbar. »Wenn das der Fall ist«, sagte er, »werden wir schon mit unserem Handel fertig werden. Ich gebe Ihnen einen Wechsel auf ihn, zahlbar nach Sicht, und ich brauche Ihnen kaum zu sagen, daß er ein reicher Mann ist, wie es kaum einen im Umkreise von fünf Meilen gibt. Der ehrliche Solomon und ich sind seit vielen Jahren miteinander bekannt. Ich denke noch immer daran, daß ich ihn stets im Dreisprung besiegte; er konnte aber besser auf einem Beine hüpfen als ich.« Ein Wechsel auf meinen Nachbar war so gut wie bares Geld, denn von seiner Zahlungsfähigkeit war ich vollkommen überzeugt. Der Wechsel ward unterzeichnet und mir eingehändigt, und darauf trotteten Jenkinson, der alte Herr, sein Diener Abraham und mein Pferd, die alte Brombeere, wohlgemut davon.

Als ich nun Zeit zur Überlegung hatte, begann ich darüber nachzudenken, daß ich vielleicht unrecht getan hätte, einen Wechsel von einem Fremden anzunehmen. Ich beschloß daher, dem Käufer nachzueilen und mir das Pferd zurückgeben zu lassen; doch dazu war es jetzt zu spät. Ich eilte also nach Hause, um die Wechselzahlung so bald als möglich von meinem Freunde zu erhalten. Mein ehrlicher Nachbar saß vor seiner Tür und rauchte sein Pfeifchen. Als ich ihm nun sagte, ich hätte einen kleinen Wechsel auf ihn, las er das Papier zweimal durch. »Hoffentlich können Sie den Namen lesen«, sagte ich, »Ephraim Jenkinson.« – »Ja«, entgegnete er, »der Name ist deutlich genug geschrieben, auch kenne ich den Herrn. Er ist der größte Schurke unter der Sonne, derselbe Spitzbube, der uns die Brillen verkauft hat. War es nicht ein Mann von ehrwürdigem Ansehn, mit grauem Haar und ohne Klappen über den Rocktaschen? Und schwatzte er nicht Langes und Breites von Griechisch, von der Kosmogonie und von der Schöpfung der Welt?« Ich antwortete mit einem tiefen Seufzer. »Ja, ja«, fuhr er fort, »das ist die einzige Gelehrsamkeit, die er besitzt, und die kramt er stets aus, wenn er einen Gelehrten trifft. Doch ich kenne den Schurken und will schon seiner habhaft werden.«

Obgleich ich schon hinlänglich gedemütigt war, stand mir doch noch das Schwerste bevor, nämlich meiner Frau und meinen Töchtern vor Augen zu treten. Kein Knabe, der die Schule geschwänzt hat, kann sich mehr vor seinem Lehrer fürchten, als ich mich scheute, nach Hause zurückzukehren. Ich beschloß indes, der Wut meiner Familie dadurch zuvorzukommen, daß ich mich selber zuerst aufgebracht zeigte. Aber ach, als ich eintrat, fand ich meine Familie keineswegs zum Kampfe geneigt. Meine Frau und Töchter schwammen in Tränen. Herr Thornhill war an dem Tage da gewesen und hatte ihnen die Nachricht gebracht, daß aus der Reise nichts werde. Die beiden Damen hätten von einer verleumderischen Person Nachrichten über uns gehört, die sie bestimmt hätten, sogleich nach London zurückzukehren. Er könne weder die Absicht entdekken noch auch den Urheber der Verleumdung; welcher Art dieselbe aber sein oder wer sie auch ausgestreut haben mochte, er fuhr fort, unsrer Familie seinen Schutz und seine Freundschaft zuzusichern. Daher ertrugen sie mein Ungemach mit großer Fassung, da dasselbe in Vergleich mit dem ihrigen als unbedeutend erschien. Doch was uns am meisten in Verlegenheit setzte, war, wer so niederträchtig sein könne, den Ruf einer so harmlosen Familie wie der unsrigen zu beflecken – die zu unbegütert war, um Neid zu erwecken, und zu anspruchslos, um Widerwillen zu erregen.

Fünfzehntes Kapitel

Herrn Burchells Niederträchtigkeit wird auf einmal entdeckt. Die Torheit, überklug sein zu wollen

Der Abend und ein Teil des folgenden Tages wurden mit den fruchtlosen Bemühungen hingebracht, unsere Feinde zu entdecken. Fast keine Familie in der Nachbarschaft entging unserem Verdachte, und jeder von uns hatte Gründe für seine Meinung, die er selber am besten kennen mußte. Mitten in dieser Verlegenheit brachte einer von unseren kleinen Knaben, der vor der Tür gespielt hatte, eine Brieftasche, die er auf dem Rasenplatz gefunden hatte. Wir sahen sogleich, daß sie Herrn Burchell gehöre, bei dem wir sie bemerkt hatten, und als wir sie näher untersuchten, fanden wir verschiedene Andeutungen über mancherlei Dinge darin. Was aber besonders unsere Aufmerksamkeit auf sich zog, war ein versiegeltes Billett mit der Aufschrift: »Kopie eines Briefes, der an die Damen zu Thornhill Castle abzusenden ist.« Jetzt war es klar, daß er der niederträchtige Verleumder sei, und wir beratschlagten, ob wir den Brief erbrechen sollten oder nicht. Ich stimmte dagegen; doch Sophia, welche behauptete, daß er von allen Menschen gewiß der letzte sei, der eine solche Niederträchtigkeit begehen könne, bestand darauf, daß der Brief gelesen werde. Die übrigen stimmten ihr zu, und auf ihre vereinte Bitte las ich, wie folgt:

»Meine Damen! Der Überbringer wird Ihnen genügende Auskunft über die Person erteilen, von der dieser Brief kommt. Wenigstens ist er ein Freund der Unschuld und bereit zu verhindern, daß dieselbe verführt werde. Ich weiß mit Bestimmtheit, daß Sie die Absicht haben, zwei junge Damen, die ich einigermaßen kenne, als Gesellschafterinnen nach London zu bringen. Da ich aber nicht zugeben kann, daß die Unschuld getäuscht und die Tugend verletzt werde, so muß ich meine Meinung geradezu dahin äußern, daß ein so unpassender Schritt gefährliche Folgen haben dürfte. Es ist niemals meine Sache gewesen, die Schändlichen und Liederlichen mit Strenge zu behandeln, und ich würde mich auch jetzt nicht auf diese Weise geäußert und den Leichtsinn so hart getadelt haben, handelte es sich nicht um das Begehen eines Verbrechens. Hören Sie daher die Warnung eines Freundes und erwägen Sie ernstlich die Folgen, die daraus entstehen können, wenn man Schande und Laster in die Wohnungen einführt, in welchen bisher nur Friede und Unschuld weilten.«

Unsere Zweifel waren jetzt gehoben. Freilich war eine zwiefache Auslegung möglich, und der darin enthaltene Tadel konnte sich ebenso gut auf sie beziehen, an die der Brief gerichtet war, als auf uns. Doch die boshafte Absicht war klar, und weiter prüften wir die Sache nicht. Meine Frau hatte kaum so viel Geduld, mich bis zu Ende lesen zu lassen, und schimpfte auf den Schreiber des Briefes, ohne ihren Zorn zu mäßigen. Olivia war ebenso streng, und Sophia schien ganz außer sich vor Erstaunen über seine Niederträchtigkeit. Mir erschien dies als einer der schändlichsten Beweise unverdienten Undanks, der mir je vorgekommen. Auch konnte ich mir die Sache auf keine Weise anders erklären, als daß ich annahm, er wünsche meine jüngste Tochter in unserer Gegend zurückzuhalten, um häufiger Gelegenheit zu finden, mit ihr zusammenzukommen. So saßen wir da, mit Plänen beschäftigt, wie wir uns rächen wollten, als der andere Knabe gelaufen kam und uns sagte, Herr Burchell komme von dem anderen Ende des Feldes her. Die gemischten Empfindungen des Schmerzes über die eben erlittene Kränkung und die Gefühle der Freude über die nahe bevorstehende Rache lassen sich eher fühlen als beschreiben. Obgleich es nur unsere Absicht war, ihm seinen Undank vorzuwerfen, so sollte es doch auf eine Art geschehen, die ihn empfindlich kränkte. Wir kamen deshalb überein, ihn mit gewohnter Freundlichkeit zu empfangen, anfangs noch zutraulicher als sonst mit ihm zu schwatzen, ihn eine Zeitlang zu unterhalten und dann mitten in dieser ruhigen Stimmung wie ein Erdbeben über ihn loszubrechen und ihn mit dem Gefühle seiner Niedrigkeit zu Boden zu schmettern. Nachdem dies beschlossen war, übernahm meine Frau die Ausführung, da sie wirklich einiges Talent zu einem solchen Unternehmen hatte. Wir sahen ihn kommen; er trat ein, nahm einen Stuhl und setzte sich nieder. – »Es ist heute ein schöner Tag, Herr Burchell.« – »Ja, Doktor, ein sehr schöner Tag. Aber ich glaube, wir werden Regen bekommen, denn ich spüre ein Stechen in meinen Hühneraugen.« – »In Ihren Augen?« rief meine Frau, indem sie in ein Gelächter ausbrach und dann um Verzeihung bat, daß sie sich einen Scherz erlaubt habe. »Liebe Madame«, versetzte er, »ich verzeihe Ihnen alles von ganzem Herzen, denn ich würde es nicht für einen Scherz gehalten haben, wenn Sie es nicht selber gesagt hätten.« – »Wohl möglich«, rief meine Frau, indem sie uns zublinzelte, »und doch, glaube ich, können Sie uns sagen, wie viel Scherze auf eine Unze gehen.« – »Wahrscheinlich haben Sie heute ein scherzhaftes Buch gelesen, Madame«, versetzte Burchell. »Der Einfall ist vortrefflich; doch ist mir eine halbe Unze Verstand lieber.« – »Das glaube ich!« rief meine Frau, indem sie uns noch immer anlächelte, obgleich die Lachenden nicht auf ihrer Seite waren. »Und doch habe ich Männer gekannt, welche Verstand zu haben behaupteten und doch nur sehr wenig besaßen.« – »Ohne Zweifel«, versetzte ihr Gegner, »haben Sie auch Damen gekannt, die witzig sein wollten und doch keinen Witz besaßen.« Ich bemerkte bald, daß meine Frau bei diesem Kampfe zu kurz kommen würde, und entschloß mich, ihn strenger zu behandeln. »Witz und Verstand«, rief ich, »sind ohne Redlichkeit geringfügige Dinge. Nur sie verleiht jedem Charakter seinen Wert. Der unwissende Bauer ohne Fehler ist größer als der Philosoph mit vielen Fehlern; denn was sind Genie und Mut ohne Herz? Ein redlicher Mann ist das edelste Werk Gottes.«

»Jenen abgedroschenen Grundsatz Popes«, versetzte Herr Burchell, »habe ich stets eines Mannes von Genie für unwürdig gehalten und als eine Herabsetzung seines eigenen Wertes angesehen. Da der Wert eines Buches nicht in dem Mangel an Fehlern, sondern in der Größe der darin enthaltenen Schönheiten liegt, sollte man auch die Menschen nicht nach dem Mangel an Fehlern, sondern nach der Größe ihrer Tugenden schätzen. Dem Gelehrten mag es an Weltklugheit fehlen, der Staatsmann mag zu viel Stolz und der Krieger zu viel Roheit besitzen; aber sollen wir ihnen deshalb den gemeinen Handwerker vorziehen, der sich mühsam durchs Leben schleppt, ohne Ruhm oder Tadel? Ebenso gut könnten wir die unbedeutenden, aber korrekten Gemälde der flämischen Schule den nicht fehlerfreien, aber erhabenen Schöpfungen der Italiener vorziehen.«

»Mein Herr«, erwiderte ich, »Ihre Bemerkung ist richtig, wenn es sich um glänzende Tugenden und unbedeutende Fehler handelt. Wenn es sich aber zeigt, daß in einem und demselben Gemüte große Laster außerordentlichen Tugenden entgegengesetzt sind, so verdient ein solcher Charakter nur Verachtung.«

»Vielleicht gibt es solche Ungeheuer, wie Sie sie beschreiben«, erwiderte er, »wo sich große Laster mit großen Tugenden vereinigt finden; doch in meinem Lebenslaufe ist mir kein solches Beispiel vorgekommen. Im Gegenteil habe ich immer gefunden, daß ausgezeichnete Geister auch edle Gesinnungen besaßen. In dieser Hinsicht scheint die Vorsehung besonders gütig für uns gesorgt zu haben, indem sie den Verstand beschränkt, wo das Herz verderbt ist, und die Macht verringert, wo der Wille zum Unrechttun vorhanden ist. Diese Regel scheint sich auch auf die Tiere zu erstrecken. Das kleine Gewürm ist immer hinterlistig, grausam und feig, während die Geschöpfe, welche mit Stärke und Macht begabt sind, sich großmütig, tapfer und edel zeigen.«

»Diese Bemerkungen klingen sehr gut«, versetzte ich, »und doch würde es in diesem Augenblick leicht sein, einen Mann zu nennen« – hier heftete ich meine Blicke fest auf ihn –, »dessen Kopf und Herz einen abscheulichen Kontrast bilden. Ja, mein Herr«, fuhr ich fort, indem ich meine Stimme erhob, »es ist mir lieb, daß ich die Gelegenheit habe, ihn in seiner eingebildeten Sicherheit zu entlarven. Kennen Sie dies, mein Herr? Kennen Sie dieses Taschenbuch?« – »Ja, mein Herr«, erwiderte er mit unerschütterlicher Zuversicht, »das Taschenbuch gehört mir, und ich freue mich, daß Sie es wiedergefunden haben.« – »Und kennen Sie diesen Brief?« rief ich. »Nicht gestottert! Mir gerade ins Gesicht gesehen! Ich frage, kennen Sie diesen Brief?« – »Diesen Brief?« erwiderte er. »Den Brief habe ich selber geschrieben.« – »Und wie konnten Sie«, rief ich, »so niederträchtig, so undankbar sein, ihn zu schreiben?« – »Und wie konnten Sie«, entgegnete er mit einer Unverschämtheit, die ihresgleichen suchte, »wie konnten Sie so niederträchtig sein, den Brief zu erbrechen? Wissen Sie nicht, daß ich Sie alle dafür an den Galgen bringen könnte? Ich habe weiter nichts zu tun, als vor dem nächsten Friedensrichter zu beschwören, daß Sie das Schloß meiner Brieftasche gewaltsam aufgebrochen haben – und Sie würden sämtlich vor dieser Tür aufgehängt werden.« – Diese unerwartete Frechheit versetzte mich in solche Wut, daß ich mich kaum mäßigen konnte. »Undankbarer! Elender! Geh und verpeste meine Wohnung nicht mehr durch deine Niederträchtigkeit. Geh und laß dich nicht wieder vor mir sehen! Geh aus meiner Tür, und die einzige Strafe, die ich dir wünsche, möge ein beunruhigtes Gewissen sein, welches dich schon hinlänglich quälen wird!« Bei diesen Worten warf ich ihm seine Brieftasche hin, welche er lächelnd aufhob und deren Schloß er mit größter Fassung zudrückte, während seine Ruhe uns in das höchste Erstaunen setzte. Meine Frau war besonders erzürnt, daß ihn nichts hatte aufbringen und wegen seiner Schurkenstreiche hatte beschämt machen können. »Meine Liebe«, rief ich, um die unter uns so hoch gesteigerte Leidenschaftlichkeit zu mäßigen, »wir dürfen uns nicht wundern, daß schlechte Menschen keine Scham empfinden. Sie erröten nur, wenn sie bei einer guten Handlung überrascht werden, rühmen sich aber ihrer Laster. – Das Laster und die Scham, sagt die Allegorie, waren anfangs Gefährten und hielten sich beim Beginn ihrer Wanderung unzertrennlich zusammen. Doch ward diese Verbindung beiden bald unangenehm und lästig. Das Laster verursachte der Scham oft Unruhe, und die Scham verriet häufig die geheimen Anschläge des Lasters. Nach langem Streite beschlossen sie endlich, sich auf immer zu trennen. Das Laster ging jetzt verwegen allein vorwärts, um das Schicksal einzuholen, welches in der Gestalt des Henkers vor ihm herging. Die Scham aber, von Natur schüchtern, kehrte wieder zur Tugend zurück, die sie beim Beginn der Wanderung zurückgelassen hatte. So, meine Kinder, verläßt auch den Menschen endlich die Scham, wenn er einige Stufen des Lasters überschritten hat, und sie kehrt dann zu den wenigen Tugenden zurück, die ihm geblieben sind.«

Sechzehntes Kapitel

Die Familie wendet eine List an, welcher eine noch größere entgegenwirkt

Welches auch Sophias Empfindungen sein mochten, die übrige Familie tröstete sich leicht über Herrn Burchells Abwesenheit durch die Gesellschaft unseres Gutsherrn, der uns jetzt häufigere und längere Besuche abstattete. Obgleich es ihm nicht gelungen war, meinen Töchtern die Vergnügungen der Hauptstadt zu verschaffen, so ergriff er doch jede Gelegenheit, sie durch die kleinen Ergötzlichkeiten zu entschädigen, die unsere Einsamkeit gestattete. Gewöhnlich kam er am Morgen, während mein Sohn und ich außer dem Hause beschäftigt waren, und unterhielt meine Familie mit Schilderungen von London, welches er in allen seinen Teilen genau kannte. Er konnte alle Gespräche aus der Atmosphäre der Schauspielhäuser wiedergeben und wußte die sinnreichen Einfälle der Witzlinge auswendig, ehe sie noch in eine Sammlung von Scherzen aufgenommen waren. Die Pausen in der Unterhaltung benutzte er dazu, um meine Töchter Piquet zu lehren. Auch mußten meine beiden Kleinen zuweilen miteinander boxen, um sich in Form zu bringen, wie er sich ausdrückte. Doch die Hoffnung, ihn zum Schwiegersohne zu bekommen, machte uns fast blind gegen alle seine Mängel. Ich muß gestehen, daß meine Frau tausend Pläne entwarf, ihn zu fangen, oder, um mich zarter auszudrücken, jede kleine List anwendete, um das Verdienst ihrer Tochter zu vergrößern. Wenn die Kuchen beim Tee gut geraten waren, so hatte Olivia sie gebacken, und war der Stachelbeerwein gut, so hatte sie die Beeren gepflückt. Ihre Finger waren es, die den eingemachten Gurken und Bohnen die schöne grüne Farbe verliehen hatten, und bei der Bereitung eines Puddings hatte ihr Können die Bestandteile gewählt. Zuweilen behauptete die gute Frau, er und Olivia wären von *einer* Größe, und beide mußten aufstehen, um zu sehen, wer größer sei. Diese Kunstgriffe, welche sie für unauffällig hielt, obgleich sie jedermann durchschaute, gefielen unserem Gönner sehr, so daß er täglich neue Beweise seiner Leidenschaft gab. Zwar war dieselbe noch nicht bis zu einem Heiratsantrage gediehen; doch schien ein solcher nicht mehr fern zu sein, und sein Zögern wurde bald angeborener Schüchternheit zugeschrieben, bald der Furcht, seinem Oheim möchte eine solche Verbindung mißfallen. Ein Vorfall, der sich bald darauf ereignete, setzte es aber außer allen Zweifel, daß er unserer Familie anzugehören wünsche, und meine Frau sah darin sogar ein bindendes Versprechen.

Als meine Frau mit ihren Töchtern beim Nachbarn Flamborough einen Gegenbesuch abstattete, sah sie dort, daß die Familie sich von einem Maler hatte malen lassen, der im Lande umherzog und Porträts zu fünfzehn Schilling das Stück lieferte. Da jene Familie hinsichtlich des Geschmacks schon längst mit uns um den Vorrang stritt, machte uns dieser heimlich erlangte Vorzug eifersüchtig, und was ich auch dagegen sagen mochte – und ich sagte viel –, so wurde doch beschlossen, daß auch wir uns malen lassen wollten. Nachdem ich also den Maler bestellt hatte – denn was sollte ich tun? –, war es unsere nächste Sorge, durch die Anordnung und die Stellungen unseren höheren Geschmack zu beweisen. Unseres Nachbars Familie bestand aus sieben Personen, welche mit sieben Orangen gemalt waren – eine äußerst geschmacklose Idee, ohne Leben und Wahrheit. Wir wünschten etwas in edlerem Stile zu haben und kamen endlich nach vielen Debatten einstimmig zu dem Entschlusse, uns alle zusammen in einem großen historischen Familienstücke malen zu lassen. Dies würde wohlfeiler sein, da *ein* Rahmen für alle hinreichte, und zugleich viel vornehmer, denn alle Familien von Geschmack wurden jetzt auf diese Weise gemalt. Da uns nicht sogleich ein passender historischer Stoff einfiel, war es jeder zufrieden, als unabhängige historische Figur gemalt zu werden. Meine Frau wünschte als Venus dargestellt zu werden, und der Maler wurde ersucht, am Busentuch und im Haar mit Diamanten nicht zu sparen. Die beiden Kleinen sollten als Liebesgötter neben ihr stehen, während ich im Priesterornat ihr meine Schriften über die Whistonsche Kontroverse überreichte. Olivia wollte als Amazone gemalt sein, auf einer Rasenbank sitzend, in einem grünen goldgestickten Reitkleide, mit einer Reitpeitsche in der Hand. Sophia sollte eine Hirtin vorstellen, von so viel Schafen umgeben, als der Maler umsonst anbringen wollte, und Moses mit einem Hute und einer weißen Feder geschmückt werden.

Unser Einfall gefiel dem Gutsherrn so sehr, daß er darauf bestand, in das Familiengemälde aufgenommen zu werden und als Alexander der Große zu Olivias Füßen zu knien. Dies betrachteten wir alle als einen Beweis, daß er ein Mitglied unserer Familie zu werden wünsche, und konnten natürlich seine Bitte nicht abschlagen. Der Maler ging ans Werk und arbeitete so anhaltend und schnell, daß er noch nicht vier Tage brauchte, um das Ganze zu vollenden. Das Bild war groß, und ich muß gestehen, daß er nicht sparsam mit seinen Farben war, wofür meine Frau ihm großes Lob erteilte. Wir waren sämtlich mit seiner Leistung wohl zufrieden; ein unglücklicher Umstand aber, den wir erst bemerkten, als das Gemälde schon vollendet war, verstimmte uns sehr. Es war so groß, daß wir keinen Platz im Hause hatten, wo wir es aufstellen konnten. Es ist unbegreiflich, wie wir einen so wesentlichen Punkt hatten außer Acht lassen können; doch hatte niemand daran gedacht. Das Gemälde stand daher, anstatt unsere Eitelkeit zu befriedigen – wie wir gehofft –, an die Küchenwand gelehnt, wo man die Leinwand ausgespannt und bemalt hatte, denn es war viel zu groß, um durch eine unserer Türen gebracht werden zu können, und so wurde es für alle unsere Nachbarn ein Gegenstand des Spottes. Einer verglich es mit Robinson Crusoes langem Boot, welches zu groß war, um von der Stelle gebracht zu werden; ein anderer meinte, es habe noch mehr Ähnlichkeit mit einer Haspel in einer Flasche; einige wunderten sich, wie es herausgebracht werden könnte, und noch mehr erstaunten, wie es hineingekommen sei.

Wenn schon einige über das Gemälde spotteten, so machten viele sogar boshafte Bemerkungen darüber. Daß auch das Porträt des Gutsherrn sich mitten unter den unsrigen befand, war eine zu große Ehre, als daß sie dem Neid hätte entgehen können. Skandalöse Gerüchte verbreiteten sich auf unsere Kosten, und unsere Ruhe wurde beständig durch Personen gestört, die als Freunde kamen, um uns mitzuteilen, was Feinde von uns gesagt hatten. Diesen Gerüchten begegneten wir stets mutig und entschlossen; doch die Verleumdung vermehrt sich nur durch Widerspruch.

Wir beratschlagten daher nochmals, wie wir der Verleumdung unserer Feinde entgehen könnten, und kamen endlich zu einem Entschlusse, der zu viel List enthielt, um meinen völligen Beifall zu haben. Da unser Hauptzweck darin bestand zu erforschen, ob Herr Thornhill wirklich redliche Absichten habe, übernahm meine Frau es, ihn auszuhorchen, indem sie ihn bei der Wahl eines Bräutigams für Olivia um Rat fragen wollte. Wenn dies nicht genügte, ihn zur Erklärung zu bringen, so sollte er durch einen Nebenbuhler geschreckt werden. Zu diesem letzten Schritte wollte ich aber durchaus nicht meine Einwilligung geben, bis mir Olivia feierlich versicherte, daß sie den Mann heiraten wolle, den man bei dieser Gelegenheit als Nebenbuhler nenne, wenn der Gutsherr ihr nicht selber seine Hand reiche. Dies war der Plan, dem ich mich zwar nicht lebhaft widersetzte, den ich aber auch nicht durchaus billigte.

Als Herr Thornhill uns das nächste Mal wieder besuchte, gingen ihm meine Töchter absichtlich aus dem Wege, um ihrer Mutter Gelegenheit zu geben, ihren Plan auszuführen. Sie hatten sich indes nur in das nächste Zimmer zurückgezogen, wo sie jedes Wort hören konnten. Meine Frau leitete das Gespräch sehr schlau mit der Nachricht ein, daß eine von den Fräulein Flamborough eine sehr gute Partie mache mit Herrn Spanker. Der Gutsherr war derselben Meinung, und sie ging zu der Bemerkung über, reichen Mädchen könne es nie fehlen, gute Ehemänner zu bekommen. »Aber«, fuhr sie fort, »der Himmel möge sich der armen Mädchen erbarmen, die kein Vermögen besitzen! Was hilft Schönheit, Herr Thornhill? Was helfen Tugend und die besten Eigenschaften der Welt in diesem Zeitalter des Eigennutzes? Man fragt nicht, was sie ist, sondern stets, was sie hat.«

»Madame«, erwiderte er, »die Richtigkeit und Neuheit dieser Bemerkung muß ich sehr billigen, und wenn ich König wäre, so sollte es anders sein. Die Mädchen ohne Vermögen sollten es dann gewiß recht gut haben; für unsere beiden jungen Damen würde ich gewiß zuerst sorgen.«

»Ach mein Herr«, erwiderte meine Frau, »Sie belieben zu scherzen; aber ich wollte, ich wäre eine Königin, dann wüßte ich, wo sich meine älteste Tochter einen Gemahl suchen sollte. Doch da Sie einmal von der Sache angefangen haben, Herr Thornhill, wissen Sie nicht eine passende Partie für sie? Sie ist jetzt neunzehn Jahre alt, wohlgewachsen und wohlerzogen, und nach meiner bescheidenen Meinung fehlt es ihr auch nicht an Talenten.«

»Madame«, versetzte er, »wenn ich zu wählen hätte, so würde ich einen Mann suchen, der mit den trefflichsten Eigenschaften ausgestattet ist, um einen Engel glücklich zu machen. Er müßte Klugheit, Vermögen, Geschmack und Redlichkeit besitzen; ein solcher Mann würde meiner Meinung nach für sie passen.« – »Ja, mein Herr«, sagte sie, »aber kennen Sie eine solche Person?« – »Nein, Madame«, erwiderte er, »es ist unmöglich, irgendeine Person aufzufinden, welche verdient, ihr Gatte zu sein; sie ist ein zu großer Schatz für den Besitz eines Mannes; sie ist eine Göttin. Bei meiner Seele, ich rede, wie ich denke, sie ist ein Engel.« – »Ach, Herr Thornhill, Sie schmeicheln meinem armen Mädchen nur. Doch haben wir daran gedacht, sie an einen Ihrer Pächter zu verheiraten, dessen Mutter kürzlich gestorben ist und der eine Hausfrau braucht. Sie wissen, wen ich meine – den Pächter Williams. Ein wohlhabender Mann, Herr Thornhill, der sehr wohl imstande ist, sie zu ernähren, und ihr mehrmals Anträge gemacht hat« (welches auch wirklich der Fall war). »Aber, mein Herr«, fuhr sie fort, »es sollte mir lieb sein, wenn unsere Wahl Ihren Beifall hätte.« – »Wie, Madame, meinen Beifall?« versetzte er. »Meinen Beifall sollte ich solch einer Wahl geben? Nimmermehr! Wie? So viel Schönheit, Verstand und Güte einem Wesen zu opfern, das ein solches Glück durchaus nicht zu schätzen weiß? Entschuldigen Sie, ich kann eine solche Ungerechtigkeit nimmermehr billigen! Und ich habe meine Gründe –« – »Wirklich, mein Herr?« rief Deborah. »Wenn Sie Ihre Gründe haben, ist das freilich eine andere Sache; doch ich möchte gerne diese Gründe kennen.« – »Entschuldigen Sie, Madame«, entgegnete er, »sie liegen zu tief, um entdeckt zu werden. Hier«, fuhr er fort, indem er die Hand aufs Herz legte, »hier liegen sie auf immerdar verschlossen und begraben.«

Als er fort war, hielten wir eine allgemeine Ratsversammlung, wußten aber nicht, was wir aus diesem Zartgefühle machen sollten.

Olivia betrachtete es als ein Zeichen der erhabensten Leidenschaft. Ich war nicht ganz so zuversichtlich, und es schien mir sehr klar, daß mehr von der Liebe als von der Ehe die Rede sein konnte. Was es aber auch zu bedeuten haben mochte, wir beschlossen, den Plan mit Pächter Williams nicht aufzugeben, welcher sich sogleich um meine Tochter beworben hatte, sobald wir in die Gegend gekommen waren.

Siebzehntes Kapitel

Selten findet man eine Tugend, die der Macht einer langen und reizenden Verführung zu widerstehen vermag

Da ich allein auf das wahre Glück meines Kindes bedacht war, gefielen mir die Bewerbungen von Herrn Williams, weil er ein verständiger redlicher Mann war und sich in vermögenden Umständen befand. Es bedurfte nur geringer Ermutigung, um seine frühere Leidenschaft wieder anzufachen. Als er einige Abende später mit Herrn Thornhill in unserem Hause zusammentraf, sahen sie sich eine Zeitlang mit zornigen Blicken an; doch Williams war dem Gutsherrn kein Pachtgeld schuldig und achtete wenig auf seinen Unwillen. Olivia spielte ihrerseits die Kokette vortrefflich – wenn man das spielen nennen konnte, was ihr wirklicher Charakter war – und verschwendete alle ihre Zärtlichkeit an ihren neuen Verehrer. Herr Thornhill schien sehr niedergeschlagen bei dieser Bevorzugung des anderen und empfahl sich mit gedankenvoller Miene. Ich muß gestehen, daß ich aus dieser Betrübnis nicht recht klug werden konnte. Es stand ja in seiner Macht, den Grund derselben zu beseitigen, sobald er seine Absichten offen erklärte. Aber was für Unruhe er auch zu empfinden schien, so konnte man doch deutlich bemerken, daß Olivias Bangigkeit noch größer war. Nach jedem Zusammentreffen ihrer Verehrer, die sich oft einfanden, suchte sie gewöhnlich die Einsamkeit, um ihrem Schmerze nachzuhängen. In einem solchen Zustande fand ich sie eines Abends, nachdem sie sich kurz vorher fröhlich gestellt hatte. »Du siehst jetzt, mein Kind«, sagte ich, »daß dein Vertrauen auf Herrn Thornhills Liebe nur ein Traum war. Er duldet einen Nebenbuhler, der in jeder Hinsicht unter ihm steht, obgleich er weiß, daß er die Macht hat, durch eine offene Erklärung deine Hand zu erhalten.« – »Ja, Papa«, entgegnete sie, »doch er hat seine Gründe zu diesem Zögern; ich weiß, daß er sie hat. Die Aufrichtigkeit seiner Blicke und Worte überzeugt mich von seiner wahren Achtung. In kurzer Zeit wird er hoffentlich seine edelmütige Gesinnung offenbaren und dich überzeugen, daß meine Meinung von ihm gerechter gewesen ist als die deinige.« – »Olivia, mein teures Kind«, erwiderte ich, »jeder Plan, der bis jetzt ausgeführt worden ist, um ihn zu einer Erklärung zu veranlassen, war von dir erfunden und entworfen; auch kannst du nicht sagen, daß ich dir den geringsten Zwang angetan habe. Glaube aber deshalb nicht, mein Kind, daß ich mich zum Werkzeuge hergeben werde, seinen redlichen Nebenbuhler durch deine unpassende Leidenschaft zu hintergehen. Jede Frist, die du verlangst, um deinen mutmaßlichen Anbeter zu einer Erklärung zu bringen, soll dir gestattet sein. Wenn er aber nach Ablauf dieser Zeit noch stumm bleibt, muß ich darauf bestehen, daß der biedere Williams für seine Treue belohnt werde. Der gute Ruf, den ich bisher im Leben behauptete, fordert dies von mir, und meine Zärtlichkeit als Vater soll nicht meine Redlichkeit als Mensch untergraben. Bestimme also den Tag – er mag so fern sein, wie du es für nötig erachtest – und zugleich benachrichtige Herrn Thornhill von dem Zeitpunkte, wo ich deine Hand einem andern geben will. Wenn er dich wirklich liebt, wird sein Verstand ihm sagen, daß es nur *ein* Mittel gibt, wodurch er verhindern kann, dich auf immer zu verlieren.« Mit diesem Vorschlage, den sie für recht und billig halten mußte, war sie einverstanden. Sie erneuerte ihr ausdrückliches Versprechen, Herrn Williams zu heiraten, wenn der andere sich nicht entscheiden sollte; und bei erster Gelegenheit, in Gegenwart des Herrn Thornhill, wurde der Tag bestimmt, an dem sie seinen Nebenbuhler heiraten sollte.

Ein so entschlossenes Verfahren schien Herrn Thornhills Unruhe zu verdoppeln; doch was Olivia wirklich litt, verursachte mir großen Kummer. Bei diesem Kampfe zwischen Klugheit und Leidenschaft verließ ihre Lebhaftigkeit sie gänzlich; sie suchte jede Gelegenheit auf, allein zu sein, und vergoß Tränen. Eine Woche verging; doch Herr Thornhill machte keinen Versuch, ihre Hochzeit zu hintertreiben. In der nächsten Woche war er nicht weniger beharrlich, blieb aber noch immer verschlossen. In der dritten Woche stellte er seine Besuche gänzlich ein, und anstatt daß meine Tochter hätte Ungeduld zeigen sollen, wie ich erwartete, schien sie in ein ruhiges Sinnen versunken, was ich für Ergebung hielt. Ich freute mich aufrichtig, wenn ich daran dachte, daß meinem Kinde ein ruhiges und sorgenfreies Leben gesichert sei, und lobte sie oft, daß sie ein stilles Glück dem Prunke vorzog.

Etwa vier Tage vor der festgesetzten Hochzeit war meine Familie abends um das freundliche Kaminfeuer versammelt. Geschichten aus der Vergangenheit wurden erzählt und Pläne für die Zukunft entworfen. Wir beschäftigten uns mit mancherlei Projekten und lachten über jeden tollen Einfall, der zum Vorschein kam. »Nun, Moses«, rief ich, »wir werden bald eine Hochzeit in der Familie haben. Was denkst du von dergleichen Dingen im allgemeinen?« – »Ich bin der Meinung, lieber Vater, daß alles sehr gut gehen wird. Eben fiel mir ein, wenn Schwester Livy mit Pächter Williams verheiratet ist, wird er uns seine Apfelweinpresse und seine Braubottiche umsonst leihen.« – »Das wird er, Moses«, rief ich, »und uns obendrein noch, um uns zu belustigen, das Lied vom Tode und der Dame vorsingen.« – »Er hat unseren Dick das Lied auch gelehrt«, rief Moses, »und er singt es ganz hübsch.« – »Wirklich?« erwiderte ich. »So mag er es uns vorsingen. Wo ist der kleine Dick? Er mag kommen und dreist damit beginnen.« – »Mein Bruder Dick«, sagte mein jüngster Sohn Bill, »ist eben mit Schwester Livy hinausgegangen. Aber Herr Williams hat mich auch zwei Lieder gelehrt, und ich will sie dir vorsingen, lieber Vater. Was soll ich singen: den ›Sterbenden Schwan‹ oder ›Elegie auf den Tod eines tollen Hundes‹?« – »Vor allen Dingen die Elegie, mein Kind«, sagte ich, »die ich noch nie gehört habe. Und du, liebe Deborah, weißt ja wohl, daß der Kummer durstig macht. Gib uns eine Flasche von deinem besten Stachelbeerwein, um unsere Lebensgeister zu erfrischen. Ich habe seit kurzem bei allen Gattungen von Elegien so viel geweint, daß ich bei dieser ohnmächtig werden würde ohne ein erfrischendes Gläschen. Und du, Sophia, nimm deine Gitarre und klimpere ein wenig zu Bills Gesang.«

Elegie
auf den Tod eines tollen Hundes

Ihr guten Leute, kommt herbei,
Horcht alle meinem Sang!
Und findet ihr, daß kurz er sei,
Währt er euch nicht zu lang.

In Islington war einst ein Mann,
Geliebt von jung und alt,
Der wandelte des Himmels Bahn,
Wenn er zum Beten wallt'.

Für Feind' und Freunde allezeit
Sein Herz mitleidig schlug;
Oft gab er Nackten schon sein Kleid,
Eh' er's noch selber trug.

Auch war in jener Stadt ein Hund;
Denn wie an jedem Ort,
Gab's Pudel, Möpse, Hühnerhund'
Und Straßenköter dort.

Erst waren Freunde Hund und Mann,
Als plötzlich ohne Grund
Sich zwischen beiden Streit entspann;
Da biß den Mann der Hund!

Sogleich verbreitet sich die Kund',
Es strömt das Volk heran;
Da hieß es: »Toll ist dieser Hund,
Zu beißen solchen Mann!«

Die Wunde eiterte und schwoll,
Wie sie mit Augen sahn;
Sie schwuren all', der Hund sei toll,
Und sterben müßt' der Mann.

Doch welches Wunder schaute man!
Es schwieg der Lügner Mund;
Von seiner Wund' genas der Mann,
Dagegen starb der Hund.

»Wahrhaftig, ein begabter Junge, der Bill! Und die Elegie ist wahrhaftig tragisch zu nennen. Kommt, Kinder! Stoßt an auf Bills Wohl! Und möge er einst Bischof werden!«

»Von ganzem Herzen!« rief meine Frau. »Wenn er nur einst so gut predigt, wie er singt, ist mir nicht bange um ihn. Die meisten seiner Verwandten mütterlicherseits verstanden sich auf den Gesang. In unserer Gegend war es die allgemeine Sage, daß von der Familie Blenkinsop keiner gerade vor sich hinsehen und von den Hugginsons keiner ein Licht ausblasen könne; aber unter den Grograms gebe es keinen, der nicht ein guter Sänger wäre, und unter den Marjorams wisse jeder eine Geschichte zu erzählen.« – »Das mag sein«, rief ich, »die einfachste Volksballade gefällt mir aber im allgemeinen besser als die zierlichen modernen Oden und all das Zeug, wobei man schon bei der ersten Strophe versteinert wird. Dergleichen Produkte lobt und verabscheut man zu gleicher Zeit. Moses, gib deinem Bruder ein Glas Wein. Der große Fehler dieser Elegiendichter ist, daß sie bei einem Unglück in Verzweiflung geraten, welches einem vernünftigen Menschen kaum Kummer verursacht. Eine Dame verliert ihren Muff, ihren Fächer oder ihren Schoßhund – sogleich läuft der alberne Poet nach Hause, um die Katastrophe in Verse zu bringen.« – »Das mag wohl bei erhabeneren Kompositionen so Mode sein«, sagte Moses, »doch die Ranelagh-Lieder, die zu uns gekommen, sind sehr einfach und traulich und alle in *eine* Form gegossen. Da begegnet Colin seiner Dolly, und sie reden miteinander. Er gibt ihr ein Jahrmarktsgeschenk, damit sie ihr Haar schmücke, und sie reicht ihm einen Blumenstrauß; dann gehen sie miteinander zur Kirche und geben allen Mädchen und Jünglingen den Rat, so bald als möglich zu heiraten.«

»Und das ist ein sehr guter Rat«, rief ich, »und man hat mir gesagt, es gebe keinen Ort in der Welt, wo ein solcher Rat passender erteilt werden könnte als gerade dort. Denn indem man überredet wird, sich zu verheiraten, ist dort auch gleich für eine Frau gesorgt. Wahrlich, mein Sohn, das muß ein vortrefflicher Markt sein, wo man uns sagt, was uns fehlt, und uns sogleich mit dem versieht, was wir brauchen.« – »Jawohl, lieber Vater«, versetzte Moses, »ich kenne aber nur zwei solche Weibermärkte in Europa – Ranelagh in England und Fuenterrabia in Spanien. Der spanische Markt ist nur einmal im Jahr offen; unsere englischen Frauenzimmer sind aber jeden Abend feil.«

»Du hast recht, mein Sohn«, rief seine Mutter, »Altengland ist der einzige Ort in der Welt für Männer, welche Frauen haben wollen.« – »Und für Frauen, ihre Männer zu beherrschen«, fiel ich ein. »Im Auslande hat man das Sprichwort: Wenn eine Brücke übers Meer geschlagen wäre, so würden alle Frauen des Festlandes herüberkommen und die unsrigen zum Muster nehmen; denn in ganz Europa gibt's keine solchen Weiber wie die unsrigen. Aber gib noch eine Flasche her, liebe Deborah, und du, Moses, singe uns ein hübsches Lied. Welchen Dank sind wir nicht dem Himmel schuldig, daß er uns Ruhe, Gesundheit und gutes Auskommen gibt. Ich halte mich für glücklicher als der größte Monarch auf Erden. Er hat kein solches Kaminfeuer und ist nicht von solchen heiteren Gesichtern umgeben. Ja, Deborah, wir werden jetzt alt; aber der Abend unseres Lebens wird wahrscheinlich glücklich sein. Wir stammen von Voreltern ab, an denen kein Makel haftet, und in unseren Kindern lassen wir ein wackeres und tugendhaftes Geschlecht zurück. Solange wir leben, werden sie unsere Stütze und Freude sein, und wenn wir sterben, erhalten sie unsere Ehre unbefleckt bei der Nachwelt. Nun, mein Sohn, wir warten auf ein Lied. Singe uns eins mit einem Schlußchor. Doch wo ist meine liebe Olivia? Die Stimme des kleinen Engels ist immer die lieblichste im ganzen Konzert.«

Kaum hatte ich ausgeredet, als Dick mit den Worten hereingelaufen kam: »O Vater, Vater, sie ist fort von uns! Schwester Livy ist fort auf immer!« – »Wie? Fort von uns?« – »Ja, sie ist auf und davon mit zwei Herren in einer Postkutsche. Der eine küßte sie und sagte, er wolle für sie sterben. Sie weinte sehr und wollte wieder umkehren. Aber er redete ihr beständig zu, und sie stieg in die Kutsche und sagte: ›O was wird mein armer Vater tun, wenn er hört, daß ich verloren bin?‹« – »Geht, meine Kinder«, rief ich, »geht und seid betrübt, denn wir werden uns keiner Stunde mehr erfreuen. Möge der ewige Zorn des Himmels ihn und die Seinigen verfolgen! Mir so mein Kind zu rauben! Der Himmel wird mich erhören, denn für ihn erzog ich mein liebes unschuldiges Kind! Wie rein war das Herz meines Kindes! Doch all unser irdisches Glück ist jetzt zu Ende! Geht, meine Kinder, geht! Ihr seid elend und entehrt, und mein Herz ist gebrochen!« – »Vater«, rief mein Sohn, »ist dies deine Standhaftigkeit?« – »Standhaftigkeit, mein Sohn! Ja, er soll sehen, daß ich Standhaftigkeit besitze – bringt mir meine Pistolen – ich will den Verräter verfolgen – solange er auf Erden weilt, will ich ihn verfolgen! So alt ich bin, soll er doch finden, daß ich ihn bestrafen kann, den Schurken, den treulosen Schurken!« Indessen hatte ich meine Pistolen herbeigeholt, meine arme Frau aber, deren Aufregung nicht so groß war wie die meinige, schloß mich in ihre Arme und rief: »O lieber, bester Mann! Die Bibel ist die einzige Waffe, die für deine alten Hände paßt! Schlage sie auf und lies, daß uns Geduld komme in unserem Schmerz, denn das Mädchen hat uns schändlich getäuscht.« – »Wirklich, lieber Vater«, begann mein Sohn nach einer Pause, »dein Zorn ist zu heftig und ziemt sich nicht. Du solltest die Mutter trösten, und du vermehrst nur ihren Schmerz. Es schickt sich nicht für dich und deinen ehrwürdigen Stand, so deinen ärgsten Feind zu verfluchen. Du hättest ihm nicht fluchen sollen, wenn er auch ein Schurke ist.« – »Ich fluchte ihm nicht, mein Sohn. Oder tat ich's?« – »Gewiß, mein Vater, du hast ihm zweimal geflucht.« – »So möge der Himmel mir und ihm vergeben, wenn ich's getan habe. Jetzt fühle ich erst, mein Sohn, daß es übermenschliches Wohlwollen war, welches uns zuerst lehrte, unsere Feinde zu segnen. Gelobt sei Sein heiliger Name für alles Gute, welches Er uns gegeben, so wie für das, was Er uns genommen! Doch es ist kein geringes Unglück, welches diesen alten Augen, die seit so vielen Jahren nicht geweint,

Tränen entlocken kann. Mein Kind, meinen Liebling ins Verderben zu stürzen! Vernichtung treffe – Der Himmel verzeihe mir, was ich sagen wollte! Bedenkt nur, meine Lieben, wie gut sie war, wie bezaubernd! Bis zu diesem unseligen Augenblicke war sie nur bemüht, uns Freude zu machen. Wäre sie doch lieber gestorben! Aber sie ist entflohen; die Ehre unserer Familie ist befleckt, und ich werde auf Erden nie wieder glücklich. Du, mein Kind, sahst sie hinwegfahren. Vielleicht entführte er sie mit Gewalt? Wenn das der Fall war, so ist sie unschuldig.« – »Ach nein, Vater«, rief das Kind, »er küßte sie nur und nannte sie seinen Engel, und sie weinte gar sehr und stützte sich auf seinen Arm, und so fuhren sie sehr schnell fort.« – »Sie ist ein undankbares Geschöpf«, rief meine Frau, die vor Weinen kaum reden konnte, »uns so zu behandeln, da wir doch ihrer Neigung nicht den geringsten Zwang angetan haben! Die schlechte Dirne hat ihre Eltern schändlich und ohne Ursache verlassen. So bringt sie dein graues Haar vor der Zeit in die Grube, und ich werde bald folgen.«

Auf diese Weise verging jene Nacht, die erste unseres wirklichen Unglücks, unter bitteren Klagen und leidenschaftlichen Ausbrüchen. Ich beschloß indes, den Entführer aufzusuchen, wo er auch sein mochte, und ihm seine Niedrigkeit vorzuwerfen. Am nächsten Morgen vermißten wir unser unglückliches Kind beim Frühstück, wo sie uns sonst alle zu erheitern pflegte. Meine Frau versuchte auch jetzt, ihr Herz durch Schmähungen zu erleichtern. »Nimmer soll dieser Schandfleck unserer Familie wieder in diese harmlose Wohnung treten!« rief sie. »Ich werde sie niemals wieder Tochter nennen. Nein! Die liederliche Dirne möge bei ihrem schändlichen Verführer bleiben! Wenn sie uns auch Schande bringt, so soll sie uns doch nicht wieder täuschen!«

»Frau«, sagte ich, »sprich nicht so harte Worte aus. Ich verabscheue ihre Schuld ebenso sehr wie du; doch dieses Haus und dieses Herz sollen der wiederkehrenden reuigen Sünderin stets offen stehen. Je eher sie von ihren Verirrungen zurückkehrt, desto herzlicher soll sie mir willkommen sein. Auch der Beste kann einmal fehlen. List überredet, und der Reiz der Neuheit lockt. Der erste Fehltritt ist das Kind der Einfalt; doch alle folgenden entspringen aus dem

Laster. Ja, das arme Wesen soll diesem Hause und diesem Herzen willkommen sein, und wäre es auch von tausend Fehlern befleckt. Ich will ihn wieder hören, den süßen Ton ihrer Stimme, will sie wieder zärtlich an meine Brust drücken, wenn ich nur in der ihrigen Reue finde. Mein Sohn, bringe mir meine Bibel und meinen Stab, ich will ihr folgen, wo sie auch sein mag, und wenn ich sie auch nicht von Schande erretten kann, so kann ich doch vielleicht verhindern, daß sie fortfährt, in Sünden zu leben.«

Achtzehntes Kapitel

Bemühungen eines Vaters,
ein verlorenes Kind zur Tugend zurückzuführen

Obgleich der Knabe die Person des Mannes nicht genau beschreiben konnte, der seine Schwester in die Postkutsche gehoben hatte, fiel doch mein Verdacht einzig und allein auf unseren jungen Gutsherrn, der wegen solcher Intrigen nur zu bekannt war. Ich lenkte meine Schritte nach Thornhill Castle, fest entschlossen, ihm heftige Vorwürfe zu machen und, wo möglich, meine Tochter wieder zurückzubringen. Ehe ich aber noch seinen Wohnsitz erreichte, traf ich eins meiner Pfarrkinder, welches mir sagte, ihm sei ein junges Frauenzimmer, meiner Tochter ähnlich, mit einem Herrn in einer Postkutsche begegnet, den ich der Beschreibung nach für Herrn Burchell halten mußte; auch setzte es hinzu, sie wären sehr rasch gefahren. Dieser Bericht befriedigte mich aber keineswegs, und ich wanderte nach dem Schlosse des jungen Gutsherrn, den ich sogleich zu sprechen verlangte, obgleich es noch früh am Tage war. Er kam mir mit heiterer, unbefangener Miene sogleich entgegen, schien sehr bestürzt über die Nachricht von der Flucht meiner Tochter und versicherte mir auf seine Ehre, daß er durchaus nichts von der Sache wisse. Ich verdammte jetzt meinen früheren Argwohn und konnte ihn nur auf Herrn Burchell richten, weil derselbe, wie ich mich erinnerte, in der letzten Zeit mehrmals heimlich mit Olivia gesprochen hatte. Auch konnte ich bei dem Bericht eines zweiten Zeugen nicht länger an Herrn Burchells Schändlichkeit zweifeln. Der Zeuge behauptete nämlich, meine Tochter sei wirklich mit Herrn Burchell nach dem etwa dreißig Meilen entfernten Wells gereist, wo sich gerade viele Badegäste aufhielten. Da ich in einem Gemütszustande war, wo man geneigter ist, rasch zu handeln als der Vernunft Gehör zu geben, fiel es mir gar nicht ein, daß diese Berichte vielleicht von Personen herrühren könnten, die mich absichtlich irreführen wollten. Ich entschloß mich also, meiner Tochter und ihrem Entführer dorthin zu folgen. Ich wanderte rasch vorwärts und erkundigte mich überall unterwegs, doch ohne etwas zu erfahren, bis ich in die Stadt trat. Da begegnete mir ein Mann zu Pferde, den ich früher in Gesellschaft des Gutsherrn gesehen hatte, und dieser versicherte mir, ich würde sie gewiß einholen, wenn ich ihnen etwa dreißig Meilen weiter bis zu einem Orte folgen wollte, wo gerade ein Wettrennen gehalten werde. Dort habe er sie noch am vergangenen Abend tanzen sehen, und die ganze Gesellschaft sei von der Anmut meiner Tochter entzückt gewesen. Früh am nächsten Morgen machte ich mich auf den Weg zu dem Orte des Wettrennens, wo ich um vier Uhr nachmittags ankam. Die Gesellschaft war sehr glänzend und schien keine andere Absicht zu haben, als das Vergnügen zu suchen – sehr verschieden von der meinigen, die darin bestand, ein verlorenes Kind auf den Weg der Tugend zurückzuführen. Plötzlich glaubte ich in einiger Entfernung vor mir Herrn Burchell zu erblikken; doch als fürchte er eine Unterredung mit mir, verlor er sich im Gedränge, und ich sah ihn nicht wieder.

Jetzt kam ich zu der Überzeugung, daß es fruchtlos sein werde, meine Nachforschungen fortzusetzen, und ich beschloß, wieder zu meiner unschuldigen Familie zurückzukehren, die meiner Gegenwart bedurfte. Doch meine Gemütsbewegung und die Beschwerden der Reise zogen mir ein Fieber zu, dessen Symptome ich schon fühlte, ehe ich die Rennbahn verlassen hatte. Das war ein neuer, unerwarteter Schlag, da ich mehr als siebzig Meilen von meinem Hause entfernt war. Ich begab mich in ein kleines Gasthaus an der Landstraße, den gewöhnlichen Zufluchtsort der Armut und der Mäßigkeit. Dort legte ich mich geduldig nieder, um den Ausgang meiner

Krankheit abzuwarten. Ich schmachtete fast drei Wochen, bis endlich meine kräftige Konstitution den Sieg davontrug. Nun aber fehlte es mir an Geld, um die Kosten meines Unterhalts bestreiten zu können. Vielleicht hätte schon die Unruhe darüber mir einen Rückfall zugezogen, hätte mich nicht ein Reisender unterstützt, der in dem Gasthaus einsprach, um eine kleine Erfrischung zu sich zu nehmen. Dieser Mann war niemand anders als der menschenfreundliche Buchhändler bei St. Paul zu London, der so viele Bücher für Kinder geschrieben hat. Er nannte sich ihren Freund, doch war er der Freund der ganzen Menschheit. Kaum war er vom Pferde gestiegen, als er auch schon wieder forteilen wollte, denn er war stets mit sehr wichtigen Geschäften überhäuft und sammelte gerade damals Materialien zu der Geschichte eines gewissen Thomas Tripp. Ich erkannte sogleich das rote Gesicht des gutmütigen Mannes, denn er hatte meine Schrift gegen die Deuterogamisten verlegt. Von ihm borgte ich mir eine kleine Summe, die ich nach meiner Rückkehr wieder abtragen wollte. Als ich das Gasthaus verließ, war ich aber noch so schwach, daß ich nur in kleinen Tagereisen von etwa zehn Meilen nach Hause zurückzukehren beschloß.

Meine Gesundheit und Gemütsruhe waren so ziemlich wiederhergestellt, und ich tadelte jetzt den Stolz, womit ich mich der strafenden Hand der Gerechtigkeit widersetzt hatte. Selten weiß der Mensch, welches Mißgeschick seine Geduld übersteigt, bis er selbst zu erdulden hat. Wie wir beim Ersteigen der Gipfel des Ehrgeizes, die uns von unten so glänzend entgegenschimmern, bei jedem Tritte verborgene Gefahren und Täuschungen treffen, so findet auch beim Hinabsteigen in das Tal des Elends, welches uns von dem Gipfel des Vergnügens aus düster und widerwärtig erschien, der stets rege, nach Genuß strebende Geist immer etwas, das ihm schmeichelt oder ihn ergötzt. Beim Herannahen scheinen sich selbst die dunkelsten Gegenstände zu erhellen, und das Auge des Geistes gewöhnt sich an die Finsternis.

Ich wanderte weiter und war etwa zwei Stunden gegangen, als ich in einiger Entfernung etwas bemerkte, das ich anfangs für eine Kutsche hielt. Es gelang mir, es einzuholen; doch als ich näher kam, sah ich, daß es der Wagen einer wandernden Schauspielertruppe war.

Mit Kulissen und anderem Theatergerät beladen, fuhr er nach dem nächsten Dorfe, wo man Vorstellungen geben wollte. Bei dem Wagen befand sich nur der Fuhrmann und ein einziger von der Gesellschaft. Die übrigen Schauspieler wollten am folgenden Tage nachkommen.

Gute Gesellschaft verkürzt die Reise, sagt das Sprichwort. Ich ließ mich daher mit dem armen Schauspieler in ein Gespräch ein, und da ich früher selber einiges theatralische Talent besessen hatte, so verbreitete ich mich über diesen Gegenstand mit meiner gewöhnlichen Freimütigkeit. Ich war indessen mit dem gegenwärtigen Zustande der Bühne wenig bekannt und fragte ihn daher, welches jetzt die beliebtesten dramatischen Dichter, welches die Drydens und Otways des heutigen Tages wären. »Ich glaube, mein Herr«, entgegnete der Schauspieler, »nur wenige unserer neueren Dramatiker würden es für eine Ehre halten, mit den erwähnten Schriftstellern verglichen zu werden. Drydens und Rowes Manier ist gänzlich aus der Mode. Unser Geschmack ist um ein ganzes Jahrhundert zurückgegangen. Fletcher, Ben Jonson und Shakespeares sämtliche Schauspiele sind die einzigen Stücke, die jetzt ankommen.« – »Wie«, rief ich, »ist es möglich, daß unser Zeitalter an der veralteten Sprache, an dem verbrauchten Humor und an den übertriebenen Charakteren, die in den genannten Werken im Überflusse vorhanden sind, Geschmack finden kann?« – »Mein Herr«, erwiderte mein Begleiter, »das Publikum bekümmert sich weder um Sprache noch um Humor noch um Charaktere. Das ist seine Sache nicht. Nur der Unterhaltung wegen geht man ins Theater, und man ist zufrieden, wenn unter Jonsons oder Shakespeares Namen eine Pantomime aufgeführt wird.« – »Da muß ich also glauben«, erwiderte ich, »daß unsere neueren Dramatiker mehr Nachahmer Shakespeares als der Natur sind.« – »Die Wahrheit zu sagen«, versetzte mein Reisegefährte, »weiß ich nicht, ob sie überhaupt etwas nachahmen. Auch verlangt das Publikum es nicht von ihnen. Nicht die Komposition des Stücks, nur die Theatercoups und theatralischen Posen finden rauschenden Beifall. Ich kenne ein Stück, welches auch nicht ein einziges geistreiches Wort enthält, aber doch vom Publikum vergöttert wurde; und ein anderes hatte Erfolg, weil der Dichter darin einen

Anfall von Bauchgrimmen vorkommen ließ. Nein, mein Herr, die Stücke von Congreve und Farquhar haben für den jetzigen Geschmack zu viel Geist; unsere moderne Sprache ist bei weitem natürlicher.«

Indessen waren die Habseligkeiten der wandernden Truppe im Dorfe angekommen, wo man schon von unserer Ankunft benachrichtigt zu sein schien, denn alles lief herbei, um uns anzugaffen. Mein Begleiter äußerte, wandernde Schauspieler hätten mehr Zuschauer vor der Tür als drinnen. Ich hatte nicht daran gedacht, daß eine solche Gesellschaft nicht für mich passe, bis sich ein großer Volkshaufen um mich versammelte. Ich nahm daher so schnell als möglich zum ersten besten Gasthaus meine Zuflucht, wo man mich in das Gastzimmer wies. Dort kam ein wohlgekleideter Herr auf mich zu und fragte, ob ich ein wirklicher Prediger bei der Schauspielertruppe sei oder ob ich bloß diese Rolle auf der Bühne spiele. Als ich ihm gesagt hatte, daß ich keineswegs zu der Gesellschaft gehöre, war er so herablassend, mich und den Schauspieler zu einer Bowle Punsch einzuladen, wobei er mit dem größten Ernst und mit dem größten Interesse über die neuesten politischen Ereignisse sprach. Ich hielt ihn für nichts Geringeres als ein Parlamentsmitglied und wurde in meiner Vermutung noch bestärkt, als er den Wirt fragte, was es zum Abendessen gebe, und dann darauf bestand, daß der Schauspieler und ich in seinem Hause zu Abend speisen sollten, wozu wir uns auch nach einigen Bitten bewegen ließen.

Neunzehntes Kapitel

Schilderung einer Person, die mit der gegenwärtigen Regierung unzufrieden ist und den Verlust unserer Freiheit fürchtet

Das Haus, wo er uns bewirten wollte, lag in geringer Entfernung vom Dorfe, und unser Gastgeber bemerkte, da die Kutsche nicht in Bereitschaft sei, wolle er uns zu Fuß dorthin führen. Bald kamen wir auch zu einem der prächtigsten Herrenhäuser, die ich in dieser Gegend gesehen hatte. Das Zimmer, in welches man uns führte, war höchst elegant und nach dem neuesten Geschmack eingerichtet. Der Herr verließ uns, um Befehle zum Abendessen zu erteilen, und der Schauspieler gab mir durch einen Wink zu verstehen, daß wir es sehr glücklich getroffen hätten. Bald kam unser Wirt zurück, und es ward eine treffliche Abendmahlzeit aufgetragen. Dann traten auch zwei oder drei Damen in geschmackvoller Hauskleidung ein, und die Unterhaltung begann mit großer Lebhaftigkeit. Politik war der Gegenstand, wovon unser Wirt besonders sprach und dabei versicherte, die Freiheit sei zugleich sein Stolz und sein Schrecken. Als die Tafel aufgehoben war, fragte er mich, ob ich die letzte Nummer des »Monitor« gelesen. Als ich es verneinte, rief er: »Wie? Wohl auch nicht den ›Auditor‹?« – »Auch den nicht, mein Herr«, erwiderte ich. »Das ist seltsam, sehr seltsam«, sagte mein Wirt. »Ich lese alle politischen Zeitungen, die herauskommen: ›Daily‹, ›Public‹, ›Ledger‹, ›Chronicle‹, ›London Evening‹, ›Whitehall Evening‹, die siebzehn Magazine und die beiden Reviews, und so sehr sie sich gegenseitig hassen, so liebe ich sie doch alle zusammen. Freilich, mein Herr, Freiheit ist der Stolz des Briten, und – bei all meinen Kohlengruben in Cornwall! – ich verehre ihre Beschützer.« – »So verehren Sie vermutlich den König?« sagte ich. »Ja«, versetzte mein Wirt, »wenn er tut, was wir haben wollen. Verfährt er aber so wie vor kurzem, so werde ich mich nicht mehr um seine Angelegenheiten bekümmern. Ich will nichts weiter sagen, als daß ich glaube, ich würde manches besser angeordnet haben. Es scheint, als habe es ihm an einer hinlänglichen Zahl von Ratgebern gefehlt. Er sollte jeden um Rat fragen, der ihm Rat geben will, dann würden die Dinge eine ganz andere Gestalt annehmen.«

»Ich wünschte«, rief ich, »daß dergleichen zudringliche Ratgeber an den Pranger gestellt würden. Redliche Männer sollten es sich zur Pflicht machen, die schwache Seite unserer Verfassung zu unterstützen, jene geheiligte Macht, die seit einigen Jahren täglich mehr und mehr abgenommen und ihren notwendigen Einfluß auf den Staat verloren hat. Doch diese unwissenden Menschen erheben noch immer ein Freiheitsgeschrei, und wenn sie einiges Gewicht haben, so werfen sie es schändlicherweise in die sinkende Waagschale.«

»Wie«, rief eine von den Damen, »muß ich es erleben, einen so niedrig und gemein denkenden Menschen zu sehen, der ein Feind der Freiheit und ein Verteidiger der Tyrannen ist? Freiheit ist das geheiligte Geschenk des Himmels, das herrliche Vorrecht des Briten!«

»Kann es möglich sein«, rief unser Wirt, »daß es noch jetzt Verteidiger der Sklaverei gibt? Menschen, die niedrig genug denken, die Vorrechte eines Briten aufzugeben? Ist es möglich, mein Herr, daß jemand so verworfen sein kann?«

»Nein, mein Herr«, erwiderte ich, »ich bin für die Freiheit, für jenes Attribut der Gottheit, für die herrliche Freiheit, für den Hauptgegenstand der heutigen Unterhaltung. Ich wollte, alle Menschen wären Könige. Ich selber möchte König sein. Wir alle haben von Natur gleichen Anspruch auf den Thron, wir sind alle ursprünglich gleich. Dies ist meine Meinung und war einst die Ansicht eines Vereins würdiger Männer, die man ›Levellers‹ nannte. Sie waren bemüht, sich zu einer Gemeinschaft zu erheben, in der alle gleich frei sein sollten. Leider aber wollte ihnen dies nicht glücken. Es gab einige unter ihnen, die stärker, und wieder einige, die schlauer waren als die anderen, und diese wurden die Herren der übrigen. Denn so wie Ihr Stallknecht Ihre Pferde reitet, weil er ein listigeres Geschöpf ist als sie, so gewiß wird auch jedes Wesen, welches listiger oder stärker ist als er, sich ihm wiederum auf die Schultern setzen. Da es nun das Schicksal der Menschheit ist, sich zu unterwerfen, und einige zum Befehlen, andere zum Gehorchen geboren sind, so ist die Frage, da doch einmal Tyrannen sein müssen, ob es besser ist, sie bei uns in demselben Hause oder in demselben Dorfe oder noch weiter entfernt in der Hauptstadt zu haben. Da ich für mein Teil das Angesicht des Tyrannen hasse, ist es mir um so lieber, je weiter er entfernt ist. Die Mehrzahl der Menschen denkt wie ich und hat einstimmig einen König erwählt, dessen Wahl zugleich die Anzahl der Tyrannen verringert und die Tyrannei von der größten Volksmenge so weit als möglich entfernt. Die Großen, die vor der Wahl eines Tyrannen selber Tyrannen waren, sind natürlich der ihnen überlegenen Gewalt abgeneigt, weil diese auf den unteren Ständen am schwersten lastet. Daher liegt es in dem Interesse der Großen, die königliche Macht so viel als möglich zu verringern, weil das, was sie derselben nehmen, ihnen selber zugute kommt; und alles, was sie in ihrer Stellung zu tun haben, besteht darin, den einzelnen Tyrannen zu unterminieren, wodurch sie wieder zu ihrem ursprünglichen Ansehen gelangen. Nun könnten aber die Verhältnisse eines Staats oder seine Gesetze oder auch die Gesinnungen seiner reichen Bürger so beschaffen sein, daß dies alles dazu beitrüge, die Monarchie zu untergraben. Wären zum Beispiel die Staatsverhältnisse von der Art, daß sie die Anhäufung von Reichtümern begünstigten und den Wohlhabenden noch reicher machten, so würde der Ehrgeiz erwachen. Eine Anhäufung von Reichtümern muß aber die notwendige Folge sein, wenn mehr Geld durch auswärtigen Handel erworben wird als durch Industrie im Lande. Denn der auswärtige Handel kann nur von den Reichen mit Vorteil betrieben werden, und diese ziehen zugleich allen Gewinn, der aus der Industrie entspringt, so daß dem Reichen zwei Erwerbsquellen geöffnet sind, während der Arme nur eine hat. Daher findet man, daß in allen Handelsstaaten der Reichtum sich bei einzelnen Familien anhäufte, und daher wurden diese nach und nach sämtlich aristokratisch. Die Landesgesetze selber können zum Anhäufen von Reichtum beitragen, wenn die natürlichen Bande, die den Reichen mit dem Armen vereinigen, durch die Verordnung gelöst werden, daß die Reichen sich nur mit den Reichen verheiraten sollen, oder wenn der Gelehrte, nur weil er arm ist, für unfähig gehalten wird, seinem Vaterlande als Ratgeber zu dienen. Auf diese Art, sage ich, und durch ähnliche Mittel wird der Reichtum vermehrt. Ist nun der Besitzer gesammelter Schätze mit allen Bedürfnissen und Genüssen des Lebens versehen, so kann er seinen Überfluß nicht anders als zur Erkaufung von Macht anwenden. Das heißt mit anderen Worten: Er erwirbt sich Anhänger, indem er dürftigen oder feilen Menschen die Freiheit abkauft, die für ein Stück Brot den Druck der ärgsten Tyrannei dulden. Auf diese Weise versammelt jeder sehr reiche Mann gewöhnlich einen Kreis der Ärmsten aus dem Volke um sich, und den Staat, der viele solche überreiche Bürger hat, könnte man mit dem Systeme des Cartesius vergleichen, in welchem ein jeder Planet seinen eigenen Kreis hat. Doch alle, die sich freiwillig in den Kreisen eines großen Mannes bewegen, sind nur die Sklaven, der Auswurf der Menschheit, durch Geist und Erziehung zur Sklaverei bestimmt, und sie kennen die Freiheit nur dem Namen nach. Ein großer Teil des Volks muß jedoch noch übrig bleiben, den der Einfluß der Reichen nicht berührt, nämlich die Klasse von Menschen, die zwischen den Überreichen und dem Pöbel steht, jene Menschen, die zu viel Vermögen haben, um sich vor der Gewalt ihres mächtigen Nachbarn zu beugen, und doch zu arm sind, um sich selbst zu Herrschern aufzuwerfen. In dieser Mittelklasse findet man gewöhnlich alle Künste, alle Weisheit und alle bürgerlichen Tugenden. Diese Klasse ist bekanntlich allein die wahre Beschützerin der Freiheit, und nur sie kann man eigentlich das Volk nennen. Nun kann es freilich geschehen, daß diese Mittelklasse in einem Staate all ihren Einfluß verliert und daß ihre Stimme von der des Pöbels übertönt wird; denn wenn das Vermögen, das jemanden zur Stimmfähigkeit in Staatsangelegenheiten berechtigt, jetzt zehnmal geringer ist, als man bei Gründung der Verfassung für nötig hielt, so ist es klar, daß dadurch eine größere Masse des Pöbels in das politische System verflochten wird, die, in den Kreisen der Großen sich bewegend, auf immer der ihnen von diesen gegebenen Richtung folgen muß. In einem solchen Staat bleibt dem Mittelstande daher nichts weiter übrig, als die Vorrechte des obersten Herrschers treu und sorgsam zu wahren, weil er die Macht der Reichen verteilt und ausgleicht und verhindert, daß die Großen mit zehnfachem Gewichte auf dem Mittelstande lasten, der unter ihnen steht. Den Mittelstand kann man mit einer von den Reichen belagerten Stadt vergleichen, zu deren Entsatz der Herrscher herbeieilt. Die Belagerer, einen auswärtigen Feind fürchtend, bieten natürlich den Belagerten die glänzendsten Bedingungen an, schmeicheln ihnen mit leeren Worten und suchen sie durch Privilegien anzulocken. Wenn sie jedoch den obersten Herrscher einmal besiegt haben, werden die Mauern der Stadt ihren Bewohnern nur eine schwache Schutzwehr darbieten. Was sie dann zu erwarten haben, zeigt ein Blick auf Holland, Genua oder Venedig, wo die Gesetze die Armen und die Reichen die Gesetze regieren. Ich lebe und sterbe daher für die Monarchie, für die geheiligte Monarchie; denn wenn es irgend etwas Heiliges unter den Menschen gibt, so muß es der gesalbte Oberherr des Volkes sein, und jede Verminderung seiner Macht, im Kriege wie im Frieden, ist ein Eingriff in die wahre Freiheit der Untertanen. Die Worte Freiheit, Patriotismus und Brite haben schon viel angerichtet, und es ist zu hoffen, daß die wahren Söhne der Freiheit verhindern werden, daß noch mehr Schlimmes aus ihnen hervorgehe. Ich habe in meinem Leben so manchen angeblichen Kämpfer für die Freiheit gekannt, doch erinnere ich mich keines einzigen, der in seinem Herzen und in seiner Familie nicht ein Tyrann gewesen wäre.«

Ich bemerkte, daß meine Wärme bei dieser Rede mich über die Grenzen der feinen Lebensart hinausgeführt habe. Auch vermochte mein Wirt, der mich schon mehrmals zu unterbrechen versucht hatte, seine Ungeduld nicht länger zu zügeln. »Wie«, rief er aus, »habe ich denn die ganze Zeit einen Jesuiten in der Kleidung eines Predigers bewirtet? Aber bei allen Kohlengruben in Cornwall, er soll sich packen, so wahr ich Wilkinson heiße.« Ich sah jetzt ein, daß ich zu weit gegangen war, und bat wegen der Hitze, mit der ich gesprochen hatte, um Verzeihung. »Verzeihung!« erwiderte er wütend. »Solche Grundsätze, meine ich, bedürfen einer tausendfachen Verzeihung. Was? Freiheit und Eigentum aufzugeben und, wie der Zeitungsschreiber sagt, den Fuß mit Holzschuhen zu beladen! Mein Herr, ich bestehe darauf, daß Sie augenblicklich aus diesem Hause gehen, um üblen Folgen vorzubeugen. Mein Herr, ich muß darauf bestehen.« Ich war im Begriff, Einwendungen zu machen, als ich einen Bedienten stark an die Tür klopfen hörte. Zu gleicher Zeit riefen die beiden Damen: »Tod und Teufel! Unsere Herrschaft ist nach Hause gekommen!« Jetzt zeigte es sich, daß mein Wirt nichts weiter als der Haushofmeister war, der in der Abwesenheit seines Herrn den Einfall gehabt hatte, selber einmal den vornehmen Herrn zu spielen; und offen gestanden, sprach er ebenso gut über Politik wie die meisten Landedelleute. Doch nichts kam meiner Bestürzung gleich, als ich den Edelmann mit seiner Gemahlin eintreten sah. Auch ihr Erstaunen war nicht geringer, eine solche Gesellschaft und ein so köstliches Mahl anzutreffen. »Meine Herren«, rief der wirkliche Herr des Hauses mir und meinem Gefährten zu, »wir sind Ihre untertänigsten Diener. Doch ich muß gestehen, diese Ehre kommt mir so unerwartet, daß ich unter der Last des Dankes fast erliege.« So unerwartet ihm unsere Geschichte auch sein mochte, so war die seinige es doch offenbar noch mehr für uns. Ich stand stumm da, indem ich fühlte, daß ich eine sehr alberne Rolle spiele, als plötzlich mein liebes Fräulein Arabella Wilmot ins Zimmer trat, die früher, wie bereits erzählt, mit meinem Sohne George verlobt gewesen war. Als sie mich erblickte, eilte sie mit großer Freude in meine Arme. »Mein lieber Herr«, rief sie, »welchem glücklichen Zufall verdanken wir einen so unerwarteten Besuch? Mein Onkel und meine Tante werden gewiß sehr erfreut sein zu hören, daß der gute Dr. Primrose ihr Gast ist.« Als der alte Herr und seine Gemahlin meinen Namen hörten, traten beide sehr höflich näher und hießen mich mit der herzlichsten Gastfreundschaft willkommen. Doch konnten sie sich des Lächelns nicht enthalten, als ich ihnen die Veranlassung meines Besuches erzählte; aber sie verziehen auf meine Bitte dem unglücklichen Haushofmeister, den sie anfangs fortjagen wollten.

Herr Arnold und seine Gattin, denen das Haus gehörte, bestanden darauf, daß ich einige Tage bei ihnen verweilen sollte, und da ihre Nichte, meine liebenswürdige Schülerin, die ich zum Teil durch meinen Unterricht gebildet hatte, mit ihnen diese Bitte vereinigte, willigte ich ein. Mir wurde ein prächtiges Zimmer angewiesen, und am folgenden Morgen kam Fräulein Wilmot sehr früh und bat mich, sie in den Garten zu begleiten, der nach dem neuesten Geschmack angelegt war. Als sie mich eine Zeitlang auf die Schönheiten desselben aufmerksam gemacht hatte, fragte sie mit anscheinender Gleichgültigkeit, wann ich zuletzt von meinem Sohne George Nachricht erhalten hätte. »Ach, mein Fräulein«, erwiderte ich, »er ist jetzt schon beinahe drei Jahre abwesend, ohne daß er ein einziges Mal an mich oder seine Freunde geschrieben hat. Ich weiß nicht, wo er ist; vielleicht sehe ich ihn und glückliche Tage niemals wieder. Nein, mein Fräulein, nie kehren sie zurück, die vergnügten Stunden, die wir einst an unserem Kamin in Wakefield zugebracht haben. Meine kleine Familie hat sich jetzt zerstreut, und Armut hat nicht nur Mangel, sondern auch Schande über uns gebracht.« Dem guten Mädchen entfiel eine Träne bei diesem Bericht; doch da ich sah, daß es sie zu sehr ergreifen würde, hielt ich die ausführliche Schilderung unserer Leiden zurück. Aber ich fühlte mich einigermaßen getröstet, als ich fand, daß die Zeit ihre Neigung nicht verändert und sie mehrere Heiratsanträge abgelehnt habe, seit wir uns aus ihrer Gegend entfernt hatten.

Sie führte mich überall herum in den weitläufigen Gartenanlagen, zeigte mir die verschiedenen Alleen und Lauben und nahm bei jedem Gegenstande Veranlassung, eine neue Frage in betreff meines Sohnes an mich zu richten. So verging der Vormittag, bis die Glocke uns zum Mittagessen rief. Wir fanden den Direktor der oben erwähnten wandernden Schauspielertruppe, welcher gekommen war, um Billetts zu der Vorstellung der »Schönen Büßerin« anzubringen, welches Stück am Abend aufgeführt werden sollte. Für die Rolle des Horatio war ein junger Mann bestimmt, der noch nie die Bühne betreten hatte. Der Direktor erteilte dem neuen Schauspieler sehr warme Lobsprüche und behauptete, noch niemals jemand gesehen zu haben, von dem sich Vortrefflicheres erwarten lasse. »Die Schauspielkunst wird nicht an einem Tage erlernt«, bemerkte er, »doch dieser junge Mann scheint dazu geboren, die Bühne zu betreten. Seine Stimme, seine Figur, seine Haltung sind vortrefflich. Zufällig trafen wir ihn auf unserer Herreise.« Diese Schilderung erregte unsere Neugierde, und auf die Bitte der Damen entschloß ich mich, sie in das Schauspielhaus zu begleiten, welches nichts andres war als eine Scheune. Da die Gesellschaft, worin ich mich befand, unstreitig die vornehmste im ganzen Orte war, wurden wir mit größter Ehrfurcht empfangen und uns der Bühne gegenüber die ersten Plätze angewiesen, wo wir eine Zeitlang saßen und Horatios Erscheinen mit nicht geringer Ungeduld erwarteten. Endlich trat der neue Schauspieler auf, und nur Eltern können sich meine Gefühle denken, als ich in ihm meinen unglücklichen Sohn erkannte. Eben wollte er anfangen; da, indem er seine Augen auf die Zuschauer wandte, erkannte er mich und Fräulein Wilmot und blieb sprachlos und unbeweglich stehen.

Die Schauspieler hinter der Szene, welche diese Pause seiner natürlichen Schüchternheit zuschrieben, suchten ihn zu ermutigen; doch statt zu beginnen, brach er in Tränen aus und verließ die Bühne. Ich weiß nicht, welcher Art meine Empfindungen in diesem Augenblick waren, denn sie wechselten zu rasch, als daß ich sie schildern könnte. Aus diesen unangenehmen Träumen wurde ich indessen bald durch Fräulein Wilmot geweckt, welche blaß und mit zitternder Stimme mich bat, sie in die Wohnung ihres Oheims zurückzubegleiten. Als wir nach Hause kamen, konnte sich Herr Arnold anfangs unser seltsames Betragen nicht erklären; doch als wir ihm gesagt hatten, daß der neue Schauspieler mein Sohn sei, schickte er sogleich seine Kutsche hin, um ihn zu sich einladen zu lassen. Da er sich standhaft weigerte, wieder die Bühne zu betreten, mußte ein anderer die Rolle übernehmen, und wir sahen ihn bald bei uns. Herr Arnold kam ihm wohlwollend entgegen, und ich empfing ihn mit meinem gewöhnlichen Entzücken, denn es war nie meine Art, Unwillen zu heucheln. Fräulein Wilmots Empfang war dem Anscheine nach gleichgültig; doch hatte ich bald Gelegenheit zu bemerken, daß sie eine studierte Rolle spiele. Die Erregung in ihrem Gemüte schien noch nicht beruhigt zu sein; wohl zwanzigmal sagte sie törichte Dinge, die wie Heiterkeit aussahen, und lachte dann laut über ihre Sinnlosigkeit. Zuweilen warf sie auch einen verstohlenen Blick in den Spiegel, als sei sie glücklich in dem Bewußtsein ihrer unwiderstehlichen Schönheit, und oft stellte sie Fragen, ohne im geringsten auf die Antwort zu achten.

Zwanzigstes Kapitel

Die Geschichte eines philosophischen Vagabunden, der Neuheit sucht, aber seine Zufriedenheit verliert

Nach dem Abendessen machte Frau Arnold das höfliche Anerbieten, ein paar Bediente auszusenden, um das Gepäck meines Sohnes abzuholen. Anfangs schien er es abzulehnen; doch als sie darauf bestand, war er einzugestehen genötigt, daß ein Stab und ein Ranzen die einzige Habe seien, deren er sich auf Erden rühmen könne. »Du hast mich arm verlassen, mein Sohn«, rief ich, »und kehrst arm zurück, wie ich sehe; doch zweifle ich nicht, daß du dich gut in der Welt umgesehen hast.« – »Ja, lieber Vater«, versetzte mein Sohn. »Doch dem Glücke nachzureisen ist nicht der Weg, es zu erlangen; auch habe ich seit kurzem dieses Streben aufgegeben.« – »Die Erzählung Ihrer Abenteuer müßte sehr unterhaltend sein, sollte ich denken«, sagte Frau Arnold. »Den ersten Teil derselben habe ich bereits oft von meiner Nichte gehört. Wenn Sie uns auch das Übrige mitteilen wollten, wäre die Gesellschaft Ihnen sehr verbunden.«

»Madame«, erwiderte mein Sohn, »glauben Sie mir, das Vergnügen beim Zuhören wird nicht halb so groß sein als meine Eitelkeit beim Erzählen. Doch kann ich Ihnen in meiner ganzen Geschichte kaum ein einziges Abenteuer versprechen, da ich nicht von dem erzählen kann, was ich getan, sondern nur von dem, was ich sah. Das erste Mißgeschick meines Lebens, welches Ihnen allen bekannt ist, war groß. So tief es mich aber auch schmerzte, so konnte es mir doch nicht gänzlich den Mut rauben. Niemand hat sich mehr der Hoffnung hingegeben als ich. Je unfreundlicher mir das Glück in der Gegenwart erschien, desto mehr erwartete ich in Zukunft von demselben, und da ich mich am Boden des Rades befand, konnte mich jeder neue Umschwung nur heben, aber nicht tiefer sinken lassen. Ich ging daher an einem schönen Morgen nach London, ohne für den nächsten Tag zu sorgen, und froh wie die Vögel, die am Wege ihr Lied zwitscherten. Es tröstete mich der Gedanke, daß London der wahre Ort sei, wo Talente jeder Art Auszeichnung und Belohnung erwarten könnten. Als ich dort ankam, lieber Vater, war meine erste

Sorge, deinen Empfehlungsbrief an unseren Vetter abzugeben, der sich in nicht viel besseren Umständen befand als ich. Mein erster Plan war, wie du weißt, Hilfslehrer an einer Schule zu werden, und ich fragte ihn deshalb um Rat. Unser Vetter hörte meinen Vorsatz mit wahrhaft sardonischem Lächeln an. ›Ja‹, rief er, ›das ist wahrhaftig eine schöne Laufbahn, die man Ihnen da vorgezeichnet hat. Ich bin selber Hilfslehrer an einem Internat gewesen und will gehängt sein, wenn ich nicht lieber Hilfsschließer in Newgate gewesen wäre! Früh und spät mußte ich auf den Beinen sein, der Direktor schnitt mir finstere Gesichter, seine Frau haßte mich wegen meiner Häßlichkeit, die Schulknaben plagten mich, und nie durfte ich das Haus verlassen, um auswärts höflichere Leute aufzusuchen. Sind Sie aber auch gewiß, daß Sie für die Schule passen? Ich will Sie ein wenig examinieren. Sind Sie eigens zu dem Geschäfte erzogen?‹ – ›Nein.‹ – ›Dann taugen Sie nicht für die Schule. Haben Sie die Blattern gehabt?‹ – ›Nein.‹ – ›Dann taugen Sie nicht für die Schule. Können Sie den Knaben das Haar schneiden?‹ – ›Nein.‹ – ›Dann taugen Sie nicht für die Schule. Können Sie mit noch zweien in einem Bette schlafen?‹ – ›Nein.‹ – ›Dann taugen Sie nicht für die Schule. Haben Sie guten Appetit?‹ – ›Ja.‹ – ›Dann taugen Sie nimmermehr für die Schule. Mein Freund, wenn Sie ein anständiges bequemes Gewerbe treiben wollen, so verdingen Sie sich auf sieben Jahre als Lehrling bei einem Messerschmied, um das Schleifrad zu drehen, aber vor dem Schulmeisterleben hüten Sie sich. Doch‹, fuhr er fort, ›Sie sind ein junger Mann von Geist und Kenntnissen; was meinen Sie dazu, wenn Sie wie ich Schriftsteller würden? Gewiß haben Sie in Büchern gelesen, daß Männer von Genie bei diesem Handwerk verhungert sind; doch kann ich Ihnen jetzt wohl vierzig dumme Kerle in London zeigen, die dabei im Überflusse leben, sämtlich ehrliche Leute von gewöhnlichem Schlage, die ruhig und gedankenlos ihren Weg fortgehen, über Politik und Geschichte schreiben und sich großes Lob erwerben, Leute, sage ich Ihnen, die, wenn sie das Schuhmacherhandwerk gelernt hätten, ihr Leben lang Schuhe flicken würden, ohne je selber welche zu machen.‹

Da ich fand, daß bei dem Lehreramte nicht viel herauskomme, beschloß ich, seinen Vorschlag anzunehmen, und da ich vor der Literatur die höchste Achtung hatte, begrüßte ich die Antiqua Mater in Grub Street mit Ehrfurcht. Ich hielt es für rühmlich, einen Pfad zu betreten, auf dem Dryden und Otway vor mir gewandelt waren. In der Tat betrachtete ich die Göttin dieser Region als die Mutter alles Vortrefflichen, und obgleich der Verkehr mit der großen Welt den Verstand aufklärt, hielt ich doch die mich umgebende Armut für die Nährerin des Genies. Von diesen Betrachtungen erfüllt und einsehend, daß von dem entgegengesetzten Gesichtspunkte aus noch das Beste zu sagen sei, beschloß ich, ein Buch zu schreiben, welches durchaus neu sein sollte. Mit einigem Scharfsinne stellte ich drei paradoxe Sätze auf. Freilich waren sie falsch, aber neu. Die Juwelen der Wahrheit waren schon so oft von anderen zur Schau gestellt worden, daß mir nichts weiter übrig blieb als schimmernde Dinge, die sich in der Entfernung ebenso gut darstellten. Euch, ihr Mächte des Himmels, rufe ich zu Zeugen an, welche eingebildete Wichtigkeit meine Feder regierte, während ich schrieb! Ich zweifelte nicht, daß die ganze gelehrte Welt sich erheben werde, um mein System zu bestreiten; da war ich aber gerüstet, der ganzen gelehrten Welt entgegenzutreten. Gleich dem Stachelschwein saß ich in mich selbst zusammengezogen da, eine Federspitze auf jeden Gegner gerichtet.«

»Wohl gesprochen, mein Sohn«, bemerkte ich. »Und welches war der Gegenstand deiner Abhandlung? Hoffentlich entging dir nicht die Wichtigkeit der Monogamie? Doch ich unterbreche dich. Erzähle weiter! Du gabst also deine paradoxen Sätze heraus, gut; und was sagte die gelehrte Welt zu deinen Paradoxen?«

»Lieber Vater«, erwiderte mein Sohn, »die gelehrte Welt sagte gar nichts zu meinen Paradoxen – ganz und gar nichts. Jeder war damit beschäftigt, seine Freunde und sich selber zu loben oder seine Feinde zu verdammen. Unglücklicherweise hatte ich weder Freunde noch Feinde, und so wurde mir die grausamste Demütigung zuteil, nämlich Nichtbeachtung.

Als ich eines Tages in einem Kaffeehaus über das Schicksal meiner Paradoxen nachdachte, kam ein kleiner Mann herein und setzte sich in die Nische mir gegenüber. Aus einem einleitenden Gespräche merkte er, daß ich dem Gelehrtenstande angehöre, zog ein Paket Subskriptionslisten hervor und bat mich, auf eine neue Ausgabe des

Properz zu subskribieren, den er mit Anmerkungen herausgeben wolle. Auf diese Bitte erwiderte ich, daß ich kein Geld habe, und dieses Geständnis führte ihn zu der Frage, von welcher Art meine Erwartungen wären. Da er fand, daß meine Erwartungen nicht größer waren als meine Börse, rief er: ›Ich sehe wohl, Sie sind noch sehr unbekannt mit der Stadt. Ich will Ihnen in dieser Hinsicht einige Anweisungen geben. Sehen Sie diese Subskriptionslisten. Von diesen Subskriptionslisten habe ich zwölf Jahre sehr bequem gelebt. Sobald ein Edelmann von seinen Reisen zurückkehrt, ein Kreole von Jamaika ankommt oder eine reiche Witwe von ihrem Landsitze, so werfe ich gleich meine Subskriptionsangel aus. Zuerst belagere ich ihre Herzen mit Schmeichelei, und dann rücke ich mit meinen Subskriptionsgesuchen heraus. Wenn sie sogleich bereitwillig subskribieren, so bitte ich außerdem um ein Honorar für die Dedikation. Erhalte ich auch das, so täusche ich sie noch einmal durch die Vorspiegelung, daß ich ihr Wappen vor dem Werke in Kupfer stechen lassen will. So lebe ich von der Eitelkeit der Menschen‹, fuhr er fort, ›und lache sie obendrein noch aus. Doch unter uns gesagt, bin ich jetzt schon zu bekannt, und es sollte mir lieb sein, wenn Sie mir Ihr Gesicht ein wenig borgen wollten. Eben ist ein vornehmer Edelmann aus Italien zurückgekehrt; doch sein Portier kennt mein Gesicht. Wenn Sie aber dies Gedicht hintragen wollten, so setze ich mein Leben zum Pfande, daß wir unseren Zweck erreichen, und wir teilen dann die Beute!‹

›O Himmel‹, rief ich, ›ist dies die Beschäftigung unserer heutigen Dichter? Können Männer von ausgezeichneten Talenten sich so bis zur Bettelei erniedrigen? Können sie ihren Beruf so herabsetzen, daß sie um ein Stück Brot ein so entehrendes Gewerbe treiben?‹ – ›Nein, mein Herr‹, versetzte er, ›ein wahrer Dichter kann niemals so niedrig handeln; denn wo Genie, da ist auch Stolz. Die Kreaturen, die ich beschreibe, betteln nur in Reimen. Wie der wahre Dichter um des Ruhmes willen jedem Drangsal Trotz bietet, so fürchtet er sich auch vor Verachtung, und nur die, welche des Schutzes unwürdig sind, erniedrigen sich so sehr, ihn zu erbetteln.‹

Zu stolz, um mich zu solchen Niederträchtigkeiten herzugeben, und doch in zu beschränkter Lage, um einen zweiten Versuch zur

Erlangung von Ruhm zu wagen, sah ich mich genötigt, einen Mittelweg einzuschlagen und ums Brot zu schreiben. Doch war ich zu einem Gewerbe nicht passend, wo der Fleiß allein einen günstigen Erfolg sichern kann. Ich konnte das heimliche Verlangen nach Beifall nicht unterdrücken und verschwendete meistens meine Zeit, indem ich danach strebte, meinen Arbeiten Vollendung zu geben, die daher nur wenig Raum füllten, während ich mich weit vorteilhafter mit weitschweifigen Schriften von einträglicher Mittelmäßigkeit hätte beschäftigen sollen. Meine kleinen Abhandlungen wurden daher unbeachtet und ungekannt von dem Strome der Zeitschriften fortgerissen. Das Publikum hatte Wichtigeres zu tun, als die Einfachheit und Ungezwungenheit meines Stils oder den Wohlklang meiner Perioden zu beachten. Ein Blatt nach dem anderen wurde der Vergessenheit übergeben. Meine Aufsätze verloren sich unter Abhandlungen über die Freiheit, unter morgenländischen Erzählungen und Schriften über Heilmittel gegen die Hundswut. Philautos, Philalethes, Phileleutheros und Philanthropos schrieben sämtlich besser als ich, weil sie schneller schrieben.

Jetzt gesellte ich mich nur zu Schriftstellern, die, wie ich, bittere Erfahrungen gemacht hatten und die einander lobten, beklagten und schmähten. Die Freude, die wir an den Werken jedes berühmten Schriftstellers fanden, stand in umgekehrtem Verhältnisse zu ihrem Verdienst. Ich bemerkte, daß mir die Talente anderer nicht gefallen wollten. Meine unglücklichen Paradoxen hatten jene Quelle des Trostes gänzlich ausgetrocknet. Ich vermochte weder mit Vergnügen zu lesen noch zu schreiben, denn Vorzüge anderer waren mir zuwider, und das Schreiben war mein Handwerk.

Mit diesen finsteren Betrachtungen beschäftigt, saß ich eines Tages auf einer Bank im St.-James-Park, als sich mir ein vornehmer junger Mann näherte, der auf der Universität mein vertrauter Bekannter gewesen war. Wir begrüßten einander mit einiger Verlegenheit, da er sich der Bekanntschaft mit einem so ärmlich aussehenden Menschen fast schämte und ich mich fürchtete, von ihm zurückgewiesen zu werden. Doch meine Besorgnis schwand bald, denn Ned Thornhill war im Grunde ein gutmütiger Bursche.«

»Was sagst du, George?« fiel ich ein. »Thornhill? War das der

Name? Gewiß kann es niemand anders sein als mein Gutsherr.« – »Ei«, rief Frau Arnold, »ist Herr Thornhill denn ein so naher Nachbar von Ihnen? Er ist seit langer Zeit Hausfreund bei uns, und wir erwarten nächstens einen Besuch von ihm.«

»Meines Freundes erste Sorge war«, fuhr mein Sohn fort, »mein Äußeres durch einen sehr schönen Anzug aus seinem Besitz zu verbessern, und dann wurde ich halb als Freund, halb als Untergebener zu Tische gezogen. Mein Geschäft bestand darin, ihn auf Auktionen zu begleiten, ihn in guter Laune zu erhalten, wenn er sich malen ließ, auf der linken Seite neben ihm im Wagen zu sitzen, wenn der Platz nicht durch einen anderen besetzt war, und ihm bei einem lustigen Streiche behilflich zu sein, wenn ihn dazu die Lust anwandelte. Außerdem hatte ich wohl noch zwanzig andere kleine Geschäfte im Hause. Ich mußte unaufgefordert manche kleine Dinge besorgen, den Korkzieher stets bei mir führen, bei allen Kindern des Haushofmeisters Gevatter stehen, singen, wenn es mir geheißen wurde, durfte nie übler Laune sein, sondern stets untertänig und zufrieden, wenn es möglich war.

In diesem Ehrenposten blieb ich indessen nicht ohne Nebenbuhler. Ein Schiffskapitän, der zu dieser Stelle geschaffen zu sein schien, suchte mich bei meinem Patron zu verdrängen. Seine Mutter war bei einem vornehmen Herrn Wäscherin gewesen, und dadurch hatte er frühzeitig am Kuppeln und an Stammbäumen Geschmack gefunden. Da dieser Herr es zur Hauptaufgabe seines Lebens machte, mit Lords bekannt zu sein, obgleich er von mehreren wegen seiner Dummheit entlassen worden war, fand er doch viele, die ebenso einfältig waren wie er selber und die seine Zudringlichkeit gestatteten. Da Schmeichelei sein Handwerk war, trieb er sie so leicht und gewandt als möglich; ich aber benahm mich linkisch und steif dabei, und da meines Patrons Neigung zur Schmeichelei täglich zunahm, ich aber stündlich seine Fehler mehr und mehr kennen lernte, wurde ich immer abgeneigter, mich seinem Willen zu fügen. Mehr als einmal war ich entschlossen, dem Kapitän freiwillig das Feld zu räumen, als mein Freund Veranlassung fand, sich meines Beistands zu bedienen. Dies war nichts Geringeres, als daß ich mich für ihn mit einem Herrn duellieren mußte, dessen Schwester er angeblich beleidigt hatte. Ich fügte mich dieser Aufforderung bereitwillig, und obgleich ich sehe, lieber Vater, daß du diese Handlung mißbilligst, so konnte ich sie doch als eine unerläßliche Pflicht, die ich seiner Freundschaft schuldig war, nicht verweigern. Ich übernahm die Sache, entwaffnete meinen Gegner und hatte bald danach das Vergnügen zu finden, daß jene Dame eine liederliche Dirne war und der Bursche ein Kuppler und Gauner. Dieser Beweis der Freundschaft wurde mir durch die wärmsten Versicherungen der Dankbarkeit vergolten. Da aber mein Freund in wenigen Tagen London verlassen mußte, sah er kein anderes Mittel, mir zu dienen, als daß er mich an seinen Oheim, Sir William Thornhill, und an einen anderen Edelmann von hohem Range empfahl, der eine Stelle bei der Regierung bekleidete. Als er abgereist war, bestand meine erste Sorge darin, seinen Empfehlungsbrief zu seinem Onkel zu bringen, einem Manne, der wegen seines trefflichen Charakters mit Recht allgemeine Achtung genoß. Ich wurde von seinen Bedienten sehr höflich empfangen, denn das Wohlwollen der Herrschaft pflegt auf die Dienerschaft überzugehen. Ich wurde in ein großes Zimmer geführt, wo Sir William bald zu mir kam und ich ihm mein Gesuch vortrug und das Schreiben überreichte. Als er es gelesen und einige Minuten geschwiegen hatte, rief er: ›Nun, mein Herr, sagen Sie mir doch gefälligst, was Sie für meinen Neffen getan haben, um eine so warme Empfehlung zu verdienen! Doch ich glaube, ich errate Ihre Verdienste. Sie haben sich für ihn geschlagen und erwarten dafür eine Belohnung, daß Sie das Werkzeug seiner Laster gewesen sind. Ich wünsche von Herzen, daß meine jetzige Verweigerung eine kleine Strafe für Ihr Vergehen sei; doch noch mehr wünsche ich, daß Sie dadurch zur Reue bewogen werden.‹ Ich ertrug diesen harten Verweis geduldig, da ich fühlte, daß ich ihn verdiente. Meine ganze Hoffnung beruhte nun auf dem Briefe an den hohen Staatsbeamten. Da die Türen des Adels stets von Bettlern belagert sind, die mit ihren Bittschriften einzudringen suchen, so war es keine leichte Sache, Zutritt zu erhalten. Nachdem ich aber die Dienerschaft mit der Hälfte meines zeitlichen Vermögens bestochen hatte, wurde ich endlich in ein geräumiges Zimmer geführt, nachdem mein Schreiben Seiner Herrlichkeit schon früher überreicht worden war. Während dieses ängstlichen

Harrens hatte ich Zeit genug, mich umzusehen. Alles war großartig, prächtig und geschmackvoll eingerichtet. Die Gemälde, die Vergoldungen flößten mir eine ehrfurchtsvolle Scheu ein und gaben mir einen hohen Begriff von dem Besitzer. ›Ach‹, dachte ich bei mir selber, ›wie groß muß der Besitzer aller dieser Dinge sein, der die Staatsgeschäfte mit seiner Hand leitet und dessen Haus die Hälfte der Schätze eines Königreichs zeigt; gewiß muß sein Geist unermeßlich sein!‹ Während dieser ehrfurchtsvollen Betrachtungen hörte ich einige feste Schritte. Ach, das wird der große Mann sein! Nein, es war nur das Kammermädchen. Bald darauf hörte ich nochmals Fußtritte – dies muß er sein! Nein, es war nur des großen Mannes Kammerdiener. Endlich erschien Seine Herrlichkeit wirklich. ›Sind Sie‹, sagte er, ›der Überbringer dieses Briefes hier?‹ Ich antwortete durch eine Verbeugung. ›Ich ersehe daraus‹, fuhr er fort, ›so viel, daß –‹ Doch in demselben Augenblick überreichte ein Bedienter ihm eine Karte, und ohne weiter auf mich zu achten, ging er aus dem Zimmer und überließ es mir, mein Glück in Muße zu verdauen. Ich sah ihn nicht wieder, bis ein Bedienter mir sagte, daß Seine Herrlichkeit auf dem Wege zu seiner Kutsche sei, die vor der Tür halte. Ich eilte sogleich hinunter und vereinigte meine Stimme mit noch drei oder vier anderen, welche ebenfalls Bittschriften eingereicht hatten. Doch Seine Herrlichkeit ging uns zu rasch und hatte eben mit großen Schritten den Kutschenschlag erreicht, als ich ihm zurief, ob ich nicht eine Antwort zu erwarten habe. Jetzt war er in den Wagen gestiegen und murmelte eine Antwort, wovon ich nur die Hälfte hörte und deren andere Hälfte von dem Rollen der Wagenräder übertönt wurde. Ich stand eine Zeitlang mit ausgestrecktem Halse da, in einer Stellung, als wollte ich die glorreichen Töne erhaschen, bis ich mich umsah und mich vor Seiner Herrlichkeit Tür allein fand.

Meine Geduld war jetzt fast erschöpft«, fuhr mein Sohn fort. »Von den tausend Unwürdigkeiten, die mir begegnet waren, tief verletzt, war ich im Begriff, mich zu vernichten, und es fehlte mir nur der Abgrund, in den ich mich hätte stürzen können. Ich betrachtete mich als eins jener niedrigen Geschöpfe, welche die Natur dazu bestimmt hat, in die Rumpelkammer geworfen zu werden, um dort unbekannt und unbeachtet unterzugehen. Ich hatte indessen noch eine halbe Guinee übrig, und dieser sollte das Schicksal selber mich nicht berauben, dachte ich. Um aber dessen gewiß zu sein, entschloß ich mich, sie sogleich auszugeben, solange ich sie noch hätte, und dann das Übrige dem Zufall zu überlassen. Als ich mit diesem Entschlusse weiterging, glänzte mir Herrn Crispes Büro sehr einladend entgegen. In diesem Büro bietet Herr Crispe allen Untertanen Seiner Majestät auf sehr gütige Weise dreißig Pfund im Jahr an, für welches Versprechen man bloß seiner Freiheit auf Lebenszeit entsagt und gestattet, als Sklave nach Amerika transportiert zu werden. Ich war erfreut, einen Ort zu finden, wo sich meine Furcht in Verzweiflung verwandeln könne, und trat mit der Demut eines Pilgers in seine Zelle; denn so sah sein Geschäftslokal aus. Hier fand ich eine Menge armer Wesen, alle in derselben Lage wie ich, die auf Herrn Crispes Ankunft warteten und ein treues Bild der englischen Ungeduld darstellten. Es waren störrische Gemüter, die, mit dem Schicksal zerfallen, seine Tücke an sich selber rächten. Endlich kam Herr Crispe herunter, und unser Murren legte sich. Er würdigte mich eines Blickes, worin besonderes Wohlwollen zu liegen schien, und in der Tat war er der erste Mann, der mich seit einem Monat freundlich anredete. Nach einigen Fragen fand er, daß ich zu allem in der Welt tauglich sei. Hierauf sann er eine Zeitlang über die besten Mittel zu meinem Fortkommen nach, und indem er sich vor die Stirn schlug, als habe er sie gefunden, äußerte er, man spreche jetzt von einer Gesandtschaft der Synode von Pennsylvanien an die Chickasaw-Indianer und er wolle seinen Einfluß benutzen, mir bei derselben die Stelle eines Sekretärs zu verschaffen. Ich war vollkommen überzeugt, daß der Kerl log, und doch machte mir sein Versprechen Freude, denn es klang so herrlich. Ehrlich teilte ich daher meine halbe Guinee mit ihm, deren eine Hälfte zu seinen dreißigtausend Pfund kam, und mit der anderen Hälfte beschloß ich, mich in die nächste Schenke zu begeben und dort froher zu sein als er.

Als ich mich mit diesem Entschlusse entfernte, begegnete mir an der Tür ein Schiffskapitän, mit dem ich schon früher bekannt gewesen und der es zufrieden war, mir bei einer Bowle Punsch Gesellschaft zu leisten. Da ich nie aus meiner Lage ein Geheimnis machte und sie auch ihm schilderte, versicherte er mir, daß ich am Rande des Verderbens stände, wenn ich auf die Versprechungen des Seelenverkäufers baute, denn er habe nur die Absicht, mich in die Kolonien zu verkaufen. ›Doch sollte ich denken‹, setzte er hinzu, ›Sie könnten sich durch eine weit kürzere Reise und auf anständige Weise Brot verschaffen. Folgen Sie meinem Rate; mein Schiff segelt morgen nach Amsterdam. Was meinen Sie dazu, wenn Sie als Passagier mitgingen? Von dem Augenblick an, wo Sie landen, haben Sie nichts weiter zu tun, als den Holländern Unterricht im Englischen zu geben, und ich stehe Ihnen dafür, Sie werden Schüler und Geld genug haben. Ich setze voraus, daß Sie Englisch verstehen‹, setzte er hinzu, ›oder der Teufel müßte im Spiel sein!‹ Ich bejahte es zuversichtlich, sprach aber meine Bedenken aus, ob die Holländer Lust haben würden, Englisch zu lernen. Er versicherte mir mit einem Schwure, daß sie in die Sprache ganz vernarrt wären, und auf diese Versicherung hin nahm ich seinen Vorschlag an und schiffte mich am folgenden Tage ein, um die Holländer in ihrem Vaterlande Englisch zu lehren. Der Wind war günstig und die Reise kurz. Als ich mit der Hälfte meiner beweglichen Güter meine Überfahrt bezahlt hatte, sah ich mich wie aus den Wolken gefallen als Fremdling in einer der Hauptstraßen von Amsterdam. In dieser Lage wollte ich keine Zeit verlieren, meinen Unterricht zu beginnen. Ich redete daher einige Vorübergehende an, deren Äußeres mir vielversprechend schien; doch es war unmöglich, uns einander verständlich zu machen. Erst in diesem Augenblick fiel es mir ein, daß ich, um die Holländer Englisch zu lehren, notwendig vorher von ihnen Holländisch lernen müsse. Wie ich eine so in die Augen fallende Schwierigkeit hatte übersehen können, ist mir unbegreiflich; doch ist es nicht minder wahr, daß ich sie wirklich übersah.

Dieser Plan war also zunichte geworden, und ich dachte schon daran, wieder nach England zurückzusegeln, als ich zufällig einen irländischen Studenten traf, der von Löwen zurückkehrte. Unser Gespräch lenkte sich bald auf Gegenstände der Literatur; denn beiläufig gesagt, vergaß ich immer meine dürftigen Umstände, wenn ich Gelegenheit hatte, über dergleichen Dinge zu reden. Von ihm erfuhr ich, daß auf jener Universität nicht zwei Männer zu finden wären, die Griechisch verständen. Hierüber erstaunt, beschloß ich, sogleich nach Löwen zu reisen, um dort vom Unterricht im Griechischen zu leben. In diesem Vorsatze bestärkte mich der Student und gab mir zu verstehen, ich könne dadurch mein Glück machen.

Am nächsten Morgen machte ich mich keck auf den Weg. Jeder Tag erleichterte die Last meiner Habe, wie es einst Äsop mit seinem Brotkorbe ging; denn ich bezahlte den Holländern damit mein Nachtlager auf der Reise. Als ich in Löwen ankam, wollte ich mich nicht erst vor den untergeordneten Professoren bücken, sondern bot dem Rektor selber meine Talente an. Ich ging zu ihm, ward vorgelassen und bot mich als Lehrer der griechischen Sprache an, da es der Universität, wie man mir gesagt, an einem solchen fehle. Anfangs schien der Rektor meine Kenntnisse zu bezweifeln; doch ich erbot mich, ihn davon zu überzeugen, indem ich eine Stelle aus einem griechischen Autor, den er bestimmen möge, ins Lateinische übersetzen wollte. Als er sah, daß es mir Ernst damit war, redete er mich folgendermaßen an: ›Sehen Sie, junger Mann, ich habe niemals Griechisch gelernt, und ich könnte nicht sagen, daß mir je etwas gefehlt hätte. Ich habe den Doktorhut erhalten, ohne Griechisch zu verstehen. Ich erhalte jährlich zehntausend Gulden, ohne Griechisch zu verstehen. Das Essen schmeckt mir sehr gut, ohne daß ich Griechisch verstehe; und kurz‹, setzte er hinzu, ›da ich nicht Griechisch verstehe, glaube ich auch nicht, daß es zu etwas nützlich ist.‹

Ich war jetzt zu weit von meiner Heimat entfernt, um an die Rückkehr zu denken, und beschloß daher, weiter zu wandern. Da ich etwas von Musik verstehe und eine erträgliche Stimme habe, diente mir das, was ich ehemals nur zum Vergnügen angewendet, zu meinem Lebensunterhalt. Ich trieb mich unter den harmlosen Bauern in Flandern umher sowie auch unter dem Teile der französischen Landleute, welche arm genug waren, um heiter zu sein; denn je ärmer sie waren, desto fröhlicher fand ich sie. Kam ich abends in ein Bauernhaus, so spielte ich eins meiner lustigen Lieder und erhielt dafür nicht nur ein Nachtlager, sondern auch Unterhalt für den nächsten Tag. Einigemal wagte ich es auch, vor feineren Leuten zu spielen, doch sie fanden mein Spiel abscheulich und gaben mir auch nicht das Geringste. Dies war mir um so unbegreiflicher, da in besseren Tagen, wo ich die Musik nur aus Liebhaberei getrieben, mein Spiel alle, besonders die Damen, entzückt hatte; jetzt aber, da es mein einziges Hilfsmittel war, wurde es mit Verachtung aufgenommen – ein Beweis, wie gering die Welt Talente anschlägt, durch die der Mensch sein Brot erwirbt.

Auf diese Weise kam ich nach Paris, und zwar in keiner anderen Absicht, als mich dort etwas umzusehen und dann weiterzugehen. Den Parisern sind die Fremden lieber, welche Geld, als die, welche Witz haben, und da ich mich weder des einen noch des anderen rühmen konnte, war ich nicht eben ihr Günstling. Nachdem ich vier oder fünf Tage in der Stadt umhergegangen war und das Äußere der schönsten Häuser angesehen hatte, wollte ich diesen Sitz käuflicher Gastfreundschaft verlassen; doch als ich eben durch eine der Hauptstraßen ging, traf ich ganz unerwartet unseren Vetter, an den du mich zuerst empfohlen hast. Dieses Wiedersehen war mir sehr angenehm und ihm nicht minder, wie ich glaube. Er fragte nach der Veranlassung meiner Reise nach Paris und sagte mir, daß er selber dahin gekommen sei, um Gemälde, Medaillen, geschnittene Steine und Antiken aller Art für einen Herrn in London aufzukaufen, der eben zu dem Besitze eines großen Vermögens und des zugehörigen Geschmacks gelangt sei. Ich erstaunte, daß unserem Vetter dieses Geschäft übertragen worden war, da er mir oft versichert hatte, daß er nichts von dergleichen Dingen verstehe. Als ich fragte, wie er so bald ein Kunstkenner geworden sei, versicherte er mir, nichts in der Welt sei leichter. Das ganze Geheimnis bestehe darin, sich genau an zwei Regeln zu halten. Erstens müsse man stets die Bemerkung machen, daß das Gemälde besser sein würde, wenn der Maler mehr Mühe darauf verwendet hätte, und zweitens müsse man die Werke des Pietro Perugino loben. ›So, wie ich Ihnen einst in London Anweisung gab, wie Sie ein Schriftsteller werden könnten, will ich Sie jetzt in Paris in der Kunst unterrichten, Gemälde einzukaufen.‹

Ich ging auf diesen Vorschlag sehr gern ein, da er mir meine Lebensbedürfnisse verschaffte, und darauf beschränkte sich jetzt mein ganzer Ehrgeiz. Ich folgte ihm daher in seine Wohnung, verbesserte meine Kleidung mit seiner Hilfe und begleitete ihn bald darauf zu den Gemäldeauktionen, wo man auf die Einkäufe reicher Engländer rechnete. Ich wunderte mich nicht wenig über seine Vertraulichkeit mit Personen ersten Ranges, die ihn bei jedem Gemälde, bei jeder Medaille um sein Urteil befragten und es als einen untrüglichen Maßstab des guten Geschmacks ansahen. Bei solchen Gelegenheiten wußte er auch meinen Beistand sehr gut zu benutzen. Befragte man ihn um seine Meinung, so zog er mich auf die Seite und befragte mich um meine Ansicht. Dann zuckte er die Achseln, machte ein sehr kluges Gesicht und kehrte mit der Versicherung zur Gesellschaft zurück, in einer so wichtigen Sache müsse er sein Urteil zurückhalten. Zuweilen fand sich indes Veranlassung zu einer zuversichtlicheren Entscheidung. Einmal hatte er behauptet, das Kolorit eines Gemäldes sei nicht zart genug, und ergriff einen zufällig in der Nähe liegenden Pinsel mit braunem Firnis, überstrich damit in Gegenwart der ganzen Gesellschaft kaltblütig das Gemälde und fragte dann, ob die Farbtönung jetzt nicht verbessert wäre.

Als er sein Geschäft beendet hatte, verließ er mich, nachdem er mich mehreren vornehmen Herrn sehr angelegentlich als einen jungen Mann empfohlen hatte, der als Reisebegleiter sehr brauchbar sei. Bald darauf erhielt ich eine solche Stelle bei einem Edelmann, der sein Mündel nach Paris gebracht hatte, um es von dort seine Reise durch Europa antreten zu lassen. Ich sollte der Hofmeister des jungen Herrn sein, doch mit der Weisung, daß es ihm stets erlaubt sein müsse, sich selber zu leiten. Mein Zögling verstand in der Tat die Kunst, mit Geld umzugehen, besser als ich. Er war der Erbe eines Vermögens von ungefähr zweihunderttausend Pfund, welches ihm ein Oheim in Westindien hinterlassen, und um ihn in der Anwendung des Geldes geschickt zu machen, hatten ihn seine Vormünder bei einem Advokaten in die Lehre gegeben. Auf diese Weise war der Geiz seine hauptsächlichste Leidenschaft geworden. Alle seine Fragen auf der Reise handelten nur davon, wie man Geld ersparen, wie man am wohlfeilsten reisen und ob man nicht etwas einkaufen könne, um es bei der Rückkehr nach London mit Vorteil zu verkaufen. Merkwürdigkeiten, die man auf der Reise umsonst sehen konnte, war er immer zu betrachten bereit; doch wo man etwas dafür bezahlen mußte, sagte er stets, man habe ihm versichert, die Sache sei keineswegs sehenswert. Niemals bezahlte er eine Rechnung, ohne dabei zu bemerken, das Reisen sei doch ungemein kostspielig, und bei alledem war er noch nicht einundzwanzig Jahre alt. Als wir in Livorno angekommen waren und einen Spaziergang machten, um den Hafen und die Schiffe zu besehen, erkundigte er sich, was eine Seereise nach England koste. Da man ihm sagte, dies sei eine Kleinigkeit im Vergleich mit den Kosten einer Reise zu Lande, konnte er dieser Versuchung nicht widerstehen. Er bezahlte mir daher den kleinen Teil meines noch rückständigen Gehaltes und schiffte sich mit einem einzigen Bedienten nach London ein.

Jetzt war ich wieder auf der weiten Welt allein; doch damals war ich schon daran gewöhnt. Freilich konnte mir mein musikalisches Talent in einem Lande wenig helfen, wo jeder Bauer ein besserer Musiker war als ich. Doch hatte ich mir inzwischen eine andere Fertigkeit erworben, die ebenso gut meinem Zwecke entsprach, nämlich einige Gewandtheit im Disputieren. Auf allen fremden Universitäten und in den Klöstern werden an gewissen Tagen philosophische Thesen gegen jeden auftretenden Opponenten verteidigt, und wer mit einiger Geschicklichkeit opponiert, hat Anspruch auf ein Geschenk an Geld, auf eine Mahlzeit und ein Nachtlager. So schlug ich mich bis nach England durch, wanderte von einer Stadt zur anderen, beobachtete die Menschen mehr in der Nähe und sah gleichsam beide Seiten des Gemäldes. Die Resultate meiner Beobachtungen sind indes schnell zusammengefaßt. Ich fand, die monarchische Regierungsform sei für die Armen und die republikanische für die Reichen die beste. Ich bemerkte, daß in jedem Lande Reichtum ein anderes Wort für Freiheit sei und daß niemand die Freiheit so sehr liebe, um nicht zu wünschen, daß seine Mitbürger ihren Willen dem seinigen unterordnen möchten.

Als ich in England ankam, war es mein Vorsatz, dir, lieber Vater, zuerst meine kindliche Ehrfurcht zu bezeigen und dann die erste Expedition, die ausgeschickt würde, als Freiwilliger mitzumachen. Auf der Rückreise änderte ich aber meinen Entschluß, als ich einen alten Bekannten traf, der zu einer Schauspielergesellschaft gehörte, die eben eine Sommertournee durchs Land machen wollte. Die Gesellschaft schien nicht abgeneigt, mich als Mitglied anzunehmen, doch machten mich alle auf die Wichtigkeit meines Vorhabens aufmerksam. Das Publikum, sagten sie, sei ein vielköpfiges Ungeheuer, und nur gute Köpfe könnten demselben gefallen. Die Schauspielkunst sei nicht in einem Tage zu erlernen, und ohne gewisse durch Tradition überlieferte Kunstgriffe, die auf der Bühne, und zwar auf der Bühne allein, seit hundert Jahren üblich wären, dürfte ich mir nicht einbilden zu gefallen. Die nächste Schwierigkeit war, welche Rollen man mir geben sollte, da schon alle Fächer besetzt waren. So wurde ich eine Zeitlang von einem Charakter zum anderen getrieben, bis man mich endlich zu der Rolle des Horatio bestimmte, die ich, durch das Erscheinen der gegenwärtigen Gesellschaft unterbrochen, glücklicherweise zu spielen verhindert wurde.«

Einundzwanzigstes Kapitel

Die Freundschaft unter Lasterhaften ist von keiner Dauer, da sie sich nur auf gegenseitigen Vorteil gründet

Die Erzählung meines Sohnes war zu lang, als daß er sie auf einmal hätte beenden können. Den ersten Teil derselben begann er noch an jenem Abend, und am folgenden Nachmittag beschloß er sie gerade, als Herrn Thornhills Wagen vor die Tür rollte und dadurch das allgemeine Vergnügen gestört zu werden schien. Der Haushofmeister, der nun mein Freund geworden war, flüsterte mir zu, der Gutsherr habe dem Fräulein Wilmot bereits mehrere Anträge gemacht und ihr Oheim und ihre Tante schienen mit dieser Verbindung sehr zufrieden zu sein. Herr Thornhill stutzte, als er bei seinem Eintreten mich und meinen Sohn erblickte; doch schrieb ich das der Verwunderung und nicht dem Mißfallen zu. Als wir uns ihm näherten, um ihn zu begrüßen, erwiderte er unsere Grüße mit anscheinender Aufrichtigkeit, und bald schien seine Gegenwart die allgemeine Heiterkeit nur zu vermehren.

Nach dem Tee rief er mich beiseite, um sich nach meiner Tochter zu erkundigen. Als ich ihm aber sagte, daß meine Nachforschungen vergebens gewesen seien, schien er sehr erstaunt zu sein und setzte hinzu, er wäre seitdem häufig in meinem Hause gewesen, um die übrige Familie zu trösten, die er ganz wohl verlassen habe. Dann fragte er, ob ich Fräulein Wilmot oder meinem Sohne das Mißgeschick meiner Tochter mitgeteilt habe, und als ich ihm erwiderte, daß ich es noch nicht getan, billigte er meine Klugheit und Vorsicht sehr und bat mich, es auf alle Fälle geheim zu halten. »Denn im günstigsten Falle«, sagte er, »wird dadurch doch nur die eigene Schande aufgedeckt, und vielleicht ist Fräulein Olivia nicht einmal so schuldig, wie wir alle glauben.« Hier wurden wir durch einen Bedienten unterbrochen, der den Gutsherrn zum Contretanze rief. Er verließ mich, und ich freute mich wahrhaft über das Interesse, welches er an meinem Schicksal zu nehmen schien. Seine Bewerbung um Fräulein Wilmot war aber zu offenbar, als daß man sich darin hätte täuschen können. Doch schien sie nicht sehr darüber erfreut zu sein und duldete jene Anträge mehr aus Achtung für den Wunsch ihrer Tante als aus eigener Neigung. Ich hatte sogar die Freude zu sehen, daß sie meinem unglücklichen Sohne einige freundliche Blicke zuwarf, die ihr Herr Thornhill weder durch seinen Reichtum noch durch seine Beharrlichkeit abgewinnen konnte. Ich wunderte mich indes nicht wenig über seine scheinbare Ruhe. Auf Herrn Arnolds dringende Bitte hatten wir nun schon eine Woche hier zugebracht. Von Tage zu Tage wurde Fräulein Wilmot zärtlicher gegen meinen Sohn, und in gleichem Grade schien Herrn Thornhills Freundschaft für ihn zuzunehmen.

Er hatte uns schon früher die gütigsten Versicherungen gegeben, seinen ganzen Einfluß für meine Familie anzuwenden, und jetzt beschränkte sich seine Großmut nicht auf bloße Versprechungen. An dem Morgen, den ich zu meiner Abreise bestimmt hatte, kam Herr Thornhill mit heiterer Miene zu mir, um mir zu sagen, welchen Dienst er seinem Freunde George geleistet habe. Dieser Dienst war nichts Geringeres, als daß er ihm bei einem von den Regimentern, die nach Westindien gingen, eine Fähnrichsstelle für nur hundert Pfund verschafft hatte; denn sein Einfluß sei hinreichend gewesen, die übrigen zweihundert Pfund zu ersparen. »Für diesen kleinen Freundschaftsdienst«, fuhr der junge Herr fort, »verlange ich keine weitere Belohnung als das Vergnügen, meinem Freunde genützt zu haben; und was die hundert Pfund betrifft – wenn Sie vielleicht nicht imstande sein sollten, sie jetzt zu zahlen, will ich sie vorstrecken, und Sie können sie mir nach Ihrer Bequemlichkeit zurückzahlen.« Diese Gefälligkeit war so groß, daß es uns an Worten fehlte, unseren Dank auszudrücken. Ich stellte ihm sogleich einen Schuldschein über das Geld aus und bezeigte ihm dabei so große Dankbarkeit, als wäre es nicht meine Absicht, das Geld je zurückzuzahlen.

George sollte am folgenden Morgen nach London reisen, um seine Stelle anzutreten, da sein großmütiger Gönner es für nötig hielt, die höchste Eile anzuwenden, damit nicht vielleicht ein anderer vorteilhaftere Bedingungen mache. Demnach war am nächsten Morgen unser junger Soldat zur Abreise bereit, und er schien von uns allen der einzige zu sein, dem der Abschied nicht schmerzlich war. Weder die Mühseligkeiten und Gefahren, denen er entgegenging, noch seine Freunde und seine Geliebte, die er zurückließ (denn Fräulein Wilmot liebte ihn wirklich), vermochten seinen Mut zu beugen. Als er von der übrigen Gesellschaft Abschied genommen, gab ich ihm alles, was ich hatte – meinen Segen. »Und nun, mein Sohn«, rief ich, »gehst du, um für dein Vaterland zu kämpfen; erinnere dich, daß dein tapferer Großvater für seinen gesalbten König gefochten hat, als Untertanentreue unter den Briten noch eine Tugend war. Geh, mein Sohn, und ahme ihn in allem nach, außer in seinem Unglück, wenn es ein Unglück war, mit Lord Falkland zu sterben. Geh, mein Sohn, und wenn du in fernem Lande fällst, unbeerdigt und unbeweint von denen, die dich lieben, so sind die kostbarsten Tränen die, welche der Himmel auf das unbegrabene Haupt eines Kriegers herabtauen läßt.«

Am nächsten Morgen nahm ich von der guten Familie Abschied, die so freundlich gewesen war, mich so lange zu bewirten; auch dankte ich Herrn Thornhill nochmals für die mir jüngst erwiesene Güte. Ich ließ sie in dem Glücke zurück, das Reichtum und Bildung gewähren, und trat den Weg zu meiner Heimat an, indem ich die Hoffnung aufgab, meine Tochter wiederzufinden, und einen Seufzer zum Himmel emporsandte, daß er sie erhalten und ihr vergeben möge. Ich war jetzt nur noch zwanzig Meilen von meiner Heimat entfernt, denn ich hatte mir ein Pferd gemietet, weil ich mich noch sehr schwach fühlte. Mein Trost bestand in der Hoffnung, bald alles wiederzusehen, was mir das Teuerste auf Erden war. Als die Nacht anbrach, kehrte ich in einem kleinen Gasthause an der Landstraße ein und bat den Wirt, mir bei einem Glase Wein Gesellschaft zu leisten. Wir saßen am Kaminfeuer in der Gaststube, da dieses das beste Zimmer im Hause war, und schwatzten über Politik und die Neuigkeiten in der Nachbarschaft. Unter anderen Gegenständen kamen wir auch auf den jungen Gutsherrn Thornhill zu reden, der, wie der Wirt erzählte, ebenso verhaßt, wie sein Oheim Sir William beliebt sei, der zuweilen in die Gegend komme. Er erzählte mir ferner, daß es das hauptsächliche Streben des jungen Thornhill sei, die Töchter in den Familien zu verführen, wo er Zutritt habe. Nach einem Besitze von zwei oder drei Wochen stoße er sie unbelohnt und hilflos in die Welt hinaus. Während wir so redeten, kam seine Frau zurück, welche auswärts Münze eingewechselt hatte, und als sie bemerkte, daß ihr Mann ein Vergnügen genoß, welches sie nicht teilte, fragte sie ihn in ärgerlichem Tone, was er da zu tun habe. Darauf antwortete er ihr auf ironische Weise, daß er auf ihre Gesundheit trinke. »Symmonds«, sagte sie, »du behandelst mich sehr schlecht, und ich werde es nicht länger ertragen. Drei Viertel von der Arbeit muß ich tun, und das letzte Viertel bleibt ungetan, während du den ganzen Tag nichts weiter tust, als mit deinen Gästen zu saufen. Wenn ich mir auch durch einen Löffel Branntwein das Fieber vertreiben könnte, so nehme ich doch keinen Tropfen.« Ich bemerkte jetzt, worauf sie hindeutete, und schenkte ihr sogleich ein Glas ein, welches sie mit einer Verbeugung nahm und auf meine Gesundheit leerte. »Mein Herr«, fuhr sie fort, »ich bin nicht gerade des Getränkes wegen ärgerlich; doch man kann es ja nicht ruhig mitansehen, wenn alles drunter und drüber geht. Wenn Kunden oder Gäste gemahnt werden müssen, so fällt *mir* die ganze Last zu; er schluckte lieber sein Glas hinunter, als daß er selber hinter ihnen her wäre. Da haben wir jetzt eine Treppe hoch ein junges Frauenzimmer, das sich bei uns eingemietet hat, und ich glaube schwerlich, daß sie Geld hat, sonst würde sie nicht so höflich sein. Gewiß ist sie langsam im Bezahlen, und ich wünschte, daß man sie daran erinnerte.« – »Wozu sie daran erinnern?« erwiderte der Wirt. »Wenn sie langsam im Bezahlen ist, so ist sie desto sicherer.« – »Das weiß ich nicht«, versetzte die Frau. »So viel aber ist gewiß, daß sie an vierzehn Tage hier ist, ohne daß wir wissen, wie es mit ihrem Gelde steht.« – »Gewiß wird sie alles auf einmal bezahlen, meine Liebe«, erwiderte er. »Auf einmal!« rief die andere. »Ich hoffe, wir erhalten es auf irgendeine Weise, und das soll noch diesen Abend geschehen, oder sie muß hinaus mit Sack und Pack.« – »Bedenke«, sagte der Wirt, »daß sie eine Person von Stande ist und mehr Achtung verdient.« – »Was das betrifft«, entgegnete die Wirtin, »von Stande oder nicht von Stande – sie soll sich in Henkers Namen packen! Vornehme Leute mögen ganz gut sein, wo sie hingehören; ich meinesteils habe aber im Gasthause zur Egge noch nicht viel Gutes dabei herauskommen sehen.« Mit diesen Worten eilte sie eine schmale Treppe hinauf, die von dem Gastzimmer in ein Zimmer im oberen Stock führte, und bald schloß ich aus dem Kreischen ihrer Stimme und ihren bitteren Vorwürfen, daß die Fremde kein Geld habe. Ich konnte ihre Vorwürfe sehr deutlich hören. »Fort«, rief sie, »packe dich im Augenblick, infames Weibsbild, oder ich versetze dir eins, daß du die nächsten drei Monate dran denken sollst! Das Lumpengesindel kommt und will in einem honnetten Hause aufgenommen sein, ohne einen roten Heller zu haben! Packe dich fort, sage ich.« – »O liebe Frau«, rief die Fremde, »haben Sie doch Mitleid, Mitleid mit einem armen verlassenen Geschöpf! Nur noch eine einzige Nacht. Bald wird sich der Tod meiner erbarmen!«

Ich erkannte sogleich die Stimme meines armen verlorenen Kindes, meiner Olivia. Ich eilte ihr zu Hilfe, als das Weib sie bei den Haaren fortschleppte, und schloß das unglückliche Wesen in meine Arme. »Willkommen, herzlich willkommen, mein teures verlorenes Kind, mein Kleinod! Komm an die Brust deines armen alten Vaters! Wenn dich auch die Gottlosen verstoßen, so hast du doch noch *einen* in der Welt, der dich nie verlassen wird; und hättest du zehntausend Verbrechen zu verantworten, er vergibt dir alle.« – »O mein teuerster –«, hier versagte ihr für den Augenblick die Stimme, »o mein teuerster Vater! Können Engel gütiger sein? Wie verdiene ich das alles? Der Schändliche! Ich hasse ihn und mich selbst, so viel Güte so schlecht zu belohnen; du kannst mir nicht verzeihen – ich weiß, du kannst es nicht!« – »Doch, mein Kind, von ganzem Herzen verzeihe ich dir. Bereue nur, und wir beide werden noch glücklich sein. Wir werden noch manche frohe Tage erleben, meine Olivia.« – »Ach, nimmermehr, lieber Vater, nimmermehr! Der Rest meines unglücklichen Lebens kann nur Schande sein vor der Welt und Scham zu Hause. Aber ach, lieber Vater, du siehst viel bleicher aus als sonst. Konnte ein Geschöpf wie ich dir so viel Kummer verursachen? Du besitzest zu viel Weisheit, um dir selber das Elend meiner Schuld aufzuladen.« – »Unsere Weisheit, junges Frauenzimmer!« erwiderte ich. »Ach, warum einen so kalten Namen, mein Vater?« rief sie. »Dies ist das erste Mal, wo du mich mit einem so kalten Namen angeredet hast.« – »Verzeih, mein Liebling«, erwiderte ich, »ich wollte nur sagen, daß Weisheit sich nur langsam gegen den Kummer zu verteidigen vermag, obgleich endlich mit Sicherheit.«

Jetzt kam die Wirtin zurück und fragte, ob wir nicht ein besseres Zimmer zu haben wünschten. Ich bejahte es, und wir wurden in ein Zimmer geführt, wo wir ungestörter reden konnten. Als nach dem Austausch unserer Empfindungen endlich eine gewisse Ruhe eintrat, konnte ich den Wunsch nicht unterdrücken zu erfahren, wie sie nach und nach in ihre jetzige unglückliche Lage gekommen sei.

»Jener Schurke«, sagte sie, »machte mir seit dem ersten Tage unserer Bekanntschaft Vorschläge zu einer heimlichen Verheiratung.« – »Jawohl ist es ein Schurke«, rief ich, »und doch wundert es mich, wie ein Mann von Burchells gesundem Verstande und scheinbarem Ehrgefühle sich einer so überlegten Bosheit schuldig machen und sich in eine Familie einschleichen konnte, um sie zugrunde zu richten.«

»Lieber Vater«, erwiderte meine Tochter, »du bist in einem großen Irrtume. Herr Burchell hat nie den Versuch gemacht, mich zu täuschen; im Gegenteil ergriff er jede Gelegenheit, mich vor Thornhills Ränken zu warnen, der, wie ich jetzt finde, noch schlechter ist, als er ihn mir darstellte.« – »Thornhill?« fiel ich ein. »Ist es möglich?« – »Ja, lieber Vater«, entgegnete sie, »Thornhill war es, der mich verführte. Die beiden Damen, wie er sie nannte und die nichts anderes waren als ein Paar liederliche Dirnen aus London, ohne Bildung und Gefühl, hatte er veranlaßt, uns nach der Hauptstadt zu locken. Du wirst dich erinnern, daß ihnen ihre List gelungen sein würde, hätte nicht Herr Burchell jenen Brief geschrieben, dessen Vorwürfe ihnen galten, obgleich wir sie auf uns bezogen. Wie er so viel Einfluß haben konnte, um ihre Absicht zu vereiteln, ist mir noch immer unerklärlich; doch bin ich fest überzeugt, daß er stets unser wärmster und aufrichtigster Freund gewesen ist.«

»Du setzest mich in Erstaunen, liebes Kind«, rief ich. »Jetzt sehe ich, daß mein früherer Verdacht in bezug auf Thornhills Niederträchtigkeit nur zu wohl begründet war. Doch er kann ruhig triumphieren: Er ist reich, und wir sind arm. Aber sage mir, mein Kind, gewiß waren es nicht geringe Versuchungen, durch die es ihm gelang, alle Eindrücke einer solchen Erziehung und so tugendhafter Grundsätze wie der deinigen so gänzlich auszulöschen?« – »In der Tat, lieber Vater«, erwiderte sie, »verdankt er seinen Triumph bloß dem Wunsche, sich und nicht mich glücklich zu machen. Ich wußte, daß die von einem katholischen Priester heimlich vollzogene Trauung keineswegs gültig sei und daß ich mich auf weiter nichts als auf seine Rechtlichkeit verlassen könne.« – »Wie«, unterbrach ich sie, »du bist wirklich getraut, getraut durch einen ordinierten Priester?« – »Gewiß, lieber Vater«, versetzte sie, »doch schwuren wir beide, seinen Namen zu verschweigen.« – »So komm noch einmal in meine Arme, mein Kind! Du bist mir jetzt noch tausendmal willkommener als vorhin, denn du bist in jeder Rücksicht und Beziehung seine Frau. Alle menschlichen Gesetze, und wären sie auf diamantenen Tafeln geschrieben, können diese heilige Verbindung nicht lösen.«

»Ach, lieber Vater«, versetzte sie, »du bist nur wenig bekannt mit seiner Schändlichkeit. Derselbe Priester hat ihm schon sechs oder acht Frauen angetraut, die er ebenso wie mich getäuscht und verlassen hat.« – »Wirklich?« rief ich. »Dann muß der Priester gehängt werden, und gleich morgen sollst du Klage gegen ihn erheben.« – »Aber, lieber Vater«, erwiderte sie, »würde das recht sein, da ich ihm durch einen Eid Verschwiegenheit gelobt habe?« – »Liebes Kind«, versetzte ich, »wenn du ihm wirklich ein solches Versprechen gegeben hast, so kann und will ich dich nicht bereden, es zu brechen. Auch wenn es dem Staate Nutzen brächte, darfst du nicht als Klägerin gegen ihn auftreten. Die menschlichen Einrichtungen gestatten zwar ein kleineres Übel, wenn ein größeres Heil daraus entspringt, wie man in der Politik eine Provinz aufopfert, um ein Königreich zu schützen, und in der Heilkunst ein Glied ablöst, um den ganzen Körper zu erhalten. In der Religion aber herrscht das unabänderliche Gesetz, *niemals* etwas Böses zu tun. Und dieses Gesetz, mein Kind, ist gerecht; denn wenn wir ein kleines Übel begingen, damit ein größeres Gut dadurch erlangt werde, so würden wir in Erwartung des damit verbundenen Vorteils sichere Schuld auf uns laden. Und wäre auch der Vorteil gewiß, so könnten wir doch in der Zeit zwischen dem Begehen des Übels und dem Eintreten des Vorteils abgerufen werden, um über unsere Handlungen Rechenschaft abzulegen, und dann wäre das Buch menschlicher Taten auf immer geschlossen. Doch ich unterbreche dich, liebes Kind; erzähle weiter.«

»Schon am nächsten Morgen«, fuhr sie fort, »sah ich ein, wie wenig ich von seiner Aufrichtigkeit zu erwarten hatte. An jenem Morgen machte er mich mit zwei anderen unglücklichen Frauenzimmern bekannt, die er wie mich getäuscht hatte, die aber zufrieden in Sünde und Schande fortlebten. Ich liebte ihn zu zärtlich, als daß ich solche Nebenbuhlerinnen um seine Gunst hätte dulden können, und bemühte mich, meine Schande in einem Taumel von Vergnügungen zu vergessen. In dieser Absicht tanzte ich, putzte mich und schwatzte; doch ich war und blieb unglücklich. Die Herren, die uns besuchten, sprachen beständig von der Macht meiner Reize, und dies trug nur dazu bei, meine Schwermut zu erhöhen, da ich die Macht jener Reize gänzlich von mir geworfen hatte. So wurde ich mit jedem Tage tiefsinniger und er dagegen immer frecher, bis das Ungeheuer endlich so weit ging, mich einem jungen Baronet aus seiner Bekanntschaft anzubieten. Wie könnte ich dir, lieber Vater, meinen Schmerz schildern, den ich bei seiner Undankbarkeit empfand? Meine Antwort auf diesen Vorschlag grenzte an Wahnsinn. Ich wollte mich entfernen. Als ich fortging, bot er mir eine Börse an, doch ich warf sie ihm verächtlich zurück und entfernte mich von ihm in einem Ausbruche der Wut, die mich eine Zeitlang das Elend meiner Lage nicht fühlen ließ. Doch bald kam ich zur Besinnung und wurde gewahr, daß ich ein elendes, verworfenes und schuldbeflecktes Wesen sei, ohne einen Freund in der ganzen Welt, an den ich mich wenden konnte. In diesem Augenblick fuhr gerade eine Postkutsche vorbei, ich nahm einen Platz darin, nur um mich so weit als möglich von dem Elenden zu entfernen, den ich verachtete und verabscheute. Hier stieg ich aus, wo seit meiner Ankunft mein Kummer und dieses Weibes Härte meine einzigen Gesellschafter gewesen sind. Die frohen Stunden, die ich mit meiner Mutter und meiner Schwester verlebt habe, sind mir jetzt in der Erinnerung peinigend. Wenn ihr Kummer groß ist, so ist der meinige doch noch größer durch das Gefühl der Schuld und Schande.«

»Habe Geduld, mein Kind«, erwiderte ich, »und ich hoffe, alles wird noch gut werden. Ruhe diese Nacht ein wenig aus, und morgen führe ich dich zu deiner Mutter und zu deinen Geschwistern zurück, die dich gewiß freundlich empfangen werden. Die arme Mutter! Es ist ihr zu Herzen gegangen; doch liebt sie dich noch immer, Olivia, und wird dir verzeihen.«

Zweiundzwanzigstes Kapitel

Wo noch Liebe vorhanden ist, werden Fehltritte leicht verziehen

Am nächsten Morgen nahm ich meine Tochter hinter mir aufs Pferd und setzte meine Rückreise fort. Unterwegs wendete ich alle meine Beredsamkeit auf, ihren Kummer und ihre Furcht zu besänftigen und sie mit Entschlossenheit zu waffnen, ihrer gekränkten Mutter entgegenzutreten. Ich nahm jede Gelegenheit wahr, die mir der Anblick einer schönen Landschaft gewährte, durch die wir kamen, um die Bemerkung zu machen, wie viel gütiger der Himmel gegen uns sei als wir gegeneinander und daß die Natur uns nur äußerst wenig Leiden schaffe. Ich versicherte ihr, daß ich meine Gesinnung gegen sie nie ändern würde und daß sie sich während meines Lebens, welches noch lange dauern könne, auf mich wie auf einen Lehrer und Beschützer verlassen solle. Ich suchte sie gegen den Tadel der Welt zu waffnen und zeigte ihr, daß gute Bücher die angenehmsten und belehrendsten Freunde für den Unglücklichen wären, und wenn sie unserem Leben auch keinen Genuß verleihen könnten, so lehrten sie uns doch wenigstens, es zu ertragen.

Das Mietpferd, welches wir ritten, mußte ich an diesem Abend in einem Gasthause an der Landstraße lassen, welches etwa eine Stunde von unserer Heimat entfernt war. Um meine Familie auf den Empfang meiner Tochter vorzubereiten, beschloß ich, sie die Nacht in dem Gasthause zu lassen und am nächsten Morgen mit meiner Tochter Sophia zurückzukehren, um sie abzuholen. Es war Abend geworden, ehe wir unsere Station erreichten; nachdem ich ihr ein anständiges Zimmer verschafft und der Wirtin aufgetragen hatte, für Erfrischungen zu sorgen, küßte ich sie und wanderte auf meine Heimat zu. Je näher ich meiner friedlichen Wohnung kam, bemächtigten sich immer freudigere Empfindungen meines Herzens. Wie ein Vogel, der aus seinem Neste aufgescheucht worden ist, eilte meine Zärtlichkeit den raschen Schritten noch voraus und umschwebte meinen kleinen Herd mit dem ganzen Entzücken freudiger Erwartung. Meine Gedanken waren mit den herzlichen Worten beschäftigt, die ich sagen wollte, und mit dem Vorgefühl des Willkommens, der meiner wartete. Ich fühlte schon die zärtliche Umarmung meiner Frau und lächelte über die Freude meiner Kleinen. Da ich nur langsam ging, hatte mich die Nacht überrascht. Die Arbeiter des Tages hatten sich schon alle zur Ruhe begeben, in allen Hütten waren die Lichter erloschen, und kein Ton war zu hören, außer dem Krähen der Hähne und dem weit schallenden Bellen der Hofhunde. Ich näherte mich meinem kleinen Freudenaufenthalte, und etwa hundert Schritte davon entfernt kam mir unser treuer Haushund entgegengelaufen, um mich zu bewillkommnen.

Es war beinahe Mitternacht, als ich an meine Tür klopfte. Alles war still und friedlich. Mein Herz erweiterte sich von unaussprechlicher Glückseligkeit, als ich plötzlich zu meinem Entsetzen helle Flammen aus dem Hause aufsteigen und jede Öffnung mit glühendem Rot erfüllt sah. Ich stieß einen lauten krampfartigen Schrei aus und fiel bewußtlos zu Boden. Mein Sohn erwachte darüber, bemerkte die Flammen und weckte sogleich meine Frau und meine Tochter. Alle liefen nackend und von Schreck verwirrt aus dem

Hause, und ihr Angstgeschrei brachte mich wieder zum Bewußtsein. Doch ich war zu neuem Schrecken erwacht, denn die Flammen hatten jetzt das Dach unserer Wohnung ergriffen, und ein Teil nach dem anderen fiel ein, während meine Familie starr in die Flammen blickte, als ob sie sich daran ergötze. Ich richtete meine Blicke bald auf sie, bald auf das Feuer und sah mich besonders nach meinen Kleinen um; doch sie waren nirgends zu erblicken. O Jammer! »Wo«, rief ich, »wo sind meine Kleinen?« – »In den Flammen verbrannt«, sagte meine Frau ruhig, »und ich will mit ihnen sterben.« In diesem Augenblick hörte ich das Geschrei der Kinder, die von dem Feuer erwacht waren. Nichts vermochte mich zurückzuhalten. »Wo, wo sind meine Kleinen?« rief ich, indem ich durch die Flammen stürzte und die Tür der Kammer erbrach, worin sie sich befanden. »Wo sind meine Kleinen?« – »Hier, lieber Vater, hier sind wir!« So riefen beide, als die Flammen schon das Bett ergriffen hatten, worin sie lagen. Ich nahm beide auf meine Arme und trug sie so schnell als möglich durchs Feuer. Kaum waren wir hindurch, als auch das Dach einstürzte. »Nun«, rief ich, meine Kinder emporhaltend, »nun mögen die Flammen wüten und meine ganze Habe verzehren. Meine Schätze habe ich gerettet – hier sind sie! Hier, liebe Frau, sind unsere Schätze, und wir werden noch glücklicher sein!« Wir küßten unsere kleinen Lieblinge tausendmal. Sie umschlangen uns und schienen unser Entzücken zu teilen, während ihre Mutter abwechselnd weinte und lachte.

Schon hatte ich eine Zeitlang ruhig den Flammen zugesehen, als ich bemerkte, daß mein Arm bis zur Schulter auf schreckliche Weise verbrannt war. Deshalb war ich nicht imstande, meinem Sohne im geringsten beizustehen, der unsere Habseligkeiten zu retten und das Feuer von der mit Getreide angefüllten Scheune abzuhalten suchte. Jetzt waren auch unsere Nachbarn aus dem Schlafe aufgeschreckt worden und eilten herbei, uns zu helfen; doch konnten sie nichts weiter tun als wie wir der Zerstörung zusehen. Alles, was ich besaß, auch einige Banknoten, die ich zur Aussteuer meiner Töchter aufbewahrt hatte, wurde von den Flammen vernichtet, außer einem Kasten mit Papieren, der im Wohnzimmer gestanden, und einigen unbedeutenden Kleinigkeiten, die mein Sohn gleich anfangs in Sicherheit gebracht hatte. Die Nachbarn taten indes alles Mögliche, um uns unser Unglück zu erleichtern. Sie brachten uns Kleider und versahen eins von unsern Nebenhäusern mit Küchengerät, so daß wir mit Tagesanbruch in einer anderen, obgleich ärmlicheren Wohnung ein Obdach fanden. Mein ehrlicher Nachbar Flamborough und seine Kinder ließen es sich besonders angelegen sein, uns mit allem Nötigen zu versehen und uns jeden Trost zu gewähren, den natürliches Wohlwollen zu geben vermag.

Als meine Familie sich einigermaßen von ihrem Schreck erholt hatte, wurde die Neugier rege, den Grund meiner langen Abwesenheit zu erfahren. Ich teilte ihnen alle einzelnen Umstände mit und begann sie auf den Empfang unserer verlorenen Tochter vorzubereiten. Freilich hatten wir ihr nichts weiter als Elend zu bieten; doch wollte ich ihr wenigstens eine freundliche Aufnahme verschaffen. Hätte uns nicht das eben erzählte schwere Unglück betroffen, so würde diese Aufgabe eine schwierigere gewesen sein; aber der Stolz meiner Frau war jetzt gebeugt und sie in noch tieferen Gram versenkt. Da mich mein Arm sehr schmerzte, war ich nicht imstande, selber mein armes Kind abzuholen, weshalb ich meinen Sohn und meine andere Tochter nach ihr ausschickte, die auch bald zurückkamen, mit der armen Schuldbeladenen in der Mitte. Sie hatte nicht den Mut, ihre Mutter anzusehen, die ich vergebens zu einer völligen Versöhnung zu bewegen gesucht hatte; denn Frauen beurteilen weibliche Verfehlungen weit strenger als Männer. »Ach, mein Fräulein«, rief ihre Mutter, »dies ist ein sehr ärmlicher Ort, zu dem Sie kommen, da Sie an so großen Glanz gewöhnt sind. Meine Tochter Sophia und ich können solchen Personen, die mit vornehmen Leuten Umgang gehabt, nur eine ärmliche Aufnahme gewähren. Ja, Fräulein Olivia, Ihr armer Vater und ich haben seit kurzem sehr viel gelitten; doch hoffe ich, der Himmel wird Ihnen vergeben.« Während dieser Anrede stand das unglückliche Schlachtopfer blaß und zitternd da, unfähig, zu weinen oder irgend etwas zu erwidern. Ich vermochte nicht länger den stummen Zuschauer bei ihrem Schmerze zu spielen und zeigte daher eine gewisse Strenge in Blick und Stimme, worauf gewöhnlich augenblickliche Unterwerfung folgte. »Ich bitte, Frau, ein für allemal meine Worte zu beachten!«

rief ich. »Ich habe dir ein armes betrogenes und verirrtes Kind zurückgebracht. Ihre Rückkehr zur Pflicht fordert, daß auch wir unsere Zärtlichkeit erneuern. Schwere Drangsale des Lebens sind über uns hereingebrochen; doch wollen wir sie nicht durch häuslichen Zwist noch vermehren. Wenn wir in Eintracht miteinander leben, so können wir noch Zufriedenheit genießen, denn wir sind uns selbst genug und können der tadelsüchtigen Welt leicht entsagen und unseren Mut gegenseitig aufrecht erhalten. Die Güte des Himmels verheißt den Reuigen Vergebung, und darum wollen wir uns nach diesem Beispiel richten. Der Himmel, heißt es in der Schrift, erfreut sich mehr über einen reuigen Sünder als über neunundneunzig Gerechte, die niemals vom Wege der Tugend abgewichen sind. Und das ist recht; denn der bloße Entschluß, nicht wieder auf dem gefährlichen Pfade des Verderbens zu wandeln, ist an sich schon eine höhere Tugendübung als hundert Handlungen der Gerechtigkeit.«

Dreiundzwanzigstes Kapitel

Nur der Lasterhafte ist lange und vollkommen unglücklich

Es bedurfte einigen Fleißes, um unsere gegenwärtige Wohnung so bequem als möglich einzurichten; doch bald waren wir wieder imstande, uns der früheren Heiterkeit zu überlassen. Da ich nicht vermochte, meinem Sohne bei den gewöhnlichen Geschäften zu helfen, so las ich der Familie aus den wenigen Büchern vor, die wir gerettet hatten, und besonders aus solchen, die, indem sie die Phantasie ergötzen, zur Beruhigung des Herzens beitragen. Auch kamen unsere guten Nachbarn jeden Tag zu uns, bezeigten uns ihre Teilnahme und bestimmten eine Zeit, wo sie uns alle behilflich sein wollten, unsere frühere Wohnung wiederherzustellen. Der redliche Pächter Williams war nicht der Letzte unter diesen und bot uns von ganzem Herzen seine Freundschaft an. Er würde auch jetzt noch seine Bewerbungen um meine Tochter erneuert haben, hätte sie ihn nicht auf eine solche Weise zurückgewiesen, daß er alle Hoffnung verlor. Ihr

Gram schien dauernd zu sein, und sie war in unserem kleinen Kreise die einzige, der nach Verlauf einer Woche nicht der ehemalige Frohsinn zurückgekehrt war. Sie hatte die sorglose Unschuld verloren, die sie einst gelehrt hatte, sich selbst zu achten und Freude im Erfreuen zu suchen. Kummer und Gram hatten sich ihres Gemütes bemächtigt, und ihre schwankende Gesundheit wirkte nachteilig auf ihre Schönheit, der sie durch Vernachlässigung noch mehr schadete. Jedes freundliche Wort, welches an ihre Schwester gerichtet wurde, verletzte sie tief und lockte Tränen in ihre Augen; und so wie ein Laster, wenn es auch ausgerottet ist, immer andere an seiner Stelle emporschießen läßt, so hatte ihr früheres Vergehen, obgleich durch Reue aufgehoben, Neid und Eifersucht zurückgelassen. Ich war auf tausendfache Weise bemüht, ihren Gram zu lindern, und indem ich darüber selbst meinen eigenen Schmerz vergaß, suchte ich so viele unterhaltende Erzählungen hervor, als mein gutes Gedächtnis und einige Belesenheit mir darboten. »Unser Glück, liebes Kind«, sagte ich oftmals, »steht in der Macht desjenigen, der es auf tausend unbekannten Wegen, die unserer Voraussicht spotten, herbeizuführen vermag. Wenn es eines Beispiels bedarf, um dich davon zu überzeugen, so will ich dir eine Erzählung mitteilen, die uns ein ernster, obgleich etwas romanhafter Geschichtschreiber berichtet.

Matilda war sehr jung an einen neapolitanischen Edelmann ersten Ranges verheiratet und war im fünfzehnten Jahre bereits Witwe und Mutter. Als sie eines Tages ihren kleinen Sohn liebkoste und im offenen Fenster eines Gemaches stand, welches auf den Fluß Volturno hinausging, machte das Kind eine plötzliche Bewegung, sprang aus ihren Armen in die Flut hinab und verschwand in demselben Moment. In der Übereilung des Augenblicks sprang die Mutter ihm nach und war bemüht, es zu retten; doch anstatt dem Kinde beistehen zu können, gelangte sie selber nur mit großer Schwierigkeit an das entgegengesetzte Ufer, wo gerade einige französische Soldaten das Land plünderten und sie sogleich gefangen nahmen.

Da der Krieg zwischen den Franzosen und Italienern damals mit der größten Unmenschlichkeit geführt wurde, so wäre sie gewiß mit der äußersten Zügellosigkeit und Grausamkeit behandelt worden, hätte sich nicht ein junger Offizier widersetzt, der sie hinter sich aufs Pferd nahm, rasch davonritt und sie in seine Vaterstadt brachte. Ihre Schönheit fesselte zuerst sein Auge, bald darauf ihr Verdienst sein Herz. Sie heirateten; er stieg zu den höchsten Ehrenposten auf; sie lebten lange miteinander und waren glücklich. Doch das Glück eines Soldaten kann niemals dauernd genannt werden. Nach mehreren Jahren wurden die Truppen, die er befehligte, zurückgetrieben und er genötigt, in der Stadt Schutz zu suchen, wo er mit seiner Frau gelebt hatte. Hier hatten sie eine Belagerung auszustehen, und endlich wurde die Stadt eingenommen. Nur wenige historische Begebenheiten liefern so verschiedene Proben von Grausamkeit, als die Franzosen und Italiener zu der Zeit gegeneinander ausübten. Bei dieser Gelegenheit beschlossen die Sieger, alle französischen Gefangenen zu töten, besonders aber den Gemahl der unglücklichen Matilda, weil vorzüglich er die Verlängerung der Belagerung bewirkt hatte. Im allgemeinen wurden ihre Entschlüsse fast ebenso bald ausgeführt, als man sie gefaßt hatte. Der gefangene Krieger wurde vorgeführt, und der Scharfrichter stand mit seinem Schwerte bereit, während die Zuschauer in dumpfem Stillschweigen den Todesschlag erwarteten, welcher erst erfolgen sollte, wenn der General, der als Richter den Vorsitz führte, das Zeichen dazu gebe. In diesem Augenblick der Qual und Erwartung kam Matilda, von ihrem Gatten und Befreier Abschied zu nehmen, indem sie ihre elende Lage und die Grausamkeit ihres Schicksals beklagte, welches sie von einem frühzeitigen Tode in dem Flusse Volturno errettet hatte, um noch größeres Elend zu erleben. Der General, welcher ein junger Mann war, erstaunte über ihre Schönheit und bemitleidete sie wegen ihres Kummers; doch wurde er noch mächtiger bewegt, als sie ihm von ihren früheren Gefahren erzählte. Er war ihr Sohn, das Kind, für das sie sich so großer Gefahr ausgesetzt hatte. Er erkannte sie sogleich für seine Mutter und fiel ihr zu Füßen. Das Übrige ist leicht zu erraten, der Gefangene wurde in Freiheit gesetzt, und alles Glück, welches Liebe, Freundschaft und Pflicht gewähren können, fand sich jetzt vereinigt.«

Auf diese Weise war ich bemüht, meine Tochter zu unterhalten, doch hörte sie mir nur mit geteilter Aufmerksamkeit zu; denn ihr eigenes Mißgeschick hatte alles Mitleid aufgezehrt, welches sie sonst für andere empfunden hatte, und nichts konnte ihr Ruhe verschaffen. In Gesellschaft fürchtete sie Verachtung, und in der Einsamkeit fand sie nichts als Qual. Von dieser Art war ihr Gemütszustand, als wir sichere Nachricht erhielten, Herr Thornhill sei im Begriff, sich mit Fräulein Wilmot zu verheiraten, und obgleich er jede Gelegenheit benutzt hatte, gegen mich seine Verachtung sowohl in betreff ihrer Person als auch ihres Vermögens auszusprechen, hegte ich doch den Argwohn, daß er sie wirklich liebe. Diese Nachricht diente nur dazu, die Betrübnis der armen Olivia zu vermehren; ein so schändlicher Treubruch war mehr, als ihr Mut ertragen konnte. Ich entschloß mich indes, mir genauere Nachrichten zu verschaffen und, wo möglich, die Ausführung seiner Absicht zu hintertreiben, indem ich meinen Sohn an den alten Herrn Wilmot abschickte, damit er sich von der Wahrheit des Gerüchtes überzeuge und Fräulein Wilmot einen Brief überbringe, der sie von Herrn Thornhills Betragen in meiner Familie benachrichtigte. Mein Sohn ging und kehrte in drei Tagen mit der Gewißheit zurück, daß die Nachricht wahr sei. Doch war es ihm unmöglich gewesen, den Brief abzugeben, und er hatte ihn zurücklassen müssen, da Herr Thornhill und Fräulein Wilmot eben Besuche in der Gegend gemacht hatten. Wie er sagte, sollten sie in wenigen Tagen verheiratet werden, denn am Sonntag vorher, als er da gewesen, wären sie mit großem Glanze in der Kirche erschienen, die Braut von sechs jungen Damen begleitet und er von ebenso viel Herren. Ihre bevorstehende Verheiratung erfüllte die ganze Gegend mit Freude, und sie ritten gewöhnlich mit so großem Gefolge aus, wie man es seit vielen Jahren in der Gegend nicht gesehen hatte. Alle Verwandte beider Familien, sagte er, wären da, besonders der Onkel des Gutsherrn, Sir William Thornhill, von dem man so viel Vortreffliches sagte. Er setzte hinzu, man rede von nichts weiter als von Lustbarkeiten und festlichen Gelagen, die ganze Gegend rühme die Schönheit der jungen Braut und die hübsche Gestalt des Bräutigams, und man sage, daß sie außerordentlich zärtlich gegeneinander wären. Er schloß mit der Bemerkung, daß er nicht umhin könne, Herrn Thornhill für einen der glücklichsten Menschen auf Erden zu halten.

»Er mag es sein, wenn er kann«, versetzte ich. »Aber, mein Sohn, betrachte dieses Strohlager, dieses verfallene Dach, diese modernden Wände, diesen feuchten Fußboden, meinen durchs Feuer verletzten elenden Körper und meine Kinder, die um mich her nach Brot schreien – alles dies siehst du wieder, mein Sohn, aber hier, hier siehst du einen Mann, der nicht mit ihm tauschen würde, und könnte er tausend Welten dadurch gewinnen. O meine Kinder, könntet ihr nur lernen, mit euren eigenen Herzen umzugehen, und erfahren, welche edle Gesellschaft ihr daran habt, so würdet ihr die Pracht und den Glanz der Unwürdigen wenig achten. Fast alle Menschen nennen das Leben eine Wanderschaft und sich selber die Wanderer. Das Gleichnis kann noch verbessert werden, wenn wir bemerken, daß die Guten freudig und heiter sind, gleich Wanderern, die ihrer Heimat zueilen, daß aber die Gottlosen nur selten glücklich sind, gleich Reisenden, die in die Verbannung gehen.«

Mein Mitleid mit meiner armen Tochter, die durch dieses neue Mißgeschick überwältigt wurde, hielt meine weiteren Bemerkungen zurück. Ich bat ihre Mutter, ihr beizustehen, und nach kurzer Zeit kam sie wieder zu sich. Von der Zeit an erschien sie ruhiger, und ich bildete mir ein, daß sie sich eine neue Entschlossenheit angeeignet habe; doch der Schein täuschte mich, denn ihre Ruhe war die Ermattung des überspannten Gefühls. Eine Sendung Lebensmittel von meinen teilnehmenden Pfarrkindern schien neue Freudigkeit in meiner übrigen Familie zu verbreiten; auch war es mir lieb, sie wieder einmal heiter und beruhigt zu sehen. Es wäre Unrecht gewesen, ihre Freude zu stören, bloß um mit gewollter Schwermut zu klagen, oder sie mit einer Traurigkeit belasten zu wollen, die sie nicht fühlten. So wurde die Unterhaltung wieder belebt, der Gesang wieder gehört, und Munterkeit herrschte wieder in unserer kleinen Wohnung.

Vierundzwanzigstes Kapitel

Neues Mißgeschick

Am nächsten Morgen ging die Sonne für die Jahreszeit mit besonderer Wärme auf, so daß wir übereinkamen, auf der mit Geißblatt überwachsenen Rasenbank zu frühstücken. Als wir dort saßen, vereinte meine jüngste Tochter auf meine Bitte ihre Stimme mit dem Konzerte in den Bäumen um uns her. An dieser Stelle hatte meine arme Olivia ihren Verführer zuerst gesehen, und jeder Gegenstand diente dazu, ihre Traurigkeit zurückzurufen. Die Schwermut aber, die durch fröhliche Gegenstände erregt oder durch harmonische Töne eingeflößt wird, besänftigt das Herz, anstatt es zu verletzen. Auch ihre Mutter fühlte bei dieser Gelegenheit eine angenehme Schwermut, weinte und liebte ihre Tochter wie früher. »Bitte, meine gute Olivia«, rief sie, »singe uns das kleine schwermütige Lied, das dein Vater so gerne hört. Deine Schwester Sophia hat uns bereits etwas vorgetragen. Tu es, mein Kind, es wird deinem alten Vater angenehm sein.« Sie willigte auf so leidende Weise ein, daß ich dadurch bewegt wurde.

»Wenn sich ein holdes Kind zur Torheit wendet
  Und findet allzu spät, daß Männer trügen:
Gibt's keinen Zauber, der die Schmerzen endet,
  Und keine Kunst, sich selber zu belügen?

Das einz'ge Mittel, ihre Schuld zu decken,
  Reinheit sich vor den Menschen zu erwerben
Und Reu' in dem Verführer zu erwecken,
  Sein Herz tief zu verwunden, ist – zu sterben.«

Als sie die letzte Strophe schloß, welche dadurch einen besonderen Ausdruck erhielt, daß wegen ihres Schmerzes ihre Stimme unterbrochen wurde, beunruhigte uns alle das Erscheinen der Equipage des Herrn Thornhill in einiger Entfernung. Besonders aufgeregt wurde meine älteste Tochter, die ihren Verführer zu vermeiden wünschte und mit ihrer Schwester ins Haus zurückkehrte. In wenigen Minuten war er aus dem Wagen gestiegen, kam zu der Stelle, wo ich noch saß, und fragte mit seiner gewöhnlichen Vertraulichkeit nach meinem Befinden. »Mein Herr«, versetzte ich, »Ihre gegenwärtige Zuversichtlichkeit dient nur dazu, die Niederträchtigkeit Ihres Charakters in ein helleres Licht zu stellen. Es gab eine Zeit, wo ich Ihre Frechheit, sich so mir zu zeigen, nachdrücklich gezüchtigt haben würde. Doch jetzt sind Sie sicher, denn das Alter hat meine Leidenschaft abgekühlt, und mein Beruf legt mir Zwang auf.«

»Wahrhaftig, lieber Herr«, versetzte er, »ich bin über alles dieses sehr erstaunt und verstehe nicht, was es bedeuten soll. Hoffentlich werden Sie doch nicht glauben, daß die kleine Reise, die ich kürzlich mit Ihrer Tochter unternahm, etwas Verbrecherisches an sich hatte?«

»Geh«, rief ich, »du bist ein Elender, ein armer jämmerlicher Wicht und ein Lügner in jeder Bedeutung des Wortes; doch deine Niederträchtigkeit sichert dich vor meinem Zorn! Ja, Herr, ich stamme aus einer Familie, die dies nicht würde erduldet haben! Um eine augenblickliche Leidenschaft zu befriedigen, hast du, niederträchtige Kreatur, ein armes Wesen auf Lebenszeit unglücklich gemacht und eine Familie befleckt, deren ganzes Besitztum Ehre war.«

»Wenn Ihre Tochter oder Sie entschlossen sind, unglücklich zu sein, so kann ich Ihnen nicht helfen«, erwiderte er. »Doch Sie können noch glücklich werden, und welche Meinung Sie auch von mir hegen mögen, so sollen Sie mich doch stets bereit finden, dazu beizutragen. Wir können sie in kurzer Zeit an einen anderen verheiraten; und was noch mehr ist, sie kann ihren Geliebten beibehalten, denn ich versichere, ich werde nie aufhören, wahre Achtung vor ihr zu haben.«

All mein Zorn wurde bei diesem neuen entehrenden Vorschlage aufgeregt; denn wenn der Geist auch oft bei großen Beleidigungen ruhig bleiben kann, so macht doch kleinliche Niederträchtigkeit jederzeit einen tiefen Eindruck und regt zur Wut auf. »Geh aus meinen Augen, du jämmerlicher Wurm!« rief ich. »Verletze mich nicht mehr durch deine Gegenwart! Wäre mein wackerer Sohn zu Hause, er würde dies nicht zulassen; doch ich bin alt, nicht imstande, meine Glieder zu gebrauchen, und in jeder Hinsicht elend.«

»Ich sehe, Sie wollen mich nötigen, in härterem Tone mit Ihnen zu reden, als es meine Absicht war«, rief er. »Doch da ich Ihnen gezeigt habe, was Sie von meiner Freundschaft zu hoffen haben, mag es nicht unpassend sein, Sie auf das aufmerksam zu machen, was die Folge meiner Rache sein dürfte. Mein Anwalt, dem ich Ihre Schuldverschreibung übergeben habe, droht mit strengen Maßregeln, und ich weiß nicht, wie ich den Gang der Gerechtigkeit verhindern soll, wenn ich nicht das Geld selber bezahle, was nicht so ganz leicht geschehen kann, da ich wegen meiner beabsichtigten Verheiratung kürzlich beträchtliche Ausgaben gehabt habe. Überdies droht mein Verwalter mit Auspfändung wegen des schuldigen Pachtzinses, und er muß wissen, was er zu tun hat, denn ich kümmere mich um dergleichen Angelegenheiten nicht. Bei alledem wünsche ich Ihnen zu dienen und würde es auch gern sehen, wenn Sie und Ihre Tochter bei meiner Hochzeit mit Fräulein Wilmot zugegen wären. Dies ist auch die Bitte meiner reizenden Arabella selber, der Sie es hoffentlich nicht abschlagen werden.«

»Herr Thornhill«, versetzte ich, »hören Sie mich ein für allemal. In Ihre Verheiratung mit irgendeiner andern außer meiner Tochter werde ich nimmer einwilligen, und könnte Ihre Freundschaft mich auf einen Thron erheben oder Ihre Rache mich ins Grab senken, so verachte ich doch beides. – Du hast mich einmal auf schändliche und nicht zu wieder gutzumachende Weise betrogen. Ich verließ mich auf dein Ehrgefühl und habe deine Niederträchtigkeit erkannt. Erwarte daher keine Freundschaft mehr von mir. Gehe also und besitze, was das Glück dir gegeben – Schönheit, Reichtum, Gesundheit und Freude. Geh und überlaß mich dem Mangel, der Schande, der Krankheit und der Trauer. So sehr ich auch gedemütigt bin, wird mein Herz doch stets seine Würde behaupten, und wenn ich dir auch verzeihe, so werde ich dich doch stets verachten.«

»In diesem Falle«, erwiderte er, »können Sie sich darauf verlassen, daß Sie die Folgen dieser Unverschämtheit fühlen werden, und bald wird es sich zeigen, wer der passendste Gegenstand zur Verachtung ist, Sie oder ich.« Mit diesen Worten entfernte er sich rasch.

Meine Frau und mein Sohn, die bei dieser Unterredung zugegen waren, schienen von Furcht ergriffen. Als meine Töchter bemerkten, daß er fort war, kamen sie heraus, um das Ergebnis zu hören, das, als sie es erfuhren, sie wie alle übrigen beunruhigte. Ich meinesteils trotzte seiner äußersten Bosheit. Er hatte bereits den Schlag ausgeführt, und ich stand gerüstet da, jedem neuen Ausfalle zu begegnen, gleich einem Instrumente, welches bei der Kriegskunst angewendet wird, das, wenn es auch abgeschossen ist, doch noch eine Spitze hat, um dem Feind zu trotzen.

Wir fanden bald, daß er nicht vergebens gedroht hatte, denn schon am nächsten Morgen kam sein Verwalter, um das jährliche Pachtgeld zu fordern, welches ich infolge der eben erzählten Ereignisse nicht zu bezahlen imstande war. Die Folge meiner Zahlungsunfähigkeit war, daß mein Vieh am Abend weggetrieben und am nächsten Tage taxiert und unter der Hälfte des Wertes verkauft wurde. Meine Frau und meine Kinder baten mich jetzt, lieber auf alle Bedingungen einzugehen, als mich dem sicheren Untergange auszusetzen. Sie baten mich sogar, noch einmal seinen Besuch zu gestatten, und wendeten alle ihre Beredsamkeit auf, mir das Ungemach zu schildern, welches ich würde zu erdulden haben: die Schrecken eines Gefängnisses in der jetzigen rauhen Jahreszeit sowie die Gefahr, die meiner Gesundheit wegen der beim Feuer erlittenen Beschädigung drohte. Doch ich blieb unbeugsam.

»Warum, meine Lieblinge«, rief ich, »warum wollt ihr mich zu dem zu überreden suchen, was nicht recht ist? Meine Pflicht hat mich gelehrt, ihm zu vergeben; doch mein Gewissen erlaubt mir nicht, seine Handlungsweise zu billigen. Sollte ich vor der Welt dem Beifall zollen, was mein Herz innerlich verdammt? Sollte ich mich zufrieden geben und dem schändlichen Verführer schmeicheln und, um das Gefängnis zu vermeiden, die noch ärgeren Qualen meines Gewissens erdulden? Nein, nimmermehr. Sollte man uns auch aus dieser Wohnung führen, so laßt uns doch am Rechten festhalten; denn wohin wir auch gebracht werden mögen, so können wir uns dann doch immer in ein liebliches Gemach zurückziehen, wenn wir unerschrocken und freudig in unsere eigenen Herzen blicken dürfen.«

Auf diese Weise brachten wir den Abend zu. Da in der Nacht viel Schnee gefallen war, beschäftigte sich mein Sohn früh am Morgen damit, ihn wegzuräumen und einen Gang vor der Tür zu öffnen. Er war noch nicht lange auf diese Weise beschäftigt gewesen, als er ganz blaß hereinstürzte und uns sagte, daß zwei Fremde, von denen er wisse, daß es Gerichtsdiener wären, auf das Haus zukämen.

Als er noch redete, kamen sie herein, näherten sich dem Bette, worin ich lag, sagten mir, wer sie wären, nahmen mich gefangen und befahlen mir, ihnen in das Gefängnis der Grafschaft zu folgen, welches elf Meilen entfernt war.

»Meine Freunde«, sagte ich, »ihr kommt bei schlechtem Wetter, um mich ins Gefängnis zu bringen, und es trifft sich jetzt besonders unglücklich, da mein Arm vor kurzem beim Feuer schrecklich verbrannt ist. Ich liege im Fieber, und es fehlt mir an Kleidung, um mich gehörig gegen die Kälte schützen zu können. Auch bin ich jetzt zu schwach und zu alt, um in so tiefem Schnee weit gehen zu können; doch wenn es sein muß –«

Dann wendete ich mich zu meiner Frau und meinen Kindern und befahl ihnen, die wenigen Sachen, die uns noch übrig geblieben wären, zusammenzubringen und sich sogleich bereit zu machen, diesen Ort zu verlassen. Meinen Sohn bat ich, seiner ältesten Schwester beizustehen, die in dem Bewußtsein, daß sie die Veranlassung alles dieses Ungemaches sei, in Ohnmacht gefallen war und so ihre Angst verloren hatte. Ich suchte meine Frau zu beruhigen, welche blaß und zitternd unsere beiden erschreckten Kleinen umarmte, die sich fest an sie anschmiegten und sich fürchteten, die Fremden anzusehen. Inzwischen traf meine jüngste Tochter Vorbereitungen zu unserer Abreise, und da ihr wiederholt gesagt wurde, daß sie eilig zu Werke gehen möge, waren wir etwa in einer Stunde zu gehen bereit.

Fünfundzwanzigstes Kapitel

In jeder Lage, so elend sie auch erscheint,
ist doch immer einiger Trost

Wir entfernten uns aus unserer friedlichen Gegend und gingen langsam weiter. Da meine älteste Tochter wegen eines schleichenden Fiebers, welches seit einigen Tagen angefangen hatte ihre Gesundheit zu untergraben, nicht zu gehen imstande war, so nahm einer der Gerichtsdiener sie hinter sich aufs Pferd; denn selbst diese Männer können sich nicht ganz von der Menschlichkeit lossagen. Mein Sohn führte einen der Kleinen an der Hand und meine Frau den anderen, während ich mich auf den Arm meiner jüngsten Tochter stützte, die nicht um ihr eigenes Leid, sondern wegen des meinigen Tränen vergoß.

Wir waren etwa zwei Meilen von meiner Wohnung entfernt, als wir einen Volkshaufen mit lautem Geschrei und Rufen hinter uns her laufen sahen, der etwa aus fünfzig meiner ärmsten Pfarrkinder bestand. Mit furchtbaren Drohungen fielen sie über die beiden Gerichtsdiener her und schwuren, sie wollten es nimmermehr zulassen, daß ihr Pfarrer ins Gefängnis geführt werde, solange sie noch einen Tropfen Bluts in ihren Adern hätten, den sie zu seiner Verteidigung vergießen könnten. Eben waren sie im Begriff, an den Gerichtsdienern Gewalt auszuüben, und die Folgen hätten gefährlich sein können, hätte ich mich nicht sogleich widersetzt und die Gerichtsdiener aus den Händen der wütenden Menge befreit. Meine Kinder, die meine Befreiung jetzt als sicher ansahen, waren sehr erfreut und konnten ihr Entzücken nicht bergen. Bald aber wurden sie enttäuscht, als sie hörten, wie ich die armen irregeleiteten Leute anredete, welche gekommen waren, um mir, wie sie glaubten, einen Dienst zu erweisen.

»Wie, meine Freunde, ist dies die Art, wie ihr mich liebt? Ist dies die Art und Weise, wie ihr den Lehren folgt, die ich euch von der Kanzel erteilt habe? So der Gerechtigkeit entgegenzutreten und euch selber und mich ins Verderben zu ziehen? Wer ist euer Anstifter? Zeigt mir den Mann, der euch auf diese Weise verleitet hat. Bei seinem Leben, er soll meine Rache fühlen. Ach, meine arme irregeleitete Herde, kehrt zurück zu der Pflicht, die ihr Gott, eurem Vaterlande und mir schuldig seid. Vielleicht sehe ich euch einst in größerem Glück hier wieder und kann dann dazu beitragen, euer Leben glücklicher zu machen. Laßt mir aber wenigstens den Trost, daß keiner von euch fehlen wird, wenn ich meine Hürde für die Ewigkeit schließe.«

Jetzt schienen alle ihr übereiltes Vorhaben zu bereuen, zerflossen in Tränen und kamen einer nach dem anderen, mir Lebewohl zu sagen. Ich drückte allen herzlich die Hand, erteilte ihnen meinen Segen und ging ohne fernere Unterbrechung weiter. Einige Stunden vor Anbruch der Nacht erreichten wir das Städtchen oder vielmehr das Dorf, welches das Ziel unserer Reise war. Jetzt bestand es nur aus wenigen ärmlichen Häusern, hatte sein früheres stattliches Ansehen verloren und besaß außer dem Gefängnis kein Zeichen früherer Bedeutung.

Als wir ankamen, gingen wir in das Gasthaus, wo wir so gut als möglich bedient wurden und wo ich mit meiner Familie mit meiner gewöhnlichen Heiterkeit zu Abend speiste. Als alle für die Nacht bequem untergebracht waren, folgte ich den Gerichtsdienern in das Gefängnis, welches ursprünglich zu kriegerischen Zwecken erbaut worden war. Es befand sich darin ein großer Raum, mit starken Gittern versehen, mit Steinen gepflastert, worin sich sowohl Verbrecher als auch Schuldner zu bestimmten Stunden aufhalten durften. Außerdem hatte jeder Gefangene eine besondere Zelle, worin er während der Nacht eingeschlossen wurde.

Ich erwartete bei meinem Eintritt nichts als Klagen und verschiedene Ausbrüche des Elends zu finden; doch war es hier ganz anders. Die Gefangenen waren alle mit einem gemeinschaftlichen Zwecke beschäftigt, nämlich ihre Gedanken bei fröhlicher Unterhaltung oder Lärm zu vergessen. Es wurde mir das in solchen Fällen übliche Eintrittsgeschenk abgefordert, und ich erfüllte ihre Bitte, obgleich meine geringe Kasse fast gänzlich erschöpft war. Für das Geld wurde sogleich Branntwein geholt, und der ganze Kerker ertönte bald von wildem Lärm, Gelächter und gottlosen Reden.

»Wie?« sagte ich zu mir selber. »Können so gottlose Menschen vergnügt sein, und ich sollte meiner Schwermut nachhängen? Ich dulde nur dieselbe Gefangenschaft mit ihnen und habe doch wohl mehr Grund, glücklich zu sein.«

Durch diese Betrachtungen suchte ich mich zu erheitern; doch wahre Heiterkeit läßt sich durch keine Anstrengung hervorbringen, die an sich schon schmerzlich ist. Als ich nun in einem Winkel des Kerkers in Gedanken verloren da saß, näherte sich mir einer meiner Mitgefangenen, setzte sich zu mir und fing ein Gespräch an. Von jeher war es meine Lebensregel, nie einem Menschen auszuweichen, der sich mit mir unterhalten wollte; denn ist der Mensch gut, so kann ich aus seinem Gespräch etwas lernen, und ist er schlecht, so kann ihm das meinige vielleicht nützen. Hier fand ich indes einen erfahrenen Mann von großem natürlichen Verstande, der, wie man zu sagen pflegt, in der Welt sehr bewandert war oder, genauer ausgedrückt, die Schattenseite der menschlichen Natur gut kannte. Er fragte mich, ob ich daran gedacht hätte, mich mit einem Bett zu versehen – ein Umstand, der mir noch nicht eingefallen war.

»Das ist schlimm!« sagte er. »Hier bekommen Sie nichts als Stroh, und Ihr Zimmer ist sehr groß und kalt. Doch da Sie mir ein Mann von Stande zu sein scheinen, wie auch ich selber in früheren Zeiten gewesen, so steht Ihnen ein Teil meiner Bettdecken herzlich gerne zu Diensten.«

Ich dankte ihm und sprach mein Erstaunen aus, so viel Menschlichkeit in einem Gefängnisse zu finden. Um ihm zu erkennen zu geben, daß ich ein Gelehrter sei, setzte ich hinzu, der Weise des Altertums scheine den Wert der Teilnahme im Unglück zu erkennen, wenn er sage: τὸν κόσμον αἶρε, εἰ δῶς τὸν ἑταῖρον (nimm mir die ganze Welt, wenn du mir nur den Freund lässest); »und in der Tat«, setzte ich hinzu, »was ist die Welt, wenn sie uns nichts weiter als Einsamkeit darbietet?«

»Ja, die Welt, mein Herr«, entgegnete mein Mitgefangener, »die Welt liegt in kindischem Greisentume, und doch hat die Kosmogonie, oder die Schöpfung der Welt, die Philosophen aller Jahrhunderte in Verwirrung gesetzt. Welches Gemisch von Meinungen haben sie nicht zu Tage gebracht über die Schöpfung der Welt! Sanchuniathon, Manetho, Berosus und Ocellus Lucanus, alle haben sich vergeblich bemüht. Der letztere hat folgende Worte: ἄναρχον ἄρα καὶ ἀτελεύτητον τὸ πᾶν, das heißt –« – »Ich bitte um Verzeihung, mein Herr«, rief ich, »daß ich Sie bei der Darlegung so großer Gelehrsamkeit unterbreche; doch glaube ich alles dies schon früher gehört zu haben. Hatte ich nicht das Vergnügen, Sie einmal auf dem Jahrmarkte zu Wellbridge zu sehen? Und ist Ihr Name nicht Ephraim Jenkinson?« Bei dieser Frage seufzte er nur. »Gewiß«, setzte ich hinzu, »werden Sie sich eines gewissen Dr. Primrose erinnern, dem Sie ein Pferd abkauften.«

Jetzt erkannte er mich plötzlich, denn vorhin hatte er bei der Dunkelheit meine Gesichtszüge nicht unterscheiden können. »Ja, mein Herr«, erwiderte Herr Jenkinson, »ich erinnere mich Ihrer sehr wohl. Ich kaufte Ihnen ein Pferd ab, vergaß es aber zu bezahlen. Ihr Nachbar Flamborough ist der einzige Kläger, vor dem ich mich bei der nächsten Gerichtsverhandlung fürchte, denn er hat die ausdrückliche Absicht zu beschwören, daß ich falsche Wechsel gemacht habe. Es tut mir herzlich leid, mein Herr, daß ich Sie oder sonst jemand betrogen habe; denn sehen Sie«, fuhr er fort, indem er auf seine Fesseln zeigte, »was meine Betrügereien mir eingebracht haben.«

»Nun, mein Herr«, versetzte ich, »da Sie so gütig sind, mir Ihre Hilfe anzubieten, ohne darauf rechnen zu können, daß ich sie Ihnen vergelte, so will ich mir Mühe geben, daß Herr Flamborough seine Aussage mildert oder ganz unterläßt. Ich will deshalb bei erster Gelegenheit meinen Sohn zu ihm schicken und zweifle nicht im geringsten an der Erfüllung meiner Bitte, und was meine eigene Aussage betrifft, so brauchen Sie sich deshalb keine Sorge zu machen.«

»O mein Herr«, rief er, »das will ich Ihnen nach besten Kräften vergelten. Sie sollen diese Nacht mehr als die Hälfte meiner Bettdekken haben, und ich will Ihnen als Freund zur Seite stehen in diesem Gefängnisse, wo ich einigen Einfluß zu haben glaube.«

Ich dankte ihm und konnte nicht umhin, meine Verwunderung über sein gegenwärtiges jugendliches Aussehen auszusprechen; denn als ich ihn zuerst gesehen hatte, schien er wenigstens sechzig Jahre alt zu sein. »Mein Herr«, antwortete er, »Sie sind wenig bekannt mit der Welt. Zu der Zeit trug ich falsches Haar, denn ich verstehe die Kunst, jedes Alter nachzuahmen von siebzehn bis siebzig Jahren. Ach, mein Herr, hätte ich auf die Erlernung eines Handwerks nur die halbe Mühe verwendet, die ich mir gegeben habe, um ein Schurke zu werden, so könnte ich jetzt ein reicher Mann sein. Doch so sehr ich auch ein Gauner bin, so kann ich mich doch als Ihren Freund zeigen, und vielleicht in einem Augenblick, wo Sie es am wenigsten erwarten.«

Jetzt wurden wir in unserer Unterhaltung durch die Ankunft der Gefängniswärter unterbrochen. Sie riefen die Gefangenen namentlich auf und schlossen sie dann für die Nacht in ihre Zellen ein. Auch kam ein Bursche mit einem Strohbündel, welches mir als Bett dienen sollte. Er führte mich durch einen dunklen Gang in ein Gemach, welches wie der Versammlungsraum mit Steinen gepflastert war. In einer Ecke breitete ich das Stroh aus und legte die Bettdecken darauf, die mein Mitgefangener mir gegeben hatte; darauf wünschte der Bursche mir ziemlich höflich gute Nacht und verließ mich. Nachdem ich meine gewöhnlichen Abendbetrachtungen angestellt und meinem himmlischen Vater für seine Züchtigungen gedankt hatte, legte ich mich nieder und schlief die ganze Nacht über sehr ruhig.

Sechsundzwanzigstes Kapitel

Eine Sittenverbesserung im Gefängnis. Sollten die Gesetze vollkommen sein, so müßten sie ebenso gut belohnen als bestrafen

Früh am nächsten Morgen wurde ich von meiner Familie geweckt, die ich in Tränen neben meinem Lager erblickte. Das düstere Ansehen der ganzen Umgebung schien sie erschreckt zu haben. Ich tadelte auf milde Weise ihre Bekümmernis, versicherte ihnen, daß ich nie ruhiger geschlafen hätte, und fragte dann nach meiner ältesten Tochter, die sie nicht bei sich hatten. Sie sagten mir, die Unruhe und die Anstrengung von gestern hätten ihr Fieber vermehrt, so daß sie es für nötig gehalten hätten, sie zurückzulassen. Meine nächste

Sorge bestand darin, meinen Sohn auszuschicken, um ein oder zwei Zimmer für meine Familie zu mieten, so nahe bei dem Gefängnis und so bequem er sie nur finden könne. Er ging, konnte aber nur ein einziges Zimmer finden, welches wir um einen geringen Mietzins für seine Mutter und seine Schwestern erhielten; denn der Kerkermeister hatte eingewilligt, daß er und seine beiden kleinen Brüder bei mir im Gefängnis sein durften. Es wurde daher ein Bett in einem Winkel des Zimmers für sie eingerichtet, welches mir erträglich gut zu sein schien. Vorher wollte ich aber wissen, ob meine kleinen Knaben auch an einem Orte schlafen wollten, der sie beim ersten Eintritt erschreckt hatte.

»Nun, meine guten Knaben«, rief ich, »wie gefällt euch euer Bett? Ich hoffe, ihr fürchtet euch nicht, in diesem Zimmer zu schlafen, so finster es auch aussieht.«

»Nein, lieber Vater«, sagte Dick, »ich fürchte mich nicht, an irgendeinem Orte zu schlafen, wo du bist.«

»Und mir«, sagte Bill, der doch erst vier Jahre alt war, »mir gefällt jeder Ort am besten, wo mein lieber Vater ist.«

Hierauf bestimmte ich, was jedes Mitglied meiner Familie zu tun habe. Meine gesunde Tochter sollte besonders um ihre kranke Schwester beschäftigt sein. Meine Frau sollte bei mir bleiben und meine kleinen Knaben mir etwas vorlesen. »Und was dich betrifft, mein Sohn«, fuhr ich fort, »so müssen wir alle von deiner Hände Arbeit unseren Unterhalt erwarten. Dein Entgelt als Tagelöhner wird vollkommen hinreichend sein, uns bei gehöriger Einteilung zu ernähren. Du bist jetzt sechzehn Jahre alt und besitzest Kräfte, die dir zu sehr nützlichen Zwecken gegeben wurden, denn du mußt dadurch deine hilflosen Eltern und Geschwister vor dem Hungertode schützen. So sieh dich denn heute abend nach Arbeit um und bringe jeden Abend das Geld nach Hause, welches du zu unserem Unterhalte verdienst.«

Nachdem ich ihm diese Anweisung gegeben und alles Nötige angeordnet hatte, ging ich in das allgemeine Gefängnis hinunter, wo frischere Luft und mehr Raum war. Doch war ich nicht lange da gewesen, als die Verwünschungen, die rohen und unzüchtigen Äußerungen, die ich von allen Seiten vernahm, mich wieder in meine Zelle zurücktrieben. Hier saß ich eine Zeitlang, in Betrachtungen versunken über die seltsame Verblendung dieser Elenden, welche sehen, wie die ganze Menschheit ihnen den Krieg erklärt, und dennoch alles aufbieten, sich auch für das künftige Leben einen furchtbaren Feind zu verschaffen.

Ihre Blindheit erregte mein äußerstes Bedauern, und eine Zeitlang vergaß ich darüber mein eigenes Mißgeschick. Es erschien mir sogar als eine unerläßliche Pflicht, einen Versuch zu machen, ob ich sie nicht bekehren könne. Ich beschloß daher, nochmals zurückzukehren und ihnen trotz ihrer Verspottung meinen Rat zu geben, indem ich hoffte, durch Beharrlichkeit den Sieg davontragen zu können. Als ich wieder zu ihnen ging, teilte ich Herrn Jenkinson meinen Plan mit. Er lachte freilich herzlich darüber, machte aber die übrigen damit bekannt. Der Vorschlag wurde mit der besten Laune aufgenommen, weil er einen neuen Stoff zur Unterhaltung für Menschen verhieß, die jetzt keine andere Belustigung kannten als Spötterei und unanständige Äußerungen.

Ich las ihnen daher mit lauter Stimme einen Teil der Liturgie vor, fand aber, daß meine Zuhörer sich nur darüber lustig machten. Freches Geflüster, nachgeahmte Seufzer der Zerknirschung, Gesichtsverzerrungen und Husten erregten abwechselnd Gelächter. Mit angemessener Feierlichkeit fuhr ich aber fort zu lesen, in der Überzeugung, daß ich dadurch vielleicht einige bessern, doch in keinem Falle von einem geschmäht werden könne.

Nach dem Lesen ging ich zu einer Ermahnung über, die mehr darauf berechnet war, ihre Aufmerksamkeit zu erregen, als ihnen Vorwürfe zu machen. Ich bemerkte vorläufig, daß mich kein anderer Beweggrund dazu bestimmen könne als die Sorge für ihr Wohl, daß ich ihr Mitgefangener sei und keinen Lohn für meine Predigten erhalte. Es tue mir leid, so sagte ich, so ruchlose Reden von ihnen zu hören, weil sie dadurch nichts gewinnen, wohl aber viel verlieren könnten. »Seid versichert«, sagte ich, »meine Freunde – denn das seid ihr, wenn auch die Welt eure Freundschaft verwirft –, seid versichert, wenn ihr auch tausend Flüche in einem Tage ausstoßt, so bringen sie doch keinen Pfennig in euren Beutel. Was hilft es, jeden Augenblick den Teufel anzurufen und euch um seine Freundschaft zu bewerben, wenn ihr findet, wie schändlich er euch behandelt? Er hat euch nichts gegeben, wie ihr seht, als einen Mund voller Flüche und einen leeren Magen, und nach allem, was ich von ihm weiß, habt ihr auch künftig nichts Gutes von ihm zu erwarten. Werden wir von einem Menschen schlecht behandelt, so gehen wir natürlich zu einem andern. Wäre es nun nicht der Mühe wert zu versuchen, wie es euch bei einem anderen Herrn gefällt, der euch wenigstens schöne Verheißungen gibt, um euch zu ihm zu wenden? Gewiß, meine Freunde, von allen Torheiten in der Welt muß dies die größte sein, wenn einer ein Haus beraubt hat und dann bei denen Schutz sucht, die die Diebe einfangen. Handelt ihr aber klüger? Ihr sucht alle Schutz bei dem, der euch schon verraten hat, und wendet euch an ein viel boshafteres Wesen als alle Diebsjäger zusammengenommen. Denn diese locken euch nur und hängen euch dann; er aber lockt und hängt euch nicht nur, sondern, was das Schlimmste ist, er hält euch noch fest mit seinen Krallen, wenn auch der Henker schon sein Werk getan hat.«

Als ich geendet hatte, empfing ich die Lobsprüche meiner Zuhörer. Einige von ihnen kamen auf mich zu, schüttelten mir die Hand, schwuren, ich sei ein wackerer Kerl, und wünschten meine nähere Bekanntschaft. Ich versprach daher, meine Rede am nächsten Tage zu wiederholen, und ich hoffte wirklich, eine Sittenverbesserung einzuführen; denn es ist stets meine Meinung gewesen, daß niemand über die Stunde der Besserung hinaus und daß jedes Herz den Pfeilen des Tadels zugänglich sei, wenn der Schütze nur gehörig zu zielen verstehe. Als ich so mein Gemüt beruhigt hatte, ging ich in mein Zimmer zurück, wo meine Frau ein einfaches Mahl bereitete, während Jenkinson bat, sein Mittagessen mit dem unseren vereinigen zu dürfen, um, wie er sich verbindlich genug ausdrückte, das Vergnügen meiner Unterhaltung zu haben. Er hatte meine Familie noch nie gesehen, denn sie war durch den früher erwähnten Gang in meine Zelle gekommen und hatte so den Versammlungsraum nicht betreten. Jenkinson schien daher bei der ersten Zusammenkunft von der Schönheit meiner jüngeren Tochter nicht wenig überrascht, denn ein schwermütiger Zug hatte dieselbe noch erhöht; aber auch meine Kleinen ließ er nicht unbeachtet.

»Ach, Doktor«, rief er, »diese Kinder sind zu schön und zu gut für einen solchen Ort wie diesen.«

»Nun ja, Herr Jenkinson«, versetzte ich, »meine Kinder sind, Gott sei Dank, von Herzen gut genug, und wenn das der Fall ist, so hat das Übrige nicht viel zu bedeuten.«

»Ich denke, mein Herr«, erwiderte mein Mitgefangener, »es muß ein großer Trost für Sie sein, diese kleine Familie um sich zu haben.«

»Allerdings, Herr Jenkinson«, erwiderte ich, »ist es ein Trost, den ich um alles in der Welt nicht verlieren möchte; denn sie machen mir meinen Kerker zum Palast. Es gibt nur eins auf der Welt, was mein Glück zerstören könnte, nämlich wenn ihnen ein Leid zugefügt würde.«

»Dann muß ich fürchten, mein Herr«, erwiderte er, »daß ich mich in gewisser Hinsicht gegen Sie vergangen habe; denn ich glaube« – bei diesen Worten sah er meinen Sohn Moses an –, »hier sehe ich jemanden, den ich gekränkt habe und von dem ich Verzeihung zu erhalten wünsche.«

Mein Sohn erkannte sogleich die Stimme und das Gesicht des Mannes wieder, obgleich er ihn damals in einer Verkleidung gesehen hatte. Er ergriff seine Hand und erklärte lächelnd, daß ihm verziehen sei. »Bei alle dem muß ich mich aber wundern«, setzte er hinzu, »was Sie in meinem Gesichte sehen mochten, um zu glauben, daß ich so leicht anzuführen sei.«

»Mein lieber Herr«, erwiderte der andere, »es war nicht Ihr Gesicht, sondern die weißen Strümpfe und das schwarze Band in Ihrem Haar, was mich anlockte. Doch ohne Geringschätzung Ihres Verstandes sei es gesagt, ich habe in meinem Leben schon klügere Leute angeführt; und doch, bei all meinen schlauen Ränken haben die Dummköpfe endlich die Oberhand über mich gewonnen.«

»Ohne Zweifel«, rief mein Sohn, »muß eine Lebensgeschichte wie die Ihrige außerordentlich belehrend und unterhaltend sein.«

»Keins von beiden«, erwiderte Jenkinson. »Erzählungen, welche nur die Ränke und Laster der Menschen schildern, verzögern unser Fortkommen, indem sie uns mit beständigem Mißtrauen erfüllen. Der Wanderer, der jeder Person mißtraut, die ihm begegnet, und sich bei der Erscheinung jedes Mannes umwendet, der das Ansehen eines Räubers hat, erreicht selten zur rechten Zeit das Ziel seiner Reise. Ich weiß aus eigener Erfahrung, daß der Klügste oft der Einfältigste unter der Sonne ist. Schon in meiner Kindheit hielt man mich für schlau. Als ich kaum sieben Jahre alt war, pflegten die Damen zu sagen, ich sei schon ein ganz artiger kleiner Mann. Mit dem vierzehnten Jahre kannte ich die Welt, setzte den Hut auf ein Ohr und hatte Liebschaften mit den Damen. Obgleich ich im zwanzigsten Jahre noch vollkommen ehrlich war, hielt man mich doch für so schlau, daß mir niemand trauen wollte. So war ich endlich zu meiner Rechtfertigung genötigt, ein Gauner zu werden, und seitdem zerbrach ich mir fortwährend den Kopf mit Plänen zu Betrügereien, und mein Herz klopfte vor Furcht, entdeckt zu werden. Oft habe ich über die Einfalt Ihres ehrlichen, einfachen Nachbarn Flamborough gelacht, und meistens betrog ich ihn einmal im Jahre. Doch der ehrliche Mann ging arglos seinen Weg und ward reich, während ich meine Ränke und Kniffe fortsetzte und dabei arm blieb, ohne den Trost zu haben, rechtschaffen zu sein. Sagen Sie mir aber doch«, fuhr er fort, »was Sie hierher geführt hat. Wenn ich auch mich selbst nicht aus dem Kerker befreien kann, so kann ich doch vielleicht meinen Freunden dazu verhelfen.«

Um seine Neugierde zu befriedigen, erzählte ich ihm die ganze Reihe von Mißgeschicken und Torheiten, die mich in mein jetziges Unglück gestürzt hatten, und schilderte ihm zugleich meine gänzliche Unfähigkeit, mich wieder in Freiheit zu setzen. Als er meine Geschichte gehört hatte, schwieg er einige Augenblicke, schlug sich dann vor die Stirn, als sei ihm etwas Wichtiges eingefallen, und nahm mit der Versicherung Abschied, daß er sehen wolle, was dabei zu tun sei.

Siebenundzwanzigstes Kapitel

Fortsetzung des gleichen Themas

Am nächsten Morgen teilte ich meiner Frau und meinen Kindern den Plan mit, welchen ich zur Besserung der Gefangenen entworfen hatte. Alle mißbilligten ihn und behaupteten, er sei unausführbar und unpassend. Meine Bemühungen, setzten sie hinzu, würden zur Besserung dieser Leute nichts beitragen, wohl aber könnte ich dadurch meinen Stand herabwürdigen.

»Erlaubt mir!« entgegnete ich. »Wenn diese Leute auch gefallen sind, so sind sie doch immer Menschen, und das gibt ihnen ein großes Recht auf meine Zuneigung. Ein guter Rat, der verworfen wird, kehrt zu dem Herzen dessen zurück, der ihn gegeben, und bereichert dasselbe. Wenn auch die ihnen mitgeteilten Lehren sie nicht bessern, so bessern sie doch gewiß mich selbst. Wären diese Elenden Fürsten, so würden sich Tausende anbieten, sie zu unterweisen. Mir aber ist das Herz, welches in einem Kerker begraben ist, ebenso teuer wie das, welches auf einem Throne schlägt. Ja, meine Lieben, wenn ich sie bessern kann, so will ich es tun. Vielleicht werde ich nicht von allen verachtet. Vielleicht kann ich wenigstens einen vom Abgrunde retten, und das wäre schon ein großer Gewinn. Gibt es denn auf Erden ein Kleinod, welches kostbarer wäre als eine menschliche Seele?«

Mit diesen Worten verließ ich sie und ging in den Versammlungsraum hinab, wo ich die Gefangenen in Erwartung meiner Ankunft sehr lustig fand. Jeder hatte eine Posse in Bereitschaft, die er dem Doktor spielen wollte. Eben wollte ich anfangen, da drehte mir einer wie aus Versehen die Perücke herum und bat dann um Verzeihung. Ein zweiter, welcher etwas entfernt stand, besaß eine große Fertigkeit, durch die Zähne zu spucken, und benetzte mein Buch mit seinem Speichel. Ein dritter rief in so affektiertem Tone: »Amen«, daß es den übrigen zu großer Belustigung diente. Ein vierter stahl mir heimlich die Brille aus der Tasche. Doch einer von ihnen spielte mir einen Streich, der seine Kameraden mehr belustigte als alle andern. Er hatte sich gemerkt, in welcher Ordnung ich meine

Bücher vor mir auf den Tisch gelegt hatte. Sehr geschickt brachte er eins auf die Seite und legte ein Buch, worin unzüchtige Scherze standen, an die Stelle desselben. Ich achtete indes nicht im geringsten auf das, was diese boshafte Gruppe kleinlicher Wesen tun konnte, sondern fuhr in der vollkommenen Überzeugung fort, daß das, was sie an meinen Bemühungen lächerlich fanden, sie wohl einigemal belustigen könne, daß aber das Ernste derselben einen bleibenden Eindruck auf sie machen werde. Meine Absicht gelang mir, denn in weniger als sechs Tagen empfanden einige Reue, und alle waren aufmerksam.

Jetzt freute ich mich über die Ausdauer und Geschicklichkeit, womit ich jene Elenden, in denen jedes sittliche Gefühl erstorben zu sein schien, zur Besinnung gebracht hatte, und begann darauf zu denken, ihnen auch zeitliche Dienste zu leisten, indem ich ihre Lage weniger drückend zu machen suchte. Bis dahin war ihre Zeit zwischen Hunger und Völlerei, zwischen ausgelassenem Toben und bitterem Kummer geteilt gewesen. Ihre ganze Beschäftigung war, miteinander zu zanken, Karten zu spielen und Pfeifenstopfer zu schnitzen. Die letztere Art einer nutzlosen Tätigkeit gab mir Veranlassung, diejenigen, welche Lust hatten zu arbeiten, mit Verfertigung von Pflöcken für Tabaksfabrikanten und Schuhmacher zu beschäftigen, nachdem das dazu nötige Holz durch gemeinschaftlichen Kauf angeschafft worden war. Wenn es verarbeitet war, wurde es unter meiner Aufsicht verkauft, so daß jeder täglich etwas verdiente – eine Kleinigkeit zwar, doch so viel, daß es zu seinem Unterhalte hinreichte. Dabei blieb ich nicht stehen, sondern bestimmte Strafen für unsittliche Handlungen und Belohnungen für ausgezeichneten Fleiß. Auf diese Weise waren sie bereits in vierzehn Tagen etwas humaner und geselliger geworden, und ich hatte das Vergnügen, mich als einen Gesetzgeber betrachten zu können, der Menschen von ihrer angeborenen Roheit zur Eintracht und zum Gehorsam geführt hatte.

Es wäre zu wünschen, daß die gesetzgebende Macht sich mehr mit der Besserung als mit der Bestrafung beschäftigte. Es erscheint einleuchtend, daß die Ausrottung der Verbrechen nicht durch häufige, sondern durch geschärfte Strafen bewirkt werden muß. Anstatt unserer jetzigen Gefängnisse, in denen die Lasterhaften noch lasterhafter werden, wo Unglückliche wegen eines begangenen Verbrechens eingesperrt und, wenn sie am Leben bleiben, wieder entlassen werden, um tausend neue zu begehen – statt dieser Gefängnisse sollte man, wie in anderen Ländern Europas, für Wohnungen sorgen, zur Einsamkeit und Buße geeignet, wo der Angeklagte von Personen umgeben wäre, die ihn zur Reue führten, wenn er schuldig, und ihn in der Tugend befestigten, wenn er unschuldig wäre. Nur dies, und nicht Vermehrung der Strafen, ist das Mittel zur Sittenverbesserung. Auch kann ich nicht umhin, die Gültigkeit des Rechts zu bezweifeln, welches staatliche Einrichtungen sich angemaßt haben, leichte Verbrechen mit dem Tode zu bestrafen. Beim Morde ist ihr Recht nicht zu bestreiten, da die Pflicht der Selbsterhaltung gebietet, den Menschen aus dem Wege zu schaffen, der gezeigt hat, daß ihm das Leben eines anderen gleichgültig ist. Gegen einen solchen empört sich die ganze Menschheit; doch ist es etwas ganz anderes mit dem, der mir mein Eigentum stiehlt. Das Naturgesetz gibt mir kein Recht an sein Leben, da nach jenem Gesetz das Pferd, welches er stiehlt, ihm so gut wie mir gehört. Wenn ich daher ein solches Recht habe, so muß es aus irgendeinem unter uns geschlossenen Vertrage entspringen, daß, wer dem anderen sein Pferd stiehlt, sterben soll. Doch dies ist ein falscher Vertrag, da niemand ein Recht hat, mit seinem Leben Tauschhandel zu treiben, ebenso wenig, wie er es von sich werfen darf, da es nicht sein Eigentum ist. Überdies ist der Vertrag ungleich und würde selbst von einem heutigen Kanzleigerichte verworfen werden, weil hier eine zu große Strafe auf ein kleines Vergehen gesetzt wird, da es doch offenbar besser ist, daß zwei Menschen leben, als daß *ein* Mensch reitet. Ein Vertrag aber, der nicht rechtskräftig ist zwischen zwei Menschen, kann es ebenso wenig zwischen Hunderten und Hunderttausenden sein; denn ebenso wie zehn Millionen Kreise nimmer ein Viereck bilden können, so kann auch die vereinte Stimme von Hunderttausenden niemals Unrecht in Recht verwandeln. So redet die Vernunft, und die ungelehrte Natur sagt dasselbe. Die Wilden, die sich bloß nach dem Naturgesetze richten, zeigen eine zarte Schonung für das Leben anderer. Sie vergießen selten Blut, wenn sie nicht vielleicht eine frühere Grausamkeit rächen.

Bei unseren angelsächsischen Vorfahren, so grausam sie auch im Kriege waren, fanden in Friedenszeiten nur wenige Hinrichtungen statt, und in allen Staaten, die noch im Entstehen sind und noch das Gepräge des Naturzustandes deutlich an sich tragen, wird selten ein Verbrechen mit dem Tode bestraft.

Nur unter den Bürgern zivilisierter Staaten sind die Strafgesetze in den Händen der Reichen und treffen daher die Armen. So wie die Regierung älter wird, scheint sie wie das Alter mürrisch zu werden, und es ist, als ob unser Eigentum in dem Maße, wie es sich vergrößert, uns schätzbarer würde, als ob unsere Furcht mit der Vermehrung unserer Schätze zunähme. So zäunen wir unsere Besitzungen täglich mehr und mehr durch neue Strafgesetze ein und umgeben sie mit Galgen, um jeden Räuber hinwegzuscheuchen.

Ich weiß nicht, ob es von der Menge unserer Strafgesetze herrührt oder von der Zügellosigkeit unseres Volkes, daß dieses Land jedes Jahr mehr Verbrecher zählt als die Hälfte aller Staaten von Europa zusammengenommen. Vielleicht liegt die Schuld an beidem, denn eins erzeugt wechselsweise das andere. Wenn eine Nation sieht, daß Verbrechen von verschiedenem Grade mit gleicher Strenge bestraft werden, so verliert sie auch den Begriff des Unterschiedes in den Verbrechen, indem sie keinen Unterschied der Strafen bemerkt; und auf diesem Unterschiede beruht doch alle Moralität. Die Menge der Gesetze erzeugt auf diese Weise neue Laster, und neue Laster fordern wieder neue Beschränkungen.

Es wäre daher zu wünschen, daß die Staatsgewalt, anstatt neue Strafgesetze für Verbrecher zu entwerfen, anstatt die Bande der bürgerlichen Gesellschaft so fest zusammenzuziehen, bis eine krampfhafte Bewegung sie sprengen muß, anstatt Übeltäter als unnütz aus dem Wege zu schaffen, ehe man erkundet hat, wozu sie nützlich sind, anstatt heilsame Züchtigung in rachsüchtige Strafe zu verwandeln – statt dessen wäre es wünschenswert, zu Beschränkungsmitteln seine Zuflucht zu nehmen und die Gesetze zu Beschützern, aber nicht zu Tyrannen des Volkes zu machen. Alsdann würden wir finden, daß Geschöpfe, deren Seelen für unnütze Schlacken gehalten werden, nur der bildenden Hand bedürften; wir würden finden, daß Unglückliche, zu langer Qual verdammt, um das Wohlleben der anderen nicht zu gefährden, aber gehörig behandelt, in Zeiten der Gefahr dem Staate wohl eine Stütze darbieten könnten, daß ihre Herzen wie ihre Gesichtszüge den unsrigen gleich, daß wenige Gemüter so schlecht sind, um nicht durch ernstliches Bestreben gebessert zu werden, daß ein Mensch zur Erkenntnis seines Verbrechens gebracht werden kann, ohne dasselbe mit dem Tode zu büßen, und daß es nur wenigen Blutes bedarf, um unsere Sicherheit zu befestigen.

Achtundzwanzigstes Kapitel

Glück und Elend sind in diesem Leben mehr die Ergebnisse der Klugheit als der Tugend; denn der Himmel betrachtet zeitliche Übel und zeitliches Wohl als Dinge, die an und für sich unbedeutend sind, und hält sie einer sorgfältigen Verteilung kaum für wert

Ich war jetzt schon länger als vierzehn Tage im Gefängnis, doch hatte mich meine liebe Olivia seit meiner Ankunft noch nicht besucht, und es verlangte mich sehr, sie zu sehen. Ich teilte meiner Frau meinen Wunsch mit, und am nächsten Morgen trat das arme Mädchen, auf den Arm ihrer Schwester gestützt, in mein Zimmer. Die Veränderung, die ich in ihrem Gesichte bemerkte, war mir auffallend. Die zahllosen Reize, die früher dort geherrscht hatten, waren jetzt entflohen, und die Hand des Todes schien alle Züge so gestaltet zu haben, um mich zu beunruhigen. Ihre Schläfen waren eingesunken, ihre Stirn straff gezogen, und Totenblässe herrschte auf ihrer Wange.

»Es ist mir lieb, dich zu sehen, meine Liebe«, rief ich, »aber warum so niedergeschlagen, Olivia? Ich hoffe, du hegst zu große Neigung zu mir, um dem Mißgeschick zu gestatten, ein Leben zu untergraben, welches ich dem meinigen gleichschätze. Gib dich zufrieden, mein Kind, wir können vielleicht noch glücklichere Tage erleben.«

»Du bist stets sehr gütig gegen mich gewesen, lieber Vater«, erwiderte sie, »und es vermehrt noch meine Qual, daß ich niemals eine Gelegenheit haben werde, das Glück zu teilen, welches du verheißest. Ich fürchte, es gibt auf Erden kein Glück mehr für mich, und ich wünsche mich von einem Orte zu entfernen, wo ich nur Ungemach gefunden habe. In der Tat, lieber Vater, ich wünsche, du gäbest Herrn Thornhill nach; vielleicht möchte er bewogen werden, einiges Mitleid mit dir zu haben, und es würde mich im Sterben beruhigen.«

»Nimmermehr, mein Kind«, erwiderte ich, »nimmermehr lasse ich mich dahin bringen, meine Tochter für ein verworfenes Frauenzimmer zu erklären; denn wenn auch die Welt dein Vergehen mit Verachtung ansieht, so betrachte ich doch dasselbe als einen Beweis der Leichtgläubigkeit und nicht des Lasters. Meine Liebe, ich fühle mich an diesem Orte keineswegs unglücklich, so widerwärtig derselbe auch scheinen mag. Halte dich überzeugt, solange du mich durch dein Leben glücklich machst, soll er nimmer meine Einwilligung erhalten, dich noch unglücklicher zu machen, indem er sich mit einer anderen verbindet.«

Als meine Tochter fort war, machte mir mein Mitgefangener, der bei der Unterredung zugegen gewesen war, vernünftigerweise über meine Hartnäckigkeit Vorwürfe, daß ich mich geweigert hatte, mich zu fügen, obgleich mir in diesem Falle Freiheit verheißen war. Er äußerte, meine übrige Familie dürfe nicht dem Frieden eines einzigen Kindes aufgeopfert werden, da sie die einzige sei, die sich gegen mich vergangen habe. »Überdies«, setzte er hinzu, »weiß ich nicht, ob es recht ist, auf diese Weise die Vereinigung eines Mannes und eines Frauenzimmers zu verhindern, wie Sie gegenwärtig tun, indem Sie sich weigern, Ihre Einwilligung zu einer Heirat zu geben, der Sie nichts in den Weg legen, die Sie aber unglücklich machen können.«

»Mein Herr«, erwiderte ich, »Sie kennen den Mann nicht, der uns unterdrückt. Ich halte mich überzeugt, daß auch die größte Unterwürfigkeit mir keine Stunde der Freiheit verschaffen würde. Wie ich höre, ist in diesem selben Zimmer noch im letzten Jahr einer seiner Schuldner im Elend gestorben. Doch wenn mich auch meine Unterwürfigkeit und Zustimmung von hier in das schönste Zimmer bringen könnte, welches er besitzt, würde ich dieselbe doch nicht geben, denn eine innere Stimme sagt mir, daß ich dadurch nur einen Ehebruch bestätigen würde. Solange meine Tochter lebt, ist keine Heirat, die er schließt, in meinen Augen rechtmäßig. Wenn aber Olivia nicht mehr lebt, wäre ich der verächtlichste Mensch, wenn ich diejenigen, die eine Verbindung wünschen, aus Rache trennen wollte. Nein, so niederträchtig er auch ist, würde ich doch wünschen, daß er sich verheiratet, um seinen künftigen Ausschweifungen vorzubeugen. Jetzt aber würde ich der grausamste aller Väter sein, wenn ich etwas unterschriebe, das mein Kind ins Grab bringt, bloß um mich aus meinem Kerker zu befreien. Um einer Qual zu entgehen, sollte ich das Herz meines Kindes tausendmal brechen?«

Er gab die Richtigkeit dieser Antwort zu, konnte sich aber der Bemerkung nicht enthalten, daß er fürchte, die Gesundheit meiner Tochter sei schon zu sehr angegriffen, als daß meine Gefangenschaft noch lange dauern sollte. »Indessen«, fuhr er fort, »wenn Sie dem Neffen nicht nachgeben wollen, sollten Sie doch unbedenklich Ihre Sache seinem Oheim vorlegen, der im ganzen Lande als sehr gut und gerecht bekannt ist. Ich rate Ihnen, mit der Post einen Brief an ihn zu schicken, worin Sie ihn von dem schlechten Benehmen seines Neffen in Kenntnis setzen, und ich setze mein Leben zum Pfande, daß Sie in drei Tagen eine Antwort haben.« Ich dankte ihm für diesen Rat, den ich sogleich befolgen wollte; doch fehlte es mir an Papier, und unglücklicherweise hatte ich all mein Geld diesen Morgen für Lebensmittel ausgegeben. Jenkinson aber versah mich damit.

In den nächsten drei Tagen war ich in großer Unruhe wegen der Aufnahme, die mein Brief wohl gefunden hatte. Inzwischen bestürmte mich meine Frau, mich lieber jeder Bedingung zu unterwerfen, als länger hier zu bleiben. Zugleich erhielt ich stündlich die traurigsten Nachrichten von dem Befinden meiner Tochter. Der dritte, der vierte Tag verging, und noch immer erhielt ich keine Antwort auf meinen Brief. Die Klage eines Fremden gegen den geliebten Neffen hatte vielleicht keinen Eindruck gemacht, und so verschwand auch diese Hoffnung wie alle meine früheren. Mein Geist blieb indes noch immer ungeschwächt, obgleich das Gefängnis und die schlechte Luft darin meiner Gesundheit sehr nachteilig waren. Auch mein verbrannter Arm wurde schlimmer. Meine Kinder saßen jedoch noch immer bei mir, und während ich auf meinem Strohlager lag, lasen sie mir abwechselnd vor oder hörten weinend meinen Ermahnungen zu. Meiner Tochter Gesundheit nahm indessen schneller ab als die meinige, und jede Nachricht von ihr vermehrte meine Besorgnis und meinen Gram. Am fünften Morgen nach der Absendung meines Briefes an Sir William Thornhill wurde ich sehr beunruhigt, als ich erfuhr, daß sie die Sprache verloren habe. Erst jetzt wurde mir meine Gefangenschaft zur Qual. Meine Seele wollte ihren Kerker sprengen, um dem Sterbebette meines Kindes nahe zu sein, um sie zu trösten, zu stärken, ihre letzten Wünsche zu hören und ihrer Seele den Weg zum Himmel zu zeigen. Nach einer zweiten Botschaft rang sie bereits mit dem Tode, und doch war mir der geringe Trost geraubt, neben ihr zu weinen. Einige Zeit darauf kam mein Mitgefangener mit der letzten Nachricht. Er bat mich, gefaßt zu sein – sie sei tot! Am nächsten Morgen kam er zurück und fand mich mit meinen beiden Kleinen allein, die ihre ganze unschuldige Beredsamkeit aufboten, mich zu trösten. Sie erboten sich, mir vorzulesen, und sagten, ich möge nicht weinen, denn ich sei schon zu alt zum Weinen. »Ist meine Schwester nicht jetzt ein Engel, lieber Vater?« rief der Ältere. »Warum trauerst du denn so um sie? Ich wollte, ich wäre ein Engel und fern von diesem schrecklichen Orte, wenn mein lieber Vater mich nur begleitete.« – »Ja«, rief mein jüngster Liebling, »der Himmel, wo meine Schwester sich jetzt befindet, ist wohl ein schönerer Ort als dieser, und da gibt es nur gute Leute; hier aber sind sie gar zu böse.«

Jenkinson unterbrach ihr harmloses Schwatzen mit der Bemerkung, da meine Tochter tot sei, möge ich doch an die übrige Familie denken und mein eigenes Leben zu retten versuchen, welches jeden Tag mehr und mehr wegen des Mangels der nötigen Bedürfnisse und der gesunden Luft gefährdet wurde. Er setzte hinzu, es sei jetzt meine Pflicht, jeden Stolz und jede Rachsucht meinem eigenen Wohl und dem der Personen zu opfern, die von mir Schutz und Beistand erwarteten; und jetzt sei ich der Vernunft und dem Rechte nach genötigt, den Versuch zu machen, meinen Gutsherrn wieder auszusöhnen.

»Der Himmel sei gepriesen«, erwiderte ich, »ich habe jetzt keinen Stolz mehr. Ich würde mein eigenes Herz verabscheuen, wenn ich sähe, daß noch Stolz und Rachsucht darin verborgen seien. Im Gegenteil, da mein Verfolger früher meiner Gemeinde angehörte, hoffe ich, ihn einst als eine reine und unbefleckte Seele vor dem ewigen Richterstuhl darstellen zu können. Nein, mein Herr, ich hege jetzt keine Rachsucht, und obgleich er mir genommen hat, was ich höher achtete als alle seine Schätze, obgleich er mein Herz tief verwundet hat – denn ich fühle mich matt und krank, mein Mitgefangener –, soll mich das doch nie zur Rache bewegen. Ich bin jetzt bereit, meine Einwilligung zu seiner Verheiratung zu geben, und wenn diese Unterwerfung ihm irgendein Vergnügen gewähren kann, so möge er auch wissen, daß, wenn ich ihm irgend unrecht getan habe, es mir sehr leid tut.« Herr Jenkinson nahm Feder und Tinte und schrieb meine Einwilligung fast ebenso nieder, wie ich sie ausgesprochen hatte, worauf ich meinen Namen daruntersetzte. Mein Sohn wurde abgeschickt, um Herrn Thornhill den Brief zu überbringen, der sich damals auf seinem Landsitze aufhielt. Er ging und kehrte nach etwa sechs Stunden mit einer mündlichen Antwort zurück. Es habe ihn einige Mühe gekostet, den Gutsherrn zu Gesicht zu bekommen, sagte er, denn die Bedienten wären unverschämt und argwöhnisch gewesen; doch sei er ihm zufällig begegnet, als er gerade ausgegangen sei, um Vorbereitungen zu seiner Hochzeit zu treffen, welche in drei Tagen stattfinden werde. Er berichtete uns ferner, daß er sich ihm auf die demütigste Weise genähert und den Brief abgegeben habe, welchen Herr Thornhill gelesen und gesagt habe, jetzt sei alle Unterwerfung zu spät und durchaus unnötig. Er habe gehört, daß wir uns an seinen Onkel gewendet hätten, der unsere Bitte mit verdienter Verachtung zurückgewiesen habe; übrigens müßten alle künftigen Gesuche an seinen Anwalt und nicht an ihn gerichtet werden. Da er eine sehr gute Meinung von der Klugheit der beiden jungen Damen habe, bemerkte er weiter, so würden sie ihm die angenehmsten Bittstellerinnen sein.

»Nun, mein Herr«, sagte ich zu meinem Mitgefangenen, »können Sie den Charakter des Mannes beurteilen, der mich verfolgt. Er kann zugleich seinen Scherz treiben und grausam sein. Doch möge er mich behandeln, wie er will, ich werde trotz aller Riegel und Gitterstangen bald frei sein. Ich nähere mich jetzt einem Orte, der mir immer strahlender erscheint, je näher ich ihm komme. Diese Erwartung lindert meinen Schmerz, und obgleich ich eine hilflose Familie zurücklasse, so wird sie doch nicht gänzlich verlassen sein. Vielleicht findet sich ein Freund, der sie um ihres armen Vaters willen unterstützt, und andere werden ihnen vielleicht aus Menschenliebe um ihres himmlischen Vaters willen beistehen.«

Während ich noch sprach, kam meine Frau, die ich den Tag vorher nicht gesehen hatte, mit Blicken des Entsetzens herein und versuchte zu reden, war aber nicht dazu imstande. »Nun, meine Liebe«, rief ich, »warum vergrößerst du meinen Kummer durch den deinigen so sehr? Wenn auch meine Unterwerfung unseren Verfolger nicht umstimmen kann, wenn er mich auch verurteilt hat, an diesem elenden Orte zu sterben, und wenn wir auch ein geliebtes Kind verloren haben, so werden dich doch deine übrigen Kinder trösten, wenn ich nicht mehr bin.« – »In der Tat haben wir ein geliebtes Kind verloren!« erwiderte sie. »Meine Sophia, mein liebstes Kind, ist fort – geraubt, entführt von Schurken!«

»Wie, Madame«, rief mein Mitgefangener, »Fräulein Sophia von Schurken entführt? Das ist unmöglich.«

Sie konnte nur mit einem starren Blicke und einer Flut von Tränen antworten. Doch die Frau eines Gefangenen, die mit ihr eingetreten war, erteilte uns einen genaueren Bericht. Sie sagte uns, meine Frau, meine Tochter und sie selber wären eine kleine Strecke aus dem Dorfe auf der Landstraße spazieren gegangen, da wäre eine zweispännige Mietskutsche angefahren gekommen und habe sogleich angehalten. Darauf wäre ein wohlgekleideter Mann, aber nicht Herr Thornhill, ausgestiegen, habe meine Tochter um den Leib gefaßt, sie in den Wagen geschleppt und dem Postillon befohlen weiterzufahren, worauf sie ihnen augenblicklich aus dem Gesichte gewesen seien.

»Nun ist die Summe meines Elends voll«, rief ich, »nichts auf Erden kann mir noch Schmerz verursachen. Oh, nicht eine mehr übrig! Das Ungeheuer! Mein Kind, das meinem Herzen am nächsten war! Sie besaß die Schönheit eines Engels und fast die Weisheit eines

Engels. Aber eilt meiner Frau zu Hilfe, sie wird hinfallen. – Nicht eine mehr übrig!« – »Ach, lieber Mann«, sagte meine Frau, »du scheinst des Trostes noch mehr zu bedürfen als ich. Unser Elend ist groß; doch ich könnte dies und noch mehr ertragen, wenn ich dich nur ruhig sähe. Sie mögen mir meine Kinder nehmen und die ganze Welt, wenn sie mir nur dich lassen.«

Mein Sohn, welcher gegenwärtig war, versuchte unseren Schmerz zu besänftigen. Er bat uns, uns zu beruhigen, denn gewiß hätten wir noch Grund, dankbar zu sein. »Mein Sohn«, rief ich, »blicke dich um in der Welt und sieh, ob mir noch irgendein Glück übrig ist. Ist nicht jeder Hoffnungsstrahl erloschen, während alle unsere glücklichen Aussichten jenseits des Grabes liegen?« – »Lieber Vater«, entgegnete er, »ich hoffe, es gibt noch etwas, das dir Freude gewähren kann, denn ich habe einen Brief von meinem Bruder George.« – »Wie geht es ihm, mein Sohn?« fiel ich ein. »Weiß er um unser Elend? Ich hoffe, mein Sohn ist frei von dem, was seine unglückliche Familie leidet.« – »Ja, Vater«, erwiderte er, »er ist vollkommen heiter und glücklich. Sein Brief enthält nur gute Nachrichten. Er ist der Günstling seines Obersten, welcher ihm die nächste offene Leutnantsstelle versprochen hat.«

»Doch bist du von alle dem überzeugt?« rief meine Frau. »Bist du gewiß, daß meinem Sohne kein Unheil geschehen ist?« – »Nichts in der Tat, liebe Mutter«, erwiderte mein Sohn. »Du sollst den Brief sehen, der dir das größte Vergnügen gewähren wird; und wenn dich irgend etwas trösten kann, so bin ich gewiß, daß es dadurch geschehen wird.« – »Aber bist du gewiß«, wiederholte sie noch immer, »daß der Brief von ihm selber und daß er wirklich so glücklich ist?« – »Ja, Mutter«, erwiderte er, »der Brief ist gewiß von ihm, und er wird unserer Familie einst zur Ehre und zur Stütze dienen.« – »Da danke ich der Vorsehung«, rief sie, »daß er meinen letzten Brief nicht erhalten hat. Ja, mein Lieber«, fuhr sie zu mir gewendet fort, »wenn auch in anderer Hinsicht die Hand des Himmels schwer auf uns ruht, so muß ich doch gestehen, daß er uns in diesem Falle günstig gewesen ist. In meinem letzten Briefe, den ich in der Bitterkeit meines Zornes schrieb, beschwor ich meinen Sohn bei dem Segen seiner Mutter, und wenn er das Herz eines Mannes habe, dafür zu sorgen, daß seinem Vater und seiner Schwester Gerechtigkeit geschehe, und uns zu rächen. Doch dem Himmel sei Dank, der Brief ist nicht an ihn gekommen, und ich bin beruhigt.« – »Frau«, rief ich, »du hast sehr unrecht getan, und zu anderer Zeit würde ich dir harte Vorwürfe gemacht haben. O welchem furchtbaren Abgrunde bist du entgangen, der dich und ihn in endloses Verderben gestürzt hätte! Die Vorsehung ist hier in der Tat gütiger gegen uns gewesen als wir gegen uns selber. Sie hat uns diesen Sohn erhalten, um der Vater und Beschützer meiner Kinder zu sein, wenn ich dahingegangen bin. Wie ungerecht war meine Klage, daß ich allen Trostes beraubt sei, da ich höre, daß er glücklich ist und von unserer Trübsal nichts weiß, daß er noch übrig ist, um seiner verwitweten Mutter beizustehen und seine Brüder und Schwestern zu beschützen! Aber welche Schwestern hat er noch übrig? Er hat keine Schwestern mehr! Sie sind alle fort, mir geraubt, und ich bin elend!« – »Vater«, fiel mein Sohn ein, »erlaube mir, diesen Brief vorzulesen; ich weiß, er wird dir Vergnügen gewähren.« Darauf las er mit meiner Erlaubnis wie folgt:

»Lieber Vater! Ich habe meine Phantasie einige Augenblicke von den Vergnügungen abgelenkt, die mich umgeben, um sie auf Gegenstände zu richten, die mir noch angenehmer sind, nämlich auf den lieben kleinen Kamin zu Hause. Ich stelle mir jene unschuldige Gruppe vor, wie sie mit großer Aufmerksamkeit auf jedes Wort dieses Briefes horcht. Ich sehe diese Gesichter mit Entzücken, welche niemals die entstellende Hand des Ehrgeizes oder des Mißgeschicks empfanden. Doch so groß Euer Glück zu Hause auch sein mag, so bin ich doch gewiß, daß es noch erhöht werden wird, wenn Ihr erfahrt, daß ich mit meiner Lage vollkommen zufrieden und hier in jeder Hinsicht glücklich bin.

Unser Regiment hat Gegenbefehl erhalten und wird das Königreich nicht verlassen. Der Oberst, der mich seinen Freund nennt, führt mich in alle Zirkel, wo er bekannt ist, und überall werde ich bei fortgesetzten Besuchen mit erhöhter Achtung aufgenommen. Gestern abend tanzte ich mit Lady G., und könnte ich die Bewußte vergessen, so möchte ich bei ihr vielleicht glücklich sein. Doch es ist mein Los, mich immer anderer zu erinnern, während die meisten meiner abwesenden Freunde mich vergessen; und zu dieser Zahl muß ich auch Dich rechnen, lieber Vater, denn lange habe ich vergebens auf das Vergnügen gewartet, einen Brief von zu Hause zu erhalten. Olivia und Sophia versprachen auch zu schreiben, doch sie scheinen mich alle vergessen zu haben. Sage ihnen, sie seien ein paar nichtsnutzige Dinger und ich sei bitterböse auf sie. Doch ich weiß nicht, wie es zugeht, wenn ich auch ein wenig auf sie schelte, so gibt mein Herz doch gleich sanfteren Gefühlen nach. Sage ihnen also, daß ich sie bei alle dem zärtlich liebe, und sei versichert, daß ich stets bleiben werde Dein gehorsamer Sohn.«

»Wie großen Dank sind wir bei allem unseren Elend dem Himmel schuldig«, rief ich, »daß wenigstens einer unserer Familie von dem frei ist, was wir leiden! Der Himmel schütze ihn und erhalte meinen Sohn so glücklich, damit er die Stütze seiner verwitweten Mutter sein möge und der Vater dieser beiden Knaben, die ich ihm als einziges Erbteil hinterlasse! Möge er ihre Unschuld von den Versuchungen der Armut zurückhalten und ihr Führer sein auf den Wegen der Ehre!« Kaum hatte ich diese Worte ausgesprochen, als ich unten aus dem Gefängnis einen Tumult vernahm. Bald verstummte das Geräusch, und Kettengerassel kam den Gang daher, der zu meinem Gemach führte. Der Gefängniswärter trat ein und führte einen Mann, ganz mit Blut bedeckt, verwundet und mit den schwersten Fesseln beladen. Ich sah den Unglücklichen mitleidig an, als er sich mir näherte, doch mit Entsetzen, als ich bemerkte, daß es mein Sohn sei. »Mein George! Mein George! Sehe ich dich so wieder? Verwundet! Gefesselt! Ist dies dein Glück? Kehrst du so zu mir zurück? O möchte dieser Anblick mein Herz brechen und ich sogleich sterben!«

»Wo ist deine Standhaftigkeit, Vater?« erwiderte mein Sohn mit fester Stimme. »Ich muß den Tod erdulden, mein Leben ist verwirkt; mag man es nehmen.«

Ich versuchte einige Augenblicke, meine Gefühle schweigend zu bekämpfen, doch war es mir, als sollte ich bei der Anstrengung sterben. »O mein Sohn, mein Herz blutet, dich so zu sehen, und ich kann, ich kann dir nicht helfen. In dem Augenblicke, wo ich dich glücklich glaubte und für dein Wohl betete, sehe ich dich gefesselt und verwundet wieder. Und doch ist der Tod in der Jugend ein Glück. Ich aber bin alt, sehr alt, muß diesen Tag erleben und sehen, wie meine Kinder vor der Zeit ins Grab sinken, während ich trostlos und elend unter den Trümmern zurückbleibe! Möchten alle Flüche, die je eine Seele in die Hölle hinabzogen, auf den Mörder meiner Kinder fallen! Möchte er leben, um gleich mir zu sehen –«

»Halt ein, Vater, oder ich erröte für dich«, rief mein Sohn. »Wie kannst du so dein Alter und deinen heiligen Beruf vergessen, dir das Richteramt des Himmels anzumaßen und diese Flüche hinaufzusenden, welche bald wieder herniedersinken müssen, um dein graues Haupt zu vernichten! Nein, Vater, laß es vielmehr deine Aufgabe sein, mich auf den schimpflichen Tod vorzubereiten, den ich bald erdulden muß, mich mit Hoffnung und Entschlossenheit zu waffnen, mir Mut einzuflößen, den bitteren Kelch zu trinken, der mir bald gereicht wird.«

»Mein Sohn, du darfst nicht sterben! Ich bin gewiß, du hast nichts begangen, um eine so schmähliche Strafe zu verdienen. Mein George kann nimmermehr eines Verbrechens schuldig sein, dessen sich seine Vorfahren schämen müßten.«

»Das meinige ist leider ein unverzeihliches«, erwiderte mein Sohn. »Als ich den Brief meiner Mutter erhielt, kam ich sogleich hierher, entschlossen, den Räuber unserer Ehre zu bestrafen, und schickte ihm eine Forderung, worauf er nicht in Person erschien, sondern vier seiner Bedienten schickte, um sich meiner zu bemächtigen. Den ersten, der mich angriff, verwundete ich schwer, wie ich fürchte, doch die anderen nahmen mich gefangen. Der Elende ist entschlossen, das Gesetz gegen mich in Anwendung zu bringen. Die Beweise sind nicht zu leugnen. Ich bin der Forderer, und da ich der angreifende Teil bin, so habe ich, wenn man nach der Strenge des Gesetzes verfährt, keine Gnade zu hoffen. Doch du hast mich oft zur Standhaftigkeit ermahnt, lieber Vater, laß mich dieselbe jetzt in deinem Beispiele finden.«

»Du sollst sie finden, mein Sohn«, erwiderte ich. »Ich stehe jetzt über der Welt und den Freuden, die sie gewähren kann. Von diesem Augenblicke an nehme ich alle Fesseln von meinem Herzen, die es an die Erde knüpfen, und will uns beide auf die Ewigkeit vorbereiten. Ja, mein Sohn, ich will dir den Weg zeigen, und meine Seele soll die deinige hinaufgeleiten. Ich halte mich jetzt überzeugt, daß du keine Begnadigung zu erwarten hast, und kann dich nur ermahnen, dieselbe vor dem höchsten Richterstuhle zu suchen, wo wir beide bald erscheinen werden. Doch will ich nicht karg sein mit meinen Ermahnungen, und alle unsere Mitgefangenen sollen daran teilhaben. Mein guter Kerkermeister, erlauben Sie es ihnen, hier einzutreten, damit ich auch sie ermahnen kann.« Bei diesen Worten versuchte ich, mich von meinem Strohlager zu erheben, doch fehlte mir die Kraft, und ich war genötigt, mich an die Wand zu lehnen. Die Gefangenen versammelten sich auf meinen Wunsch, denn sie hörten mir gerne zu. Mein Sohn und meine Frau hielten mich aufrecht; dann sah ich mich um und bemerkte, daß niemand fehle, und redete sie folgendermaßen an.

Neunundzwanzigstes Kapitel

Es wird bewiesen, wie die Vorsehung auf Erden Glück und Unglück gleich verteilt. Es liegt in der Natur der Freude und des Schmerzes, daß die Unglücklichen im Jenseits Ersatz für ihre Leiden finden müssen

»Meine Freunde, meine Kinder und meine Leidensgefährten! Wenn ich über die Verteilung des Guten und Bösen auf Erden nachdenke, so finde ich, daß dem Menschen viele Freuden, aber noch mehr Leiden zugeteilt sind. Durchspähten wir auch die ganze Welt, so würden wir doch keinen Menschen so glücklich finden, daß ihm kein Wunsch mehr übrig bliebe; täglich aber zeigen uns Tausende durch Selbstmord, daß ihnen keine Hoffnung geblieben ist. Daher scheint es, daß wir in diesem Leben nimmer ganz glücklich, wohl aber vollkommen elend werden können.

Warum muß der Mensch Schmerz empfinden? Warum ist unser Elend zur Hervorbringung allgemeiner Glückseligkeit notwendig? Da alle anderen Systeme durch die Übereinstimmung ihrer untergeordneten Teile vollkommen sind, warum bedurfte dieses große System zu seiner Vollkommenheit Teile, die nicht nur anderen untergeordnet, sondern auch an sich mangelhaft sind? Das sind Fragen, die nie beantwortet werden können und deren Lösung uns wenig nützen würde. Es hat der Vorsehung gefallen, unsere Neugierde über diesen Gegenstand nicht zu befriedigen und uns allein auf Trostgründe zu beschränken.

In dieser Lage hat der Mensch den freundlichen Beistand der Philosophie zu Hilfe gerufen, und der Himmel, wohl einsehend, daß dieselbe nicht imstande sei, ihn zu trösten, hat ihm die Hilfe der Religion gesendet. Die Trostgründe der Philosophie sind sehr einschmeichelnd und gefällig, aber sie täuschen oft. Sie sagt uns, das Leben enthalte viele Freuden, wenn wir sie nur gehörig genießen wollten; freilich müßten wir dagegen manche unvermeidliche Übel ertragen, doch das Leben sei kurz, und sie gingen bald vorüber. So heben diese Trostgründe einander auf; denn wenn das Leben ein Wohnsitz des Vergnügens ist, so ist die Kürze desselben ein Unglück, und währt es lange, so verlängern sich unsere Leiden. So ist die Philosophie schwach, doch die Religion tröstet uns auf höhere Weise. Der Mensch lebt auf Erden, lehrt sie uns, um seinen Geist auszubilden und sich auf ein anderes Dasein vorzubereiten. Wenn der gute Mensch seine irdische Hülle verläßt und ein seliger Geist wird, so lernt er einsehen, daß er sich schon auf Erden einen Himmel voll Seligkeit geschaffen hat, während der Elende, der sich durch seine Laster verstümmelt und befleckt, mit Entsetzen von seinem Körper sich trennt und einsieht, daß er der Rache des Himmels vorgegriffen hat. An die Religion müssen wir uns daher in jeder Lage des Lebens wenden und bei ihr wahrhaften Trost suchen; denn wenn wir auch schon auf Erden glücklich sind, so liegt doch Wonne in dem Gedanken, daß wir dieses Glück endlos machen können; und wenn wir elend sind, so finden wir Trost in dem Gedanken, daß wir dort einen Ruheplatz finden. So verheißt die Religion dem Glücklichen Fortdauer seiner Wonne und dem Unglücklichen einen Übergang aus seinem Elend zum Glück.

Doch so gütig auch die Religion gegen alle Menschen ist, so verheißt sie den Unglücklichen noch einen besonderen Lohn. Dieser soll nach dem Ausspruch der Heiligen Schrift den Kranken, den Nackten, den Heimatlosen, den Schwerbeladenen und den Gefangenen zuteil werden. Der Stifter unserer Religion erklärt sich überall für den Freund der Unglücklichen, und völlig ungleich den falschen Freunden dieser Welt, schenkt er den von den Menschen Aufgegebenen seine Liebe. Menschen ohne Nachdenken haben dies Parteilichkeit oder einen Vorzug genannt, der sich auf kein Verdienst gründe. Doch sie bedachten nicht, daß es selbst nicht in der Macht des Himmels steht, das Geschenk ununterbrochener Glückseligkeit für den Glücklichen zu einer ebenso teuren Gabe zu machen wie für den Elenden. Dem ersteren ist die Ewigkeit nur ein einfacher Segen, da sie ihm höchstens nur vermehrt, was er schon besitzt. Für den letzteren ist sie aber ein doppelter Gewinn, denn sie vermindert nicht nur sein Leiden hier auf Erden, sondern belohnt ihn auch dort oben mit Himmelswonne.

Aber auch in anderer Hinsicht ist die Vorsehung gegen den Armen gütiger als gegen den Reichen, denn indem sie das Leben nach dem Tode wünschenswerter macht, ebnet sie ihm auch den Übergang dorthin. Die Unglücklichen sind längst mit dem Kummer in jeder Gestalt vertraut geworden. Der Dulder legt sich ruhig hin, er hat keine Schätze zu bedauern, und nur wenige Bande fesseln ihn ans Leben. Er empfindet nur die natürliche Todesqual beim letzten Kampfe, und diese ist nicht größer als die Leiden, unter denen er bereits geseufzt hat. Denn sobald der Schmerz einen gewissen Grad erreicht hat, macht die Natur für jede neue Wunde unempfindlich, die der Tod dem Herzen schlägt.

So hat die Vorsehung dem Unglücklichen in diesem Leben zwei Vorzüge vor dem Glücklichen gegeben – größere Glückseligkeit im Tode und im Himmel die Freudenfülle, die aus dem Gegensatze zu den früheren Leiden entspringt. Dieser Vorzug, meine Freunde, ist kein geringer Gewinn und scheint eine der Freuden des armen Mannes im Gleichnis gewesen zu sein; denn obgleich er schon im Himmel war und alle Wonne empfand, die derselbe gewähren konnte, so wird es doch noch als eine Erhöhung seines Glücks erwähnt, daß er einst Leiden erfahren habe und nun getröstet werde, daß er das Elend kennen gelernt habe und jetzt empfinde, was Seligkeit sei.

So seht ihr also, meine Freunde, daß die Religion gewährt, was die Philosophie nimmer gewähren kann. Sie zeigt uns die Unparteilichkeit des Himmels gegen die Unglücklichen und Glücklichen sowie die gleichmäßige Verteilung aller menschlichen Genüsse. Sie verheißt dem Reichen wie dem Armen gleiche Seligkeit jenseits und auf Erden dieselbe Hoffnung auf ihren Besitz. Wenn aber die Reichen den Vorzug haben, daß sie die Freuden dieser Welt genießen, so bleibt den Armen der unendliche Trost zu wissen, was es heißt, einst elend gewesen zu sein, wenn ihnen die höchste Seligkeit jenseits zuteil wird; und wenn man auch diesen Vorzug unbedeutend nennen wollte, so ist er doch ewig und gleicht wegen seiner Dauer das zeitliche Glück aus, welches die Großen und Reichen in Fülle genossen.

Dies sind nun die Trostgründe, die der Unglückliche hat und durch die er sich über andere Menschen erhaben fühlt, hinter denen er in anderer Hinsicht zurücksteht. Wer das Elend der Armen kennen lernen will, muß es selber erfahren und ertragen. Die zeitlichen Vorteile, die damit verbunden sind, rühmend hervorheben zu wollen hieße nur Dinge wiederholen, die niemand glaubt und niemand versuchen mag. Menschen, die die notwendigsten Lebensbedürfnisse besitzen, sind nicht arm; die aber, denen sie fehlen, sind elend. Ja, meine Freunde, wir müssen elend sein! Keine Bemühung einer aufgeregten Phantasie kann die Forderungen der Natur von sich weisen. Sie kann die feuchte Kerkerluft nicht in balsamische Düfte verwandeln oder das ängstliche Klopfen eines brechenden Herzens besänftigen. Mag der Philosoph von seinem weichen Lager herab uns zurufen, das alles lasse sich überwinden! Ach, schon die Anstrengung, die es uns kostet, ist die größte Qual. Der Tod ist leicht, und jeder kann ihn ertragen; doch Martern sind schrecklich, und sie kann niemand erdulden.

Daher, meine Freunde, müssen uns die Verheißungen einer himmlischen Seligkeit besonders teuer sein; denn wenn unser Lohn uns nur in diesem Leben zuteil werden sollte, so wären wir in der Tat die unglücklichsten Menschen. Wenn ich diese düsteren Mauern betrachte, die uns einkerkern und schrecken sollen, wenn ich diese Dämmerung sehe, die nur das Grausen dieses Ortes erkennen läßt, diese Fesseln, von der Tyrannei geschmiedet oder durch Verbrechen notwendig gemacht, wenn ich diese halb erloschenen Blicke betrachte, dieses Stöhnen vernehme – o meine Freunde, welch ein Glück, wenn wir alles dies mit dem Himmel vertauschen werden, wenn wir Räume durcheilen, die grenzenlos sind wie das Weltall, wenn wir uns sonnen in dem Glanz ewiger Seligkeit, endlose Jubelhymnen singen und keinen Herrn zu fürchten haben, der uns droht oder uns beschimpft, und auf immer das Urbild der ewigen Güte vor Augen haben! Wenn ich alles dies bedenke, so wird mir der Tod zu einem Freudenboten. Wenn ich dies bedenke, wird mir sein schärfster Pfeil zu einer sicheren Stütze. Wenn ich dies bedenke, welchen Wert hat dann noch das Leben für mich? Wenn ich dies bedenke, sollte ich da nicht alles irdische Glück verachten? Könige in ihren Palästen sollten nach diesem Vorzuge seufzen – und wie sollten wir es nicht, die wir so darniedergebeugt sind?

Und werden wir dieser Vorzüge teilhaftig werden? Ja gewiß, wenn wir eifrig darnach trachten. Auch ist es ein Trost für uns, daß wir manchen Versuchungen nicht ausgesetzt sind, die unseren Sieg erschweren würden. Laßt uns nur darnach trachten, dann wird er uns gewiß zuteil, und zwar – was noch ein Trost mehr ist – in kurzer Zeit. Blicken wir auf unser vergangenes Leben zurück, so erscheint es uns als eine kurze Spanne, und was wir auch von unserem ferneren Leben denken mögen, so scheint es uns von noch kürzerer Dauer: Je älter wir werden, desto schneller scheinen die Jahre zu entfliehen; je vertrauter wir mit dem Wesen der Zeit werden, desto mehr entschwindet der Wahn, daß sie stillstehe. Darum seid getrost! Bald sind wir am Ziele unserer Pilgerfahrt. Bald werden wir die schwere Bürde von uns werfen, die uns der Himmel auferlegt hat; und wenn auch der Tod, der einzige Freund des Unglücklichen, auf kurze Zeit den ermüdeten Wanderer täuscht und wie der Horizont vor ihm zu fliehen scheint, so kommt doch gewiß in kurzem die Zeit, wo wir von Mühe und Arbeit ausruhen, wo die Großen der Erde uns nicht mehr mit Füßen treten können, wo wir freudig zurückdenken an unsere irdischen Leiden, wo wir uns von allen unseren Freunden umgeben sehen oder von denen, die unserer Freundschaft würdig sind, wo unsere Seligkeit unaussprechlich und unendlich sein wird.«

Dreißigstes Kapitel

Es zeigen sich glücklichere Aussichten. Laßt uns standhaft bleiben, so wird das Glück uns endlich wieder günstig sein

Als ich meine Rede geendet und die Zuhörer sich entfernt hatten, sagte der Kerkermeister, der einer der menschlichsten seines Standes war, ich möge es ihm verzeihen, wenn seine Pflicht ihn nötige, meinen Sohn in strengere Haft zu bringen. Es sollte ihm indes erlaubt sein, mich jeden Morgen zu besuchen. Ich dankte ihm für seine Güte, drückte meinem Sohne die Hand, nahm Abschied von ihm und erinnerte ihn, des großen Augenblicks eingedenk zu sein, dem er entgegengehe.

Dann legte ich mich wieder nieder, und einer meiner Kleinen saß lesend neben meinem Bette, als Herr Jenkinson eintrat und mir sagte, daß Nachricht von meiner Tochter da sei. Vor zwei Stunden habe sie jemand in Begleitung eines fremden Herrn gesehen, als sie in einem benachbarten Dorfe abgestiegen seien, um einige Erfrischungen einzunehmen. Dann wären sie weiter auf das Städtchen zu gefahren, wo wir uns befänden. Kaum hatte er diese Nachricht mitgeteilt, als auch der Kerkermeister eiligst und mit freudigem Gesichte eintrat und mir meldete, meine Tochter sei wiedergefunden. Gleich darauf kam Moses gelaufen und rief, seine Schwester Sophia sei unten und werde sogleich mit unserem alten Freunde Herrn Burchell heraufkommen.

Kaum hatte er diese Worte gesprochen, als auch meine geliebte Tochter eintrat und mit Blicken, die vor Freude strahlten, in meine Arme eilte. Ihre Mutter konnte vor Entzücken nur weinen und schweigen.

»Hier, lieber Vater«, rief das liebliche Mädchen, »hier ist der brave Mann, dem ich meine Rettung verdanke. Der Unerschrockenheit dieses Herrn bin ich mein Glück und mein Leben schuldig.« Ein Kuß von Herrn Burchell, dessen Freude fast noch größer zu sein schien als die ihrige, unterbrach hier, was sie noch weiter sagen wollte.

»Ach, Herr Burchell«, rief ich, »Sie treffen uns in einer sehr elenden Wohnung. Unsere Lage hat sich sehr verändert, seit Sie uns zuletzt sahen. Sie waren stets unser Freund. Wir haben längst unseren Irrtum eingesehen und unsere Undankbarkeit gegen Sie bereut. Nach der unwürdigen Behandlung, die Sie von mir erfahren haben, schäme ich mich fast, Ihnen ins Gesicht zu sehen; doch hoffe ich, Sie werden mir verzeihen, da ich von einem niederträchtigen, schändlichen Buben getäuscht wurde, der mich unter der Maske der Freundschaft ins Verderben stürzte.«

»Es ist mir unmöglich, Ihnen zu verzeihen«, erwiderte Herr Burchell, »da Sie meinen Unwillen niemals verdienten. Daß Sie sich täuschten, sah ich schon damals zum Teil ein, und da es nicht in meiner Macht stand, Sie von Ihrem Irrtum zu befreien, konnte ich Sie nur bedauern.«

»Ich habe Ihre Gesinnung stets für edel gehalten«, erwiderte ich, »und sehe jetzt, daß ich mich darin nicht geirrt habe. Aber erzähle mir doch, mein Kind, wie du gerettet worden bist und wer die Schurken waren, die dich entführten.«

»Lieber Vater«, sagte sie, »wer der Schändliche war, der mich entführte, weiß ich nicht. Auf dem Spaziergange mit meiner Mutter kam er hinter uns her und schleppte mich, ehe ich noch um Hilfe rufen konnte, in die Postkutsche, welche dann schnell weiterfuhr. Ich sah mehrere Leute auf der Landstraße, die ich um Hilfe bat, doch sie achteten nicht darauf. Inzwischen wendete der Bösewicht alle möglichen Kunstgriffe an, mich vom Schreien abzuhalten. Bald schmeichelte, bald drohte er mir und schwur, wenn ich nur schwiege, solle mir nichts zuleide geschehen. Indessen hatte ich den Fenstervorhang zerrissen, den er zugezogen hatte, und erblickte in einiger Entfernung unseren alten Freund Herrn Burchell, der mit seiner gewöhnlichen Schnelligkeit auf der Landstraße wanderte, den großen Stock in der Hand, womit wir ihn so oft zu necken pflegten. Als wir ihm so nahe gekommen waren, daß er mich hören konnte, rief ich ihn bei Namen und bat ihn, mir zu Hilfe zu kommen. Ich wiederholte meinen Ruf mehrmals, worauf er dem Postillon mit lauter Stimme befahl anzuhalten. Doch der Bursche nahm keine Notiz davon und fuhr noch schneller als vorher. Jetzt glaubte ich, Herr Burchell werde uns schwerlich einholen können, doch wenige Augenblicke darauf sah ich, wie er neben dem Wagen herlief und dem Postillon einen Schlag versetzte, der ihn zu Boden warf. Nun standen die Pferde still, und mein Entführer sprang mit Drohungen und Flüchen aus dem Wagen. Er zog den Degen und rief Herrn Burchell zu, sich sogleich zu entfernen, wenn ihm sein Leben lieb sei. Herr Burchell drang aber auf ihn ein, schlug seinen Degen in Stücke und verfolgte ihn dann einige hundert Schritte, worauf jener entfloh. Ich war indes herausgesprungen, um meinem Retter beizustehen, der nunmehr siegreich zu mir zurückkehrte. Der Postillon, der wieder zu sich gekommen war, wollte ebenfalls entfliehen, doch Herr Burchell befahl ihm, sogleich in das Städtchen zurückzufahren. Er sah ein, daß jeder Widerstand vergebens sei, und gehorchte sogleich, wenn auch ungern, da seine Wunde mir wenigstens gefährlich zu sein schien. Er klagte beständig über heftige Schmerzen, als wir weiterfuhren, so daß Herrn Burchells Mitleid rege wurde und er ihn auf meine Bitte in einem Wirtshause, wo wir anhielten, gegen einen anderen Fuhrmann vertauschte.«

»So sei mir willkommen, mein Kind«, rief ich, »und Sie, ihr wakkerer Erretter, tausendmal willkommen! Obgleich unsere Bewirtung sehr ärmlich ist, sind doch unsere Herzen zu Ihrem Empfange bereit. Und nun, Herr Burchell, da Sie meine Tochter gerettet haben, so ist sie die Ihrige, wenn Sie sie für eine Belohnung halten. Wenn Sie sich zu einer Verbindung mit einer so armen Familie wie der meinigen herablassen können, so nehmen Sie sie. Suchen Sie sich ihre Einwilligung zu verschaffen – ihr Herz haben Sie schon gewonnen, wie ich weiß –, und Sie sollen auch die meinige haben. Ich muß Ihnen aber sagen, mein Herr, daß ich Ihnen keinen geringen Schatz gebe. Freilich ist sie ihrer Schönheit wegen gepriesen worden; doch das meine ich nicht – In ihrem Gemüte liegt der wahre Schatz, den ich Ihnen gebe.«

»Vermutlich aber sind Sie mit meinen Verhältnissen bekannt«, entgegnete Herr Burchell, »und wissen, daß ich nicht imstande bin, so für sie zu sorgen, wie sie es verdient.«

»Wenn Ihr gegenwärtiger Einwurf eine Weigerung sein soll, so stehe ich davon ab«, erwiderte ich. »Doch ich kenne keinen Mann, der ihrer so würdig ist wie Sie, und wenn ich ihr Tausende mitgeben könnte und Tausende hielten um sie an, so sollte doch mein wackerer Burchell meine liebste Wahl sein.«

Sein Schweigen schien eine kränkende Weigerung zu sein, und ohne ein Wort auf meinen Antrag zu erwidern, fragte er, ob wir vielleicht Erfrischungen aus dem nächsten Wirtshause bekommen könnten. Als dies bejaht wurde, bestellte er ein so gutes Mittagessen, als es nur in der kurzen Zeit bereitet werden könne. Er bestellte auch ein Dutzend Flaschen von dem besten Weine des Wirts sowie auch einige Stärkungsmittel für mich, indem er lächelnd hinzusetzte, er wolle sich einmal etwas anstrengen, und obgleich im Gefängnis, sei er nie mehr zur Fröhlichkeit aufgelegt gewesen. Bald darauf trat der Kellner ein und traf Vorbereitungen zum Mittagessen. Der Kerkermeister, welcher plötzlich außerordentlich dienstfertig geworden war, lieh uns einen Tisch; der Wein wurde gehörig aufgestellt und zwei sehr gut zubereitete Gerichte aufgetragen.

Meine Tochter hatte noch nichts von der traurigen Lage ihres Bruders gehört, und alle schienen abgeneigt, durch den Bericht davon ihre Freude zu stören. Doch es war vergebens, daß ich freudig zu erscheinen versuchte, die Lage meines unglücklichen Sohnes vernichtete alle Bemühungen, mich zu verstellen, so daß ich endlich genötigt war, durch die Erzählung seines Mißgeschicks unsere Fröhlichkeit zu dämpfen und den Wunsch auszusprechen, es möge ihm erlaubt sein, unser Mahl zu teilen. Als meine Gäste sich von der Bestürzung erholt hatten, die meine Erzählung hervorbrachte, bat ich, auch meinen Mitgefangenen Herrn Jenkinson zuzulassen, und der Kerkermeister gewährte meine Bitte mit ungewohnter Unterwürfigkeit. Sobald die Ketten meines Sohnes im Gang klirrten, eilte ihm seine Schwester ungeduldig entgegen, während Herr Burchell mich fragte, ob der Name meines Sohnes nicht George sei. Ich bejahte es und schwieg. Als mein Sohn ins Zimmer trat, bemerkte ich, daß er Herrn Burchell mit einem Blick des Erstaunens und der Verehrung ansehe. »Komm näher, mein Sohn«, rief ich. »Obgleich wir sehr tief gefallen sind, hat uns doch die Vorsehung eine kleine Erholung von unserem Kummer gewährt. Deine Schwester ist uns wiedergegeben, und hier ist ihr Retter. Diesem braven Manne verdanke ich es, daß ich noch eine Tochter habe.

Reiche ihm die Hand der Freundschaft, mein Sohn – er verdient unsere wärmste Dankbarkeit.«

Mein Sohn schien durchaus nicht auf das zu achten, was ich sagte, und hielt sich noch immer in respektvoller Entfernung. »Mein lieber Bruder«, rief seine Schwester, »warum dankst du nicht meinem edlen Retter? Die Braven sollten immer einander lieben.«

Sein Schweigen und Erstaunen dauerte noch immer fort, bis unser Gast endlich sah, daß er erkannt sei, und, indem er alle seine angeborene Würde annahm, meinen Sohn näher treten hieß. Nie habe ich etwas so wahrhaft Majestätisches gesehen wie die Miene, die er bei dieser Gelegenheit annahm. Der größte Gegenstand im Weltall, sagt ein gewisser Philosoph, ist ein guter Mensch, der gegen das Mißgeschick ankämpft; doch gibt es einen noch größeren: Es ist der gute Mensch, welcher kommt, um das Unglück zu erleichtern. Nachdem er meinen Sohn eine Zeitlang mit vornehmer Miene angesehen hatte, sagte er: »Schon wieder finde ich, unbesonnener Knabe, daß Sie desselben Verbrechens –« Hier wurde er durch einen Diener des Kerkermeisters unterbrochen, welcher ihm sagte, daß ein Mann von Stande, welcher mit mehreren Begleitern in das Städtchen gekommen sei, dem Herrn, der sich bei uns aufhalte, sein Kompliment sende und zu wissen wünsche, wann er ihm seine Aufwartung machen dürfe. »Er mag warten, bis ich Zeit habe, seinen Besuch anzunehmen«, rief unser Gast und wendete sich dann mit folgenden Worten zu meinem Sohne: »Ich finde Sie wieder desselben Verbrechens schuldig, weshalb Sie schon einmal meinen Tadel erfahren haben und wofür das Gesetz Ihnen jetzt die gerechte Strafe zuteil werden läßt. Sie glauben vielleicht, daß die Verachtung Ihres eigenen Lebens Ihnen ein Recht gibt, einem anderen das seinige zu rauben; doch wo liegt der Unterschied zwischen einem Duellanten, der ein wertloses Leben aufs Spiel setzt, und dem Mörder, der mit größerer Sicherheit handelt? Entschuldigt es den Betrug eines Spielers, wenn er angibt, nur Marken eingesetzt zu haben?«

»Ach mein Herr«, rief ich, »wer Sie auch sein mögen, haben Sie Mitleid mit einem armen irregeleiteten Geschöpf; denn was er getan, geschah aus Gehorsam gegen eine getäuschte Mutter, die ihn in der Bitterkeit ihres Herzens bei ihrem mütterlichen Segen beschwor, ihre Sache zu rächen. Hier, mein Herr, ist der Brief, der dazu dienen wird, Sie von ihrer Unbesonnenheit zu überzeugen und seine Schuld zu mindern.«

Er nahm den Brief und las ihn eilig durch. »Obgleich dies keine vollkommene Rechtfertigung ist«, sagte er, »so wird doch sein Vergehen dadurch so weit gemildert, daß ich ihm verzeihe. Ich sehe, mein Herr«, fuhr er fort, indem er freundlich die Hand meines Sohnes ergriff, »daß Sie sich wundern, mich hier zu sehen; doch ich habe oft Gefängnisse bei weit geringeren Veranlassungen besucht. Jetzt bin ich gekommen, einem ehrenwerten Manne Recht zu verschaffen, für den ich stets die aufrichtigste Hochachtung empfunden habe. Lange Zeit habe ich unerkannt die Herzensgüte Ihres Vaters beobachtet. In seiner kleinen Wohnung habe ich eine Achtung genossen, die durch keine Schmeichelei befleckt wurde, und das Glück, welches an den Höfen der Fürsten nicht zu finden ist, boten mir die einfachen Freuden an seinem ländlichen Kamin. Mein Neffe weiß um meinen Vorsatz, hierher zu reisen, und wie ich höre, ist er ebenfalls hier angekommen. Ich würde ihm und Ihnen unrecht tun, wollte ich ihn ungehört verurteilen. Wenn er gefehlt hat, so soll er dafür büßen; denn ohne Eitelkeit darf ich wohl sagen, daß sich noch niemand über Sir William Thornhills Ungerechtigkeit beklagt hat.«

Jetzt zeigte sich, daß der Mann, den wir so lange als einen harmlosen und unterhaltenden Gast bewirtet hatten, niemand anderes sei als der berühmte Sir William Thornhill, dessen Tugenden und Seltsamkeiten so allgemein bekannt waren. Der arme Herr Burchell war in Wirklichkeit ein Mann von beträchtlichem Vermögen und großem Einfluß, ein Mann, dem das Parlament seinen Beifall zu geben und den seine Partei mit Überzeugung anzuhören pflegte. Er war der Freund seines Vaterlands, aber zugleich ein treuer Untertan seines Königs. Meine arme Frau, die sich ihrer früheren Dreistigkeit erinnerte, zitterte vor Angst, und Sophia, die ihn noch wenige Augenblicke zuvor als den Ihrigen betrachtet hatte und sich jetzt durch eine ungeheure Kluft von ihm getrennt sah, welche die verschiedenen Umstände zwischen ihn und sie gestellt hatten, konnte ihre Tränen nicht verbergen.

»Ach mein Herr«, rief meine Frau mit kläglicher Miene, »können

Sie mir je verzeihen? Wie geringschätzig habe ich Sie behandelt, als ich das letzte Mal die Ehre hatte, Sie in unserem Hause zu sehen! Und die Scherze, die ich mir so keck erlaubte – ach mein Herr, ich fürchte, Sie können mir nie verzeihen.«

»Liebe gute Dame«, erwiderte er lächelnd, »trieben Sie Ihren Scherz mit mir, so blieb ich Ihnen die Antwort darauf nicht schuldig. Die ganze Gesellschaft mag beurteilen, ob mein Witz nicht ebenso gut war als der Ihrige. In Wahrheit, ich wüßte keinen, dem ich in diesem Augenblicke zürnen könnte, als den Schurken, der meine liebe Kleine hier so erschreckt hat. Ich hatte nicht einmal so viel Zeit, den Burschen genau zu betrachten, um ihn in einem Steckbriefe beschreiben zu können. Sagen Sie mir, liebe Sophia, würden Sie ihn wohl wiedererkennen?«

»Das kann ich nicht bestimmt behaupten, mein Herr«, erwiderte sie. »So viel ich mich erinnere, hatte er eine tiefe Narbe über einer seiner Augenbrauen.« – »Ich bitte um Verzeihung«, sagte Jenkinson, der dabei war, »sagen Sie mir doch gefälligst, ob der Kerl sein eigenes rotes Haar trug.« – »Ja, mich dünkt, so war es«, rief Sophia. »Und haben Euer Gnaden«, fuhr Jenkinson fort, indem er sich zu Sir William wandte, »wohl die Länge seiner Beine bemerkt?« – »Von ihrer Länge kann ich keine Rechenschaft geben«, sagte der Baronet, »doch von ihrer Schnelligkeit habe ich mich überzeugt, denn er entfloh sogar mir, was wohl nur wenigen Menschen in ganz England gelingen möchte.« – »Mit Euer Gnaden Erlaubnis«, rief Jenkinson, »ich kenne meinen Mann. Er ist's sicher und kein anderer. Es gibt keinen besseren Läufer in ganz England, denn er hat Pinwire von Newcastle im Schnellauf übertroffen. Timothy Baxter ist sein Name. Ich kenne ihn sehr genau und weiß den Ort, wo er sich in diesem Augenblick aufhält. Wollen Euer Gnaden dem Kerkermeister befehlen, mir zwei Leute mitzugeben, so mache ich mich verbindlich, ihn spätestens in einer Stunde Euer Gnaden vorzustellen.« Hierauf wurde der Kerkermeister gerufen, der sogleich erschien. Sir William fragte ihn, ob er ihn kenne. »Ja, Euer Gnaden«, antwortete der Kerkermeister, »ich kenne Sir William Thornhill sehr wohl, und wer irgend etwas von ihm gehört hat, wünscht mehr von ihm zu erfahren.« – »Gut«, sagte der Baronet, »mein Wunsch besteht darin, daß Ihr diesem Manne erlaubt, mit zweien von Euren Leuten diesen Ort zu verlassen, um einige Aufträge für mich zu besorgen. Da ich Friedensrichter bin, nehme ich jede Verantwortung auf mich.« – »Ihr Versprechen ist hinreichend«, antwortete jener, »und wenn ich es nur eine Minute vorher weiß, können ihn Euer Gnaden nach Belieben durch ganz England schicken.«

Mit Bewilligung des Kerkermeisters wurde Jenkinson ausgeschickt, um Timothy Baxter nachzuspüren, während wir uns an unserem jüngsten Sohne Bill ergötzten, der eben eintrat und an Sir William hinaufkletterte, um ihn zu küssen. Seine Mutter wollte ihn von dieser Vertraulichkeit zurückhalten, doch der würdige Mann kam ihr zuvor und nahm den Knaben, so zerlumpt er war, auf den Schoß. »Ei, Bill, du pausbäckiger Schelm«, rief er, »kennst du deinen alten Freund Burchell noch? Und du, mein alter ehrlicher Dick, bist du auch hier? Ihr sollt sehen, daß ich euch nicht vergessen habe.« Bei diesen Worten gab er jedem ein großes Stück Pfefferkuchen, welches die armen Jungen hastig verzehrten, da sie diesen Morgen nur ein sehr kärgliches Frühstück bekommen hatten.

Hierauf setzten wir uns zum Mittagessen, welches beinahe kalt geworden war. Da mich mein Arm noch immer sehr schmerzte, hatte mir Sir William schon vorher ein Rezept verschrieben, denn er hatte zu seinem Vergnügen Medizin studiert und ziemliche Fortschritte in dieser Wissenschaft gemacht. Als das verschriebene Mittel aus der Apotheke des Ortes geholt und mein Arm gehörig verbunden war, fühlte ich fast augenblicklich Linderung. Bei Tische wartete uns der Kerkermeister selbst auf, der unserem Gaste alle mögliche Ehre erweisen wollte. Noch ehe wir unsere Mahlzeit beendet hatten, kam Nachricht von seinem Neffen. Er ließ ihn um Erlaubnis bitten, erscheinen zu dürfen, um seine Ehre und Unschuld rechtfertigen zu können. Der Baronet bewilligte seine Bitte und befahl, Herrn Thornhill einzulassen.

Einunddreißigstes Kapitel

Frühere Wohltaten werden jetzt mit unerwarteten Zinsen bezahlt

Herr Thornhill trat, wie immer, lächelnd ein und ging auf seinen Oheim zu, um ihn zu umarmen; doch dieser wies ihn mit verächtlicher Miene zurück. »Keine Heuchelei, mein Herr«, rief der Baronet mit strengem Blicke. »Der einzige Weg zu meinem Herzen ist die Bahn der Ehre; doch hier sehe ich nur Falschheit, Feigheit und Verfolgung miteinander verbunden. Wie kommt es, daß dieser arme Mann, den Sie, wie ich weiß, Ihren Freund genannt haben, so hart behandelt wird? Zum Lohn für seine Gastfreundschaft ist seine Tochter auf schändliche Weise verführt und er selber ins Gefängnis geworfen worden, weil er jene Schmach nicht geduldig ertragen wollte. Auch sein Sohn, dem Sie männlich entgegenzutreten sich scheuten –«

»Wie«, fiel sein Neffe ein, »kann mein Oheim mir das als Verbrechen anrechnen, was ich nur infolge seiner eigenen wiederholten Weisungen getan habe?«

»Ihr Vorwurf ist gerecht«, entgegnete Sir William. »In diesem Falle haben Sie recht und klug gehandelt, wenn auch nicht ganz so, wie sich Ihr Vater benommen hätte. Mein Bruder war in der Tat ein Ehrenmann, aber Sie – Doch in diesem Falle haben Sie völlig recht gehandelt, und ich muß Ihnen meinen wärmsten Beifall zollen.«

»Ich hoffe, auch mein übriges Benehmen wird keinen Tadel verdienen«, sagte der Neffe. »Ich erschien mit der Tochter dieses Herrn an einigen öffentlichen Vergnügungsorten, und was nur Leichtsinn war, belegte die Verleumdung mit einem härteren Namen und verbreitete das Gerücht, daß ich sie verführt habe. Später besuchte ich ihren Vater, um ihn über diese Sache gehörig aufzuklären und zu beruhigen. Doch ich wurde mit Schmähungen und Beleidigungen empfangen. Was übrigens seine Gefangenschaft betrifft, so können mein Anwalt und mein Verwalter Ihnen darüber die beste Auskunft geben, denen ich die Geschäftsführung gänzlich übertragen habe. Wenn er Schulden gemacht hat und sie nicht bezahlen will oder kann, so ist es ihre Pflicht, auf diese Weise zu verfahren, und ich finde weder Härte noch Ungerechtigkeit in der Anwendung des Gesetzes.«

»Wenn sich die Sache verhält, wie Sie sie darstellen«, erwiderte Sir William, »so finde ich in Ihrem Verfahren nichts Unverzeihliches; großmütiger wäre es freilich gewesen, wenn Sie diesen Herrn nicht der tyrannischen Behandlung Ihrer Angestellten unterworfen hätten; doch den Gesetzen nach läßt sich nichts dagegen einwenden.«

»Er wird nicht einen einzigen Punkt leugnen können«, erwiderte der Gutsherr. »Ich fordere ihn auf, es zu tun. Mehrere meiner Diener sind bereit, meine Aussagen zu bestätigen. Und so, mein Herr«, fuhr er fort, als ich schwieg, da ich ihm in der Tat nicht widersprechen konnte, »so ist also meine Unschuld erwiesen. Wenn mich auch Ihre Bitte geneigt macht, diesem Herrn alle übrigen Beleidigungen zu verzeihen, so hat doch sein Versuch, mich in Ihrer Achtung herabzusetzen, einen Unwillen bei mir erregt, den ich nicht überwinden kann. Überdies machte sein Sohn zu gleicher Zeit den ernstlichen Versuch, mir das Leben zu nehmen, was mich allerdings zu dem Entschlusse brachte, dem Rechte seinen Lauf zu lassen. Hier ist die Herausforderung, die er mir schickte, und ich will zwei Zeugen stellen, die es beschwören können. Einer meiner Diener ist gefährlich verwundet worden; und sollte mir auch mein Oheim davon abraten, was er gewiß nicht tun wird, so will ich doch der Gerechtigkeit Genüge geschehen lassen, indem ich ihn für sein Vergehen büßen lasse.«

»Ungeheuer«, rief meine Frau, »ist deine Rache noch nicht gesättigt? Soll auch mein armer Sohn deine Grausamkeit fühlen? Ich hoffe, der gute Sir William wird uns schützen, denn mein Sohn ist so unschuldig wie ein Kind. Ich bin fest überzeugt, daß er noch nie jemand ein Leid zugefügt hat.«

»Madame«, erwiderte der biedere Mann, »Ihr Wunsch, ihn zu retten, ist nicht größer als der meinige; leider aber liegt seine Schuld nur zu klar vor Augen, und wenn mein Neffe darauf besteht –«

Unsere Aufmerksamkeit wurde jetzt auf Jenkinson und die beiden Diener des Kerkermeisters gerichtet, die einen großen, sehr anständig gekleideten Mann hereinschleppten, der der Beschreibung dessen vollkommen entsprach, von dem meine Tochter entführt worden war.

»Hier«, rief Jenkinson, indem er ihn hereinzog, »hier haben wir ihn! Und wenn es je einen Galgenkandidaten für Tyburn gab, so ist dies einer.«

Als Herr Thornhill den Gefangenen und Jenkinson erblickte, der ihn hereinschleppte, schien er vor Schrecken zurückzubeben. Im Bewußtsein seiner Schuld wurde sein Gesicht blaß, und er wollte sich entfernen; doch Jenkinson bemerkte seine Absicht, hielt ihn zurück und rief: »Wie, mein Herr, schämen Sie sich Ihrer beiden alten Bekannten Jenkinson und Baxter? Doch so vergessen alle großen Herren ihre Freunde; ich aber bin entschlossen, Sie nicht zu vergessen. Mit Euer Gnaden Erlaubnis«, fuhr er zu Sir William gewendet fort, »unser Gefangener hat bereits alles eingestanden. Er ist derselbe Mann, von dem man vorgegeben hat, daß er gefährlich verwundet worden sei. Er erklärte, Herr Thornhill habe ihn zuerst zu diesem Unternehmen aufgefordert und ihm diese Kleider geborgt, um als Mann von Stande erscheinen zu können; auch habe er für eine Postkutsche gesorgt. Nach ihrem gemeinschaftlich entworfenen Plane habe er die junge Dame an einen sicheren Ort bringen und durch Drohungen schrecken sollen. Dann aber wollte Herr Thornhill wie durch Zufall zu ihrer Rettung erscheinen. Anfangs wollten sie zum Schein ein wenig miteinander fechten, und dann sollte Baxter die Flucht ergreifen, wodurch sich Herrn Thornhill die beste Gelegenheit bot, sich unter der Maske eines Beschützers die Gunst der Dame zu erwerben.«

Sir William erinnerte sich, daß sein Neffe jene Kleider oft getragen hatte, und der Gefangene bestätigte alles Übrige in einem ausführlichen Berichte, den er damit schloß, daß Herr Thornhill ihm oft erklärt habe, er sei zu gleicher Zeit in beide Schwestern verliebt.

»Gerechter Himmel«, rief Sir William, »welche Natter habe ich an meinem Busen genährt! Wie redete er der Ausübung der Gerechtigkeit das Wort! Aber er soll sie empfinden! Nehmt ihn fest, Kerkermeister! – Aber halt! Ich fürchte, es gibt noch nicht genügend Beweise, um ihn verhaften zu können.«

Hierauf bat Herr Thornhill demütigst, man möge doch nicht zwei so verworfene Schurken als Zeugen gegen ihn gelten lassen, sondern vielmehr seine Diener verhören. »Deine Diener?« rief Sir William. »Elender! Nenne sie nicht mehr die deinigen! – Doch laß uns hören, was die Burschen sagen werden. Man rufe seinen Haushofmeister.«

Als der Haushofmeister hereingeführt wurde, bemerkte er bald an der Miene seines bisherigen Herrn, daß seine Macht jetzt zu Ende sei. »Sage mir«, rief Sir William sehr ernst, »hast du deinen Herrn und diesen Kerl hier, der seine Kleider trägt, jemals beieinander gesehen?« – »Jawohl, tausendmal, mit Euer Gnaden Erlaubnis«, erwiderte der Haushofmeister. »Dieser Mensch mußte ihm immer seine Mädchen verschaffen.« – »Wie«, fiel der jüngere Thornhill ein, »dies sagst du mir gerade ins Gesicht?« – »Ja«, versetzte der Haushofmeister, »das sage ich der ganzen Welt ins Gesicht. Ich muß Ihnen offen sagen, Herr Thornhill, daß Sie mir niemals gefielen, und daher sage ich jetzt offen meine Meinung.« – »Nun sagt aber auch Seiner Gnaden«, rief Jenkinson, »was Ihr von mir wißt.« – »Ich wüßte gerade nicht viel Gutes von Ihnen zu sagen«, antwortete der Haushofmeister. »In der Nacht, als die Tochter dieses Herrn in unser Haus gebracht wurde, waren Sie auch dabei!« – »Ei, das ist ein vortrefflicher Zeuge, mein Herr, um Ihre Unschuld zu beweisen«, rief Sir William. »Du Schandfleck der Menschheit! Dich mit solchen Buben einzulassen! Aber du sagtest mir, Haushofmeister«, fuhr er fort, »daß es dieser Mensch war, der meinem Neffen die Tochter dieses alten Herrn zuführte?« – »Nein, mit Euer Gnaden Erlaubnis«, entgegnete der Haushofmeister, »er war es nicht, der die Dame holte. Der Herr hatte sich dieses Geschäft selber vorbehalten; doch brachte er den Priester, der sie zum Schein trauen mußte.« – »Es ist nur zu wahr«, rief Jenkinson. »Ich kann nicht leugnen, daß ich mich zu diesem Geschäft hergab, und muß es zu meiner Schande eingestehen.«

»Gerechter Himmel!« rief der Baronet. »Jede neue Entdeckung seiner Schurkenstreiche beunruhigt mich mehr! Seine Schuld liegt jetzt klar vor Augen, und ich bin überzeugt, daß Grausamkeit, Feigheit und Rachsucht ihn zu dieser Verfolgung angetrieben haben! Kerkermeister, laßt auf meine Verantwortung den jungen Offizier sogleich frei, der Euer Gefangener ist. Ich stehe für die Folgen ein und werde meinem Freunde, dem Richter, der ihn verhaften ließ, die Sache schon gehörig auseinandersetzen. Aber wo ist denn das unglückliche Mädchen? Sie möge erscheinen und diesem elenden Menschen vor die Augen treten. Ich möchte wissen, durch welche List er sie verführt hat. Laßt sie doch kommen! Wo ist sie?«

»Ach mein Herr«, erwiderte ich, »diese Frage verwundet mein Herz. Einst war ich glücklich im Besitze dieser Tochter, doch ihre Leiden –«

Eine neue Störung unterbrach mich in meiner Rede; denn niemand anderes als Fräulein Arabella Wilmot trat ein, die am folgenden Tage mit Herrn Thornhill getraut werden sollte. Nichts glich ihrem Erstaunen, Sir William und seinen Neffen hier zu finden, denn ihre Ankunft war ganz zufällig. Sie war nämlich mit ihrem Vater durch dieses Städtchen gekommen, als sie mit ihm zu ihrer Tante reiste, weil diese darauf bestanden hatte, daß die Hochzeit mit Herrn Thornhill in ihrem Hause gefeiert werden solle. In dem Gasthause am anderen Ende des Städtchens waren sie abgestiegen, um einige Erfrischungen zu sich zu nehmen. Dort sah Arabella aus dem Fenster einen meiner Knaben auf der Straße spielen, ließ ihn sogleich durch einen Bedienten holen und erhielt so einige Nachricht von unserem Unglück, doch ohne zu erfahren, daß Thornhill die Veranlassung desselben sei. Die Vorhaltungen ihres Vaters, daß es unschicklich für sie sei, uns im Gefängnisse zu besuchen, blieben fruchtlos. Der Knabe mußte sie zu uns führen, und so überraschte sie uns denn unter unerwarteten Umständen. Ich kann in meiner Erzählung nicht fortfahren, ohne eine Bemerkung über das zufällige Zusammentreffen zu machen, welches sich zwar täglich ereignet, aber selten Verwunderung erregt, es sei denn bei einem außerordentlichen Vorfall. Welchem zufälligen Zusammentreffen verdanken wir nicht jeden Genuß und jede Bequemlichkeit des Lebens? Wie viele scheinbare Zufälligkeiten müssen sich nicht vereinigen, ehe wir Kleider oder Nahrung erhalten? Der Landmann muß zur Arbeit aufgelegt sein, der Regen muß fallen, der Wind die Segel des Schiffes blähen, wenn nicht vielen Menschen das Notwendigste fehlen soll.

Wir sahen einander noch immer schweigend an, während ich in

den Blicken meiner liebenswürdigen Schülerin, wie ich die junge Dame zu nennen pflegte, abwechselnd Mitleid und Verwunderung bemerkte, wodurch ihre Reize nur noch erhöht wurden. »In der Tat, lieber Thornhill«, sagte sie zu dem Gutsherrn, von dem sie glaubte, daß er hier sei, um uns beizustehen, aber nicht, um uns zu unterdrücken, »ich nehme es Ihnen ein wenig übel, daß Sie ohne mich hierher gegangen sind und mir nicht das Geringste von der Lage einer Familie mitgeteilt haben, die uns beiden so wert ist. Sie wissen ja, daß ich ebenso gern wie Sie etwas dazu beitragen würde, die Lage meines alten ehrwürdigen Lehrers zu erleichtern, den ich stets hochachten werde. Doch ich sehe wohl, gleich Ihrem Onkel finden Sie Vergnügen daran, im Verborgenen Gutes zu tun.«

»Er im Verborgenen Gutes tun!« rief Sir William, sie unterbrechend. »Nein, meine Liebe, seine Freuden sind so gemein wie er selber. In ihm, mein Fräulein, sehen Sie einen so vollendeten Schurken, wie nur je einer die menschliche Natur geschändet hat – einen Elenden, der erst dieses armen Mannes Tochter verführt, dann der Unschuld ihrer Schwester nachgestellt hat, hierauf den Vater ins Gefängnis werfen und den ältesten Sohn in Ketten legen ließ, weil er den Mut hatte, dem schändlichen Verführer entgegenzutreten. Erlauben Sie mir, Ihnen Glück zu wünschen, daß Sie den Umarmungen eines solchen Ungeheuers entgangen sind.«

»Gütiger Himmel«, rief das liebenswürdige Mädchen, »wie bin ich getäuscht worden! Herr Thornhill versicherte mir, der älteste Sohn dieses Herrn, Kapitän Primrose, sei mit seiner jungen Frau nach Amerika gegangen.«

»Mein liebes Fräulein«, rief meine Frau, »er hat Ihnen nichts als Unwahrheiten gesagt. Mein Sohn George hat England nie verlassen und sich nicht verheiratet. Wenn Sie ihn auch verließen, so liebte er Sie immer noch zu sehr, um an eine andere zu denken, und er hat gesagt, um Ihretwillen wolle er als Junggeselle sterben.« Hierauf schilderte sie in aller Breite die treue Liebe ihres Sohnes, setzte seinen Zweikampf mit Herrn Thornhill ins gehörige Licht, redete dann von den Ausschweifungen des Gutsherrn, von seinen Scheinheiraten und entwarf schließlich ein sehr beleidigendes Bild seiner Feigheit.

»Gütiger Himmel«, rief Fräulein Wilmot, »wie nahe bin ich dem Rande des Verderbens gewesen, doch wie groß ist meine Freude, demselben entgangen zu sein! Zehntausend Lügen hat mir dieser Mensch vorgesagt. Endlich gelang es ihm, mich zu überreden, daß mein Versprechen, welches ich dem einzigen Manne gegeben hatte, den ich achtete, nicht mehr bindend für mich sei, da er mir untreu geworden sei. Durch seine Lügen brachte ich mich dahin, einen Mann zu verabscheuen, der ebenso tapfer wie edelmütig ist.«

Während dieser Zeit war mein Sohn aus seiner Haft befreit worden, da der Mann, den er verwundet haben sollte, sich als ein Betrüger erwiesen hatte. Herr Jenkinson hatte ihm als Kammerdiener gedient, sein Haar frisiert und ihm alles Nötige verschafft, um anständig erscheinen zu können. Als er nun in der Uniform seines Regiments eintrat, muß ich ohne Eitelkeit (denn darüber bin ich hinaus) gestehen, daß ich nie einen schöneren Mann in militärischer Kleidung gesehen hatte. Bei seinem Eintritt verbeugte er sich höflich, aber etwas zurückhaltend gegen Fräulein Wilmot; denn er wußte noch nicht, welche günstige Wirkung die Beredsamkeit seiner Mutter hervorgebracht hatte. Doch vermochte die Etikette nicht, die Sehnsucht der errötenden Geliebten zu unterdrücken, sich mit ihm auszusöhnen. Ihre Tränen und ihre Blicke verrieten die wahren Gefühle ihres Herzens. Sie bereute, ihrem früheren Versprechen nicht treu geblieben zu sein und daß sie sich von einem Betrüger hatte täuschen lassen. Mein Sohn erstaunte über ihre Herablassung und wollte dieselbe anfangs nicht für aufrichtig halten. »In der Tat, mein Fräulein«, rief er, »dies ist nur Täuschung! Dies habe ich nicht verdient! Das heißt zu glücklich sein!« – »Nein, mein Herr«, erwiderte sie, »ich bin getäuscht, auf schändliche Weise getäuscht worden, sonst hätte mich nichts auf der Welt bewegen können, mein Wort zu brechen. Sie kennen meine Freundschaft für Sie längst. Vergessen Sie, was ich getan habe; und wie ich Ihnen einst Treue gelobt habe, so erneuere ich mein Versprechen in diesem Augenblick. Halten Sie sich überzeugt, daß Ihre Arabella, wenn sie nicht die Ihrige werden kann, auch nie die Gattin eines anderen wird.« – »Und keines anderen Gattin sollen Sie werden«, rief Sir William, »wenn ich noch Einfluß bei Ihrem Vater habe.«

Dieser Wink war für meinen Sohn Moses hinreichend, sogleich in den Gasthof zu eilen, wo sich der alte Herr befand, um ihm von dem Vorfalle Nachricht zu geben. Der Gutsherr sah jetzt ein, daß er gänzlich verloren sei und sich weder durch Schmeichelei noch durch Verstellung retten könne. Er hielt es deshalb fürs Klügste, seinen Feinden keck entgegenzutreten, und alle Scham verleugnend, zeigte er sich als ein frecher Schurke. »Ich sehe wohl«, sagte er, »daß ich hier keine Gerechtigkeit zu erwarten habe; doch bin ich entschlossen, sie mir zu verschaffen. So wissen Sie denn, mein Herr«, fuhr er fort, indem er sich zu Sir William wendete, »daß ich nicht mehr der arme Teufel bin, der von Ihrer Gnade lebt. Ich verachte diese Gnade. Keine Ränke können mir Fräulein Wilmots Vermögen vorenthalten, welches – Dank sei der Sparsamkeit ihres Vaters – sehr beträchtlich ist. Der Heiratsvertrag und eine Verschreibung auf ihr Vermögen sind unterzeichnet und in meinem Besitze. Ihr Vermögen war es, nicht ihre Person, was mich zu dieser Verbindung veranlaßte; und da ich nun im Besitze des einen bin, mag die andere nehmen, wer da will.«

Dies war ein empfindlicher Schlag, und Sir William mußte die Richtigkeit seiner Ansprüche um so mehr anerkennen, als er selber bei der Abfassung des Ehevertrags behilflich gewesen war. Als Fräulein Wilmot ihr Vermögen unwiederbringlich verloren sah, wendete sie sich an meinen Sohn und fragte, ob dieser Verlust ihren Wert in seinen Augen verringere. »Obgleich ich mein Vermögen verloren habe«, sagte sie, »habe ich wenigstens noch meine Hand zu verschenken.«

»Und das, mein Fräulein«, rief ihr wirklicher Geliebter, »war in der Tat alles, was Sie je zu geben hatten, wenigstens alles, was ich der Mühe wert hielt anzunehmen. Nun, meine Arabella, beteure ich bei allem, was mir heilig ist, daß der Verlust Ihres Vermögens in diesem Augenblick nur meine Freude erhöht, indem ich mein geliebtes Mädchen jetzt von meiner Aufrichtigkeit überzeugen kann.«

Herr Wilmot, der jetzt eintrat, schien nicht wenig erfreut, daß seine Tochter einer so großen Gefahr entgangen sei, und zeigte sich sogleich bereit, die Verbindung wieder aufzulösen. Als er aber hörte, daß ihr Vermögen, welches Herrn Thornhill verschrieben war, nicht wieder herausgegeben werde, war seine Bestürzung sehr groß. Er sah jetzt, daß all sein Geld einen Mann bereichere, der selber kein Vermögen besaß. Er konnte es ertragen zu hören, daß jener ein Schurke sei; daß aber sein Vermögen dem seiner Tochter nicht gleich gewesen, dies kränkte ihn bitter. Er saß einige Minuten da, mit den traurigsten Gedanken beschäftigt, bis Sir William sich bemühte, ihn zu beruhigen. »Ich muß gestehen, mein Herr«, sagte dieser, »daß Ihre gegenwärtige Bekümmernis mir nicht ganz unlieb ist. Ihre unmäßige Habsucht hat jetzt ihre gerechte Strafe empfangen. Wenn auch die junge Dame nicht mehr reich ist, so besitzt sie doch noch genug zum Auskommen. Hier sehen Sie einen jungen Soldaten vor sich, welcher bereit ist, sie auch ohne Vermögen zu heiraten. Sie haben einander lange geliebt, und wegen der Freundschaft, die ich für seinen Vater hege, soll es ihm an Beförderung nicht fehlen. So geben Sie denn Ihren Ehrgeiz auf und gewähren das Glück, welches Ihr Wort zu verleihen vermag.«

»Sir William«, versetzte der alte Herr, »seien Sie überzeugt, daß ich nie ihrer Zuneigung Zwang antat; und auch jetzt will ich es nicht tun. Wenn sie diesen jungen Herrn noch liebt, so nehme sie ihn von ganzem Herzen. Dem Himmel sei Dank, es ist noch etwas Vermögen übrig, und Ihr Versprechen tut auch etwas. Nur muß mein alter Freund hier« – er meinte mich – »mir geloben, meiner Tochter sechstausend Pfund auszusetzen, wenn er wieder zu seinem Vermögen gelangen sollte; dann bin ich bereit, sie noch diesen Abend miteinander zu verbinden.«

Da es jetzt nur von mir abhing, das junge Paar glücklich zu machen, war ich gern bereit, das gewünschte Versprechen zu geben, welches bei meinen geringen Erwartungen keine große Gunst war. Jetzt hatten wir die Freude zu sehen, wie sie einander voll Entzükken umarmten. »Nach all meinem Mißgeschick so belohnt zu werden!« rief George. »Gewiß, dies ist mehr, als ich je hoffen konnte. Nach einer Zwischenzeit des Kummers all meine Wünsche gekrönt zu sehen!« – »Ja, lieber George«, erwiderte seine Braut, »jetzt möge der Elende mein Vermögen nehmen; da du ohne dasselbe glücklich bist, bin ich es auch. O welchen Tausch habe ich gemacht! Statt des niederträchtigsten Menschen ist mir der teuerste, der beste zuteil geworden. Er möge sich unseres Vermögens erfreuen, jetzt kann ich auch in Dürftigkeit glücklich sein.« – »Und ich verspreche Ihnen«, erwiderte Thornhill mit boshaftem Lächeln, »daß mich das, was Sie verachten, sehr glücklich machen wird.« – »Halt, halt, mein Herr«, rief Jenkinson, »ich habe noch zwei Worte zu dem Handel zu sagen. Was das Vermögen der Dame betrifft, mein Herr, so sollen Sie auch keinen einzigen Pfennig davon in die Hände bekommen. Sagen mir doch Euer Gnaden gefälligst«, fuhr er zu Sir William gewendet fort, »kann der Gutsherr das Vermögen dieser Dame bekommen, wenn er bereits an eine andere verheiratet ist?« – »Wie können Sie eine so einfältige Frage tun?« versetzte der Baronet. »Ohne Zweifel kann er es nicht.« – »Das tut mir leid«, rief Jenkinson, »denn da dieser Herr und ich alte Spießgesellen sind, hege ich große Freundschaft für ihn. Doch muß ich erklären, so sehr ich ihn auch liebe, daß sein Ehevertrag keinen Pfeifenstopfer wert ist, denn er ist bereits mit einer anderen Dame verheiratet.« – »Du lügst wie ein Schurke«, erwiderte der Gutsherr, der dies für eine große Beleidigung nahm, »ich wurde nie mit irgendeinem Frauenzimmer gesetzmäßig getraut.« – »Doch, doch«, entgegnete der andere, »mit Euer Gnaden Erlaubnis war dies doch der Fall, und ich hoffe, Sie werden den Freundschaftsdienst Ihres ehrlichen Jenkinson gewiß anerkennen, wenn er Ihnen eine Frau bringt. Wenn die Gesellschaft ihre Neugierde einige Minuten zügeln will, so soll sie sogleich erscheinen.« So redend ging er mit seiner gewöhnlichen Schnelligkeit fort, und keiner von uns war imstande, sich einen Begriff davon zu machen, was seine Absicht sei. »Ja, laßt ihn nur gehen«, rief der Gutsherr. »Was ich sonst auch getan haben mag, in dieser Hinsicht kann ich ihm Trotz bieten. Ich bin jetzt zu alt, um mich durch einen Scherz schrecken zu lassen.«

»Es soll mich doch wundern«, sagte der Baronet, »was der Kerl wohl beabsichtigt. Wahrscheinlich wird es ein schlechter Witz sein.« – »Es kann auch wirklich Ernst dabei zum Grunde liegen«, entgegnete ich. »Denn wenn ich die verschiedenen Pläne bedenke, die dieser Herr entworfen hat, um die Unschuld zu verführen, so kann es vielleicht einer, die listiger war als die übrigen, gelungen sein, ihn zu überlisten. Wenn wir bedenken, wie viele er ins Verderben gestürzt hat, wie viele Eltern jetzt die Schmach und Schande bejammern, die er über ihre Familien gebracht hat, so darf man sich nicht wundern, wenn eine unter diesen – O Wunder! Sehe ich meine verlorene Tochter? Halte ich sie in meinen Armen? Sie ist's! Mein Leben! Mein Glück! Ich hielt dich für verloren, meine Olivia, und halte dich in meinen Armen, und zu meiner Freude lebst du noch!« Das höchste Entzücken des feurigsten Liebhabers kann nicht größer sein als das meine beim Wiedersehen meines Kindes, welches an seiner Hand hereintrat und in sprachloser Freude an meine Brust sank. »Und bist du mir wiedergegeben, mein Liebling«, rief ich, »um der Trost meines Alters zu sein?« – »Das ist sie«, rief Jenkinson. »Schätzen Sie sie hoch, denn sie ist Ihre rechtschaffene Tochter und eine so unbescholtene Frau, wie nur irgendeine hier gegenwärtig ist, sie möge nun sein, wer sie wolle. Und was Sie betrifft«, sagte er zu dem Gutsherrn, »so wahr Sie dastehen, ist diese junge Dame Ihre gesetzlich angetraute Gemahlin. Daß meine Aussage wahr ist, wird dieser Trauschein beweisen, kraft dessen Sie verheiratet wurden.« Mit diesen Worten übergab er den Trauschein dem Baronet, der ihn las und in jeder Hinsicht für gültig erkannte. »Ich sehe, meine Herren«, fuhr er fort, »daß Sie über alles dies erstaunt sind, doch wenige Worte werden die ganze Sache erklären. Dieser berühmte Gutsbesitzer, für den ich die größte Freundschaft hege – doch das bleibt unter uns –, bediente sich meiner oft in allerlei kleinen Geschäften. Unter anderem erhielt ich auch den Auftrag, ihm einen falschen Trauschein und einen falschen Geistlichen zu verschaffen, um diese junge Dame zu täuschen. Ich meinte es aber gut mit ihm und holte einen echten Trauschein und einen wirklichen Geistlichen, so daß beide so unzertrennlich verbunden wurden, wie es nur durch Priesterhand geschehen kann. Vielleicht glauben Sie, daß ich dies aus Edelmut getan habe? Nein, zu meiner Schande muß ich bekennen, daß es nur meine Absicht war, den Trauschein zu behalten und dann den Gutsherrn wissen zu lassen, daß ich denselben nach Belieben gegen ihn anwenden könne, wenn ich mich gerade in Geldverlegenheit befinde.« Ein lauter Ausbruch der Freude erfüllte das ganze Zimmer. Unser Jubel drang selbst bis zu dem Versammlungssaal der Gefangenen, welche frohlockend einstimmten und »die Ketten schüttelten in Freud' und wilder Harmonie«.

Freude strahlte auf jedem Gesicht, und selbst Olivias Wangen schienen sich wieder zu röten. Der Ehre, dem Glücke, den Freunden so plötzlich wieder zurückgegeben zu sein war hinlänglich, um ihrem hinwelkenden Körper mit der früheren Gesundheit auch ihre Heiterkeit wiederzugeben. Vielleicht aber war unter allen keiner, der eine aufrichtigere Freude empfand als ich. Noch immer hielt ich die geliebte Tochter in meinen Armen und fragte mein Herz, ob dies Entzücken kein Blendwerk sei. »Wie konnten Sie«, rief ich Jenkinson zu, »wie konnten Sie mein Elend durch die Nachricht von ihrem Tode noch vergrößern? Doch nichts mehr davon; meine Freude, sie wiederzufinden, belohnt mich hinlänglich für jede Qual, die ich empfunden habe.«

»Ihre Frage ist leicht beantwortet«, sagte Jenkinson. »Ich hielt es für das einzige wirksame Mittel, Sie aus dem Gefängnis zu befreien, wenn Sie dem Gutsherrn nachgäben und Ihre Einwilligung zu seiner Heirat mit der anderen jungen Dame erteilten. Doch Sie hatten gelobt, dies nicht bei Lebzeiten Ihrer Tochter zu tun, und so blieb mir kein anderer Ausweg übrig, als Sie durch die Nachricht von ihrem Tode zu täuschen. Ich beredete Ihre Gattin, mir bei dieser Täuschung beizustehen, und erst jetzt fanden wir Gelegenheit, Sie zu enttäuschen.«

In der ganzen Gesellschaft waren nur zwei Gesichter, die nicht vor Freude glühten. Thornhill hatte seine Zuversicht gänzlich verloren. Er sah jetzt den Abgrund der Schande und des Mangels vor Augen und bebte zurück, sich in denselben zu stürzen. Daher warf er sich seinem Oheim zu Füßen und bat im kläglichsten Tone um Erbarmen. Sir William wollte ihn von sich stoßen, doch auf meine Bitte ließ er ihn aufstehen und rief ihm nach einigem Bedenken zu: »Deine Laster, deine Verbrechen und dein Undank verdienen keine Nachsicht; doch du sollst nicht gänzlich verlassen sein. Du sollst haben, was zu deinen Lebensbedürfnissen hinreicht, aber nicht so viel, um deine Torheiten befriedigen zu können. Diese junge Dame, deine Gattin, soll in den Besitz eines Drittels deines bisherigen Vermögens gesetzt werden, und von ihrer Güte allein hast du künftig einen außerordentlichen Zuschuß zu erwarten.« Thornhill wollte eben seinen Dank für diese Güte in einer zierlichen Rede aussprechen, als der Baronet ihn daran hinderte und ihm riet, seine Niederträchtigkeit, die er schon so klar an den Tag gelegt habe, nicht noch zu vergrößern. Zugleich befahl er ihm, sich zu entfernen und sich unter seinen bisherigen Dienern einen nach seinem Belieben auszuwählen, da es ihm nicht erlaubt sein solle, mehr zu halten.

Als Thornhill uns verlassen hatte, näherte sich Sir William seiner jetzigen Nichte mit freundlichem Lächeln und wünschte ihr Glück. Fräulein Wilmot und ihr Vater folgten seinem Beispiel. Auch meine Frau küßte ihre Tochter mit großer Zärtlichkeit, da diese, wie sie sich ausdrückte, jetzt »doch noch einen gekriegt« habe. Sophia und Moses folgten, und auch unser Wohltäter Jenkinson bat, ihm diese Ehre zu vergönnen. Unsere Freude schien kaum vermehrt werden zu können. Sir William, dessen größtes Vergnügen darin bestand, Gutes zu tun, schaute mit einem Blicke umher, so heiter wie die Sonne, und sah Freude in aller Augen glänzen. Nur meine Tochter Sophia schien aus irgendeiner Ursache, die wir nicht ergründen konnten, nicht ganz zufrieden zu sein. »Jetzt glaube ich«, rief er lächelnd, »daß die ganze Gesellschaft, mit Ausnahme von einer oder zwei Personen, vollkommen glücklich ist. Ich habe nur noch eine Handlung der Gerechtigkeit auszuüben. Sie werden einsehen, mein Herr«, sagte er zu mir, »daß wir beide Herrn Jenkinson vielen Dank schuldig sind und es daher nicht mehr als billig ist, daß wir ihn gemeinschaftlich belohnen. Fräulein Sophia wird ihn gewiß sehr glücklich machen, und von mir soll er fünfhundert Pfund als ihre Mitgift erhalten; davon können sie ganz bequem leben. Nun, Fräulein Sophia, was sagen Sie zu der Partie? Wollen Sie ihn nehmen?«

Meine arme Tochter fiel bei diesem abscheulichen Vorschlage fast ohnmächtig in die Arme ihrer Mutter. »Ihn nehmen?« rief sie. »Nein, nein, nimmermehr!« – »Wie«, sagte Sir William, »Sie wollen Herrn Jenkinson, Ihren Wohltäter, nicht nehmen, den hübschen jungen Mann mit fünfhundert Pfund und guten Aussichten?« – »Ich bitte Sie, mein Herr«, versetzte sie, kaum fähig zu sprechen, »stehen Sie davon ab und machen Sie mich nicht unglücklich!« – »Hat man je solchen Eigensinn erlebt?« rief er wieder. »Einen Mann auszuschlagen, dem die Familie so großen Dank schuldig ist, der Ihre Schwester gerettet hat und fünfhundert Pfund besitzt! Ihn wollen Sie nicht nehmen?« – »Nein, mein Herr, nimmermehr!« erwiderte sie heftig. »Lieber wollte ich sterben!« – »Nun, wenn das der Fall ist«, rief er, »wenn Sie ihn denn durchaus nicht haben wollen, so muß ich Sie wohl selbst nehmen.« Bei diesen Worten drückte er sie zärtlich an seine Brust. »Innig geliebtes Mädchen«, rief er, »wie konntest du glauben, daß dein treuer Burchell dich täuschen oder Sir William Thornhill jemals aufhören würde, eine Geliebte anzubeten, die ihn nur um seiner selbst willen liebt? Seit Jahren habe ich ein Mädchen gesucht, das, unbekannt mit meinem Vermögen, nur meinen Wert als Mensch schätze. Nachdem ich vergebens selbst unter den Geistesarmen und Häßlichen gesucht habe, wie groß muß mein Entzücken sein, über so himmlische Schönheit und Tugend den Sieg davongetragen zu haben!« Dann sagte er zu Jenkinson: »Da ich mich von dieser jungen Dame nicht gut trennen kann, weil sie sich nun einmal in mein Gesicht verliebt hat, so kann ich Sie nicht anders entschädigen, als daß ich Ihnen ihre Mitgift abtrete, und Sie können sich daher morgen von meinem Verwalter fünfhundert Pfund auszahlen lassen.«

Auf diese Weise mußten wir alle unsere Glückwünsche erneuern, und Lady Thornhill mußte sich demselben Zeremoniell unterwerfen, wie es früher bei ihrer Schwester der Fall gewesen war. Jetzt kam Sir Williams Kammerdiener und meldete, daß die Equipagen vor der Tür hielten, um uns nach dem Gasthause zu bringen, wo alles zu unserem Empfange bereit sei. Meine Frau und ich führten den Zug an und verließen die düstere Wohnung des Elends. Der edle Baronet ließ vierzig Pfund unter die Gefangenen verteilen, und Herr Wilmot, durch sein Beispiel aufgemuntert, gab die Hälfte dieser Summe dazu. Unten wurden wir von den Bewohnern des Städtchens mit allgemeinem Jubel empfangen, und ich erblickte einige meiner Pfarrkinder unter der Menge, welchen ich freundlich die Hand drückte. Sie begleiteten uns nach dem Gasthause, wo wir ein kostbares Mahl bereit fanden und wo derbere Speisen unter das zusammengeströmte Volk verteilt wurden.

Durch den Wechsel von Freude und Schmerz an einem Tag waren meine Lebensgeister so gänzlich erschöpft, daß ich nach dem Abendessen um die Erlaubnis bat, mich zur Ruhe begeben zu dürfen. Als ich die Gesellschaft in ihrer Freude verließ und mich allein sah, ergoß ich meine Dankgefühle im Gebete zu dem Geber der Freuden und des Kummers und schlief dann ungestört bis zum Morgen.

Zweiunddreißigstes Kapitel

Schluß

Als ich am nächsten Morgen erwachte, sah ich meinen ältesten Sohn an meinem Bette sitzen, welcher gekommen war, um meine Freude durch einen neuen Glückswechsel zu erhöhen. Nachdem er mir die Verschreibung zurückgegeben hatte, die ich am Tage vorher ausgestellt hatte, sagte er mir, daß der Kaufmann, welcher in London Bankerott gemacht hatte, in Antwerpen verhaftet worden sei und sich mehr Geld in seinem Besitze gefunden habe, als er seinen Gläubigern schuldig sei. Ich freute mich fast ebenso sehr über den Edelmut meines Sohnes als über dies unerwartete Glück; doch hegte ich noch einige Bedenken, ob ich sein Anerbieten billigerweise annehmen könne. Als ich noch darüber nachdachte, trat Sir William herein, dem ich meine Zweifel mitteilte. Er war der Meinung, daß ich dieses Anerbieten um so unbedenklicher annehmen könne, als mein Sohn infolge seiner Heirat ein beträchtliches Vermögen besitze. Er kam indes eigentlich in der Absicht, mir mitzuteilen, daß er schon gestern abend die Erlaubnisscheine zur Trauung gefordert habe und sie stündlich erwarte. Er hoffe daher, daß ich mich nicht weigern würde, noch diesen Morgen alle glücklich zu machen. Während dieses Gesprächs trat ein Diener mit der Nachricht ein, daß der Bote zurückgekehrt sei, und da ich mich unterdessen angekleidet hatte, ging ich hinunter und fand die ganze Gesellschaft in so froher Stimmung, wie Wohlstand und Gemütsruhe sie nur zu geben vermag. Doch mißfiel mir ihr Gelächter in einem Augenblick, wo sie sich auf eine feierliche Handlung vorbereiten sollten. Ich machte sie auf das ernste und anständige Benehmen aufmerksam, welches man bei einer so wichtigen Angelegenheit annehmen müsse, und um sie darauf vorzubereiten, las ich ihnen zwei Homilien vor und eine von mir selbst verfaßte Rede. Doch sie blieben noch immer ausgelassen und waren nicht zu zügeln. Selbst auf dem Wege nach der Kirche setzten sie allen Ernst so gänzlich beiseite, daß ich mich oft versucht fand, mich unwillig nach ihnen umzusehen. In der Kirche entstand eine neue Verlegenheit, die nicht leicht zu beseitigen schien. Man stritt darüber, welches Paar zuerst getraut werden solle. Meines Sohnes Braut bestand darauf, die künftige Lady Thornhill müsse den Anfang machen; doch diese lehnte es ebenso hartnäckig ab, indem sie versicherte, sie werde sich um keinen Preis eine solche Unhöflichkeit zuschulden kommen lassen. Beide Parteien führten diesen Streit mit gleicher Hartnäckigkeit und gleicher Höflichkeit. Ich mußte unterdessen mit aufgeschlagenem Buche dastehen. Endlich wurde mir der Streit so lästig, daß ich es zuschlug und ausrief: »Ich sehe wohl, keiner von euch hat Lust zum Heiraten, und daher halte ich es für das Beste, wir gehen wieder nach Hause, denn ich werde hier heute doch wohl nichts zu tun haben.« Dies brachte sie sogleich zur Vernunft. Der Baronet und seine Braut wurden zuerst getraut, dann mein Sohn mit seiner liebenswürdigen Gefährtin.

Schon am Morgen hatte ich meinem ehrlichen Nachbarn Flamborough und seinen Töchtern eine Kutsche geschickt, und als wir in den Gasthof zurückkehrten, kamen eben die beiden Fräulein Flamborough an. Herr Jenkinson reichte der ältesten den Arm, und mein Sohn Moses führte die zweite. (Seitdem habe ich bemerkt, daß ihm das Mädchen sehr gefällt, und meine Einwilligung und mein Segen sollen ihm nicht fehlen, wenn er sie verlangt.) Kaum waren wir in den Gasthof zurückgekehrt, als viele meiner Pfarrkinder, die von meinem Glücke gehört, sich einfanden, um mir zu gratulieren. Unter diesen befanden sich auch die, welche mich einst mit Gewalt aus den Händen der Gerichtsdiener befreien wollten und damals harte Vorwürfe von mir erhielten. Ich erzählte dies meinem Schwiegersohne Sir William, und er ging hinaus und machte ihnen Vorwürfe über ihr Benehmen. Als er aber sah, daß sein strenger Tadel sie sehr betrübte, schenkte er jedem eine halbe Guinee, damit sie auf seine Gesundheit tränken und sich wieder erheiterten.

Bald darauf wurden wir zu einem stattlichen Hochzeitsmahle gerufen, welches der Koch des Gutsherrn Thornhill zubereitet hatte. Hinsichtlich dieses Herrn muß ich noch bemerken, daß er sich gegenwärtig als Gesellschafter bei einem Verwandten aufhält, wo er ziemlich wohlgelitten ist und wo er nur dann, wenn die Tafel schon besetzt ist, es sich gefallen lassen muß, an einem Nebentische zu speisen; denn man macht nicht viel Umstände mit ihm. Seine Zeit wendet er vor allem damit an, seinen Vetter zu erheitern, der etwas schwermütig ist, und lernt überdies das Waldhorn blasen. Meine älteste Tochter denkt indes noch immer mit Wehmut an ihn; auch sagte sie mir sogar – was ich aber geheim halte –, wenn er sich bessere, sei sie nicht abgeneigt, sich wieder mit ihm auszusöhnen.

Doch wieder zur Sache; denn ich bin kein Freund von Abschweifungen. Als wir uns zu Tische setzen wollten, schien es, als sollte das frühere Komplimentieren wieder beginnen. Es entstand die Frage, ob meine älteste Tochter als längst verheiratete Frau nicht über den beiden jungen Bräuten sitzen müsse. Doch mein Sohn George machte diesem Streit durch den Vorschlag ein Ende, daß die Gesellschaft ohne Unterschied des Ranges ihre Plätze einnehmen solle, und zwar ein jeder Herr bei seiner Dame. Dies wurde von allen gebilligt, nur nicht von meiner Frau, die etwas unzufrieden zu sein schien, da sie erwartet hatte, obenan zu sitzen und der Gesellschaft von allen Gerichten vorzulegen. Dessenungeachtet ist es unmöglich, unsere frohe Laune zu schildern. Ich weiß nicht, ob wir jetzt mehr Witz besaßen als gewöhnlich; aber so viel weiß ich, daß wir mehr als gewöhnlich lachten, was am Ende auf eins hinauskommt. Eines Scherzes erinnere ich mich noch besonders. Als der alte Herr Wilmot auf die Gesundheit meines Sohnes Moses anstoßen wollte, der eben nach einer anderen Richtung sah, antwortete dieser: »Ich danke Ihnen, mein Fräulein!« Hierauf zwinkerte der alte Herr der übrigen Gesellschaft zu und machte die Bemerkung, Moses denke wohl an seine Geliebte. Über diesen Spaß lachten die beiden Fräulein Flamborough so sehr, daß ich fast glaubte, sie würden sterben.

Sobald das Mittagsmahl beendet war, sprach ich den Wunsch aus, daß nach meiner Gewohnheit der Tisch weggenommen werde, damit ich meine ganze Familie wieder einmal um ein freundliches Kaminfeuer versammelt sähe. Meine beiden Kleinen saßen auf meinen Knien und die übrigen bei ihren Bräuten. Nun hatte ich diesseits des Grabes nichts mehr zu wünschen. Alle meine Leiden waren vorüber und meine Wonne unaussprechlich. Nur der Wunsch bleibt mir noch, daß meine Dankbarkeit im Glück noch größer sein möge als meine frühere Ergebung im Unglück.

Nachwort

Das verwöhnte Kind der englischen Literatur

In seiner Biographie des damaligen Literaturpapstes Dr. Samuel Johnson berichtet James Boswell: »Goldsmith erzählte mir, daß er einen Roman für vierhundert Pfund verkauft habe. Es handelte sich um den ›Pfarrer von Wakefield‹. Johnson teilte mir jedoch mit, er habe den Verkauf getätigt, und der Preis sei sechzig Pfund gewesen.« »Eines Morgens«, erinnert sich Dr. Johnson, »erhielt ich vom armen Goldsmith die Nachricht, er befinde sich in einer sehr mißlichen Lage; da er nicht zu mir kommen könne, bitte er mich, ihn so bald wie möglich aufzusuchen. Ich schickte ihm eine Guinee und ließ ihm ausrichten, daß ich umgehend kommen würde. Sobald ich angekleidet war, machte ich mich auf den Weg. Ich stellte fest, daß seine Hauswirtin ihn wegen rückständiger Miete eingesperrt hatte, worüber er äußerst erbost war. Ich bemerkte, daß er meine Guinee bereits in Umlauf gebracht hatte: Vor ihm standen eine Flasche Madeira und ein Glas. Ich steckte den Korken in die Flasche, bat ihn, sich zu beruhigen, und sprach mit ihm über Mittel und Wege, aus dieser üblen Situation herauszukommen. Darauf sagte er, er habe einen Roman druckfertig, und zeigte mir das Manuskript. Ich schaute es mir an und bemerkte seine Qualitäten, versprach der Hauswirtin, bald wiederzukommen, ging zu einem Verleger und verkaufte es für sechzig Pfund. Ich brachte Goldsmith das Geld; er bezahlte die Miete, nicht ohne die Hauswirtin mit großer Lautstärke zu beschimpfen, da sie ihn so niederträchtig behandelt habe.«

Weder Boswell noch Johnson geben an, wann sich diese – Goldsmiths Situation und Charakter erhellende – Szene abgespielt hat. Aufgrund einiger Indizien kann man jedoch annehmen, daß Johnson im Sommer oder Herbst 1762 an den Verleger Newbery das Manuskript des Romans verkaufte, an dem Goldsmith seit 1760 oder 1761 gearbeitet hatte. Bis heute ist rätselhaft geblieben, warum der

Verleger vier Jahre mit der Veröffentlichung des Romans gewartet hat. Vielleicht trifft Dr. Johnsons Vermutung zu, Newbery habe sich vom Roman eines noch nicht arrivierten Autors keinen großen Erfolg versprochen und den Text erst veröffentlicht, nachdem Goldsmith durch sein 1764 erschienenes Gedicht »Der Reisende« uneingeschränkte Anerkennung gefunden hatte.

Am 27. März 1766 erscheint endlich der »Pfarrer von Wakefield«. Im Mai folgt eine zweite Auflage, die zahlreiche – vor allem stilistische – Verbesserungen von der Hand des Autors enthält. Bis Ende des 18. Jahrhunderts erscheinen insgesamt über vierzig, bis 1820 weitere siebzig Auflagen. Bereits 1767 wird der Roman ins Deutsche und Französische, 1768 ins Holländische übersetzt. Besonders im deutschen Sprachgebiet ist bis ins 19. Jahrhundert die Geschichte von Dr. Primrose und seiner Familie sehr beliebt: Sie avanciert zum – neben Defoes »Robinson Crusoe« – populärsten englischen Roman.

Dieser Erfolg ist schwer erklärbar und die literarische Kritik des Romans zwiespältig: Der begeisterten Aufnahme durch das Lesepublikum steht die skeptische Beurteilung durch zahlreiche Experten gegenüber, die vor allem auf kompositorische Mängel des Romans hinweisen. Hier liegt der nicht seltene Fall vor, daß die Fachkritik über den Erfolg eines Werkes verwundert – oder gar befremdet – ihr weises Haupt schüttelt. Sie reagiert auf die Popularität des in der Tat mit Mängeln behafteten Romans, indem sie mit Fingern auf solche Fehler zeigt oder aber indem sie diese hinweginterpretiert. Seit seinem Erscheinen wird der »Pfarrer von Wakefield« von seinen Lesern geliebt, von der Kritik geduldet. Kein Geringerer als Henry James nannte den Roman »das verwöhnte Kind der englischen Literatur«, d. h. seine Fehler werden ihm wegen seiner ansonsten liebenswerten Eigenschaften verziehen.

Da hat Dr. Johnson kräftiger formuliert. Derselbe Johnson, der – wie wir sahen – Goldsmiths Roman zunächst gewisse Qualitäten zugebilligt hatte, fällte später ein vernichtendes Urteil. Auf die Frage der Schriftstellerin Fanny Burney, ob er den Roman möge, antwortet er: »Nein, Madame, er ist sehr fehlerhaft.« Mit päpstlichem Unfehlbarkeitsanspruch behauptet er weiter: »In ihm findet sich nichts vom wirklichen Leben und sehr wenig Natur. Er ist ein reines Produkt der Phantasie.« Dieser Vorwurf einer *fanciful performance* richtet sich besonders gegen den zweiten Teil des Romans, in dem ein überraschendes Ereignis dem anderen folgt und so die klassische Regel der *vraisemblance* (Wahrscheinlichkeit) verletzt wird.

Weit weniger streng als der Romanen ohnehin nicht sehr zugeneigte Dr. Johnson hatten die ersten Kritiker des Romans geurteilt. Bereits wenige Wochen nach Erscheinen des »Pfarrers von Wakefield« erschien in der »Monthly Review« eine Besprechung, in der zwar dessen Wirklichkeitsferne beklagt, aber die moralische Absicht Goldsmiths gelobt wird. Auch die wenig später in der »Critical Review« erscheinende Kritik betont den moralischen Wert des Romans, der sich vor allem auf die Gestalt des frommen, gutherzigen, ehrlichen Dr. Primrose gründe. Daneben werden »die Einfachheit und Kunstlosigkeit« des Stils und die »ergreifende Darstellung« häuslicher Idylle gelobt. Bereits dieser frühe Rezensent stellt dem Autor die Frage, die bis heute aktuell geblieben ist: »Dr. Goldsmith, war es wirklich notwendig, auf Ihren alten Freund am Ende so viel Unglück einstürmen zu lassen?« Im Schlußsatz seiner Besprechung liefert der Kritiker vielleicht den Schlüssel zum Verständnis der Beliebtheit dieses Romans: »Ihre Geschichte erweist Ihrem Verstand nicht wenig Ehre, doch – was wichtiger ist – noch mehr Ihrem Herzen.«

In diesen frühesten Beurteilungen des »Pfarrers von Wakefield« sind bereits fast alle Elemente enthalten, die die Rezeption dieses Romans bis heute bestimmen: Während zwei Jahrhunderten wird immer wieder auf kompositorische Schwächen des Romans verwiesen, andererseits gerühmt, er rühre das Gemüt des Lesers, führe eine exemplarische Geschichte vor, sei in einem scheinbar kunstlosen, in Wirklichkeit eleganten Stil verfaßt und erhebe den Leser durch die Darstellung einer Idylle. Diese Gesichtspunkte werden immer aufs neue vorgebracht, wenn auch mit unterschiedlicher Akzentuierung. So spielt der moralisch-exemplarische Aspekt in der ersten Rezeptionsphase eine stärkere Rolle als später; insbesondere wird gelobt, daß der »Pfarrer von Wakefield« frei sei von ein- und zweideutigen sexuellen Elementen, die sich zahlreich in den zeitgenössischen Romanen Fieldings und Sternes fanden und von Goldsmith selbst sehr heftig kritisiert worden waren. (So im 53. Brief seiner »Chinesischen Briefe« und im Vorwort zum »Pfarrer von Wakefield«.)

Die Rezeptionskonstanten des »Pfarrers von Wakefield« sind zu einem überraschend großen Anteil identisch mit Goldsmiths eigener Beurteilung im Vorwort zu seinem Roman. Er gibt selber zu: »Gewiß sind hundert Fehler in diesem Buche [...]. Auch bei vielen Mängeln kann ein Buch unterhaltend [...] sein.« Die Vorzüge seines Romans sieht er im exemplarischen Charakter des Helden: »Er ist geschildert: ebenso bereit zu lehren als zu gehorchen, ebenso demütig im Glück als groß im Mißgeschick.« (Seite 9) Goldsmith betont die tiefe Religiosität des Dr. Primrose, »der seine vorzüglichsten Trostgründe aus dem künftigen Leben schöpft«. Er weist darauf hin, daß seine Geschichte keine Anzüglichkeiten enthält: »Wer Zoten für Humor hält, wird keinen Witz in seinem harmlosen Gespräch finden.« Und schließlich verweist er auf die pastorale Einfachheit der dargestellten Idylle: »Wer ein vornehmes Leben liebt, wird sich mit Verachtung von seinem einfachen ländlichen Herde hinwegwenden.« (Seite 9)

Die meisten frühen Kritiker sind also über Goldsmiths eigenes Urteil nicht hinausgekommen – mit einer Ausnahme: Goethe. Er hat als erster weitere wesentliche Merkmale des »Pfarrers von Wakefield« beschrieben: die Ironie und kontrastreiche Vielfalt des Romans. Diese Züge waren allen Kritikern vor ihm entgangen und wurden auch noch lange nach ihm im 19. Jahrhundert übersehen.

Goethe lernte Goldsmiths Roman durch Herder kennen, der der Freundesrunde in Straßburg im Herbst 1770 die von Johann Gottfried Gellius angefertigte deutsche Übersetzung vorlas, die 1767 erschienen war. In jener Zeit schrieb Herder an seine Braut: »Haben Sie den Landpriester von Wakefield gelesen? Ich lese ihn wohl jetzt zum vierten Male. [...] Es ist eines der schönsten Bücher, die in irgendeiner Sprache existieren. [...] Es ist von der Seite der Laune, der Charaktere, des Lehrreichen und Rührenden ein echtes Buch der Menschheit.« Herder verstieg sich sogar zu der Bemerkung, er wolle »für jede Seite so viel geben, als das Buch kostet«.

Herders Enthusiasmus übertrug sich auf Goethe, der in vielfältiger Weise von Goldsmiths Roman beeinflußt wurde und sich öfter über ihn äußerte. Besonders zwei seiner Werke sind hier zu nennen: die »Leiden des jungen Werthers« (1774) und »Dichtung und Wahrheit« (1809–14).

Lottes Lieblingsbuch ist der »Pfarrer von Wakefield«, dessen Vorzüge sie lobt: »Und der Autor ist mir der liebste, in dem ich meine Welt wiederfinde, bei dem's zugeht wie um mich und dessen Geschichte mir doch so interessant und herzlich wird als mein eigen häuslich Leben, das freilich kein Paradies, aber doch im ganzen eine Quelle unsäglicher Glückseligkeit ist.« Goldsmiths bewegende Schilderung der häuslichen Idylle ist es, die Lotte – und Goethe – so tief beeindruckt.

Lange nachdem Herder ihn mit Goldsmiths Roman bekannt gemacht hat, erinnert sich Goethe in »Dichtung und Wahrheit« an den überwältigenden Eindruck, den der »Pfarrer von Wakefield« seinerzeit auf ihn ausübte, und beschreibt zugleich dessen wichtigste Merkmale. Hier liefert Goethe einige der treffendsten Bemerkungen, die je zur Wirkungsweise dieses Romans gemacht worden sind. Dieser ist für ihn zunächst eine »moderne Idylle«, in der die unschuldige Lebensart einer in ländlicher Begrenztheit sich bescheidenden Familie geschildert wird. Aber erst die Darstellung eines liebenswerten Charakters wie Dr. Primrose und die immer spannender werdende Handlung machen die Qualität dieses Romans aus: »Die Darstellung dieses Charakters auf seinem Lebensgange durch Freuden und Leiden, das immer wachsende Interesse der Fabel, durch Verbindung des ganz Natürlichen mit dem Sonderbaren und Seltsamen, macht diesen Roman zu einem der besten, die je geschrieben worden.« Was frühere Kritiker – u. a. Dr. Johnson – tadelten, wird nun geschätzt: die Mischung von »Natürlichem« und »Un-Natürlichem«, d. h. Unwahrscheinlichem, Zufälligem. Wahrscheinlich hat gerade die (in der Komödie häufige) rasche Folge von Umschwüngen zur Popularität des Romans beigetragen – ungeachtet der heftigen Kritik der Fachleute, die über eine solche Kompositionsweise die Nase rümpfen.

Wichtiger noch als die kontrastreich konstruierte Fabel erscheint

Goethe die Darstellung »unseres trefflichen Wakefield«. Dieser ist nicht nur – wie andere vor Goethe bemerkten – ein Vorbild an christlicher Standhaftigkeit und gläubigem Gottvertrauen. Goethe betont vielmehr Charaktereigenschaften, die im England des 18. Jahrhunderts unter dem Begriff *benevolence* zusammengefaßt wurden: »Gutmütigkeit, Versöhnlichkeit, [...] und über dies alles eine heitere Nachgiebigkeit und lächelnde Duldung eigner und fremder Fehler.« Zu Recht erscheint Goethe auch die treusorgende Gattin des Dr. Primrose nicht frei von menschlichen Schwächen, da sie »auf sich und die Ihrigen etwas einbildisch ist«.

Am bemerkenswertesten ist jedoch Goethes Hinweis auf die Ironie, »wodurch dieses Werkchen uns ebenso weise als liebenswürdig entgegenkommen muß«. Diese Feststellung ist bis heute in vollem Umfang gültig geblieben und erklärt zum Teil die Beliebtheit des Romans. Zwar ist dieser »ganz sittlich, ja im reinen Sinne christlich«, doch zeigt er keine »Spur von Frömmelei oder Pedantismus«. Hier ist Ironie – ähnlich wie der Humor – eine Weltsicht, keineswegs nur rhetorische Figur. Goethe spricht von einer »ironischen Gesinnung, die sich über die Gegenstände, über Glück und Unglück, Gutes und Böses, Tod und Leben erhebt«.

In seltsamem Zusammentreffen machte Goethe gleichzeitig die Bekanntschaft des »Pfarrers von Wakefield« und der Friederike Brion, Tochter des Landpfarrers von Sesenheim: »Keineswegs aber hätte ich erwartet, alsobald aus dieser fingierten Welt in eine ähnliche wirkliche versetzt zu werden.« Auf welche meisterhafte Weise er Roman und eigenes Erleben ineinander übergehen läßt, kann hier nicht im einzelnen berichtet werden. Nur eine Szene sei erwähnt. Der Freund Weyland bringt Goethe dazu, der Familie Brion aus Goldsmiths Roman vorzulesen. Seine Zuhörer erkennen sich – mit verhaltenem Stolz – in der Familie Primrose wieder: »Man gestand sich's nicht ausdrücklich, aber man verleugnete es nicht, daß man sich unter Geistes- und Gefühlsverwandten bewege.«

Es dauert etwa ein Jahrhundert, bis die Kritik des »Pfarrers von Wakefield« über Goethes Beobachtungen hinausgeht. Während dieses Zeitraums wird der Roman als exemplarisch belehrende, in vorbildlich einfachem Stil geschriebene Prosaidylle rezipiert; die von Goethe bemerkte Ironie spielt kaum eine Rolle.

Erst in jüngster Zeit erfährt Goldsmiths Roman eine neue Deutung: Seit den Arbeiten E. A. Bakers (1934), W. Freemans (1951) und R. Wardles (1957) wird er mit zunehmender Radikalität als Parodie und Satire verstanden. R. Hopkins (1969) geht schließlich so weit, Goldsmiths Roman als grausame Satire auf die Habgier und Heuchelei des zeitgenössischen Klerus zu interpretieren; A. L. Sells (1974) betrachtet den »Pfarrer von Wakefield« überdies als Parodie des zeitgenössischen Romans, insbesondere von Sternes »Tristram Shandy«.

Diese neueren Interpretationen stellen fundamentale Umwertungen dar. Mit Goethes »ironischer Gesinnung« haben sie nur bei oberflächlicher Betrachtung Gemeinsamkeit. In Wirklichkeit ist die von Goethe beobachtete liebenswürdige, wohlwollende Ironie völlig verschieden von unerbittlich geißelnder Satire und grausamer, ja tödlicher Parodie. Unbestreitbar enthält Goldsmiths Roman sowohl zeitkritische Passagen als auch Seitenhiebe gegen zeitgenössische Literaturgattungen – sein Grundzug ist jedoch die nachsichtige Haltung des Humoristen und nicht die mitleidlose des Satirikers. Nicht kalte Distanz des Kritikers, sondern solidarisches Mitgefühl des Erzählers prägt diesen Roman; gerade diese wohlwollende Grundstimmung sichert bis heute den Publikumserfolg des »Pfarrers von Wakefield«. Nicht vor seinen Kritikern, sondern vor seinen falschen Freunden muß man dieses »verwöhnte Kind« der englischen Literatur in Schutz nehmen.

»Goldsmith ist überhaupt kein Romanschriftsteller!«

ruft der gestrenge Philologe W. Fischer am Ende einer langen Abhandlung aus, in der er behauptet, Goldsmith habe »keinen einzigen Charakter geschaffen [...] und keine einzige Handlung erfunden«. Auch wenn wir die absurde Bewertung zurückweisen, bleibt die – keineswegs ehrenrührige – Tatsache bestehen, daß Goldsmith viele Anregungen aus der zeitgenössischen Literatur in seinen Roman übernommen hat. Nicht nur dem Roman, sondern auch dem Essay und der Komödie seiner Zeit ist Goldsmith in der Anlage seines »Pfarrers von Wakefield« verpflichtet. Hinzu kommen noch – wie damals üblich – Einschübe, die dem Bereich der Ballade und der Predigt entnommen sind.

Goldsmiths Haltung gegenüber dem zeitgenössischen Roman ist durchaus kritisch. Diesen tadelt er in einigen Essays, Briefen und Rezensionen: Er wirft ihm mangelnde Moral, übertriebene Darstellung von Gefühlen und fehlenden Realitätsbezug vor. Goldsmiths hoher moralischer Anspruch an den Roman erscheint wesentlich durch Dr. Johnson beeinflußt, der ebensolche Forderungen theoretisch in einem im »Rambler« (1750) veröffentlichten Essay aufstellte und praktisch in seinem »didaktischen Roman« »Rasselas« (1759) verwirklichte. Besonders hart geht Goldsmith mit Sternes Roman »Tristram Shandy« ins Gericht, dessen erste beiden Bücher im Jahre 1759 erschienen waren und deren Erfolg sicher auch seine Eifersucht erregt hatte. Im Juni 1760 veröffentlicht er den 51. Brief seiner »Chinesischen Briefe« und geißelt darin – wie es in der späteren Sammelausgabe von 1762 heißt – »die absurde Vorliebe für obszöne und vorlaute Romane in der Art des ›Tristram Shandy‹«. Unter »vorlaut« *(pert)* versteht Goldsmith das ständige Hervortreten des Autors, der mit dem Leser sein Spiel treibt. Diese – heute »auktorial« genannte – Erzählweise, die von Sterne und Fielding perfekt beherrscht wurde, ist von Goldsmith meisterhaft charakterisiert worden: »Die Leser müssen mit völliger Vertrautheit behandelt werden. An einer Stelle macht der Autor vor ihnen eine Verbeugung, an einer anderen führt er sie an der Nase herum. Er muß in Rätseln sprechen und sie dann ins Bett schicken, damit sie von der Lösung träumen. Er muß von sich und seinen Kapiteln, seiner Art und Weise, seiner Absicht, seiner eigenen Bedeutung und der seiner Mutter mit erbarmungsloser Weitschweifigkeit reden sowie ab und zu seine Verachtung für alle außer sich selbst zum Ausdruck bringen...«

In seinem eigenen Roman hat Goldsmith diese Einwände weitgehend beachtet: Hinter der Figur des Ich-Erzählers hat sich der Autor völlig versteckt, Zweideutigkeiten à la Sterne kommen nicht vor, sentimentale Elemente werden jedoch am Ende des Romans immer häufiger. Man könnte in der Tat den »Pfarrer von Wakefield« als die neuklassische Antwort auf Sternes »Tristram Shandy« bezeichnen: Sternes – oft nur scheinbarem – Chaos setzt er chronologische Ordnung, der Kompliziertheit Einfachheit, der Frivolität Moral entgegen.

Neben Sterne wird auch Fielding von Goldsmith heftig kritisiert. Am 10. November 1759 veröffentlicht Goldsmith in seiner Zeitschrift »The Bee« den Essay »Über die Erziehung«, in dem er den zeitgenössischen Romanschriftstellern vorwirft, junge Männer zu verherrlichen, die nach einem ausschweifenden Leben voller Verschwendung glücklich im Hafen der Ehe landen und aller materiellen Sorgen ledig sind. Ausdrücklich nennt er Tom Jones und Joseph Andrews als solche schlechten Vorbilder für die Jugend.

Trotz dieser Distanz gegenüber dem zeitgenössischen englischen Roman hat Goldsmith aus ihm zahlreiche Motive in seinen »Pfarrer von Wakefield« übernommen. Die Entführung eines unschuldigen Mädchens durch einen skrupellosen Verführer war Goldsmith aus Richardsons »Pamela« (1740) bekannt. Den Gefühlsüberschwang sentimentaler Romane – wie »Pamela« und anderer – übernimmt Goldsmith, relativiert ihn aber zugleich durch Ironisierung.

Mehr noch verdankt Goldsmith den Romanen Fieldings. Dr. Primrose ist ohne den liebenswerten, arglosen, glaubensfesten Pfarrer Adams des Fieldingschen »Joseph Andrews« (1742) nicht vorstellbar. Ähnlich wie Burchell im »Pfarrer von Wakefield« sind Tom Jones in Fieldings gleichnamigem Roman (1749) und Joseph Andrews in Fieldings bereits genanntem Werk von geheimnisvoller Herkunft; ihre wahre Identität wird jeweils am Ende des Romans preisgegeben. Primroses bis zur Marotte kultiviertes Steckenpferd – die Whistonsche Kontroverse – hat sein literarisches Vorbild in den »Steckenpferden« Onkel Tobys in Sternes »Tristram Shandy« (Festungsbau und Belagerungstechnik) und Parson Adams' in Fieldings »Joseph Andrews« (Schulwesen).

Der Einfluß des zeitgenössischen Zeitschriftenaufsatzes auf Goldsmiths Roman ist beträchtlich. Dies ist um so verständlicher, als Goldsmith selbst zahlreiche Aufsätze in verschiedenen Zeitschriften veröffentlicht hatte. Manches Kapitel des »Pfarrers von

Wakefield« liest sich wie ein solcher Aufsatz: Thematik, Umfang und Funktion lassen die Verwandtschaft erkennen. Wie in den Zeitschriftenaufsätzen werden vielfältige Themen behandelt: Probleme aus dem Bereich der Politik, der Ästhetik, der Kunst und der Literatur. Der Umfang der meisten Romankapitel entspricht dem eines Aufsatzes. Oft genug wird in einem Kapitel jeweils nur eine Begebenheit dargestellt, ähnlich wie im Aufsatz nur ein Thema behandelt wird. Auch die meist didaktische Funktion des Zeitschriftenaufsatzes findet sich im »Pfarrer von Wakefield« wieder: Besonders die Überschriften und Schlüsse vieler Kapitel machen dies deutlich. In beiden wird – in einer auch für den Aufsatz charakteristischen Weise – die belehrende Absicht durch eine verallgemeinernde, sentenzenhafte Formulierung ausgedrückt. Das zweite Kapitel ist überschrieben: »[...] Der Verlust des Vermögens dient nur dazu, den Stolz des Rechtschaffenen zu vermehren.« Dem dreiundzwanzigsten Kapitel ist vorangestellt: »Nur der Lasterhafte ist lange und vollkommen unglücklich.« Oder man lese Kapitelschlüsse wie: »Die Tugend, die stets bewacht werden muß, ist der Schildwache kaum wert.« (Fünftes Kapitel) Oder: »Das Gewissen ist feige, und wenn es nicht stark genug ist, Unrecht zu verhindern, ist es selten so gerecht, Anklage zu erheben.« (Dreizehntes Kapitel)

Daß der »Pfarrer von Wakefield« seit dem Anfang des 19. Jahrhunderts mehrfach dramatisiert wurde, zeigt bereits seine unübersehbaren Berührungspunkte mit dem zeitgenössischen Schauspiel. Sehr auffällig ist der ungewöhnlich hohe Anteil direkter Rede, insbesondere von Dialogen, am gesamten Text des Romans: Über die Hälfte des Textes besteht aus direkter Rede, ein Drittel des ganzen Buches ist in Dialogen abgefaßt. Daraus ergeben sich zwangsläufig ein Zurücktreten des eigentlich erzählerischen Elements und eine Darstellungweise, die man aufgrund ihrer Nähe zur dramatischen Gattung »szenisch« nennt. E. Wolff spricht zu Recht von einer »unepischen Straffheit der Handlungsführung«. Besonders im zweiten Teil des Romans häufen sich in kontrastiver Folge Glücks- und Unglücksfälle derart, daß man versucht ist, diese als rasche Szenenwechsel eines Dramas zu bezeichnen.

Darüber hinaus hat Goldsmith im elften Kapitel nicht nur komödienhaft, sondern eine regelrechte Komödienszene geschrieben. Lady Blarney und Miss Skeggs bestreiten einen Dialog, der aus oberflächlichem Gesellschaftsklatsch besteht. Mr. Burchell dreht beiden demonstrativ den Rücken zu und kommentiert ihr Geschwätz ständig mit dem Ausruf: »Unsinn!«

Auch die Schlußszenen des Romans sind eindeutig der Komödie verpflichtet: Ähnlich wie bereits Fielding in seinem Roman »Joseph Andrews« bringt Goldsmith nacheinander die »Hauptdarsteller« zum Happy-End »auf die Bühne«. Vor allem aber ähnelt die Struktur des »Pfarrers von Wakefield« der eines neuklassischen Dramas des 17. und 18. Jahrhunderts: Auf die Exposition folgt der Konflikt, der bis zur Klimax entwickelt wird und rasch zur Katastrophe treibt, in der schließlich die Auflösung der Konflikte erfolgt. Die sich allmählich steigernde Geschwindigkeit des Erzählablaufs im »Pfarrer von Wakefield« entspricht durchaus der klassischen Dramaturgie.

Die gestörte Idylle

Goethe betrachtete Goldsmiths Roman auch – nicht nur – als »moderne Idylle«, d. h. als eine Idylle, deren Gegenstand nicht die fiktive Schilderung paradiesischen Hirtenlebens in der Manier klassischer Bukolik ist, sondern die Darstellung – vermeintlich – wirklichen Landlebens, in dem sich unschuldige Menschen in friedvoller Landschaft bewegen, kombiniert mit der Beschreibung familiärer Harmonie und häuslichen Glücks.

Das Pfarrhaus in den Mittelpunkt solch einer aktualisierten Idylle zu setzen war um 1760 keineswegs neu. Allerdings war Goldsmith der erste Autor, der die Pfarrhausidylle zum Gegenstand eines Romans machte. Daß die Schilderung der Idylle sich über den ganzen Roman erstreckt, wird dem Leser durch den symbolischen Ort der *fireside* – des häuslichen Kamins – signalisiert, den Goldsmith im ersten und im letzten Kapitel erwähnt: Damit ist der Rahmen der Geschichte deutlich abgesteckt.

Vor Goldsmith hatte Edward Moore in einem Zeitschriftenaufsatz eine Idylle beschrieben, mit der der »Pfarrer von Wakefield« überraschende Ähnlichkeiten aufweist. In Nr. 16 der Zeitschrift »World« vom 19. April 1753 beschreibt Moore das glückliche einfache Leben einer Landpfarrersfamilie, die – wie die des Dr. Primrose – sich in einem kleinen Dorf der Grafschaft Yorkshire angesiedelt hat, weit weg von städtischer Betriebsamkeit »in einem entlegenen Winkel des Königreichs«. Moores Pfarrer betreibt – wie Dr. Primrose – eine kleine Landwirtschaft, mit deren Überschüssen er die Armen seiner Gemeinde versorgt. Die Familie ist bei den Nachbarn sehr beliebt und erfreut sich – wie die des Dr. Primrose – wegen ihrer Gastfreundschaft zahlreicher Besucher.

Nicht nur Einzelheiten wie diese machen die Ähnlichkeit zwischen Moores und Goldsmiths Idylle sichtbar, sondern auch die zugrunde liegenden Maximen. Moore illustriert mit der Beschreibung der Idylle seine Behauptung: »Ohne die Veranlagung zum Glücklichsein nützen dem Menschen Annehmlichkeiten und Glücksfälle wenig; mit ihr jedoch ist das bloße Fehlen von Armut und Schmerz fast Glück genug.« Eben dieser Gedanke erscheint u. a. in Goldsmiths Überschrift des vierten Kapitels: »Ein Beweis, daß selbst die dürftigste Lage ein Glück gewähren kann, welches nicht von den äußeren Umständen, sondern von der Gemütsbeschaffenheit abhängt.«

Trotz solcher Ähnlichkeiten, die Darstellung und Funktion der Idylle bei Goldsmith mit Texten Moores – und anderer Autoren des 18. Jahrhunderts – aufweist, ist das Besondere der Goldsmithschen Idylle offenkundig: Sie wird durch Ironie relativiert und wird von außen bedroht, sogar zerstört. Goldsmith schildert eben nicht – im Gegensatz zu vielen zeitgenössischen Autoren – eine Idylle in idealutopischer Vollkommenheit, deren ganz und gar heile Welt ihre Herkunft aus der antiken Bukolik nicht verleugnen kann. Man könnte Goldsmiths Entwurf eine »reale Idylle« nennen, die trotz starker Idealisierung den Bezug zur erfahrbaren Wirklichkeit nicht verloren hat.

Dieser Wirklichkeitsbezug wird deutlich durch die Fehlerhaftigkeit der Charaktere und die ständige Gefährdung der Idylle: Dr. Primrose ist keine bukolische Kunstfigur, sein Leben auf dem

Lande nicht paradiesisch. Welche Welten – bei aller oberflächlichen Ähnlichkeit – Goldsmiths häusliche Idylle von der seiner Zeitgenossen trennen, mögen die beiden folgenden Beispiele zeigen. In Edward Moores Idealfamilie gibt es keinen Streit, nur völlige Harmonie und grenzenlose Liebe: »Sie streiten nur darüber, wer dem anderen den größeren Gefallen erweisen kann.« Worüber die Primroses streiten, ist dem Leser wohl in Erinnerung. Überdies ist Moores Familie – im Gegensatz zu den Primroses – »von beständiger Gesundheit und stets gut gelaunt«, da sie bescheiden lebt und sich körperlich ertüchtigt. So totale Aufhebung der Erfahrungswirklichkeit läßt uns derartige Idyllen des 18. Jahrhunderts allzu unwahrscheinlich erscheinen, während Goldsmiths abgemildertes Ideal dem heutigen Leser noch durchaus akzeptabel ist.

Die Gefährdung und Störung der Idylle wird in fünf Passagen des »Pfarrers von Wakefield« deutlich, die über den ganzen Roman verteilt sind. Das erste Beispiel findet sich nicht zufällig am Beginn des fünften Kapitels, in dem die Familie Primrose die unheilbringende Bekanntschaft mit dem jungen Thornhill macht. Zunächst beschreibt Goldsmith die friedvolle Szene: Die Familie Primrose sitzt vor dem Hause auf einer Rasenbank, »von Hagedorn und Geißblatthecken beschattet«; die Töchter singen zur Gitarre. Diese heitere Idylle wird unvermittelt durch den Einbruch äußerer Gewalt gestört: »So beschäftigt, sahen wir plötzlich etwa zwanzig Schritte vor uns einen Hirsch in großen Sätzen vorüberspringen. Sein Keuchen schien zu verraten, daß er von Jägern verfolgt wurde.« (Seite 29f.) Unmittelbar darauf erscheint Thornhill, der Bösewicht des Romans. Hier erfüllt die Störung der Idylle die Funktion, künftiges Unheil symbolkräftig anzukündigen und insbesondere auf die Gefährdung der unschuldigen Olivia durch Thornhill vorauszudeuten.

In ähnlicher Weise wird zu Anfang des achten Kapitels die Idylle gestört. Zunächst beschreibt Goldsmith den Frieden dieser ländlichen Idylle: »Unsere Familie nahm das Mittagessen auf dem Felde ein, und wir saßen oder lagerten uns vielmehr um ein einfaches Mahl. [...] Unsere Freude zu erhöhen, antworteten zwei Amseln einander von den gegenüberstehenden Hecken aus. Das zutrauliche Rotkehlchen kam und pickte die Brotkrumen aus unseren Händen, und jeder Ton erschien nur als das Echo der Ruhe und Zufriedenheit.« (Seite 41) Auch in diese friedvolle Szene bricht Gewalt ein: »Unsere Ruhe wurde aber plötzlich durch den Knall einer Flinte gestört, die dicht neben uns abgefeuert wurde, und sogleich sahen wir einen Mann durch die Hecke springen, um die Jagdbeute aufzuheben. Dieser Jäger war der Kaplan des Gutsherrn, der eine der Amseln geschossen hatte, die uns eben noch so sehr ergötzten.« (Seite 47) Auch diese Szene verweist symbolisch auf die bevorstehende, von Thornhill ausgehende Gewalttätigkeit.

Eine andere Funktion hat die im siebzehnten Kapitel geschilderte Störung der Idylle: Sie verweist nicht symbolisch auf bevorstehendes Unheil, sondern zeigt unmittelbar das Hereinbrechen des Unglücks. Zunächst die heitere häusliche Idylle: »Etwa vier Tage vor der festgesetzten Hochzeit war meine Familie abends um das freundliche Kaminfeuer versammelt. Geschichten aus der Vergangenheit wurden erzählt und Pläne für die Zukunft entworfen. Wir beschäftigten uns mit mancherlei Projekten und lachten über jeden tollen Einfall, der zum Vorschein kam.« (Seite 88) Die ausgelassene Stimmung wird jedoch jäh unterbrochen: »Kaum hatte ich ausgeredet, als Dick mit den Worten hereingelaufen kam: ›O Vater, Vater, sie ist fort von uns! Schwester Livy ist fort auf immer!‹« (Seite 91 f.) Wieder geht die gewaltsame Störung von Thornhill aus, über dessen Entführung Olivias der kleine Dick hier berichtet.

Eine weitere Variante Goldsmithscher Kontrasttechnik findet sich zu Anfang des zweiundzwanzigsten Kapitels. Nach längerer Abwesenheit macht sich Dr. Primrose auf den Weg nach Hause: »Je näher ich meiner friedlichen Wohnung kam, bemächtigten sich immer freudigere Empfindungen meines Herzens. Wie ein Vogel, der aus seinem Neste aufgescheucht worden ist, eilte meine Zärtlichkeit den raschen Schritten noch voraus und umschwebte meinen kleinen Herd mit dem ganzen Entzücken freudiger Erwartung. [...] Ich fühlte schon die zärtliche Umarmung meiner Frau und lächelte über die Freude meiner Kleinen. [...] Es war beinahe Mitternacht, als ich an meine Tür klopfte. Alles war still und friedlich. Mein Herz erweiterte sich von unaussprechlicher Glückseligkeit, als ich plötzlich zu meinem Entsetzen helle Flammen aus dem Hause aufsteigen [...]

sah.« (Seite 130) In dieser psychologisch eindrucksvollen Szene wird eine gedanklich vorweggenommene Idylle durch ein Naturereignis zerstört.

Im letzten Beispiel greift Goldsmith zu einer wieder anderen Variante. Am Anfang des vierundzwanzigsten Kapitels beschreibt er zunächst die gleiche idyllische Szene wie im fünften Kapitel, auf die er ausdrücklich verweist – mit einem schwerwiegenden Unterschied: Die Familie Primrose ist nicht heiter, sondern aufgrund der vorangegangenen Ereignisse traurig gestimmt. Goldsmith schildert eine melancholische Idylle: »Am nächsten Morgen ging die Sonne für die Jahreszeit mit besonderer Wärme auf, so daß wir übereinkamen, auf der mit Geißblatt überwachsenen Rasenbank zu frühstükken. Als wir dort saßen, vereinte meine jüngste Tochter auf meine Bitte ihre Stimme mit dem Konzerte in den Bäumen um uns her. An dieser Stelle hatte meine arme Olivia ihren Verführer zuerst gesehen [...]. Auch ihre Mutter fühlte bei dieser Gelegenheit eine angenehme Schwermut, weinte und liebte ihre Tochter wie früher.« (Seite 138) Da taucht plötzlich Thornhill auf und bringt Unruhe in die friedvolle Szene. Auf dem Höhepunkt des Romangeschehens tritt also der Bösewicht erstmals selbst als Zerstörer der Idylle auf – eine auch in struktureller Hinsicht gelungene Variante. Goldsmiths abwechslungsreiche, der Romanstruktur angepaßte Anwendung des Kontrastverfahrens zeigt, daß seine Erzähltechnik besser ist als ihr Ruf, den sie bei manchen Kritikern genießt.

Schauplatz des »Pfarrers von Wakefield« ist die englische Provinz, die Darstellung idyllischen Landlebens wesentliches Element dieses Romans. Das Personal stellen Landbewohner – bis auf wenige, bezeichnende Ausnahmen: die beiden »Damen« Lady Blarney und Fräulein Skeggs sowie Thornhill. Dieser ist zwar Landjunker, verbringt aber einen Großteil seiner Zeit in London, wo er seinem Vergnügen nachgeht. Sein Onkel, Sir William Thornhill alias Herr Burchell, dagegen hält sich zwar oft in London auf, distanziert sich jedoch mehr und mehr von städtischer Lebensweise und findet statt dessen Gefallen am einfachen Landleben.

Trotz dieser Differenzierungen verwendet Goldsmith in seinem Roman das sehr alte Klischee des Kontrastes zwischen moralisch verwerflichen Stadt- und wohlgesitteten Landbewohnern. Zwar ist nicht alles böse, was aus London kommt, und nicht alles Ländliche gut. Doch die beiden Schicksalsschläge, die die Familie Primrose fast aus der Bahn tragen, sind im städtischen Bereich angesiedelt: Es geht um Geld und Laster. Der – wie sich später herausstellt: vermeintliche – finanzielle Ruin der Familie wird durch einen Londoner Kaufmann herbeigeführt. Den Anschlag auf Olivias Unschuld und die Familienehre der Primroses verübt Thornhill, der von der stereotyp behaupteten Vergnügungssucht des Großstädters geprägt ist: Nach eigenem Bekenntnis sind »Liebe, Freiheit und Genuß« (Seite 51) die hedonistischen Grundsätze seiner Lebensführung. Was er über London mitteilenswert findet, erzählt er im sechzehnten Kapitel der aufmerksam lauschenden Familie Primrose: »Er konnte alle Gespräche aus der Atmosphäre der Schauspielhäuser wiedergeben und wußte die sinnreichen Einfälle der Witzlinge auswendig, ehe sie noch in eine Sammlung von Scherzen aufgenommen waren.« (Seite 81)

In diese großstädtische Welt, die Burchell in seinem Brief an Lady Blarney und Fräulein Skeggs als unmoralisch bezeichnet, wollen Thornhill und die beiden »Damen« die Töchter des Landpfarrers einführen. Die Beschaffenheit dieser Welt wird von Goldsmith vermittels beider Mätressen vorgeführt: Sie ist durch Oberflächlichkeit, Frivolität und Heuchelei gekennzeichnet.

Ausgerechnet Fräulein Skeggs beklagt die mangelnde Tugend einer ihrer Gesellschafterinnen: »[...] die dritte mußte ich fortschikken, weil ich den Verdacht hegte, sie habe eine Liebschaft mit dem Kaplan. Tugend, meine teure Lady Blarney, Tugend ist jeden Preis wert, aber wo ist sie zu finden?« (Seite 60) Im Munde solcher Charaktere wirken positive Formulierungen mehrdeutig und nehmen negative Bedeutung an. So meint eine der beiden »Damen«, »Fräulein Olivia würde unendlich gewinnen, wenn sie etwas mehr von der großen Welt sähe. Die andere fügte hinzu: ›Ein einziger Winter in London würde aus Ihrer kleinen Sophia ein ganz anderes Wesen machen‹« (Seite 50). Ausgerechnet die brave Frau Primrose stimmt diesen fragwürdigen Vorschlägen zu; auch ihre Rede wird dadurch doppeldeutig: »Meine Frau gab beiden ihren wärmsten Beifall zu erkennen und fügte hinzu, sie habe keinen sehnlicheren Wunsch, als ihren Töchtern den Schliff eines einzigen Winters zu verschaffen.« (Seite 50)

Meisterhaft stellt Goldsmith die unbewußte Entlarvung dieser oberflächlichen Charaktere durch ihre Sprache dar. Auf diese Weise wird deren hoher gesellschaftlicher Anspruch als völlig unangemessen enthüllt. Solche sprachliche Entblößung führt der Autor in mehreren Varianten vor. Ehe es sich eine der Londoner Mätressen versieht, verfällt sie in eine ordinäre Ausdrucksweise. Dies gibt selbst dem oft naiven Dr. Primrose zu denken: »Die eine drückte ihre Empfindungen, wie mir es schien, auf sehr rohe Weise aus, indem sie bemerkte: ›Verdammt, ich bin saumäßig durchgeschwitzt!‹« (Seite 50) Doch daß die feinen Damen häufiger fluchen, deutet der Pfarrer – den Goldsmith hier zum Opfer seiner Ironie macht – »als das sicherste Kennzeichen ihres hohen Standes« (Seite 50).

Ansonsten gelingt es beiden, sich sprachlich zu disziplinieren und Vulgarismen zu vermeiden. Gleichwohl ist das Resultat ihrer sprachlichen Bemühungen kläglich: Sie sondern oberflächliches *small talk* – Partygeschwätz – und unaufrichtige Redeformeln ab. Von echtem Gespräch und ehrlicher Anteilnahme findet sich keine Spur. Dies wird besonders im elften Kapitel deutlich. Als Olivia berichtet, sie und andere Familienmitglieder seien vom Pferd gestürzt, scheinen die Damen »›sehr betroffen‹; doch als sie hörten, daß niemand beschädigt worden war, zeigten sie sich ›außerordentlich erfreut‹. Als sie hierauf hörten, daß wir beinahe vor Schrecken gestorben waren, zeigten sie sich ›unendlich bekümmert‹; doch als ihnen gesagt ward, wir hätten eine sehr gute Nacht gehabt, waren sie wieder ›außerordentlich erfreut‹« (Seite 58). Floskeln ersetzen die Anteilnahme. »[...] man muß [...] die Form beachten, Madame, die Form!« sagt Fräulein Skeggs wenig später (Seite 61).

Im weiteren Verlauf des elften Kapitels karikiert Goldsmith das hohle Geschwätz und den indiskreten Klatsch angeblicher *high society*. Diese Komödienszene bezieht ihre Wirkung aus dem Gegensatz zwischen der inhaltlich leeren, aber stilistisch angestrengten Unterhaltung der »Damen« und dem groben Kontrapunkt Burchells, der jeden dämlichen Satz mit »Unsinn!« kommentiert. Der komische Effekt dieser Passage wird durch Dr. Primroses Reaktion erhöht, der – wiederum Opfer Goldsmithscher Ironie – Burchells Verhalten als »unhöflich« bezeichnet und feststellt, der Ausdruck »Unsinn!« habe der ganzen Familie mißfallen, da er »den Aufschwung der Unterhaltung etwas dämpfte« (Seite 59).

Die Welt dieser feinen Damen ist auch die Welt Thornhills, der – wie wir sahen – die häusliche Idylle der Primroses ständig gefährdet. Goldsmiths Kontrastierungstechnik ist also keineswegs nur als formales Verfahren zu bewerten, mit dessen Hilfe für unterhaltsame Spannung gesorgt wird; sie hat vielmehr eine moralische Dimension. Die Störung der Idylle ist nicht nur eine atmosphärische Störung, eine Stimmungstrübung pastoraler Situationen. Es geht Goldsmith – nicht nur, aber wesentlich – um die Bedrohung sittlichen Verhaltens durch frivoles Gewährenlassen, natürlicher Einfachheit durch konventionellen Formalismus, von Offenheit durch Heuchelei: Land und Stadt sind für Goldsmith auch moralisch eingrenzbare Regionen – die Enklaven haben können wie den ländlichen Gauner Jenkinson. Die Bedrohung solcher moralischen Idylle hat Burchell in seinem Brief an die Bedroher aus der Stadt einfach und genau formuliert: »Hören Sie daher die Warnung eines Freundes und erwägen Sie ernstlich die Folgen, die daraus entstehen können, wenn man Schande und Laster in die Wohnungen einführt, in welchen bisher nur Friede und Unschuld weilten.« (Seite 77)

Für König und Recht

Die Gefährdung und Zerstörung der ländlichen Idylle ist im England des 18. Jahrhunderts ein zentrales politisches, ökonomisches und soziales Problem: Seit Ende des 17. Jahrhunderts vollzog sich auf dem Lande ein tiefgehender Wandel in der Agrarverfassung. Mehr und mehr wurden die unabhängigen Bauern durch Großgrundbesitzer oder Neureiche verdrängt, die das Land aufkauften. Zugleich stieg die Zahl der *enclosures* (Einhegungen), durch die Gemeindeland und noch offene Felder in die neue, rentablere Fruchtwechselwirtschaft einbezogen wurden. In den Jahren 1760–80 erreichte die Zahl der *enclosures* ihren Höhepunkt. Die Probleme dieses agrarischen Strukturwandels mit seinen sozialen und politischen Folgen spielen im »Pfarrer von Wakefield« eine geringe Rolle und werden erst in Goldsmiths 1770 veröffentlichtem Gedicht »Das verlassene Dorf« ausführlich dargestellt. In seinem Roman stehen Fragen der Staatsform und der Justiz im Vordergrund.

Zunächst werden im neunzehnten Kapitel staatspolitische Probleme debattiert. Kontrahenten dieses immer heftiger werdenden Streitgesprächs sind Dr. Primrose und der Haushofmeister Wilkinson, der sich während der Abwesenheit seines Herrn, des Gutsbesitzers Arnold, als Hausherr aufspielt. Wilkinson vertritt – auch er ein Opfer Goldsmithscher Ironie – die politische Position eines *gentleman*, d. h. Landedelmanns. Ähnlich wie Dr. Primrose als Steckenpferd die Whistonsche Kontroverse pflegt, gilt Wilkinsons Leidenschaft der Politik. Dr. Primrose ist von ihm so beeindruckt, daß er ihn »für nichts Geringeres als ein Parlamentsmitglied« (Seite 98) hält. Hier ahnt der Leser die Doppelbödigkeit des Goldsmithschen Textes. Als Wilkinson behauptet, alle politischen Zeitungen zu lesen, während Dr. Primrose deren keine liest, wird Goldsmiths satirische Absicht vollends klar. Bereits in dem 1760 erschienenen vierten »Chinesischen Brief« hatte sich Goldsmith über die Politisierleidenschaft der Engländer lustig gemacht. Der Chinese schreibt nach Hause: »Jeder Mann glaubt hier, ein Politiker zu sein; sogar das schöne Geschlecht mischt zuweilen die Strenge politischer Auseinandersetzungen mit liebenswürdiger Schmeichelei...«

Die mangelnde politische Kompetenz der Zeitungen – deren Lektüre Wilkinson für unerläßlich hält – wurde von Goldsmith in demselben Brief auf eine noch heute lesenswerte Weise dargestellt: »Diese allgemeine Politikleidenschaft wird durch Tageszeitungen befriedigt – wie bei uns in China. Doch während in unseren der Kaiser sein Volk zu belehren sucht, möchte in den englischen das Volk die Regierung belehren. Du darfst aber nicht glauben, daß die Zeitungsleute irgendeine Ahnung von Politik oder den Regierungsgeschäften haben. Sie beziehen ihre Informationen aus dem Orakel eines Kaffeehauses, das am Abend zuvor ein Müßiggänger am Spieltisch verbreitet hat, der wiederum sein Wissen dem Portier einer hochgestellten Person verdankt, der es wiederum von dessen Kammerdiener hat, der die ganze Geschichte zu seinem eigenen Vergnügen am Abend zuvor erfunden hat.«

Im »Pfarrer von Wakefield« dient der satirische Hieb auf den schwadronierenden Amateurpolitiker Wilkinson dazu, die von ihm vertretene Politik von Anfang an fragwürdig erscheinen zu lassen. Dessen politische Position ist bereits aus seinem Namen ablesbar: Wilkinson ist wahrscheinlich als *Wilkes' son* zu verstehen, d. h. Wilkinson vertritt die politischen Prinzipien des John Wilkes (1727–97), eines radikalen Kritikers der damaligen Regierung und des Königs. In dem politischen Streitgespräch zwischen Wilkinson und Dr. Primrose sind die Fronten klar: Der Anhänger Wilkes' tritt für eine Beschränkung der königlichen Rechte ein, während der Landpfarrer sich für deren Stärkung einsetzt. Diese Debatte ist von großer zeitgenössischer Aktualität: Ihr Thema stand gerade während der ersten Regierungsjahre Georgs III. (1760–1820) im Zentrum der innenpolitischen Auseinandersetzungen. Goldsmith macht Dr. Primrose zum Sprecher der streng royalistisch eingestellten Tories, während er Wilkinson die von reformistischen Whigs vertretenen Forderungen vortragen läßt.

Dr. Primrose begründet seine Forderungen nach Stärkung der königlichen Macht ausführlich. Er erklärt zunächst, daß »wir alle ursprünglich gleich« sind, zeigt dann aber am Beispiel der Levellers die praktische Unmöglichkeit, dieses egalitäre Prinzip durchzusetzen: »Dies ist meine Meinung und war einst die Ansicht eines Vereins würdiger Männer, die man ›Levellers‹ nannte. Sie waren bemüht, sich zu einer Gemeinschaft zu erheben, in der alle gleich frei sein sollten. Leider aber wollte ihnen dies nicht glücken. Es gab einige unter ihnen, die stärker, und wieder einige, die schlauer waren als die anderen, und diese wurden die Herren der übrigen.« (Seite 100) Aus dieser pessimistischen Erkenntnis, die an Orwells »Farm der Tiere« erinnert, zieht Dr. Primrose seine politischen Folgerungen: »Da es nun das Schicksal der Menschen ist, sich zu unterwerfen«, ist ihm ein Herrscher in der Hauptstadt lieber als eine Vielzahl von Tyrannen in der Nähe. Aus diesem Grunde zieht er die Monarchie einer Oligarchie von Aristokraten vor: Durch die Wahl eines Königs wird »zugleich die Anzahl der Tyrannen verringert [...]« (Seite 101). Da andererseits die Aristokraten die Macht des Königs zu ihren Gunsten – und zu Ungunsten der Bürger – schmälern wollen, bedeutet eine Stärkung der königlichen Gewalt eine Stärkung der bürgerlichen Freiheiten. Dies ist nicht nur die Ansicht des Dr. Primrose, sondern die politische Position Goldsmiths, der bereits 1759 in Nr. 4 seiner Zeitschrift »The Bee« von der Verfolgung »durch jede Art untergeordneter Tyrannei« gesprochen hatte.

In demselben Beitrag erwähnt Goldsmith die »Feindlichkeit«, die in jedem Gesetz enthalten sei. Auch dieses Thema der Fragwürdigkeit von Gesetzen spielt im späteren Roman eine zentrale Rolle. Darin erweist sich dessen Vielschichtigkeit: Er ist auch eine Parabel über die Ungerechtigkeit von Gesetzen. In ihm wird gezeigt, wie eine rechtschaffene Familie – ganz legal – von einem skrupellosen Landedelmann drangsaliert und fast ruiniert wird. Dieser Zug des Romans wird leicht übersehen, da er durch das Happy-End überlagert wird. Goldsmith macht dennoch deutlich, daß die Primroses Opfer einer ungerechten Gesetzgebung werden – einer Gesetzgebung, die den Wohl- und Machthabenden freundlich, den Armen aber feindlich gesonnen ist.

Thornhill jagt die Familie legal aus ihrem Hause; ausgerechnet der Bösewicht spricht im Namen der Gerechtigkeit: »Mein Anwalt, dem ich Ihre Schuldverschreibung übergeben habe, droht mit strengen Maßregeln, und ich weiß nicht, wie ich den Gang der Gerechtigkeit verhindern soll [...]. Überdies droht mein Verwalter mit Auspfändung wegen des schuldigen Pachtzinses, und er muß wissen, was er zu tun hat, denn ich kümmere mich um dergleichen Angelegenheiten nicht.« (Seite 140) Subtil beschreibt Goldsmith hier das Bemühen des Gutsherrn, sich vornehm aus den Niederungen solcher Art von Gerechtigkeit herauszuhalten und diese Arbeit von Beauftragten erledigen zu lassen.

Ebenso legal geht Thornhill vor, als er Dr. Primrose ins Schuldgefängnis werfen läßt. Wiederum überläßt er die anrüchige Arbeit niederen Chargen – hier zwei Gerichtsdienern. Im englischen Original werden sie *officers of justice* genannt: Die grausame Ironie ihres

Auftrages wird in ihrer Bezeichnung offenkundig. Auch später, als Thornhill seine Handlungsweise vor seinem Onkel rechtfertigen will, verweist er auf die Legalität seines Vorgehens und gibt im übrigen zu bedenken, daß er derartige Maßnahmen delegiert: »Was übrigens seine Gefangenschaft betrifft, so können mein Anwalt und mein Verwalter Ihnen darüber die beste Auskunft geben, denen ich die Geschäftsführung gänzlich übertragen habe. Wenn er Schulden gemacht hat und sie nicht bezahlen will oder kann, so ist es ihre Pflicht, auf diese Weise zu verfahren, und ich finde weder Härte noch Ungerechtigkeit in der Anwendung des Gesetzes.« (Seite 180f.) Selbst Sir William bestätigt, daß »den Gesetzen nach [...] sich nichts dagegen einwenden« läßt (Seite 181).

Als Thornhill George wegen dessen Duellforderung ins Gefängnis werfen läßt, hat er wieder das Recht auf seiner Seite. George gibt selbst zu: »Der Elende ist entschlossen, das Gesetz gegen mich in Anwendung zu bringen. Die Beweise sind nicht zu leugnen.« (Seite 166) Später verweist Thornhill ausdrücklich darauf, daß das Recht auf seiner Seite sei und er es durchsetzen werde: »[...] was mich allerdings zu dem Entschlusse brachte, dem Recht seinen Lauf zu lassen. Hier ist die Herausforderung, die er mir schickte, und ich will zwei Zeugen stellen, die es beschwören können. [...] und sollte mir auch mein Oheim davon abraten, [...] so will ich doch der Gerechtigkeit Genüge geschehen lassen, indem ich ihn für sein Vergehen büßen lasse.« (Seite 181)

Schließlich gelingt es ihm beinahe, sich mit völlig legalen Mitteln Arabella Wilmots Vermögen zu verschaffen. Wiederum führt er die Gerechtigkeit ins Feld: »Ich sehe wohl, daß ich hier keine Gerechtigkeit zu erwarten habe; doch bin ich entschlossen, sie mir zu verschaffen. [...] Der Heiratsvertrag und eine Verschreibung auf ihr Vermögen sind unterzeichnet und in meinem Besitze.« (Seite 187) Erneut muß Sir William die juristische Berechtigung der Ansprüche seines Neffen anerkennen.

Die Beispiele sind zu zahlreich, als daß man Goldsmiths Interesse an dieser Problematik schwach nennen dürfte. Er zeigt in seinem Roman – und in anderen Schriften –, daß Gesetze allein noch keine Gerechtigkeit gewährleisten können. Mittels der Person des Sir William Thornhill demonstriert er, daß Gesetze ihre Aufgabe, Gerechtigkeit zu stiften, nur erfüllen können, wenn sie in einem moralischen Bezugssystem angewendet und die besonderen Umstände des jeweiligen Falles berücksichtigt werden. Die am Schluß des Romans stattfindende, vom Friedensrichter Sir William abgehaltene Gerichtssitzung (einunddreißigstes Kapitel) veranschaulicht diese Forderung in eindrucksvoller szenischer Weise.

Zuvor wird ausdrücklich festgestellt, daß der beschuldigte Gutsherr Thornhill ein faires Verfahren erhalten wird und sich selbst zu den Beschuldigungen äußern kann: »Er ließ ihn um Erlaubnis bitten, erscheinen zu dürfen, um seine Ehre und Unschuld rechtfertigen zu können. Der Baronet bewilligte seine Bitte und befahl, Herrn Thornhill einzulassen.« (Seite 179) Damit verhält sich der Friedensrichter gemäß den Prinzipien, die er selber verkündet hat: »Ich würde [...] unrecht tun, wollte ich ihn ungehört verurteilen. Wenn er gefehlt hat, so soll er dafür büßen; denn ohne Eitelkeit darf ich wohl sagen, daß sich noch niemand über Sir William Thornhills Ungerechtigkeit beklagt hat.« (Seite 177) Goldsmith unterstreicht Sir Williams unbedingtes Gerechtigkeitsstreben, indem er diesen von den übrigen Personen löst und ihn über die streitenden Parteien erhaben sein läßt. Dr. Primrose berichtet: »Nie habe ich etwas so wahrhaft Majestätisches gesehen wie die Miene, die er bei dieser Gelegenheit annahm.« (Seite 176) Dementsprechend verhält sich Sir William in der Verhandlung: Obwohl er über die Schurkereien seines Neffen erbost ist, stellt er Fairneß des Verfahrens über seine persönliche Entrüstung. Den voreiligen Befehl, seinen Neffen festzunehmen, nimmt er gleich wieder zurück: »Ich fürchte, es gibt noch nicht genügend Beweise, um ihn verhaften zu können.« (Seite 182)

Die moralische Dimension der Rechtfindung wird in der Art und Weise deutlich, wie der Friedensrichter die Primroses behandelt. Er gesteht seinem Neffen zwar zu, daß er formal das Recht auf seiner Seite habe – moralisch aber sind für ihn Dr. Primrose und George im Recht. Der gerechte Richter muß eben auch die Persönlichkeit des Beschuldigten berücksichtigen. Da Sir William dies tut, neigt sich die Waage deutlich zugunsten des moralisch unangreifbaren Landpfarrers. Der Friedensrichter stellt ausdrücklich fest: »Jetzt bin ich gekommen, einem ehrenwerten Manne Recht zu verschaffen, für den ich stets die aufrichtigste Hochachtung empfunden habe.« (Seite 177) Er wirft seinem Neffen vor, die in diesem Falle angebrachte Großmut nicht gezeigt zu haben: »[...] großmütiger wäre es freilich gewesen, wenn Sie diesen Herrn nicht der tyrannischen Behandlung Ihrer Angestellten unterworfen hätten.« (Seite 181) Die von Sir William geforderte und gezeigte Großmut ist Zeichen jener *benevolence*, die der Historiker Edward Gibbon in seiner »Geschichte des Verfalls und Untergang des Römischen Reiches« (1776–88) als »Grundlage der Gerechtigkeit« betrachtet.

Auch gegenüber George Primrose läßt Sir William Milde walten. Die Lauterkeit seines Charakters hatte George dazu veranlaßt, den jungen Thornhill zum Duell zu fordern und so die Familienehre wiederherzustellen. Überdies plädiert Dr. Primrose – mit Erfolg – auf mildernde Umstände, da George dem Drängen seiner Mutter gefolgt sei.

In Sir William zeichnet Goldsmith das Idealbild eines Richters: Er ist korrekt und fair, aber auch milde, wenn es der Fall erfordert. Er entscheidet nicht nur nach dem Buchstaben, sondern auch nach dem Geist des Gesetzes, der Gerechtigkeit verlangt.

Auch dem zeitgenössischen Strafrecht und Strafvollzug gilt Goldsmiths Interesse. Wie zahlreiche andere humanitär gesinnte Engländer des 18. Jahrhunderts macht sich Goldsmith zum Anwalt der von einer brutalen Strafjustiz betroffenen Menschen. Schon vor ihm hatten Autoren wie Fielding und Dr. Johnson die Institution der Schuldgefängnisse angegriffen, in denen säumige Zahler auch wegen geringfügiger Beträge auf unbestimmte Zeit festgehalten wurden. Diese Möglichkeit nutzten zahllose Gläubiger »böswillig, grausam, habgierig« aus, wie Fielding in einem Essay des Jahres 1740 schrieb. Goldsmith äußert sich zu diesem Problem im »Pfarrer von Wakefield« nicht ausdrücklich, doch enthält die Handlung des Romans eine erschütternde Anklage gegen die zeitgenössischen Schuldgefängnisse: Auch der leichtgläubige Dr. Primrose wird ja ein Opfer dieses Systems. Sein Gläubiger Thornhill fordert aus niedriger Rachsucht den gegebenen Kredit zurück.

Ein weiterer Übelstand zeitgenössischer Justiz wird von Goldsmith angeprangert: die Verhängung der Todesstrafe für zahllose, auch geringfügige, Verletzungen des Gesetzes. Im 18. Jahrhundert war die Todesstrafe für nicht weniger als zweihundert Vergehen und Verbrechen vorgesehen – u. a. für Ladendiebstahl und Falschmünzerei. Wie Dr. Johnson vor ihm fordert Goldsmith, die Todesstrafe nur noch für Mord zu verhängen. Er läßt Dr. Primrose sagen: »Auch kann ich nicht umhin, die Gültigkeit des Rechts zu bezweifeln, welches staatliche Einrichtungen sich angemaßt haben, leichte Verbrechen mit dem Tode zu bestrafen. Beim Morde ist ihr Recht nicht zu bestreiten [...]; doch ist es etwas ganz anderes mit dem, der mir mein Eigentum stiehlt. Das Naturgesetz gibt mir kein Recht an sein Leben [...]« (Seite 155)

Die Erklärung, die Goldsmith dann für die Strenge der Bestrafung von Eigentumsdelikten gibt, erscheint revolutionär und nimmt spätere radikale Positionen vorweg. Nachdem Dr. Primrose auf die Seltenheit der Todesstrafe bei den Angelsachsen hingewiesen hat, bemerkt er zu den zeitgenössischen Verhältnissen: »Nur unter den Bürgern zivilisierter Staaten sind die Strafgesetze in den Händen der Reichen und treffen daher die Armen. [...] So zäunen wir unsere Besitzungen täglich mehr und mehr durch neue Strafgesetze ein und umgeben sie mit Galgen, um jeden Räuber hinwegzuscheuchen.« (Seite 156) Dies erinnert an die jüngere Parole, daß die herrschende Justiz eine Justiz der Herrschenden sei.

Im siebenundzwanzigsten Kapitel des Romans nimmt die Reform des Gefängniswesens breiten Raum ein – auch dies ist eine Frage, die von vielen Autoren des 18. Jahrhunderts erörtert wurde. Die Zustände in den englischen Gefängnissen jener Zeit waren menschenunwürdig. Der Historiker G. M. Trevelyan bezeichnet sie zu Recht als eine »nationale Schande«. In den meisten Gefängnissen vegetierten die Gefangenen unter unzumutbaren hygienischen Bedingungen, drangsaliert und oft von geldfordernden Wärtern zu Tode gefoltert: Gefängnisse wurden nicht vom Staat oder der Gemeinde betrieben, sondern von meist fragwürdigen Existenzen, die sich ihren Lebensunterhalt durch Erpressung der Gefangenen verschafften.

Im Roman läßt Goldsmith den wohlwollenden Dr. Primrose exemplarische Reformen im Gefängnis durchführen, die der Legislative als Vorbild für notwendige Änderungen im Strafvollzug dienen sollen. Im Kern seiner Überlegungen steht die Mahnung: »Wenn diese Leute auch gefallen sind, so sind sie doch immer Menschen [...]. Mir [...] ist das Herz, welches in einem Kerker begraben ist, ebenso teuer wie das, welches auf einem Throne schlägt.« (Seite 153) Zunächst kümmert sich Dr. Primrose um das Seelenheil der Gefangenen – mit Erfolg: »[...] in weniger als sechs Tagen empfanden einige Reue, und alle waren aufmerksam.« (Seite 154) Dann beginnt er damit, sie zu regelmäßiger Arbeit anzuhalten, für die sie einen bescheidenen Lohn erhalten. Ihre Zügellosigkeit dämmt er ein, indem er »Strafen für unsittliche Handlungen und Belohnungen für ausgezeichneten Fleiß« festsetzt. Mit dem für ihn typischen Anflug von Stolz betrachtet er sich als »Gesetzgeber [...], der Menschen von ihrer angeborenen Roheit zur Eintracht und zum Gehorsam geführt hatte« (Seite 154).

In einer langen Rede empfiehlt Dr. Primrose die von ihm durchgeführten Reformen dem staatlichen Gesetzgeber. Gleich der erste Satz nimmt das moderne Prinzip der Resozialisierung des Strafgefangenen vorweg: »Es wäre zu wünschen, daß die gesetzgebende Macht sich mehr mit der Besserung als mit der Bestrafung beschäftigte.« (Seite 154) Die Rede endet mit einem rhetorisch eindrucksvollen, pathetischen Appell an die Staatsgewalt, nicht »heilsame Züchtigung in rachsüchtige Strafe zu verwandeln – statt dessen wäre es wünschenswert, [...] die Gesetze zu Beschützern, aber nicht zu Tyrannen des Volkes zu machen« (Seite 156).

Obwohl manche Beobachtungen und Forderungen in diesem Kapitel revolutionär erscheinen, setzte der konservative Tory Goldsmith auf Reformen von oben. Symbolwert hat jene Szene zu Anfang des fünfundzwanzigsten Kapitels, in der etwa fünfzig Pfarrkinder des Dr. Primrose Anstalten treffen, ihn aus den Händen der Gerichtsdiener zu befreien. Dr. Primrose hindert sie daran und tadelt sie mit scharfen Worten. Später berichtet er diese rebellische Aufmüpfigkeit dem zuständigen Friedensrichter Sir William Thornhill. Dieser rügt die Aufsässigen ebenfalls. »Als er aber sah, daß sein strenger Tadel sie sehr betrübte, schenkte er jedem eine halbe Guinee, damit sie auf seine Gesundheit tränken und sich wieder erheiterten.« (Seite 195) Die Erhebung endet in patriarchalischer Idylle.

Einfachheit und Harmonie, Slang und Pathos

Während die meisten Kritiker Goldsmiths Roman kompositorische Mängel vorwerfen, wird sein Stil einmütig gelobt. Bereits in der ersten ausführlichen Besprechung des »Pfarrers von Wakefield« schreibt der Rezensent: »Einfachheit ist sein charakteristischer Vorzug. Er scheint seine Geschichte so einfach und kunstlos zu erzählen, daß man fast glauben möchte, man hätte sie ohne die geringste Mühe genauso gut schreiben können; doch ist es so schwierig, diesen Stil einigermaßen genau zu treffen, daß ein Nachahmer wahrscheinlich enttäuscht wäre.« (»Critical Review«, Juni 1766)

Diese Beobachtung beschreibt treffend den Stil der meisten Passagen des Romans und entspricht auch den stilistischen Grundsätzen, die Goldsmith selbst in mehreren seiner Werke formuliert hat. Wie bereits Fielding vor ihm bemüht sich auch er um eine Aufwertung des Romans, der zu seiner Zeit zwar sehr beliebt, aber nicht sonderlich angesehen war: Vielen zeitgenössischen Romanautoren wirft er mangelndes Stilbewußtsein vor; guter Prosa billigt er dagegen den Rang von Dichtung zu. In seiner 1759 erschienenen »Untersuchung zum gegenwärtigen Stand der Bildung und Kultur in Europa« behauptet er schlankweg: »Unsere Romanschreiber haben keinen Begriff von Stil.« Dagegen lobt Goldsmith Dr. Johnson und Smollett, die gezeigt hätten, was gute Prosa zu leisten vermag; er läßt den Chinesen in seinem neununddreißigsten »Chinesischen Brief« berichten: »Autoren vom Schlage Johnsons und Smolletts sind wahre Dichter, obwohl sie nie [...] eine einzige Verszeile geschrieben haben.«

Was nun Goldsmith an guter Prosa schätzt, hat er öfter zum Ausdruck gebracht. Im »Pfarrer von Wakefield« läßt er George Primrose über dessen schriftstellerische Versuche mit deutlich autobiographischen Bezügen zu seinen eigenen Erfahrungen berichten: »Ich [...] verschwendete meistens meine Zeit, indem ich danach strebte, meinen Arbeiten Vollendung zu geben, die daher nur wenig Raum füllten, während ich mich weit vorteilhafter mit weitschweifigen Schriften von einträglicher Mittelmäßigkeit hätte beschäftigen sollen. [...] Das Publikum hatte Wichtigeres zu tun, als die Einfachheit und Ungezwungenheit meines Stils oder den Wohlklang meiner Perioden zu beachten.« (Seite 111) Hier deutet Goldsmith offenbar an, welchen stilistischen Mittelweg er – auch in seinem Roman – zu gehen gedenkt. Einerseits will er die komplizierte, ausgeklügelte Syntax der klassizistischen Prosa – zum Beispiel Dr. Johnsons – vermeiden, andererseits keineswegs auf deren Effekte völlig verzichten; daher sind in seinem Roman symmetrisch konstruierte, ausbalancierte Sätze nicht selten. Der Begriff *easy simplicity* bezieht sich aber auch auf die Wortwahl: Er richtet sich gegen die übermäßige Häufung von Epitheta und die Verwendung zahlreicher Latinismen, wie sie etwa aus Johnsons Werken bekannt sind.

Diese Forderungen, die Goldsmith in seinem Roman durchweg erfüllt, tauchen immer wieder in seinen Schriften auf. Bereits 1757 rühmt er in einer Besprechung die stilistische »Klarheit und Eleganz« des Autors. Am ausführlichsten erörtert er stilistische Probleme im elften Kapitel seiner »Untersuchung zum gegenwärtigen Stand der Bildung und Kultur in Europa«. Die hier theoretisch aufgestellten Forderungen wird er kurze Zeit später u. a. in seinem Roman verwirklichen. Am Schluß des genannten Kapitels heißt es programmatisch: »Unsere Schriftsteller [...] mögen nun den überladenen Stil aufgeben, den man einige Jahre lang bevorzugt hat und den jeder junge Autor verwenden muß, wenn er gelesen werden will. Sie mögen jetzt auf übermäßig häufige Epitheta verzichten. [...] Wir sollten, anstatt raffiniert zu schreiben, versuchen, natürlich zu schreiben, nicht hinter hochtrabenden Worten herzujagen, um Einfaches auszudrücken – und auch nicht dauernd den Mund aufzureißen, wenn wir nur flüstern wollen.«

Diesen zugleich einfachen und eleganten Stil verwendet Goldsmith zwar für viele Passagen seines Romans, doch nicht für alle: Es ist ein weiterer Vorzug des »Pfarrers von Wakefield«, daß in ihm – je nach Erfordernis – eine abwechslungsreiche Vielfalt von Stilebenen verwendet wird. Die unterschiedlichen sprachlichen Register reichen vom Slang bis zur Predigt.

An mehreren Stellen macht sich Goldsmith über sprachliche Modetorheiten lustig, die er – zu Recht oder Unrecht – besonders dem weiblichen Geschlecht zuweist. Wie einige zeitgenössische Essayisten verspottet Goldsmith den häufigen Gebrauch von Modewörtern wie *vastly* (unendlich), *extremely* (außerordentlich) oder auch den Mißbrauch des an sich ernstzunehmenden Begriffes *taste* (Geschmack) in nichtssagendem Geschwätz. Wie wir bereits sahen, bestehen die Reden der beiden feinen Londoner »Damen« vorwiegend aus solchen leeren Worthülsen.

Darüber hinaus wird die frivole städtische Welt dieser Mätressen und auch die des Gutsherrn Thornhill durch Ausdrücke charakterisiert, die der saloppen Umgangssprache und sogar dem Slang entnommen sind. Hierher gehören Wörter wie *jingo* (verdammt!), *muck* (Schmutz), *kip* (Bordell). Ähnlich wird die Welt der Wirtshäuser durch die vulgäre Sprache der Wirtin im einundzwanzigsten Kapitel als außerhalb bürgerlicher Gesittung bezeichnet. Ab und zu wird die Unbedarftheit der Frau Primrose durch sprachliche Niveaulosigkeit angedeutet. So verwendet sie am Schluß des Romans (einunddreißigstes Kapitel) den damals vulgären Ausdruck *honest woman* (ehemalige Mätresse, die sich doch noch verheiratet). Natürlich distanziert sich Dr. Primrose von der ordinären Redeweise seiner Frau durch die Bemerkung »wie sie sich ausdrückte« (Seite 192).

In einigen Passagen des Romans tritt an die Stelle der im allgemeinen ruhigen Erzählweise aufgeregtes Pathos, um die Gefühlsbewegung des erzählenden Dr. Primrose mitzuteilen. Dies geschieht u. a. bei seinem unvermuteten Wiedersehen mit George (achtundzwanzigstes Kapitel) und Olivia (einunddreißigstes Kapitel). Charakteristisch sind Ausrufe und rhetorische Fragen: »O Wunder! Sehe ich meine verlorene Tochter? Halte ich sie in meinen Armen? Sie ist's! Mein Leben! Mein Glück!« (Seite 190)

Humanitäres Pathos bestimmt in angemessener Weise den Appell für eine Reform des Strafrechts (siebenundzwanzigstes Kapitel).

Die Rede des Dr. Primrose endet mit einer Serie parallel konstruierter, anaphorisch beginnender Sätze: »Alsdann würden wir finden, daß Geschöpfe, deren Seelen für unnütze Schlacken gehalten werden, nur der bildenden Hand bedürften; wir würden finden, daß Unglückliche, zu langer Qual verdammt, [...] aber gehörig behandelt, in Zeiten der Gefahr dem Staate wohl eine Stütze darbieten könnten, daß ihre Herzen wie ihre Gesichtszüge den unsrigen gleich, daß wenige Gemüter so schlecht sind, um nicht [...] gebessert zu werden, daß ein Mensch zur Erkenntnis seines Verbrechens gebracht werden kann, ohne dasselbe mit dem Tode zu büßen, und daß es nur wenigen Blutes bedarf, um unsere Sicherheit zu befestigen.« (Seite 156f.)

Schließlich ist die Predigt, die das ganze neunundzwanzigste Kapitel einnimmt, in diesem erhabenen Stil verfaßt. Sie enthält zahllose hypotaktische Konstruktionen, Parallelismen, Anaphern, die den Ernst des behandelten Themas – die »Verteilung des Guten und Bösen auf Erden« – unterstreichen sollen.

Der Bogen der von Goldsmith in seinem Roman differenziert eingesetzten Stile reicht also vom Slang über umgangssprachliches Geschwätz bis hin zu sentimentalem Pathos und feierlicher Predigt. In der Mehrzahl der Kapitel herrscht jedoch die anmutige Einfachheit des Stils vor, auf die sich der Ruhm dieses Romans auch gründet.

Dr. Primrose und seine Frau Deborah

Goldsmiths Porträt des Dr. Primrose ist einprägsam und bleibt jedem Leser des Romans unvergeßlich: Es ist das Charakterbild eines wirklichen Menschen mit Stärken und Schwächen – ein komplexer Charakter, kein blutleeres Kunstwesen. Trotz der Unwahrscheinlichkeiten der Handlung zweifelt man nicht an seiner realen Existenz: Er steht nicht nur auf dem Papier, sondern hat dreidimensionale Gestalt. Was macht ihn lebendig? Daß er nicht immer so ist, wie er sein sollte und wie es der Leser von ihm – im Guten und im Schlechten – erwartet. Er ist für Überraschungen gut. Natürlich ist er ein gütiger Mensch – doch zuweilen ein wenig boshaft. Sicher gibt er (zum Beispiel seiner Frau) nach – doch nicht immer. Er ist ein demütiger Christ – doch nicht ohne Eitelkeit. Er ist nicht habgierig wie etwa sein Amtsbruder Wilmot – doch manchmal ein Pfennigfuchser.

Eines der Schlüsselwörter des Romans ist *benevolence,* ein vielschichtiger und im 18. Jahrhundert häufig verwendeter und diskutierter Begriff, der in etwa bedeutet: »Neigung, Gutes zu tun; Bestreben, das Glück anderer zu fördern; Güte; Großmut.« Dieser Begriff wird im ersten Teil des Romans nicht weniger als fünfzehnmal auf Dr. Primrose und Burchell angewandt, kommt jedoch bezeichnenderweise im zweiten Teil nur noch zweimal vor. Beide Charaktere zeichnen sich – im Kontrast zu Thornhills *malevolence* (Bosheit) – durch ein Übermaß von *benevolence* aus, das sie in Schwierigkeiten bringt. Im dritten Kapitel kritisiert Goldsmith sehr deutlich solche übermäßige weltfremde Gutmütigkeit. »›Ich habe diesen Sir William Thornhill [bemerkt Dr. Primrose] oft als einen der edelsten, aber zu gleicher Zeit sonderbarsten Männer im ganzen Königreiche schildern hören – als einen Mann von unbegrenzter Wohltätigkeit.‹ – ›Vielleicht übertreibt er sie zu sehr‹, versetzte Herr Burchell, ›wenigstens tat er es in seiner Jugend [...]. Er liebte das ganze Menschengeschlecht.‹« (Seite 23) Diese übertriebene, nicht von *prudence* (kluger Vorsicht) gezügelte *benevolence* wird von Goldsmith als pathologisch betrachtet. Burchell – alias Sir William – bemerkt rückblickend über sich, den unerfahrenen Jüngling: »[...] seine Seele litt unter einer krankhaften Empfindlichkeit den Leiden anderer gegenüber.« (Seite 23) Benevolenz und Sentimentalität als Krankheit.

Dr. Primroses unvernünftige Gutmütigkeit wird in vielen Szenen des Romans als törichte Naivität dargestellt, die an Don Quijote und dessen englischen Vetter, Parson Adams, erinnert. Im Verlauf des Romans wandelt sich jedoch das Bild des Landpfarrers, der von einem mild belächelten Toren zu einem ernstgenommenen, tapfer kämpfenden Familienvater wird: Er ist nicht mehr komischer Charakter in einem Lustspiel, sondern Held eines Melodrams.

Nicht immer ist Dr. Primrose ein Ausbund menschlicher Güte. Im stetigen Kleinkrieg des Familienalltags erweist er sich als listig und zuweilen ein wenig boshaft. Seiner Frau Deborah gegenüber verhält er sich oft herablassend, indem er sich über ihre mangelnde Bildung und unkultivierte Sprechweise lustig macht. Die Ironie dieser Szenen erreicht jedoch nie die Schärfe frauenfeindlicher Satire, wie sie uns in anderen Werken Goldsmiths begegnet (zum Beispiel in Nummer 7, 13, 80, 101 seiner »Chinesischen Briefe«).

Gleich zu Beginn des Romans klärt Dr. Primrose den Leser über die Fähigkeiten seiner Ehefrau auf: »[...] hinsichtlich der Bildung gab es auf dem Lande nur wenige Damen, die ihr gleichkamen. Sie konnte jedes englische Buch lesen, ohne viel zu buchstabieren; aber im Einpökeln, im Einmachen und in der Kochkunst wurde sie von keiner übertroffen.« (Seite 11) An anderer Stelle macht er sich über ihren einfältigen Aberglauben lustig, und ihr oft plumpes Bemühen um die Verheiratung ihrer Töchter findet nicht immer seine Zustimmung. Daß er sich mehrfach von ihrer sprachlichen Gewöhnlichkeit distanziert, wurde bereits erwähnt. In all diesen Szenen rücken Dr. Primrose und seine Frau dem Leser näher, gerade weil dort ihre menschlichen Schwächen offenbar werden: Sie sind ihm nicht durch radikal satirische Darstellung entfremdet, sondern bleiben Menschen seinesgleichen.

Menschlich sind auch die Neigung der Primroses zur Eitelkeit und ihr Drang nach Höherem. Unvergeßlich wird jedem Leser das kolossale Familiengemälde bleiben, das die Primroses in Auftrag geben, um mit den Nachbarn gleichzuziehen. Die eitlen Ansprüche der Primroses werden hier regelrecht ins Bild gesetzt: Deborah sieht sich als Venus, und Dr. Primrose erscheint als theologische Autorität. Auch diese Eitelkeit macht uns die beiden nicht unsympathisch: Dr. Primrose teilt sie dem Leser selbstkritisch mit, wenngleich er weniger sich als Deborah betroffen glaubt. Dieses im gesamten Roman zu beobachtende Verhalten drückt er gleich zu Beginn so aus: »[...] die Eitelkeit und Zufriedenheit meiner Frau übertraf noch die meinige.« (Seite 13) An anderer Stelle streitet er – Opfer Goldsmithscher Ironie – seine Eitelkeit völlig ab: »[...] darüber bin ich hinaus.« (Seite 186)

Schließlich wird auch seine bisweilen zu Tage tretende kleinliche Pfennigfuchserei moralisch mehr als kompensiert durch seine vorherrschende Großzügigkeit, die sich in Mildtätigkeit und Gastfreundschaft äußert: »Die Einkünfte meiner Stelle [...] hatte ich den Waisen und Witwen der Geistlichkeit unseres Kirchensprengels überlassen; denn da ich ein hinlängliches Vermögen besaß, kümmerte ich mich wenig um das Zeitliche und fand ein geheimes Vergnügen daran, ohne Belohnung meine Pflicht zu tun.« (Seite 15) Seine Kleinlichkeit zeigt sich zum Beispiel im achten Kapitel, als er Burchells Hilfe beim Heuen mit den Bewirtungskosten verrechnet: »Seine Arbeit brachte freilich mehr ein, als seine Bewirtung kostete, denn er arbeitete nach besten Kräften mit uns und war auf der Wiese oder beim Heuschober stets der erste.« (Seite 41)

Geldgierig ist Dr. Primrose jedoch nie. Aus seiner Kleinlichkeit und der gelegentlichen Erwähnung finanzieller Angelegenheiten zu folgern, Goldsmith habe eine Satire auf habgierige, heuchlerische Pfarrer schreiben wollen, ist abwegig. Die Kritiker, die diese These vertreten (Hopkins, Kirk u. a.), verschieben in unangemessener Weise die Anteile negativer und positiver Züge am Charakter des Dr. Primrose: An keiner Stelle des Romans überlagert satirische Kritik die grundsätzliche Zustimmung. Diese wird durch Ironie lediglich abgeschwächt, jedoch nicht in Frage gestellt. Dabei wird Dr. Primrose das Opfer auktorialer Ironie, während er selbst wiederum seine Frau ironisiert.

Von diesen ironischen Brechungen wird ein Charakterzug nicht berührt: sein unerschütterliches Gottvertrauen. Dieser feste Glaube wird in keiner Weise relativiert, sondern bildet eine wesentliche Konstante im ganzen Romangefüge. Die Wichtigkeit solcher Glaubensstärke wird von Goldsmith im Vorwort und am Schluß des Romans betont. Dr. Primrose ist »ebenso demütig im Glück als groß im Mißgeschick« (Vorwort an den Leser). Noch deutlicher heißt es in seinem letzten Satz: »Nur der Wunsch bleibt mir noch, daß meine Dankbarkeit im Glück noch größer sein möge als meine frühere Ergebung im Unglück.«

Viele Kritiker haben darauf verwiesen, daß Dr. Primrose dem biblischen Dulder Hiob ähnele, da er wie jener trotz schwerster Schicksalsschläge sein Gottvertrauen nicht verliere. Über diese vage Feststellung sind die meisten jedoch nicht hinweggekommen (vgl.

aber den Aufsatz von Bligh). Ein genauer Vergleich des Romans mit dem Buch Hiob zeigt, daß beide Texte sogar ähnlich strukturiert sind: Hiob und Primrose verlieren der Reihe nach Besitz, Kinder, Gesundheit und erlangen diese nach und nach wieder. Weiterhin erinnert die widerspenstige Deborah an Hiobs aufmüpfige Frau, die »wie eine Törin redet« (Hiob 2,10). Vor allem aber ist beiden Texten das zentrale Thema gemeinsam. Die Frage nach dem Bösen in der Welt – das Theodizeeproblem – spielt im Buch Hiob die beherrschende, im Roman eine wichtige Rolle.

Hiob erträgt gläubig seine Not, ohne von Gott eine Antwort auf diese Frage zu erhalten. Dr. Primrose thematisiert dieses Problem in seiner Predigt: »Wenn ich über die Verteilung des Guten und Bösen auf Erden nachdenke, so finde ich, daß dem Menschen viele Freuden, aber noch mehr Leiden zugeteilt sind. [...] Warum muß der Mensch Schmerz empfinden? Warum ist unser Elend zur Hervorbringung allgemeiner Glückseligkeit notwendig?« (Seite 167) Wie Hiob bescheidet sich der Landpfarrer mit der Feststellung: »Das sind Fragen, die nie beantwortet werden können [...].« (Seite 168)

Die beiden Bücher trennt allerdings ein entscheidender Unterschied: Der alttestamentliche Hiob kann am Schluß von seinem Gott erneutes Glück nur im Diesseits erwarten: »Der Herr mehrte den Besitz Hiobs auf das Doppelte.« (Hiob 42, 10) Der Christ Primrose dagegen findet seinen Trost im Leben nach dem Tode: »Daher, meine Freunde, müssen uns die Verheißungen einer himmlischen Seligkeit besonders teuer sein [...].« (Seite 170) Daß er am Ende des Romans bereits auf Erden wieder Glück findet, spendet ihm zusätzlichen Trost und ist kein Widerspruch zu dem vorher Gepredigten – oder ist dies nun doch ironisch gemeint?

Theo Stemmler

Zeittafel

1728 (?) Oliver Goldsmith am 10. November in Pallas, Grafschaft Longford, in Irland geboren. Sein Vater, Reverend Charles Goldsmith, hatte 1718 Ann Jones geheiratet, die Tochter des Reverend Oliver Jones.

1730 Goldsmiths Vater wird zum Kuraten in Kilkenny West, Irland, bestellt. Die Familie bezieht nun ein größeres Haus in Lissoy, Grafschaft Westmeath, Irland. Oliver erkrankt an den Pocken.

1731 Am 24. April stirbt Daniel Defoe.

1738 Veröffentlichung von Samuel Johnsons »London: A Poem in Imitation of the Third Satire of Juvenal« (»London: Ein Gedicht in Nachahmung der dritten Satire Juvenals«).

1740 Beginn des Österreichischen Erbfolgekriegs.
Richardson schreibt seinen Briefroman »Pamela; or Virtue Rewarded« (»Pamela oder der Lohn der Tugend«).

1741 Fielding beginnt seine Karriere als Romanschriftsteller mit einer Satire auf Richardsons »Pamela«, die er »An Apology for the Life of Mrs. Shamela Andrews, by Mr. Conny Keyber« (»Eine apologetische Schrift über das Leben der Frau Shamela Andrews, von Herrn Conny Keyber«) nennt.

1742 Fieldings Roman »The History of the Adventures of Joseph Andrews and of His Friend Mr. Abraham Adams, Written in Imitation of the Manner of Cervantes, Author of Don Quixote« (»Die Geschichte der Abenteuer des Joseph Andrews und seines Freundes Herrn Abraham Adams, geschrieben in Nachahmung der Darstellungsweise des Cervantes, Autors des Don Quixote«) erscheint.

1745 Eintritt Goldsmiths ins Trinity College in Dublin, nachdem er bis zu diesem Zeitpunkt Schulen in Elphin, Athlone und Edgeworthstown besucht hatte. Da die Familie in Geldschwierigkeiten ist, erhält Goldsmith für den Besuch des Trinity College ein Stipendium. Die damit verbundene Verpflichtung, Dienstbotenarbeiten am College zu verrichten (Fegen der Böden, Bedienen der Universitätslehrer bei Tisch usw.), empfindet er als entwürdigend.

1746 Die Schlacht von Culloden Moor (letzte Schlacht auf englischem Boden) endet mit der Niederlage des Stuart-Thronprätendenten Karl Eduard und der ihn unterstützenden Schotten.

1747 Tod des Vaters. Im Mai Beteiligung Goldsmiths an einem Studentenaufruhr, bei dem mehrere Studenten ums Leben kommen. Er verläßt das College für einige Zeit.

1748 Smolletts Roman »The Adventures of Roderick Random« (»Die Abenteuer des Roderick Random«) wird veröffentlicht.

1749 Am 27. Februar Abschluß des Studiums mit der Graduierung zum »Bachelor of Arts«. Goldsmith kehrt nach Hause zurück.

Fieldings Roman »The History of Tom Jones, a Foundling« (»Die Geschichte des Tom Jones, eines Findelkinds«) erscheint. Veröffentlichung von Johnsons Dichtung »The Vanity of Human Wishes: The Tenth Satire of Juvenal, Imitated by Samuel Johnson« (»Die Eitelkeit menschlichen Wünschens, eine Nachahmung der zehnten Satire Juvenals durch Samuel Johnson«).

1749–52 Den größten Teil dieser Jahre verbringt Goldsmith an verschiedenen Orten Irlands mit Müßiggang. In diese Zeit fällt auch die Zurückweisung Goldsmiths als Anwärter auf ein geistliches Amt durch den Bischof von Elphin, Dr. Synge. Schließlich reist Goldsmith im Herbst 1752 auf Beschluß der Familie nach Schottland, um das Studium der Medizin aufzunehmen.

»Soll ich Dich mit einer Beschreibung dieses unfruchtbaren Landes langweilen? Dann müßte ich Dich über heidebraune Hügel führen oder in Täler, die kaum ein Kaninchen ernähren können. Der Mensch scheint das einzige Geschöpf zu sein, das auf diesem armseligen Boden zu normaler Größe heranwächst.« (Goldsmith an seinen Vetter Bob Bryanton; Edinburgh, 26. September 1753)

1752–54 Medizinstudium in Edinburgh, das Goldsmith jedoch nicht abschließt.

»Tagsüber muß ich die Vorlesungen anhören; abends bin ich in meiner Wohnung. Ich habe kaum andere Gesellschaft als einen Folianten, ein Skelett, meine Katze und meine magere Hauswirtin.« (Goldsmith an seinen Schwager; Edinburgh, Winter 1752/53)

1754 Goldsmith begibt sich zu Schiff auf eine Reise nach Leyden. Dort trifft er allerdings erst nach einem Zwischenspiel in Newcastle-on-Tyne ein, wo er zwei Wochen lang – zu Unrecht – inhaftiert war. In Leyden nimmt er erneut das Medizinstudium auf.

»Medizin wird in Leyden keineswegs so gut gelehrt wie in Edinburgh. Hier gibt es nur vier britische Studenten: Da das Leben teuer ist und die Professoren – außer dem Chemieprofessor – sehr faul sind, zieht es nur wenige von uns hierher.« (Goldsmith an seinen Onkel; Leyden, 6. Mai 1754)

Fielding stirbt am 8. Oktober in Lissabon.

1755 Abreise Goldsmiths aus Leyden. Über das Jahr 1755 ist nur wenig bekannt. Möglicherweise studiert er einige Monate lang in Padua Medizin. Er reist zu Fuß durch Norditalien, die Schweiz, Frankreich und vielleicht Deutschland.

Veröffentlichung von Dr. Johnsons berühmtem »Dictionary of the English Language« (»Wörterbuch der englischen Sprache«).

1756 Am 1. Februar Rückkehr Goldsmiths nach England. Er schlägt sich mehr schlecht als recht durch, arbeitet als Aushilfslehrer, ist einige Zeit Apothekergehilfe in London, versucht sich als Arzt und verdient sich ab und zu etwas als Korrekturleser für Samuel Richardsons Druckerei. Schließlich erhält er eine Anstellung an der Peckham School, die ihm ein früherer Studienkollege aus Edinburgh vermittelt, dessen Vater, Dr. Milner, diese Schule leitet.

Beginn des Siebenjährigen Krieges.

1757 Bei den Milners trifft Goldsmith den Buchhändler und Besitzer der »Monthly Review«, Ralph Griffiths, der ihm vorschlägt, für seine Zeitschrift Artikel und Buchbesprechungen zu schreiben. Im April bezieht Goldsmith deshalb ein Zimmer über Griffiths' Laden in der Paternoster Row. Außer dem Zimmer erhält er jährlich 100 Pfund. Doch schon im Herbst desselben Jahres gibt er diese Arbeit wieder auf und zieht nach Salisbury Square (nahe der Fleet Street).

»Wenn ich in der Oper Signora Columba Mattei ihre Koloraturen trällern höre, sehne ich mich nach dem Kaminfeuer in Lissoy und der Ballade von Johnny Armstrongs Abschied.« (Goldsmith an seinen Schwager; London, 27. Dezember 1757)

1758 Am 9. März erscheint seine Übersetzung von Jean Marteilhes Werk »The Memoirs of a Protestant, Condemned to the Galleys of France for His Religion« (»Erinnerungen eines Protestanten, der seines Glaubens wegen auf die französischen Galeeren geschickt wurde«). Finanzielle Not zwingt Goldsmith erneut, an der Schule der Milners zu unterrichten; er zieht nach Green Arbour Court.

»Du wirst mich eines Tages noch als vollkommenen Geizhals erleben. Ich habe meine Hauswirtin bereits angewiesen zu sparen; ich verzichte auf warmes Abendessen, nehme weniger Zucker in den Tee und schränke das Heizen ein. Anstatt die Wände meines Zimmers mit Bildern zu behängen, werde ich sie mit Sparsamkeitssprüchen schmücken [...] wie etwa: ›Geld ist Geld‹ oder: ›Nimm einen Penny von hundert Pfund, und du hast keine hundert Pfund mehr.‹« (Goldsmith an seine Base Jane Lawder; 15. August 1758)

Ein Versuch, als Arzt nach Indien zu gehen, scheitert, da er seine Qualifikation nicht nachzuweisen vermag.

»Ich glaube, mir mangelt es an einer starken Konstitution und einem beständigen Charakter, der allein einen Menschen groß macht. Da ich aber meine Fehler kenne, will ich sie korrigieren.« (Goldsmith an seinen Schwager; London, 31. August 1758)

1759 Am 4. April erfolgt die Veröffentlichung seiner »Enquiry into the Present State of Polite Learning in Europe« (»Eine Untersuchung zum gegenwärtigen Stand der Bildung und Kultur in Europa«). Vom 6. Oktober bis 24. November alleiniger Herausgeber eines wöchentlich erscheinenden Magazins namens »The Bee« (»Die Biene«).

»Seit ich Dich das letzte Mal sah, war ich zwar keinen Tag krank, doch bin ich nicht mehr der tatkräftige Mann, als den Du mich kanntest. Du kannst Dir kaum vorstellen, wie sehr mich acht Jahre der Enttäuschung, der Sorge und der Studien erschöpft haben.« (Goldsmith an seinen Bruder Henry; London, 13. Januar 1759)

Die ersten beiden Bände von Sternes Roman »The Life and Opinions of Tristram Shandy, Gentleman« (»Leben und Ansichten des Tristram Shandy, Gentleman«) erscheinen. Weitere Bände folgen, bis 1767 der neunte und letzte Band veröffentlicht wird. Samuel Johnsons orientalische Erzählung »The History of Rasselas, Prince of Abyssinia« (»Die Geschichte von Rasselas, Prinz von Abessinien«) erscheint.

1760 Ab Januar schreibt Goldsmith Essays für Smolletts »British Magazine« und Newberys »Public Ledger«, die großen Anklang finden. Am 21. Februar trifft er erstmals Thomas Percy, den Herausgeber der »Reliques of Ancient English Poetry« (1765, »Überreste alter englischer Poesie«).

Bis 14. August 1761 erscheinen im »Public Ledger« – nach dem Vorbild von Montesquieus »Lettres Persanes« (»Persische Briefe«) – die sogenannten »Chinese Letters« (»Chinesische Briefe«), in denen ein Chinese seine Eindrücke während eines Londonbesuchs schildert. Goldsmiths finanzielle Situation verbessert sich. Zu dieser Zeit beginnt er auch, für das »Lady's Magazine« zu schreiben.

Smolletts Roman »The Life and Adventures of Sir Launcelot Greaves« (»Leben und Abenteuer des Sir Launcelot Greaves«) wird im »British Magazine« als Serie veröffentlicht.

Thronbesteigung Georgs III.

1761 Goldsmiths erste Biographie, »Memoirs of the Life of M. de Voltaire« (»Erinnerungen aus dem Leben des Herrn von Voltaire«), erscheint im »Lady's Magazine«. Ende Mai kommt es zur ersten Begegnung Goldsmiths mit Dr. Johnson, der sein wohlwollend-kritischer Freund wird. Diese Begegnung markiert Goldsmiths steigendes Ansehen in der literarischen Welt.

»Es ist erstaunlich, wie wenig Goldsmith weiß. Es ist selten, daß er nicht unwissender als alle übrigen Anwesenden ist.« (Dr. Johnson zu James Boswell)

1762 Außerordentlich arbeitsreiches Jahr. Im Februar wird Goldsmiths »The Mystery Revealed: Containing a Series of Translations and Authentic Testimonials Respecting the Supposed Cock-Lane Ghost« (»Die Enthüllung des Geheimnisses: Zusammenstellung einer Reihe von Ausführungen und Augenzeugenberichten bezüglich des vermuteten Vorhandenseins des Cock-Lane-Geistes«) veröffentlicht. Im Mai erscheint ein Sammelband der »Chinese Letters« unter dem Titel »The Citizen of the World; or Letters from a Chinese Philosopher Residing in London to his Friends in the East« (»Der Weltbürger oder Briefe eines in London weilenden chinesischen Philosophen an seine Freunde im Orient«). Das Buch enthält 123 Briefe, die ein chinesischer Philosoph von London nach Hause schreibt (auf diese Weise werden Institutionen, Sitten und Bräuche Englands kritisch-satirisch beleuchtet). Für John Newbery verfaßt Goldsmith eine Kurzfassung von Plutarchs Lebensbeschreibungen: »Plutarch's Lives, Abridged From the Original Greek, and Illustrated with Notes and Reflections for the Use of Young Gentlemen and Ladies« (»Lebensbeschreibungen des Plutarch, in gekürzter Fassung aus dem Griechischen übertragen und mit Anmerkungen und Überlegungen zum Gebrauch für junge Damen und Herren versehen«). Im Oktober Veröffentlichung seines »Life of Richard Nash of Bath, Esq.« (»Das Leben des Richard Nash von Bath«), einer weiteren Biographie.

1763 In Tom Davies' Buchhandlung trifft Goldsmith erstmals Boswell, den Biographen Dr. Johnsons. Er besucht regelmäßig den von Dr. Johnson und dem Maler Joshua Reynolds gegründeten »Literary Club«.

1764 Am 26. Juni erscheint seine »History of England in a Series of Letters from a Nobleman to His Son« (»Eine Geschichte Englands, dargestellt in den Briefen eines Edelmanns an seinen Sohn«). Am 19. Dezember wird »The Traveller; or a Prospect of Society« (»Der Reisende oder ein Ausblick auf die Gesellschaft«) veröffentlicht, eine Reimpaardichtung; zum ersten Mal erscheint Goldsmiths Name auf der Titelseite. Die Erfahrungsbasis des Gedichts lieferte Goldsmiths unstetes Wanderleben in den Jahren 1753–56; viele der im Gedicht vertretenen Ansichten zeigen Anklänge an die philosophischen Schriften Humes. Mit dem »Traveller« gelingt Goldsmith endgültig der literarische Durchbruch.

1765 Im Juni erscheinen die »Essays by Mr. Goldsmith« (Sammlung bereits erschienener Essays). Privatausgabe seines »Edwin and Angelina«, einer balladenhaften Dichtung, für die Gräfin von Northumberland. Veröffentlichung von »The Geography and History of England« (»Geographie und Geschichte Englands«) in zwei Teilen.

1766 Am 27. März Veröffentlichung von Goldsmiths einzigem Roman »The Vicar of Wakefield. A Tale. Supposed to Be Written by Himself« (»Der Pfarrer von Wakefield. Eine angeblich von ihm selbst verfaßte Erzählung«). Übersetzung von M. Formeys »Histoire abrégée de la philosophie« (»Kurze Geschichte der Philosophie«).

1767 »Poems for Young Ladies« (»Gedichte für junge Damen«), eine von Goldsmith zusammengestellte Gedichtsammlung.

1768 Am 29. Januar Uraufführung von Goldsmiths »The Good-Natured Man« (»Der Gutmütige«), einer Komödie in fünf Akten, im Covent Garden Theatre. Goldsmith zieht nach Brick Court, Middle Temple. Den Sommer verbringt er mit dem Rechtsanwalt Edward Bott in einem Häuschen an der Edgeware Road, das sie gemeinsam mieten.

Sternes »A Sentimental Journey through France and Italy, by Mr. Yorick« (»Eine gefühlvolle Reise durch Frankreich und Italien, unternommen von Herrn Yorick«). Am 18. März stirbt Sterne.

1769 Am 18. Mai erscheint Goldsmiths »Roman History« (»Römische Geschichte«) in zwei Bänden. Im Dezember ernennt der König auf Betreiben Reynolds' Goldsmith ehrenhalber zum Professor für Alte Geschichte an der Royal Academy. »Der König hat mich kürzlich gnädigerweise zum Professor für Alte Geschichte an der Königlichen Akademie ernannt; doch damit ist kein Gehalt verbunden, und ich betrachte diese Ernennung eher als eine Ehrung der Akademie denn als Vorteil für mich. In meiner Situation sind Ehrungen wie Rüschen für einen Mann ohne Hemd.« (Goldsmith an seinen Bruder Maurice; London, 10. Januar 1770)
James Watt erhält sein erstes Patent für eine Dampfmaschine. Die industrielle Revolution kommt in Gang.

1770 Am 26. Mai erscheint die Elegie »The Deserted Village. A Poem« (»Das verlassene Dorf. Ein Gedicht«), die Goldsmith dem berühmten Porträtmaler Sir Joshua Reynolds widmet. Diese Elegie ist in heroischen Reimpaarversen verfaßt und stellt ein kleines Meisterwerk sozialkritischer Poesie dar. Goldsmith veröffentlicht zwei weitere Biographien: im Juli »The Life of Thomas Parnell, D. D.« (»Das Leben des Dr. theol. Thomas Parnell«) und im Dezember »The Life of Henry St. John, Lord Viscount Bolingbroke« (»Das Leben des Henry St. John, Lord Viscount Bolingbroke«). Ende Juli reist Goldsmith mit Frau Horneck und deren beiden Töchtern nach Paris, wo er den ganzen August verbringt.
»Was das Fleisch hier betrifft, kann ich es kaum essen [...]; es ist so zäh, daß ich weniger mein Messer als den Zahnstocher benutzt habe.« (Goldsmith an seinen Freund Joshua Reynolds; Paris, 29. Juli 1770)

1771 Goldsmith schreibt »The Haunch of Venison. A Poetical Epistle to Lord Clare« (»Die Rehkeule, eine stimmungsvolle Epistel an Lord Clare«), eine Dichtung, die erst 1776 posthum erscheint. Veröffentlichung von »The History of England, From the Earliest Times to the Death of George II« (»Die Geschichte Englands von den Anfängen bis zum Tode Georgs II.«) in vier Bänden.

Smolletts bedeutendster Roman, »The Expedition of Humphry Clinker« (»Die Reisen des Humphry Clinker«), erscheint. Am 17. September stirbt Smollett in Italien.

1772 Goldsmith beginnt mit der Arbeit an der »History of Earth and Animated Nature« (»Geschichte der Erde und der belebten Natur«). Am 20. Februar erscheint sein Gedicht »Threnodia Augustalis« (»Klage über den Tod der Prinzessin Augusta«). Im Dezember stellt er eine gekürzte Fassung seiner »Roman History« für Schulen fertig.

1773 Im Januar erscheint Goldsmiths »Essay on Theatre; or a Comparison Between Laughing and Sentimental Comedy« (»Essay über das Theater oder ein Vergleich zwischen lustiger und sentimentaler Komödie«) im »Westminster Magazine«. Am 15. März Uraufführung von »She Stoops to Conquer; or the Mistakes of a Night. A Comedy« (»Sie erniedrigt sich, um zu erobern, oder die Irrtümer einer Nacht. Eine Komödie«) im Covent Garden Theatre in London. Trotz der Attacken gegen den literarischen Sentimentalismus erhält Goldsmiths Komödie großen Beifall.

»Ich beschwöre Sie: Erlösen Sie mich aus der Ungewißheit, in der ich mich seit langem befinde. Ich werde alle Ihre jetzigen oder künftigen Einwände in meinem Stück berücksichtigen [...]. Wie Sie wissen, muß ich sehr bald eine große Geldsumme zahlen. [...] Nehmen Sie um Gottes willen das Stück und lassen Sie uns das Beste daraus machen!« (Goldsmith an den Theaterdirektor Colman; London, Januar 1773)

1774 Goldsmith schreibt das Gedicht »Retaliation« (»Vergeltung«). Am 25. März erkrankt er ernsthaft und stirbt am 4. April. Am 9. April wird er im Temple Churchyard begraben. Er hinterläßt 2000 Pfund Schulden.

Noch in seinem letzten Lebensjahr plante er die Herausgabe eines »Dictionary of Arts and Sciences« (»Wörterbuch der

Künste und Wissenschaften«), zu dem berühmte Persönlichkeiten, wie Reynolds, Burke, Dr. Johnson u. a. Beiträge liefern sollten. Die Verleger hatten ein so kostspieliges Projekt jedoch abgelehnt. Posthum erscheinen in Goldsmiths Todesjahr sein historisch-biographisches Werk »The Grecian History, From the Earliest State to the Death of Alexander the Great« (»Griechische Geschichte von ihren Anfängen bis zum Tode Alexanders des Großen«) in zwei Bänden und »A History of Earth and Animated Nature« in acht Bänden.

1776 Veröffentlichung von »A Survey of Experimental Philosophy, Considered in Its Present State of Improvement« (»Ein Überblick über die experimentelle Philosophie, vorgenommen in ihrem gegenwärtigen, sich verbessernden Zustand«).

Erläuterungen

Seite

3 Die Originalausgabe enthält das Motto: »Sperate miseri, cavete felices« (»Hofft, ihr Unglücklichen, hütet euch, ihr Glücklichen!«), aus Robert Burtons »Anatomy of Melancholy« (»Anatomie der Melancholie«, 1621).

9 *unterhaltend:* Goldsmith verkündet hier das traditionelle Programm des *prodesse* und *delectare:* Das Kunstwerk soll belehren und unterhalten. Wesentliche Elemente des Textes – wie Humor und Ironie – werden nicht erwähnt.

Er ist geschildert...: Bereits das Vorwort läßt eine – im 18. Jahrhundert sehr beliebte – stilistische Eigenart erkennen: die Vorliebe für symmetrisch ausbalancierte Sätze. Im englischen Original wird dies deutlicher:

ready to teach / simple in affluence,
He is drawn as and as and
ready to obey, / majestic in adversity.

Wenige Sätze zuvor formuliert Goldsmith in der gleichen Manier:

may be amusing with numerous errors,
A book or it
may be very dull without a single absurdity.

Herde: Bereits hier ist vom Herd die Rede, dem symbolischen Ort der Erzählung, der für die friedliche Familienidylle steht.

11 *Verheiratung:* Nicht Gefühl, sondern *common sense* (gesunder Menschenverstand) bestimmt die Heirat.

Bildung: sarkastische Bemerkung zur damaligen mangelhaften Schulbildung der Frauen.

Sie rühmte sich: Pfarrer Primrose beschreibt die Beziehung zu seiner Frau oft aus ironischer Distanz.

12 *Geschichtsschreibers:* scherzhafte Übertreibung.
Alle unsere Vettern: Diese Beschreibung ist auch autobiographisch deutbar: Der gutmütige und freigebige Goldsmith wurde ständig von Schnorrern heimgesucht. Wie die wenig später geschilderte List jedoch zeigt, ist Dr. Primrose nicht von grenzenloser Naivität.

13 *Abensberg:* Diese Anekdote findet sich u. a. in Louis Moreris »Le Grand Dictionnaire historique« (»Großes Historisches Wörterbuch«, Amsterdam 1740), II 163.
Romane gelesen: Seitenhieb gegen die damals beliebten *romances*, zugleich früher Hinweis auf Dr. Primroses Mühe, sich gegen seine Frau durchzusetzen. »So sind als kleine Nebenzweige der romantisch-poetischen Fiktionen die historisch-poetischen Taufnamen, die an die Stelle der heiligen, nicht selten zum Ärgernis der taufenden Geistlichen, in die deutsche Kirche eingedrungen, ohne Zweifel anzusehen.« (Goethe: Dichtung und Wahrheit, dritter Teil, elftes Buch)
Eitelkeit: Diese Bemerkung zeigt sowohl des Pfarrers bereits erwähnte ironische Distanz zu seiner Frau als auch seine selbstkritische Haltung: Mit humoristischer Nachsicht zeichnet Goldsmith hier keinen selbstgerechten Eiferer, sondern einen mit Schwächen behafteten Menschen.
unbedeutender Gegenstand: typisches Beispiel für Goldsmiths Verfahren, Dr. Primrose sowohl zum Urheber ironischer Äußerungen als auch (hier) zum Gegenstand auktorialer Ironie zu machen.

14 *Hebe:* die griechische Göttin der Jugend.

15 *Einkünfte:* Diese Passage erinnert an Geoffrey Chaucers Porträt des Pfarrers in seinen »Canterbury Tales« (»Canterbury-Geschichten«, Ende des 14. Jahrhunderts):

> »Um seinen Zehnten hat er nie verflucht.
> Nein, lieber schenkt' er selber voll Erbarmen
> Von Opfergaben noch den Kirchspielarmen,
> Ja, selbst von seinem eignen Hab und Gut.«
>
> (Allgemeiner Prolog, Vers 486–489)

Hochmut: Dr. Primrose ist hier Ziel, nicht Urheber von Ironie.

Lieblingsthema: Hier wird Dr. Primroses »Steckenpferd« beschrieben, eine fast zur Besessenheit gewordene Marotte, wie sie in zeitgenössischen Romanen häufiger dargestellt wird: In Fieldings »Joseph Andrews« (1742) ist Pfarrer Adams' »Steckenpferd« die Erziehung, in Sternes »Tristram Shandy« (1759–67) sind Onkel Tobys Marotte der Festungsbau und die Belagerungskunst.

Whiston: William Whiston (1667–1752), Mathematiker und Theologe. In seinen »Memoirs of the Life and Writings of Mr. William Whiston« (»Lebenserinnerungen und Schriften des Herrn William Whiston«, 1749) schreibt er: »...kein Bischof, Priester oder Diakon sollte mehr als einmal heiraten...« (Seite 467)

16 *Fräulein Arabella Wilmot:* Goldsmith läßt hier Dr. Primrose milde Kritik an der Eitelkeit seiner Töchter üben.

Beim Mittagsmahl: Wie im ganzen Roman erscheint Frau Primrose als resolute Herrscherin im Hause.

17 *Der Kampf begann:* Diese Szene zeigt den Pfarrer als ehrenwerten, jedoch weltfremden Mann, der zugunsten seiner grotesk überzogenen Grundsätze eine gute Partie für seinen Sohn ausschlägt. Im Gegensatz zu ihm besitzt Herr Wilmot, sein Kontrahent, *prudence* (Klugheit).

heterodox: von der offiziellen Lehrmeinung abweichend.

19 *ungestört:* Diese Bemerkung deutet vielleicht darauf hin, daß in einem früheren Entwurf des Romans Dr. Primrose wegen seiner Whistonschen Prinzipien verfolgt wurde und deshalb Wakefield verließ. In der jetzigen Fassung ist es nicht einsichtig, warum er eine Pfarrstelle von jährlich 35 Pfund gegen eine von 15 Pfund eintauscht.

durch die Bewirtschaftung eines kleinen Pachtgutes: In der Tat waren im 18. Jahrhundert viele Pfarrer gezwungen, ein Pachtgut zu bewirtschaften, da die Einkünfte aus der Pfarrstelle oft nicht zum Lebensunterhalt ausreichten.

20 *Guineen:* Guinee, frühere britische Goldmünze (= 1 Pfund und 1 Schilling).

Hooker: Richard Hooker (1554?–1600) war ein bedeutender englischer Theologe. Über den Abschied des jungen Hooker von Bischof Jewel, seinem Förderer, berichtet Izaak Walton in »The Life of Mr. Richard Hooker« (»Leben des Herrn Richard Hooker«, 1665).

›Ich bin jung gewesen...‹: Psalm 37, 25.

23 *als einen Mann von unbegrenzter Wohltätigkeit:* Diese wichtige Passage enthält eine ausführliche Kritik übermäßiger *benevolence* (Güte), zunächst auf William Thornhill bezogen, dann aber auch an Dr. Primrose gerichtet. Goldsmith geht so weit, diese extreme *benevolence* als *sickly sensibility* (krankhafte Empfindlichkeit) zu bezeichnen.

24 *Ich fand jetzt, daß –:* Durch diesen Versprecher wird dem Leser die wahre Identität Burchells enthüllt. Da Dr. Primrose dies nicht bemerkt, kann Goldsmith ihn – und seine Familie – zum Instrument dramatischer Ironie machen: Zur Freude des Lesers bleibt Burchell für die Familie Primrose fast bis zum Schluß ein armer und unbedeutender Mann, auf den man gelegentlich sogar hinunterschauen darf. »Daß wir aber gleich zu Anfang, wo Burchell, indem er bei einer Erzählung aus der dritten Person in die erste übergeht, sich zu verraten im Begriff ist, daß wir nicht gleich eingesehen oder wenigstens gemutmaßt hatten, daß er der Lord, von dem er spricht, selbst sei, verzieh er uns nicht [...] und hielt über unsern Stumpfsinn eine gewaltige Strafpredigt.« (Goethe über Herder, der den Freunden den »Pfarrer von Wakefield« vorlas, in: Dichtung und Wahrheit, dritter Teil, zehntes Buch)

26 *Unsere kleine Wohnung...:* Goldsmith beschreibt die neue Wohnstätte der Familie Primrose in der Tradition des bereits in der Antike häufigen *locus amoenus*, des »lieblichen Ortes«.

Die kleine Republik...: Hier läßt der Autor mit feiner Ironie Dr. Primrose als Gesetzgeber und Herrscher posieren – die wahren Machtverhältnisse im Pfarrhaus sind dem Leser längst bekannt.

29f. *So beschäftigt, sahen wir plötzlich...:* Der Roman enthält mehrere solcher Szenen, in denen die friedliche Idylle plötzlich durch äußere Gewalt gestört wird (siehe zum Beispiel das achte Kapitel). Darüber hinaus besitzt hier die Beschreibung des von Jägern gehetzten Hirsches symbolischen Wert, indem durch sie auf die spätere Verfolgung der Familie hingewiesen wird.

30 *Dryden:* John Dryden (1631–1700) war der bedeutendste Dichter der Restaurationszeit.

32 *Die Tugend...:* Der letzte Satz – auch anderer Kapitel – hat verallgemeinernden, sentenzenhaften Charakter und erinnert an den Schluß eines Essays.

33 *»Meiner Treu...«:* eins der zahlreichen Wortgefechte zwischen Dr. Primrose und seiner Frau. Hier – und an vielen anderen Stellen – verweist der gelehrte Theologe seine ungebildete Frau in die Schranken, genauer: in die Küche.

der arme Herr Burchell: Das ganze sechste Kapitel ist eine Übung in dramatischer Ironie (siehe die Erläuterung zu Seite 24): Immer wieder ist von dem »armen Herrn Burchell« die Rede, der dem hochmütigen Dr. Primrose als Schwiegersohn nicht erwünscht ist.

34 *alte Volkslieder:* Diese Balladen sind zum Teil enthalten in »A Collection of Old Ballads« (Sammlung alter Balladen, [3]1727).

Das Tier sucht...: Vgl. Matthäus 8, 20: »Die Füchse haben Gruben, und die Vögel unter dem Himmel haben Nester; aber des Menschen Sohn hat nichts, da er sein Haupt hinlege.« (Vgl. ähnlich Lukas 9, 58.)

35 *Marsyas:* Der flötenspielende Marsyas forderte den leierspielenden Apollon zum musikalischen Wettkampf auf, wurde von ihm besiegt, an einem Baum aufgehängt und enthäutet.

36 *Ich rückte daher mit meinem Sessel...:* Ein Beispiel von mehreren für Dr. Primroses Fähigkeit, seine Ansichten mit List durchzusetzen.

ihr buntestes Gefieder: einer der zahlreichen Seitenhiebe Dr. Primroses auf die Großspurigkeit seiner Frau.

37 *unter St. Dunstans Uhr:* beliebter Treffpunkt in London.

disputieren: Das folgende Streitgespräch ist eine Parodie akademischer Übungen; derartige Parodien gelehrten Schwulstes sind von vielen Autoren verfaßt worden.

39 *Sie hielt das für Humor...:* Zum Mißvergnügen ihres Vaters verwechselt Olivia kalten, verstandesmäßigen Witz mit gütigem, von Herzen kommendem Humor.

denn wer weiß, wie das endet?: Im Gegensatz zu seiner von mütterlichem Ehrgeiz verblendeten Frau ahnt Dr. Primrose das kommende Unglück.

40 *Nun mischte sich meine Frau in das Gespräch...:* Ähnlich wie im sechsten Kapitel äußert sich Dr. Primrose sarkastisch über die intellektuellen Fähigkeiten seiner Frau und bezieht darüber hinaus Olivia in seine Kritik ein.

Thwackum und Square: Die beiden Erzieher des Titelhelden in Fieldings Roman »The History of Tom Jones« (»Geschichte des Tom Jones«, 1749) disputieren oft, zum Beispiel in Buch III, Kapitel 3, 8, 9; Buch IV, Kapitel 4; Buch V, Kapitel 8.

›Seelenbräutigam‹: Gemeint ist Defoes »Religious Courtship...« (1722).

41 *Seine Arbeit...:* Hier zeigt sich Dr. Primrose als kleinlicher Rechner.

Echo der Ruhe: Auch im Verlauf dieses Kapitels wird die friedliche Idylle durch den Einbruch äußerer Gewalt gestört.

Herr Gay: John Gay (1685–1732), Verfasser der »Beggar's Opera« (»Bettleroper«), erzählt diese Geschichte in einem am 9. August 1718 geschriebenen, 1737 veröffentlichten Brief.

›Acis und Galatea‹: Die Geschichte von Acis und Galatea findet sich in Ovids »Metamorphosen«, Buch XIII, Vers 738ff.; sie wurde von John Gay zu einem Theaterstück verarbeitet (»Acis and Galatea«, 1732).

42 *die englische Poesie:* Goldsmith macht Burchell zum Sprachrohr seiner eigenen Ansichten über die Dichtung, die er in mehreren Essays geäußert hat.

Ballade: 1765 veröffentlichte Goldsmith eine Fassung desselben Gedichts unter dem Titel »Edwin and Angelina«.

48 *ihren Triumph:* Dr. Primrose ironisiert den übermäßigen Mutterstolz seiner Frau.

Beide Geschlechter...: Auch dieses Kapitel endet – ähnlich wie ein zeitgenössischer Essay – mit einer Sentenz.

49 *ungeachtet der mißbilligenden Blicke meiner Frau:* In ihrem Übereifer, ihre Töchter gut zu verheiraten, schreckt Frau Primrose nicht davor zurück, auf Thornhills frivolen Vorschlag einzugehen.

50 *auf sehr rohe Weise:* Die Vulgarität der nur scheinbar feinen Dame enthüllt sich in ihrer Ausdrucksweise.

gutem Geschmack: Taste ist ein Schlüsselbegriff zeitgenössischer modischer Konversation, wurde aber auch ernsthaft von zahlreichen Autoren des 18. Jahrhunderts diskutiert. Auch Goldsmith äußert sich mehrfach zu diesem Thema, u. a. in seinem Gedicht »The Traveller« (»Der Reisende«).

51 *Liebe, Freiheit und Genuß...:* Hier gibt sich Thornhill als Hedonist zu erkennen, dem das Streben nach Lust alles bedeutet.

52 *ein entschiedenes Nein auszusprechen:* Diese Szene zeigt, daß sich Dr. Primrose in wichtigen Belangen gegen die weiblichen Mitglieder seiner Familie durchsetzen kann.

53 *den Ton der großen Welt:* Wie Dr. Primrose bemerkt, redet seine Familie nun über die gleichen modischen Themen, die sie vorher von den vornehmen Damen aus London hat besprechen hören. Die sarkastische Wirkung dieser Stelle wird dadurch erhöht, daß Dr. Primrose das im neunten Kapitel über die Konversation der beiden Damen Gesagte nun wörtlich in bezug auf die Familiengespräche wiederholt.

Jetzt begannen wir zu glauben...: Dr. Primrose schließt sich selbst in die Kritik am Hochmut der Familie ein.

54 *einen Sarg...:* Dr. Primrose verspottet die absurden, abergläubischen Traumdeutungen seiner Frau und seiner Töchter.

56 *Bescheidenheit:* Das zehnte Kapitel ist ein gutes Beispiel dafür, daß Goldsmith viele seiner Kapitel wie in sich abgeschlossene Essays strukturiert. Es ist im Grunde ein Essay über »Stolz und Bescheidenheit« – die Schlüsselbegriffe *pride* und

humility stecken zu Anfang und Beginn des Kapitels den thematischen Rahmen ab.

57 *Apfelbier:* Getränk, das aus einer Mischung von erhitztem Bier, zerstoßenen Bratäpfeln, Zucker und Gewürzen besteht.

58 *»sehr betroffen«, »außerordentlich erfreut«, »unendlich bekümmert«:* Diese Formulierungen *(greatly concerned, extremely glad, vastly sorry)* zeigen die glatte Oberflächlichkeit der Anteilnahme.

Carolina Wilhelmina Amelia Skeggs: Der Name bezeichnet die Person. Die hochtrabenden Vornamen bedeuten den gesellschaftlichen Anspruch, der banale Familienname gibt die in Wirklichkeit niedere Position an. Diese Wirkung wird dadurch erhöht, daß Goldsmith für Fräulein Skeggs die Vornamen verwendet, die die Gattin König Georgs II. (Wilhelmina Carolina) bzw. deren Tochter (Amelia) trug.

des gegenwärtigen Gesprächs: Der folgende Dialog ist wie eine Komödienszene angelegt: Das Geschwätz der beiden Damen wird ständig durch Burchells groben Zwischenruf »Unsinn!« kontrapunktiert. Dr. Primrose findet Burchells Verhalten ungehörig: ein weiteres Beispiel auktorialer Ironie.

62 *Entre nous:* Unter uns. Frau Primrose verwendet – unter dem Einfluß der vornehmen Damen – französische Redewendungen.

Dies war eine der Bemerkungen ...: Auch hier erweist sich Dr. Primrose als listenreicher Ehemann, der seiner resoluten Frau durchaus gewachsen ist.

64 *denn dafür hielt sie es:* Auch hier wird Dr. Primroses Geringschätzung weiblicher Geisteskraft deutlich.

Geldbeutel von Wieselfell: Wie vorher im zehnten Kapitel mokiert sich Dr. Primrose über die abergläubischen Neigungen seiner Frau.

65 *Da ich befürchtete ...:* Dr. Primrose distanziert sich nicht nur von der Beschränktheit, sondern auch vom rüden Benehmen seiner Frau.

an einem Regentage: zu einem ungünstigen Preis.

»Ich habe kein Geld mitgebracht«: Der Sohn ist naiv wie der

Vater: Die im ersten Kapitel erwähnte Familienähnlichkeit tritt hier zutage.

69 *eine klügere Wahl zu treffen:* Goldsmith verwendet hier eine komplexe Technik der Ironie. Der ganz und gar unkluge Dr. Primrose gibt kluge Ratschläge, die zudem – wie der durch die dramatische Ironie informierte Leser weiß – mit Sicherheit falsch sind.

70 *Das Gewissen...:* Auch dieses Kapitel endet mit einer allgemeingültigen Sentenz.

ihr Verhalten selber zu überwachen: In grenzenloser Naivität bestellen die Primroses den Bock zum Gärtner.

71 *der heilige Gregor:* Gregor von Nazianz (um 330 – um 390), griechischer Kirchenlehrer. In seiner fünften theologischen Rede erörtert er die Problematik von Zahlen und Zeugen; er verweist auf 1. Johannes 5, 8: »Denn drei sind, die da Zeugnis geben: der Geist und das Wasser und das Blut.«

von der Antwort des Archidiaconus...: In der vorliegenden Fassung des Romans ergeben diese Anspielungen keinen Sinn; siehe die erste Anmerkung zu Seite 19.

72 *gefiel mir sein Wohlwollen:* In dieser Szene zeigt Goldsmith die verheerenden Folgen übertriebenen Wohlwollens (vgl. das dritte Kapitel). Die besondere Pointe: Der übermäßig wohlwollende, aber auch eitle Dr. Primrose fällt auf vorgetäuschtes fremdes Wohlwollen herein.

Deuterogamie: Wiederheirat, zweite Heirat.

73 *eine ziemliche Portion Schmeichelei:* Dr. Primrose ist zwar eitel, gibt seine Schwäche jedoch offen zu – Charakterzüge dieser Art machen ihn dem Leser sympathisch.

Sanchuniathon: phönikischer Geschichtsschreiber aus Berytos (Beirut) oder Tyros; er schrieb angeblich um 1250 v. Chr. eine Geschichte der Phöniker, die auch eine Kosmologie enthält.

Manetho: Manetho von Sebennytos war ein ägyptischer Priester und Philosoph, der im 3. Jahrhundert v. Chr. lebte und u. a. eine Abhandlung über die Natur in griechischer Sprache verfaßte.

Berosus: Berosus war Bel-Priester aus Babylon, der im 3. Jahrhundert v. Chr. lebte und u. a. in griechischer Sprache eine Chronik verfaßte, die mit einer Kosmologie begann.
Ocellus Lucanus: angeblicher Altpythagoreer; erhalten ist eine Schrift »Über die Natur des Alls« (wahrscheinlich 2. Jahrhundert v. Chr.); das Zitat ist dem zweiten Kapitel des ersten Buchs dieser Abhandlung entnommen.
ἐκ τοῦ βιβλίου κυβερνήτης: Dieser Satz findet sich in zwei Schriften des griechisch-römischen Arztes Galen (129–199). Die richtige Übersetzung lautet: »Am Buch haben wir einen Führer.«
78 *Ein redlicher Mann…:* Alexander Pope, »Essay on Man« (»Essay über den Menschen«), IV 248.
79 *Gemälde der flämischen Schule… Schöpfungen der Italiener:* Ähnlich äußert sich Goldsmith in einigen seiner Essays.
80 *Allegorie:* Verbildlichung eines abstrakten Begriffs oder Vorgangs, oft in Form einer Personifikation.
81 *Piquet:* Kartenspiel für zwei Personen.
Zuweilen behauptete die gute Frau…: Frau Primrose schreckt vor fast nichts zurück, um ihre Töchter unter die Haube zu bringen: Dies wirkt komisch, macht sie jedoch, da ihre Absicht verständlich und allzu menschlich ist, liebenswert.
82 *hinsichtlich des Geschmacks:* Wie im neunten und zehnten Kapitel ist hier *taste* (Geschmack) zentraler Begriff und wird gleich fünfmal gebraucht.
Familienstück: Die Beschreibung des Familienbildes hat burlesk-travestierenden Effekt: Venus trägt die Züge der biederen Deborah Primrose, Alexander der Große sieht wie der Landjunker Thornhill aus usw.
83 *mit Robinson Crusoes langem Boot:* In Defoes Roman zimmert Robinson ein Boot, das er jedoch nicht von der Stelle bewegen kann, da es zu schwer ist.
84 *die Richtigkeit und Neuheit dieser Bemerkung:* Hier macht Goldsmith nicht Dr. Primrose, sondern Thornhill zum Werkzeug seiner Ironie, deren Opfer die einfältig schwatzende Frau Primrose ist.

88 *das freundliche Kaminfeuer:* Erneut wird wenig später die Familienidylle von außen gestört: Dick kommt bald nach dem Vortrag der »Elegie« in den Raum und berichtet über das Verschwinden Olivias.

das Lied vom Tode und der Dame: »Death and the Lady« war eines der Lieblingslieder Goldsmiths. (Vgl. W. Chappell: »Popular Music of the Olden Time« [1859], Seite 167.)

den ›Sterbenden Schwan‹: »The Dying Swan« ist abgedruckt in »The Musical Miscellany...« (1729–31), I, Seite 110–112.

bei allen Gattungen von Elegien so viel geweint: Die ganze Szene ironisiert den zeitgenössischen Sentimentalismus und die modischen, zum Weinen anregenden Elegien. Die von Goldsmith selbst verfaßte »Elegie auf den Tod eines tollen Hundes« parodiert diese sentimentale Mode; zugleich ist sie eine Satire auf die damalige hysterische Furcht, von einem tollwütigen Hund gebissen zu werden. (Vgl. Goldsmiths 1760 veröffentlichte Satire zu diesem Thema in »Citizen of the World«, 69. Brief.)

90 *Ranelagh-Lieder:* So benannt nach Ranelagh Gardens, einem Vergnügungspark in dem Londoner Stadtteil Chelsea.

91 *Fuenterrabia:* nahe der französischen Grenze liegende spanische Hafenstadt an der Biskaya.

ihre Männer zu beherrschen: Nicht mit verdeckter Ironie, sondern mit offenem Sarkasmus bestätigt hier Dr. Primrose die führende Rolle seiner Frau in ihrer Ehe.

93 *ich werde bald folgen:* Hier entlarvt sich Frau Primrose in einer Bemerkung von kaum überbietbarer Komik: Nur im Tode überläßt sie ihrem Mann gerne den Vortritt.

96 *der menschenfreundliche Buchhändler:* Goldsmiths Freund und Verleger John Newbery. Siehe Ch. Welshs Biographie »A Bookseller of the Last Century« (London 1885).

Geschichte eines gewissen Thomas Tripp: 1762 von Newbery unter dem Titel »Tom Tripp's History of Birds and Beasts« (»Tom Tripps Geschichte der Vögel und Tiere«) veröffentlichtes Kinderbuch.

97 *Drydens und Otways:* John Dryden (1631–1700) und Thomas

Otway (1652–85) verfaßten u. a. Tragödien und Komödien.
Rowes Manier: Nicholas Rowe (1674–1718) schrieb mehrere Tragödien.
Fletcher, Ben Jonson: John Fletcher (1579–1625) und Ben Jonson (1572–1637) verfaßten zahlreiche Tragödien und Komödien.
daß unser Zeitalter... Geschmack finden kann?: Goldsmith macht hier Dr. Primrose zum Sprachrohr seiner eigenen, kritisch distanzierten Haltung gegenüber den erwähnten elisabethanischen Dramatikern, insbesondere Shakespeare. (Vgl. dazu das Kapitel »Of the Stage« [»Von der Bühne«] in seiner 1759 veröffentlichten »Enquiry into the Present State of Polite Learning«.)

98 *Congreve und Farquhar:* William Congreve (1670–1729) und George Farquhar (1678–1707) verfaßten u. a. mehrere Komödien.

99 *alle politischen Zeitungen:* Die vollständigen Titel lauten: »Daily Advertiser«, »Public Advertiser«, »Public Ledger« (für den Goldsmith Essays schrieb), »London Chronicle«, »London Evening Post« und »Whitehall Evening Post«.
die beiden Reviews: »Monthly Review« und »Critical Review«; für beide lieferte Goldsmith Beiträge.

100 *›Levellers‹:* »Gleichmacher«; radikal-republikanische Gruppe während und nach der Regierungszeit Karls I., die u. a. Gesetzesreformen, ein ausgedehnteres Wahlrecht und religiöse Toleranz forderte.

101 *hat einstimmig einen König erwählt:* Goldsmith läßt Dr. Primrose seine eigene royalistische Position vertreten: Er zieht die Monarchie einer aristokratischen Oligarchie vor.

102 *Cartesius:* René Descartes, französischer Philosoph und Mathematiker (1596–1650). Goldsmith spielt hier auf die Annahme der kopernikanischen Lehre durch Descartes an.

103 *Wilkinson:* Der Name spielt vielleicht auf den englischen Politiker John Wilkes (1727–97) an *(= Wilkes' son?)*, dessen politischen Vorstellungen die hier von Wilkinson vertretenen ähneln. In dem zu Anfang des Kapitels erwähnten »Monitor«

veröffentlichte Wilkes 1762 Angriffe auf die britische Regierung.

105 *der »Schönen Büßerin«:* »The Fair Penitent« (1703), Tragödie von Nicholas Rowe.

106 *Fräulein Wilmots Empfang...:* Goldsmith gibt hier in wenigen, einfachen Sätzen eine gelungene Verhaltensstudie.

107 *in meiner ganzen Geschichte:* Georges Bericht enthält zahlreiche Begebenheiten aus Goldsmiths eigenem Leben.

am Boden des Rades: des Rades der Fortuna.

108 *mit... sardonischem Lächeln:* mit bitterem, höhnischem Lächeln.

Newgate: Londoner Gefängnis.

109 *Antiqua Mater:* altehrwürdige Mutter.

Grub Street: ehemalige Straße in London, wo im 18. Jahrhundert zahlreiche Schriftsteller und Journalisten wohnten; Bezeichnung für mühselige, schlechtbezahlte Schriftstellerei.

Dryden und Otway: Siehe die erste Anmerkung zu Seite 97.

Als ich eines Tages...: Diese Passage beschreibt anschaulich die Existenznöte damaliger Schriftsteller, die nicht von einem Mäzen gefördert wurden, sondern von ihren literarischen Einkünften – oft auf Subskriptionsbasis – leben mußten.

110 *Properz:* römischer Elegiendichter (um 50 – um 16 v. Chr.).

Kreole: in Mittel- oder Südamerika geborener Abkömmling europäischer Eltern.

111 *Meine kleinen Abhandlungen:* Eben solche Abhandlungen schrieb auch Goldsmith.

Philautos...: Seitenhieb auf einige zeitgenössische Schreiberlinge, die sich oft klangvoller Pseudonyme bedienten. Philautos = der sich selbst Liebende, Philalethes = der Wahrheitsliebende, Phileleutheros = der Freiheitsliebende, Philanthropos = der Menschenfreund.

Ned Thornhill: George verwendet die Vertraulichkeitsform Ned von Edward.

112 *am Kuppeln... Geschmack gefunden:* erneuter Seitenhieb auf die Aristokratie.

duellieren: Hier wird das Duellieren, das später fatale Folgen für George haben wird, eingeführt; schon hier wird es – wie auch später – von Sir William Thornhill verurteilt.

115 *Herrn Crispes Büro:* Dieses Büro befand sich in den Jahren 1761/62 nahe der Londoner Guildhall.

116 *Erst in diesem Augenblick…:* Hier tritt wieder die von Goldsmith eingangs erwähnte Familienähnlichkeit zutage: George verhält sich ähnlich weltfremd-naiv wie vorher sein Vater und sein Bruder Moses.

117 *Äsop:* sagenhafter Begründer der Fabelliteratur des Altertums (6. Jahrhundert v. Chr.?).

eine erträgliche Stimme: Auch diese Einzelheit ist autobiographisch.

118 *Pietro Perugino:* italienischer Maler (um 1448–1523).

120 *Livorno:* Hafenstadt an der Westküste Italiens.

die monarchische Regierungsform sei…: Auch in politischen Fragen sind die Primroses »familienähnlich«. Vgl. die Bemerkungen von Dr. Primrose im neunzehnten Kapitel.

123 *Lord Falkland:* Lord Falkland fiel 1643 in der Schlacht von Newbury.

126 *»Unsere Weisheit, junges Frauenzimmer!«:* Nachdem Dr. Primrose seine Freude über das Wiedersehen mit Olivia in bewegten Worten ausgedrückt hat, verfällt er hier in die Sprache des professionell beratenden Seelsorgers. Diese Entgleisung wird von Olivia beklagt und von ihrem Vater durch die Anrede »mein Liebling« zurückgenommen.

128 *Baronet:* Angehöriger des niederen Adels, Zwischenstufe zwischen *baron* (Freiherr) und *knight* (Ritter).

132 *natürliches Wohlwollen:* Die Hilfe der Nachbarn wird als Beispiel vernünftigen, »natürlichen Wohlwollens« dargestellt – im Kontrast zur unvernünftigen, *excessive benevolence* (übermäßigen Güte). Vgl. das dritte Kapitel.

»Ach, mein Fräulein«: Auch hier zeigt sich Frau Primrose robuster als ihr Mann: Während dieser seine Tochter überschwenglich begrüßt hatte, begegnet jene ihr ungerührt mit schneidendem Sarkasmus.

133 *Der Himmel, heißt es in der Schrift...:* Vgl. Lukas 15, 7: »Ich sage euch: Also wird auch Freude im Himmel sein über einen Sünder, der Buße tut, vor neunundneunzig Gerechten, die der Buße nicht bedürfen.« Ähnlich Matthäus 18, 12f.
Und das ist recht...: Dieses Kapitel endet mit einem predigthaften Schluß.
138 *Vierundzwanzigstes Kapitel:* Die zu Anfang des Kapitels geschilderte Idylle, die – wie so oft – später gestört wird, soll durch ihre sentimentalen Elemente an das Gefühl des Lesers appellieren. Hier – im Gegensatz zur ersten Hälfte des Romans – läßt Goldsmith der Sentimentalität freien Lauf. Das Wortfeld, das in dieser Szene vorherrscht, stammt aus dem Bereich der »Trauer«. Selbst die resolute Frau Primrose wird von »angenehmer Schwermut ergriffen« und weint.
141 *seiner äußersten Bosheit:* Thornhill erscheint als extremer Kontrast zu seinem Onkel: Übermäßige *malevolence* (Bosheit) steht übermäßiger *benevolence* (Güte) gegenüber.
ich blieb unbeugsam: Auch hier erweist sich, daß Dr. Primrose in wichtigen Dingen standhaft und mutig ist.
145 *der Weise des Altertums:* Ocellus Lucanus (»Von der Natur des Alls«, I 8).
die Welt liegt...: wörtliche Wiederholung der Rede im vierzehnten Kapitel.
147 *Sollten die Gesetze...:* Vgl. Swifts »Gulliver's Travels« (»Gullivers Reisen«, 1726), I 6.
154 *Es wäre zu wünschen...:* Vorwegnahme heutiger Überlegungen zum Strafvollzug, in denen die Resozialisierung Vorrang vor der Bestrafung hat.
155 *leichte Verbrechen mit dem Tode zu bestrafen:* Vgl. Goldsmiths »The Citizen of the World« (»Der Weltbürger«), 80. Brief.
156 *Nur unter den Bürgern zivilisierter Staaten...:* Vgl. Goldsmiths »The Citizen of the World« (»Der Weltbürger«), 119. Brief.
Es wäre daher zu wünschen...: Dem Ernst dieses Appells angemessen, verwendet Goldsmith hier eine Syntax, die auf-

grund ihrer Satzparallelismen und Anaphern beschwörend pathetisch wirkt.

157 *Ergebnisse der Klugheit:* Mangel oder Besitz von *prudence* (Klugheit) spielt in diesem Roman von Anfang an eine große Rolle. (Vgl. dazu auch Goldsmiths Essay »The Indigent Philosopher« [Der arme Philosoph«, 1762]).

165 *Kaum hatte ich diese Worte ausgesprochen...:* Diese Szene zeigt Goldsmiths häufig angewandte Kontrastierungstechnik.

166 *des Gesetzes:* Dieses Gesetz ist Goldsmiths Erfindung.

167 *Neunundzwanzigstes Kapitel:* Dieses Kapitel besteht aus einer Predigt, die voller Pathos und in einem anspruchsvollen Stil geschrieben ist (Hypotaxe, Anaphern, Parallelismen).

169 *des armen Mannes im Gleichnis:* Gemeint ist das Gleichnis vom armen Lazarus und dem Reichen (Lukas 16, 20–25), insbesondere: »Abraham aber sprach: Gedenke, Sohn, daß du dein Gutes empfangen hast in deinem Leben, und Lazarus dagegen hat Böses empfangen; nun aber wird er getröstet, und du wirst gepeinigt.«

172 *Dreißigstes Kapitel:* Wie in der Schlußszene einer Komödie versammelt Goldsmith in diesem und dem folgenden Kapitel nach und nach alle vorher aufgetretenen Personen auf der Bühne und bereitet das Happy-End vor.

176 *ein gewisser Philosoph:* Seneca (um 4 v. Chr. – 65 n. Chr.), »De providentia« (»Von der Vorsehung«), II 6.

182 *Tyburn:* Londoner Richtstätte.

185 *Hierauf schilderte sie...:* Dr. Primrose ironisiert die rhetorischen Fähigkeiten seiner Frau; wenig später erwähnt er ihre *eloquence* (Beredsamkeit).

186 *ohne Eitelkeit:* Hier ist Dr. Primrose nicht Werkzeug, sondern Ziel Goldsmithscher Ironie.

190 *»die Ketten schüttelten in Freud' und wilder Harmonie«:* Das – leicht veränderte – Zitat ist Congreves Tragödie »The Mourning Bride« (»Die trauernde Braut«, 1697), I 4, entnommen.

195 *er ging hinaus...:* Sir William ist zugleich streng und gütig. Vielleicht spielt das Pseudonym Burchell auf seine Strenge an (*birch well* = »züchtige streng«).

196 *kein Freund von Abschweifungen:* Wie seine Erzählung gezeigt hat, trifft das Gegenteil zu.

196f. *von allen Gerichten vorzulegen ... um ein freundliches Kaminfeuer:* Am Schluß des Romans weisen zwei Motive auf den Anfang zurück und fügen so den Erzählrahmen zusammen: Wie im zweiten Kapitel will Frau Primrose allen das Fleisch vorlegen – doch nun ist ihre Forderung vergeblich. Weiterhin wird – wie im ersten Kapitel – das Kaminfeuer erwähnt, um das sich die Familie versammelt: Der Roman endet, wie er begann – als häusliche Idylle.

Bibliographische Hinweise

Bibliographien zum Werk Goldsmiths

K. C. Balderston: A Census of the Manuscripts of Goldsmith. New York 1926

T. Scott: Goldsmith Bibliographically and Biographically Considered. New York 1928. Reprint 1974

New Cambridge Bibliography of English Literature. Band 2. Cambridge 1971. (Zu Goldsmith: Spalte 1191–1210)

Gesamtausgaben der Werke und Briefe

The Works of Oliver Goldsmith. 5 Bände. Herausgegeben von J. W. M. Gibbs. London 1884–86

Collected Works of Oliver Goldsmith. 5 Bände. Herausgegeben von A. Friedman. Oxford 1966

The Collected Letters of Oliver Goldsmith. Herausgegeben von K. C. Balderston. Cambridge 1928. Reprint: New York 1969

Neuere englische Einzelausgaben des »Pfarrers von Wakefield«

The Vicar of Wakefield. Everyman's Library. London 1908 u. ö.

The Vicar of Wakefield. Herausgegeben von A. Friedman. Oxford English Novels. Oxford 1974

The Vicar of Wakefield. Herausgegeben von S. Coote. Penguin English Library. Harmondsworth 1982

The Vicar of Wakefield. Herausgegeben von A. Friedman. World's Classics Series. Oxford 1982

Forschungsberichte zum »Pfarrer von Wakefield«

S. H. Woods: »The Vicar of Wakefield« and Recent Goldsmith Scholarship. In: Eighteenth-Century Studies, Band 9 (1975/76), Seite 429–443

S. Bäckman: This Singular Tale: A Study of »The Vicar of Wakefield«. Lund Studies in English, 40. Lund 1971 (Forschungsbericht: Seite 9–18)

Goldsmith-Biographien

T. Percy und andere: The Life of Goldsmith. London 1801. (= Miscellaneous Works, Band I) Neu herausgegeben von R. L. Harp. Salzburg 1976

J. Prior: The Life of Oliver Goldsmith. 2 Bände. London 1837

A. Dobson: The Life of Oliver Goldsmith. London 1888. Reprint: Port Washington / London 1972

R. M. Wardle: Oliver Goldsmith. Lawrence, Kansas 1957

C. M. Kirk: Oliver Goldsmith. New York 1967

J. Ginger: The Notable Man: The Life and Times of Oliver Goldsmith. London 1977

Zu Goldsmith und dem englischen Roman des 18. Jahrhunderts

E. A. Baker: The History of the English Novel, Band 5. London 1929. Reprint: New York 1950. (Über Goldsmith: Seite 78–85)

E. Wolff: Der englische Roman im 18. Jahrhundert. 3. Auflage. Göttingen 1980. (Über Goldsmith: 8. Kapitel)

L. Borinski: Der englische Roman des 18. Jahrhunderts. 2. Auflage. Wiesbaden 1978. (Über Goldsmith: 8. Kapitel)

D. Mehl: Der englische Roman bis zum Ende des 18. Jahrhunderts. Düsseldorf 1977. (Über Goldsmith: Seite 164–168)

Neuere Monographien über Goldsmiths Werke

C. M. Kirk: Oliver Goldsmith. New York 1967
R. Quintana: Oliver Goldsmith: A Georgian Study. New York 1967
R. H. Hopkins: The True Genius of Goldsmith. Baltimore 1969
A. L. Sells: Oliver Goldsmith: His Life and Times. London 1974

Zur Rezeption Goldsmiths

Goldsmith: The Critical Heritage. Herausgegeben von G. S. Rousseau. London / Boston 1974
M. Golden: Goldsmith's Reputation in His Day. In: Papers on Language and Literature, Band 16 (1980), Seite 213–238
H. Sollas: Goldsmiths Einfluß in Deutschland im 18. Jahrhundert. Diss. Heidelberg 1903
K. Viëtor: Goethe, Goldsmith und Merck. In: Jahrbuch des Freien Deutschen Hochstifts, Band 21 (1916), Seite 78–94
L. M. Price: Goldsmith, Sesenheim and Goethe. In: Germanic Review, Band 4 (1929), Seite 238ff.
L. M. Price: The Reception of English Literature in Germany. Berkeley, California, 1932
C. Hammer, jr.: Goethe's Estimate of Oliver Goldsmith. In: Journal of English and Germanic Philology, Band 44 (1945), Seite 131–138
M. le Breton: Goldsmith et Italie. In: Caliban, Band 3 (1967), Seite 29–56
C. E. Engel: English Novels in Switzerland in the 18th Century. In: Comparative Literature Studies, Band 14/15 (1944), Seite 2–8

Zum »Pfarrer von Wakefield«

Monographien

M. Emslie: Goldsmith: »The Vicar of Wakefield«. London 1963

S. Bäckman: This Singular Tale: A Study of »The Vicar of Wakefield«. Lund Studies in English, 40. Lund 1971

Aufsätze

M. E. Adelstein: Duality of Theme in »The Vicar of Wakefield«. In: College English, Band 22 (1961), Seite 315–321

R. A. Bataille: City and Country in »The Vicar of Wakefield«. In: Eighteenth-Century Life, Band 3 (1976), Seite 112–114

J. Bligh: Neglected Aspects of »The Vicar of Wakefield«. In: Dalhousie Review, Band 56 (1976), Seite 103–111

C. Dahl: Patterns of Disguise in »The Vicar of Wakefield«. In: Journal of English Literary History, Band 25 (1958), Seite 90–104

D. Durant: »The Vicar of Wakefield« and the Sentimental Novel. In: Studies in English Literature, 1500–1900, Band 17 (1977), Seite 477–491

O. W. Ferguson: Dr. Primrose and Goldsmith's Clerical Ideal. In: Philological Quarterly, Band 54 (1975), Seite 323–332

W. Fischer: Goldsmith's »Vicar of Wakefield«. In: Anglia, Band 25 (1902), Seite 129–208

M. Golden: Goldsmith, »The Vicar of Wakefield« and the Periodicals. In: Journal of English and Germanic Philology, Band 76 (1977), Seite 525–536

P. J. Grudis: The Narrator and the Vicar of Wakefield. In: Essays in Literature of the University of Denver, Band 1 (1973), Seite 51–66

R. J. Jaarsma: Satiric Intent in »The Vicar of Wakefield«. In: Studies in Short Fiction, Band 5 (1967), Seite 331–341

D. W. Jefferson: Observations on »The Vicar of Wakefield«. In: Cambridge Journal, Band 3 (1950), Seite 621–628

J. H. Lehmann: »The Vicar of Wakefield«: Goldsmith's Sublime, Oriental Job. In: Journal of English Literary History, Band 46 (1979), Seite 97–121

G. Orwell: Money and Virtue. In: Tribune, 10. November 1941, Seite 15/16

P. C. Privateer: Goldsmith's »Vicar of Wakefield«: The Reunion of the Alienated Artist. In: Enlightenment Essays (Chicago), Band 6 (1965), Seite 27–36

R. Rothstein und H. D. Weinbrot: The Vicar of Wakefield, Mr. Wilmot and the »Whistonean Controversy«. In: Philological Quarterly, Band 55 (1976), Seite 225–240

Goldmann Sachbuch
German Hafner
Prominente der Antike
Kulturgeschichte in Porträts

Goldmann Sachbuch
ALEXANDER LOWEN
LIEBE UND ORGASMUS
Persönlichkeitserfahrung durch sexuelle Erfüllung

Goldmann Sachbuch
Friedrich Hacker
DROGEN
Verhüten statt behandeln, behandeln statt strafen

Goldmann Sachbuch
Andrej Dimitrijewitsch
SACHAROW
FURCHT UND HOFFNUNG
Kampf für Freiheit und Menschenrechte

Goldmann Sachbuch
ALVIN TOFFLER
DER ZUKUNFTS SCHOCK
STRATEGIEN FÜR DIE WELT VON MORGEN

Goldmann Sachbuch
Robert Jungk
Norbert R. Müllert
Zukunfts werk stätten
Wege zur Wiederbelebung der Demokratie

Goldmann Sachbuch
Peter Farb
Das ist der Mensch
Sein Ursprung
Sein Werden
Seine Zukunft

Goldmann Sachbuch
Peter Gosztony
DIE ROTE ARMEE
Machtfaktor der Weltpolitik

Goldmann Sachbuch
Hans J. Eysenck
Erkenntnisgrenzen der Psychologie
Vom Sinn und Unsinn psychologischer Praktiken

Robert Jungk
Die große Maschine
Auf dem Weg ins 21. Jahrhundert

Citadel-Filmbücher bei Goldmann

Bandmann/Hembus
Klassiker des Deutschen Tonfilms
10207

Brennicke/Hembus
Klassiker des Deutschen Stummfilms
10212

Harris/Lasky
Alfred Hitchcock und seine Filme
10201

Fischer/Hembus
Der Neue Deutsche Film 1960–1980
10211

Ball/Spiess
Heinz Rühmann und seine Filme
10213

Conway/Ricci
Marilyn Monroe und ihre Filme
10208

Dickens/Hembus
Gary Cooper und seine Filme
10218

Ricci/Zmijewsky/Hembus
John Wayne und seine Filme
10202

Deschner/Hembus
Cary Grant und seine Filme
10217

Verlangen Sie das Gesamtprogramm beim Goldmann Verlag Neumarkter Str. 18 8 München 80

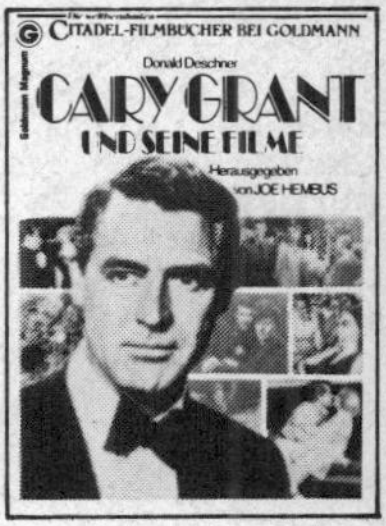